魔印人Ⅲ

THE DAYLIGHT WAR
白昼之战

——下册——

【美】彼得·布雷特 PETER V. BRETT ◎著
程栎 邹蜜 ◎译

重庆出版集团 重庆出版社

THE DAYLIGHT WAR by Peter V. Brett
copyright © 2013 by Peter V. Brett
This edition arranged with JABberwocky Literary Agency, Inc., through the Grayhawk Agency.
Simplified Chinese edition copyright © 2013 Chongqing Green Culture Co., Ltd.
All rights reserved.

图书在版编目(CIP)数据

魔印人Ⅲ:白昼之战 /(美)布雷特著;程栎译. —重庆:重庆出版社,2015.3

书名原文: The daylight war

ISBN 978-7-229-09401-0

Ⅰ.①魔… Ⅱ.①布… ②程… Ⅲ.①长篇小说—美国—现代 Ⅳ.①I712.45

中国版本图书馆CIP数据核字(2015)第 023813 号
版贸核渝字(2013)第 194 号

魔印人Ⅲ:白昼之战
MOYINREN Ⅲ:BAIZHOU ZHI ZHAN

(美)布雷特著 程 栎 邹 蜜译

出 版 人:罗小卫
责任编辑:张立武
责任校对:刘小燕
封面绘图:Larry Rostant
装帧设计:重庆出版集团艺术设计公司 • 卢晓鸣

重庆出版集团
重庆出版社 出版

重庆市南岸区南滨路162号1幢 邮编:400061 http://www.cqph.com
重庆出版集团艺术设计有限公司制版
自贡兴华印务有限公司印刷
重庆出版集团图书发行有限公司发行
E-MAIL:fxchu@cqph.com 邮购电话:023-61520646
全国新华书店经销

开本:880mm×1230mm 1/32 印张:25.75 字数:590千
2015年6月第1版 2015年6月第1次印刷
ISBN 978-7-229-09401-0
定价:68.00元(上下册)

如有印装质量问题,请向本集团图书发行公司调换:023-61520678

版权所有 侵权必究

致 谢

　　随着岁数的增长，我变得更加偏执了，和以前相比我用这本书把自己给套牢了。我只让很少的几个人知道我的进度，但最终我要感谢他们的想法和投入。非常感谢我的代理人乔苏亚，以及麦克、劳伦和达尼，我的编辑特丽希亚和艾玛，我的助手梅格和丽贝卡，文字编辑劳拉，以及全世界的出版商和翻译者。他们孜孜不倦地工作着，把我的故事带到世界的各个角落。特别感谢我所有的读者，特别是那些花时间来和我联系的——你们的信件、评论、推特、回帖、在线评论、粉丝争辩的内容，以及其他所有这些成为了我攀登恶魔系列山峰的坚固基石和众多援手。感谢你们与我一路同行！

译者序

大幕渐开

不知不觉间,结缘魔印人系列已经将近两年的时间。时光荏苒,我已经完成了魔印人系列的第三卷《白昼战争》,自己在开始这份工作之初,真的没有想到在工作之余做翻译的艰辛,也没有想到自己真的能走到今天这步。在此我要感谢广大读者和重庆出版社编辑们的大力支持。

在魔印人第三卷《白昼战争》中,应该说故事已经发展到了中途,作者布雷特也基本确立了自己的风格。首先是缓慢地增加POV人物视角,而不会出现大幅度的人物更替,本卷新增的POV人物,基本上都是第一卷里面登场的人物,本卷中主要增加了英内薇拉的视角,相信看过上卷《沙漠之矛》的朋友也会对贾迪尔这位神秘妻子的故事感兴趣,而本册中很多故事的发展也需要英内薇拉的视角。

其次,本系列作品的篇幅虽然一直在增加,但是作者的控制力很好,不会大幅度地增加剧情,每一卷都是有计划地引导剧情按照作者的设想来发展。在与我交流中,布雷特也说过,他不是那种"随性而写"的作家,而是先会构架故事的大纲,对大纲进行仔细地推敲和完善,框架打好之后,会根据大纲内容开始每段具体的情节描写;这样保证剧情不会失控,篇幅不会大幅度超标。众所周知,很多超长篇的史诗奇幻小说,都是反

复地在挖坑和填坑，而且坑越挖越大，越挖越深，越填越难，最后导致剧情失控或者不断地增加卷数，读者也感觉越追越乏味。在这方面，作者针对魔印人系列还是有很好的控制力的。

最后，本系列作品很好地保持了自己独有的世界设定，一直在写一个"简单明快"的故事，作者对增加人物和POV视角都持审慎的态度；同时，在每卷书中最后都有一段紧张而又有张力的动作场景来结束，让读者保持阅读的快感，并且给下一卷留下了悬念，杜绝史诗奇幻常见的"话痨病"。但是每一卷书中"奇幻"的成分都在不断增加；如果说第一卷中地心恶魔也许仅仅像部恐怖片的内容，并不那么的奇幻，那么到了第三卷中魔印魔法的出现，让本书的奇幻内容不断充实和完善。

此外，还要介绍一些关于本系列的消息。首先，魔印人系列的第四卷《骷髅王座》（暂译名）于2015年3月底在美国发售，不出意外的话，大陆的读者可以在今年晚些时候或者明年初看到中文版的《骷髅王座》，布雷特在《骷髅王座》的宣传时也宣布魔印人系列将拓展为六部曲，因为还剩下较多的剧情内容，而勉强放在一本中会让篇幅过大，也会增加读者等待的时间，但大致的故事框架已经想好，不会继续增加篇幅了。作者布雷特是个低调而有计划的作家，目前在结束了短暂的新书宣传后，已经开始了第五卷的写作。作者还向我透露，如果正常的话魔印人系列第五卷将于明年在美国发售。在此，我希望布雷特能稳定地完成魔印人系列的故事。

开卷有益，相信购买本书的都是魔印人系列的老读者和老朋友了，我就无须在这里作太多剧透了，大家赶快进入魔印人的世界一睹为快吧。

程栎

2015年1月于北京

目　录
Contents

白昼战争（上）

序　幕　　英内薇拉　　　　　　　　1

第一章　　甜井镇　　　　　　　　36
第二章　　承诺　　　　　　　　　56
第三章　　燕麦镇民　　　　　　　69
第四章　　亚伦·贝尔斯　　　　　91
第五章　　海斯牧师　　　　　　　130
第六章　　耳环　　　　　　　　　156
第七章　　影之殿　　　　　　　　161
第八章　　达玛丁　　　　　　　　203
第九章　　阿曼恩　　　　　　　　239
第十章　　达玛基丁之死　　　　　263
第十一章　罗杰的婚约　　　　　　281
第十二章　阿邦的卫队　　　　　　308
第十三章　库西酒　　　　　　　　336
第十四章　月亏之歌　　　　　　　354
第十五章　佩伯家的女人　　　　　398

白昼战争（下）

第十六章	雷克顿计划	417
第十七章	萨凡	444
第十八章	伐木洼地郡	460
第十九章	真相	498
第二十章	狂欢舞会	521
第二十一章	灵气	552
第二十二章	新月	583
第二十三章	恶魔的魔印	610
第二十四章	化身魔之死	643
第二十五章	再见：魔印圈	661
第二十六章	沙鲁姆丁	671
第二十七章	月亏	710
第二十八章	收割大战	730
第二十九章	阉人	746
第三十章	真正的朋友	768
第三十一章	挑战书	779
第三十二章	多明沙鲁姆	787

附录　克拉西亚名词解释

第十六章　雷克顿计划

333 AR　夏　月亏前第二十八个拂晓

来森堡夏季的空气是非常潮湿的，这让裹着厚布料的英内薇拉有些喘不过气来——每吸一口气到面纱里仿佛在头巾中都会增加一道蒸汽——蒸汽附着在头发上，化为汗水让头发湿漉漉的。即使是达玛丁的长袍和面纱，白得能反射最耀眼的阳光、质料好得让皮肤有如裸露在外般呼吸，她也已经多年没有穿了。除了少数的短程旅途外，她从没有让自己穿上戴尔丁的黑袍。她真是不了解那些下等女人怎么能忍受在这种天气里穿这种厚衣服。

她深吸一口气。这只是风——其他女人能忍受的事，你没道理不能。

她想私自离开皇宫，自由自在地穿越新市集里，代价就是忍受不舒服的感觉——化装是必须的。她无须担心自己的安全问题——没几个人胆敢攻击自己，必要时会有更多人心甘情愿跳出来保护自己——但是达玛佳不能在没有人员陪同下私自离宫外出溜达，而且会像面包碎屑引起鸟儿般引来大市集里无数路人的围观，导致秘密曝光。

没了骨骸，她比从前更需要母亲的建议，借以抵抗能吹断最柔软的棕榈树的强风。

艾弗伦恩惠的新市集没有克拉西亚大市集那般大的规模，

但至少每天都在扩张；不久后，贸易往来等方面便可追上克拉西亚大市集的规模。刚进入艾弗伦恩惠时，阿邦已在城外的青恩村镇里成立了第一家店铺。半年后，新市集已经扩张得比整个村子还大，延伸到村子外围的区域，成为领地中所有商人、贸易商和农夫的聚集和交易场所。

商人和他们的达玛主人在保护商品方面做了最充分的安全戒备，将街道以大魔印的形状排列，与北方的洼地部族如出一辙，并在外围新修了一圈矮墙，借以强化魔印，还分派守卫巡逻，负责在夜幕降临后清理街道。然而在白天，所有空位上都摆满了等待交易的商品，到处都是高声叫卖的戴尔丁、卡菲特和青恩奴隶。

英内薇拉沿着人行道边行走边看，只是偶尔在几个摊位上挑选些小商品放入竹篮子里，看起来就像是在买菜做饭的普通吉娃森。她扮演这个角色十分自然，针对每棵菜和每一小块盐都会挑三拣四、斤斤计较，好像她和其他女人一样需要将每一枚卓奇掰成两半用。她还记得以前母亲讨价还价的情况，试着以只够三个人花的钱养活一家四口。这种讨价还价的感觉是那么熟悉——英内薇拉知道艾弗伦恩惠里每个女人都很羡慕达玛佳，但有时候她真希望自己最担心的事只是要说服商人以低于市价的价格卖东西给她那么简单。

快要抵达目的地时，一队路过的沙鲁姆守卫中的一个竟然从后面伸手摸了一把她丰满的臀部。她做了好几次深呼吸，以强大的意志力克制当场扭断他手臂并斩杀对方的冲动，眼睁睁看着对方和其他巡逻大兵们笑呵呵地离开。如果身穿白袍，她绝不会有丝毫迟疑，而这么做也是她应有的权利。但此刻她身穿黑袍，谁会相信戴尔丁的话，而质疑沙鲁姆的？

看来，我应该经常来市集走走，她心想。我已经不知道该

怎么和平民打交道了。

她父亲站在母亲的店门口大声吆喝着，招揽生意；尽管他两鬓已经长满白发，总的来说，岁月对卡萨德还算仁慈——他的木桩脚换成了亮漆木料做成的上好假肢，还装有关节和弹簧。他依然拿着手杖，不过大多是用来招揽客人，指点商品，而不是支撑断腿。

父亲依然头脑清醒，这一点让她非常惊讶，而当他开口大笑时，那洪亮的声音在她心中注入一股暖意。这阵笑声不是当年他和其他沙鲁姆一起烂醉时发出的苦笑声，这是个过着宁静生活的快乐男人应有的幸福之声。

他与她印象中的那个父亲简直判若两人了，实在很难相信他是自己的父亲——害死苏利的那残忍的人。

英内薇拉可以忍住眼中的泪水，但她还是任它们肆意流淌，隐藏在脸上的汗水及厚厚的戴尔丁黑面纱下。她为什么要忍着为哥哥或是为父亲而流的眼泪？这两个男人仿佛已在那天晚上死去，而蔓娃得到了全新的丈夫，除了缺少沙鲁姆的荣耀外，其他一切都配得上她的丈夫。

这些年来，母亲的生意蒸蒸日上，开始贩售各式商品，不再单纯局限于编织和卖篓子上。这样也好，毕竟织篓要用的棕榈树如今都远在南方数百里外。现在店里陈列着地毯和织帷，还有用其他绿地原料制成的编织品，像是柳条及玉米皮。这里还有各种精致的陶器、布匹、香炉以及各种各样其他商品。

英内薇拉不止一次要为母亲蔓娃掷骰，就像帮助贝登达玛预卜吉凶对付敌人，但母亲总是拒绝。"利用达玛丁的魔法致富是对艾弗伦的亵渎。"她说着眨了眨眼。"而且也失去了所有劳动致富的乐趣。"

"艾弗伦祝福你，朴实而善良的母亲。"一个男孩在她走进店里时说道。"能为你效劳吗?"

英内薇拉看着他,心中突然一痛。他依然身穿男孩的褐袍,还未应召参与汉奴帕许,但她仿佛看到了苏利,或苏利小时候的模样。她本能地伸出手去,如同她哥从前抚摸自己头发般摸他的头。这个动作太过亲密,男孩被惊吓得有点发愣。

"对不起,"她说。"你让我想起多年前让黑夜夺走的兄弟。"男孩茫然地看着她。她又摸摸他的头发。"我先看盾,要买东西的时候再叫你。"男孩点头,开开心心地跑开了。

一个声音说道。"卡萨德所有的儿子都长得很像,不管是谁生的。"

英内薇拉转头,看见母亲站在面前。不管有没有黑袍,这两个女人总是可以认出对方。"这让我怀疑睿智的艾弗伦是不是将我已逝长子的灵魂再度送回世间。"

英内薇拉点头。"你的家族出了许多好孩子。"

"你是陶土贩子?"蔓娃问。

英内薇拉点点头后。蔓娃继续道:"我和你的信使说过,你开价太高了。"

英内薇拉鞠躬。"或许我们可以私下聊聊?"

蔓娃点了点头,领着她穿越店铺,来到一扇石门前。店铺后方有间大房子,供他们一家居住,并且储藏很多最值钱的商品。蔓娃带她来到私人办公室,里面有张摆着几本账册和书写工具的办公桌、两张绿地椅,还有一块纺织用的空间。

蔓娃转身,扬起双臂,英内薇拉开心地迎上前去,两人紧紧拥抱。

"你已经好几年没来了。"蔓娃说。"我以为达玛佳早就没了我这母亲了。"

"绝对不会的,"英内薇拉说。"只要你一句话……"

蔓娃举手打断她。"解放者的议会成员不需要知道达玛佳的父亲是卡菲特,而我对品茶政治和尝毒也不感兴趣。姊妹们帮我生下了孩子和孙子,而我也经常有机会看到女儿和她儿子,虽然是挤在人群里偷看。"

蔓娃伸手到门帘外拍了一下,一会儿,一个年轻女孩端着上好的银制茶具走了进来,茶壶冒着热气。她们不管椅子,走到织篓区的坐垫上坐下,将茶具放在地板上。蔓娃倒茶,接着两个独处的女人就脱下了面纱和头巾,好看见对方。蔓娃的脸上新添了不少皱纹,头上也开始出现白发,佩戴黄金发饰,显得依然美丽,活力十足。英内薇拉感到十分自在,这里是全世界唯一能让她做自己的地方。

蔓娃以茶壶的壶嘴比向一叠柔软的柳条。"这跟编棕榈叶不太一样,不过我们都必须接受解放者带领我们走向新的道路。"

英内薇拉点头,看着蔓娃拿起柳条开始织篓。片刻过后,她伸手去拿柳条,开始按照记忆里的方法编织篓子,当编织所带来的宁静感受再度盈满全身时,她感到强健的手指逐渐恢复自信。"有些事情比较难以接受。"

蔓娃轻笑。"亲爱的卡吉娃最近还好吗?"

英内薇拉在被柳条屑刺到时低呼一声。"我尊贵的婆婆过得不错。依旧像是风中残烛般黯淡无光,整天唠唠叨叨地浪费大家的时间。"

"还是没办法帮她找个老伴儿?"蔓娃问。

英内薇拉摇摇头。"她不想在她和儿子之间再找个陌生的男人,而阿曼恩也认为没有人配得上她。"

"你的骨骰就没有更明智的指示?"蔓娃问。

我没有骨骰了。英内薇拉心想,接着深呼吸让自己冷静下来。"我曾咨询过骨骰。它们告诉我阿曼恩会接受凯维特达玛当他继父,而如果他向阿曼恩提亲,卡吉娃不会拒绝。不幸的是,凯维特的回应却是他宁愿娶骆驼也不愿意提亲。"

蔓娃轻笑。英内薇拉跟她一起笑。笑的感觉真好,她几乎记不起自己上次笑是什么时候了。

"如果不能帮她找个老伴儿,那就给她找点事做吧,就像其他吉娃森那样。"蔓娃说。

"她是解放者的母亲。"英内薇拉说。"顶多只能请她去端个水壶,其他的工作就别妄想了。"

"那就是假装派个工作给她。"蔓娃说,手指持续编篓,不过抿起嘴唇,盯着墙壁愣了一段时间。"问她愿不愿意安排沙达玛卡每月一次的月盈宴。"

"我们没有——"英内薇拉说。

"假装有,"蔓娃打断她道。"让卡吉娃以为这是莫大的荣耀,能让儿子高兴,让他获得艾弗伦宠幸。派一打助手帮她打理食物、装饰、音乐、仪式以及贵客名单。这样你以后就不必天天与你那爱唠叨的婆婆照面了。"

英内薇拉微笑。"我就是为了这个才来找你的,母亲。"

蔓娃编好篓底,开始做篓架。"城里所有人都知道我外孙子的事迹,但我从未听说外孙女在做什么。她们过得好吗?学习的进度如何?"

英内薇拉点头。"你的外孙女全部过得很好,要不了多久就会成为达玛丁。阿曼娃已经戴上面纱结婚了。"

"那个幸运的家伙是谁啊?"蔓娃问。

"北方洼地部族的青恩。"英内薇拉说。"他其貌不扬——矮小、柔弱,身上的衣服比卡菲特的还要鲜艳——但是艾弗伦对他格外垂青。"

"用音乐迷惑阿拉盖的那个男孩?"蔓娃问。

英内薇拉扬起一边眉毛。但蔓娃轻蔑地挥挥手。"城内所有人都在谈论解放者宫殿里的青恩。那个男孩、巨人、女战士,"她若有深意地看着英内薇拉。"还有绿地公主。"

英内薇拉转身朝地板上吐口水。

蔓娃啧啧问道:"那么糟?"

"我不准他娶她。"英内薇拉说,毫不掩饰心里怨毒的语气。

"那是你犯的第一项错误。"蔓娃说。"永远不要不准男人做任何事。就连被你剥掉黑袍的卡萨德也会在我不准他做什么事时固执得像头驴子,而你丈夫是解放者沙达玛卡。"

英内薇拉点头。"《伊弗佳丁》记载:'越不准男人做什么事,他就越想去做。'但我感情上的冲动还是没法战胜理智。"

"解放者是什么意见呢?"蔓娃问。

英内薇拉又想吐口水了,不过她把口水咽下去,然后做深呼吸。"他说我无权干涉他。他说他会封她为绿地吉娃卡,管理他所有北地妻室。"

蔓娃停止编篓,抬头面对英内薇拉的双眼。"你自己都不守妇道了,难道期望他会遵守婚礼誓言?"

这话很伤人，英内薇拉有点后悔曾经跟她说了自己和安德拉的事，但她继续深吸一口气，让这种感觉透体而过——她会说你不愿意听的真话——

"至少我还知道要暗地里来。"英内薇拉咬牙切齿地说。"他明目张胆，带她去我的枕厅，在宫殿里所有人面前羞辱我。"

"我以为我女儿不是笨蛋。"蔓娃说着折断一根柳条，"如果你以为这不忠的丈夫曾想要掩饰奸情，那你肯定就是笨蛋。你伤害过他，而他要加倍回敬你。这是你早该支付的账单。但说真的，伟大的男人本来就会征服女人，而你依然是吉娃卡。"

"名义上，但实质上不再是了。"英内薇拉说。"他已经将近两个月盈没碰过我了。"

蔓娃嗤之以鼻。"如果吉娃卡是如此界定的，那我早在几十年前就不再是卡萨德的吉娃卡了。苏利死后，我就不曾和他同房。"

"但卡萨德不是解放者。"英内薇拉说。

"那就别再故作姿态，主动上他的床。"蔓娃说。"让他知道他还是沙达玛卡。"她直视英内薇拉的双眼。"提醒他你是他的达玛佳。我听说那女的走了，而且没接受他的求婚。让他忘了她。"

英内薇拉叹气。"没那么简单。北地女巫引诱阿曼恩的不只是她的身体，还在他的耳边给他灌输毒药。"

"往耳朵里灌毒药？"蔓娃问。

"她和她那个妓女似的母亲穿着暴露且不戴面纱地在宫殿里晃悠已经很糟糕了。"英内薇拉说。"现在她们还带进了古怪的观念,提倡我们的女人应该像北地野人一样参与阿拉盖沙拉克。为了取悦她,阿曼恩已经颁布法令,在战斗中杀死阿拉盖的女人将成为沙鲁姆丁,并且拥有所有战士的特权。"

蔓娃耸肩。"那又怎样?"

英内薇拉语气极其惊讶:"你不觉得这种事离经叛道吗?"

"为什么了?"蔓娃问,撩起黑袍。"你以为我喜欢穿这身热得死人的黑袍?我看着那些北地女人,幻想有朝一日能像她们一样获得解放和自由。我想拥有自己的店铺,而不是给卡萨德打杂。为什么我不能自己当老板?只因为卡吉的祭司将女人视为牲口,以圣典为借口推行欺压的行为?你可以轻易地视而不见,因为你可以光着屁股在宫殿里毫无顾忌地走来走去。"

"我那算不上光身子了,母亲。"英内薇拉说。蔓娃盯着她,她随即低下头去,知道这种狡辩对母亲无效。英内薇拉穿成那样是为了挑逗达玛基,让他们记得她所拥有的权力,但她并不否认自己也非常享受那种感觉。

"苏利参战时,你完全不认同阿拉盖沙拉克。"英内薇拉说。"难道我们应该像对待苏利一样把你也推上战场?"

"我痛恨为了安德拉的虚荣而毫无意义地牺牲男人的阿拉盖沙拉克。"蔓娃说。"但你宝贵的骨骰不是说过阿曼恩就是解放者——艾弗伦派来领导我们打赢沙拉克卡的人吗?"

"它们说他可能是。"英内薇拉提醒她道。

蔓娃冷冷地看她一眼。"你最好祈祷他是,不然你就白白浪费了过去二十五年的岁月。它们不是说无论如何沙拉克卡都会降临吗？阿拉盖杀人是不分男女的，女儿。不要因为让女人捍卫自己的观念而误判它的力量。你记得克莉莎和她丑陋的姊妹围殴你父亲的事吧，有些女人生下来就适合战斗。让她们参战。黑夜呀，鼓励她们参战。吸收北地人的习俗，你就能从洼地女士的树上窃取果实。"

"会激起各个部族爆发抗议行为的。"英内薇拉说。

蔓娃点点头。"人们会在公开场合叫嚣，私底下埋怨。少数老二软的白痴会找一些女人宣泄怒气。但是没人胆敢公开反对沙达玛卡，要不了多久就会接受这种法令。"她呵呵一笑。"就像你当初在公开场合裸露身子一样。"

英内薇拉故作震惊。蔓娃则对她眨眼。"但是克拉西亚女人为此而崇拜你，虽然没胆承认。如果给她们参战的权利，你就能获得她们永远的效忠。"

结束与母亲的谈心后，英内薇拉系好厚厚的黑袍，迅速穿越市集。她讨厌离开蔓娃，每次分手都令她心生痛楚——自己下次过来找母亲私聊可能得熬过几个月了。但她已经离开太久，不想引人怀疑。蔓娃和卡萨德是自己的秘密——连阿曼恩都不知情的绝对秘密。魁娃或许记得，但骨骰宣称卡吉达玛基丁永远不曾背叛她。

这时，出人意料的巧合之下，她看见了他，趾高气扬地穿越市集朝她走来，身穿熟悉的无袖袍及黑铜胸甲，上面镶着黄金太阳徽章——卡西弗。

他看起来和多年前差不多，这说明了他在战场的英勇表现。他的脸上带有解放者长矛队那种骄横之气，充斥着魔法的力量，让他们每天晚上都有几个小时回到巅峰状态，尽管他们的眼神

和表情依然透露岁月流逝的痕迹。对于卡维尔那种年纪较大的战士而言，岁月的痕迹会较慢显露，但是年轻战士却根本没有老化迹象。卡西弗已经年近五十，但外表顶多三十来岁，依然身强体壮，骁勇善战。

他身后跟着两名沙鲁姆。他们身体显得很年轻，眼神却也得饱经风霜。英内薇拉认得他们，一时之间，她差点期待苏利也会穿越时空突然出现。

她已经很多年没有想起这名战士。贝登达玛在解放者的议会里掌握大权，但打从她饶恕卡萨德之后，英内薇拉就再也没见过贝登达马最宠爱的凯沙鲁姆。当时他痛恨她饶恕了卡萨德——现在原谅释怀了吗？

她僵在原地。英内薇拉是个常见的名字，真不清楚卡西弗是否知道自己——达玛佳——身份是他死去的密友的妹子。但如果让他看见自己出现于此……

绝不能让贝登达马得知解放者的岳母还健在，而且是藏身大市集的卡菲特之妻。他或许不会蠢得公开威胁我，但我不能容忍这种把柄流落在外。

我得杀了他？她想。动作快，趁他还没告诉其他人前……

她布袍里的爪子蓄满力量，随时准备出击。但卡西弗和另外两个人却大摇大摆地擦身而过，完全没多看她一眼。其中一名战士说了一句笑话，卡西弗在他们转弯的同时哈哈大笑。

英内薇拉松了口气，他们没认出我。

当然没认出，白痴，她心想。我身穿戴尔丁厚厚的黑袍。

英内薇拉在阿曼恩的寝宫等他回来。她换上枕边舞蹈的丝绸睡衣与珠宝，包括一顶新的白金饰环，在原来已有的魔印视觉和强化感官视觉魔印之外添加从阿曼恩的王冠上抄下来的魔印，确保她不会再度遭受心灵恶魔的入侵。她能看见如同沙恶魔般在地板上滚来滚去的魔法光芒——受到这个房间周围各式各样魔印吸引而来。

她拥有自己的寝宫，是阿曼恩所有妻子里面最奢华的一套，不过她们每个人都拥有专为取悦及跟解放者睡觉而准备的私人寝室，以及装饰豪华的枕厅，如果他愿意临幸。所有人随时都刮好毛发，浑身涂抹香油，随时与他嬉戏作乐。

男人在阿拉盖沙拉克中吸收的魔法——当魔印长矛插入恶魔体内吸收而来的魔力——不仅仅能让自己长相保持年轻、赐给他们无穷的力量以及疗伤自愈的魔法。魔力还会刺激潜藏在人体内的兽欲——攻击、杀戮、交配的欲望。在他尝到魔法的滋味前，阿曼恩已经是个性欲很强的男人。现在他的欲望无休无止，经常折磨得妻室们浑身疼痛地瘫在澡盆里，只等着宫人给她们揉肩按摩。

尽管每个妻子都有舒适的房间，它们都比不上阿曼恩那极度奢华的卧房，而他通常也是在这里休息。他的吉娃森会换上半透明的艳丽丝绸睡衣，轮流准备洗澡水和点心在这里恭候他的归来。

轮班秩序通常由英内薇拉安排，这是身为吉娃卡的众多职责之一。偶尔她会掷骰子预卜各位姐妹的受孕时机，从而调整排班顺序，确保随时都有女人怀孕，不过那也要看她的心情如何。就像坎莉娃的月盈茶会一样，英内薇拉利用排班表来表示她最宠信谁，谁又是她最反感的人。

获选之人都得排在她后面，唯有在她允许的情况下，才能接受沙达玛卡的宠幸。英内薇拉愿意为了族人的利益而让其他女人取悦阿曼恩——关系部族间的血缘，并在她有其他事情要

忙时让别人满足他——但她和他上床的次数超过其他妻子的总和。经常施展霍拉魔法让她保养年轻旺盛的身体，而且她自己的性欲也如恶魔一般凶猛。其他女人只能在她忙于其他事情时才有机会，还要感谢艾弗伦有机会能和丈夫做爱。

但是打从沙达玛卡和黎莎·佩伯上床后，就再也没有跟任何一名妻子上过床了。

英内薇拉因为吃醋而拒绝搭理他，而其他妻子则像得到新马的男人拒绝再骑骆驼一样遭他所拒。

不管母亲怎么说，英内薇拉想起北地妓女时很难做到心平气和。当初阿曼恩启程前往解放者洼地前，骨骸预言他或许会爱上一个青恩女人，并且产下一子时，她是惊疑不定。她已经许多年不曾怀疑骨骸的预卜图案——上一次是帕尔青恩出现之时。

在阿曼恩奇袭洼地期间，英内薇拉每晚都祈祷他的心永远在自己身上，因为骨骸只会预知可能的未来，不保证一定会发生。

但她母亲说得没错。阿曼恩没有忘记安德拉的事，杀死那个男人只为他带来一点慰藉。那之后，她再也没有跟其他人偷过欢，就连她的吉娃森也没碰过他人，但那并不重要。她直觉丈夫不再信任她，就像魔印中出现裂缝一样。

与黎莎·佩伯上床后让他明白羞辱自己的吉娃卡绝非解决之道，但那是阿曼恩必须慢慢领悟的教训——愿意饶恕哈席克，还把妹妹许配给他，当然会懂得原谅自己的第一妻室。

所有东西都有代价，《伊弗佳丁》如是说。阿曼恩需要她才能赢得沙拉克卡，而她需要他赐给她这么做的力量。身为达玛佳，她能够为他掌握身处这个地位所能掌握的优势。他们必须重修旧好，还要尽快，免得心里的误解越来越深。

为了这个迟来的和解，今晚她在这里等他。

为了这个和解，而不是因为她心痛。

一枚耳环传过来的轻微震动，她立刻知道寝宫的大门打开了。她事先严禁其他人进来打扰——肯定是阿曼恩。

英内薇拉感受到一阵忐忑——他会像拒绝其他人一样拒绝我吗？就连夸莎和贝丽娜，他之前在房事方面最宠爱的吉娃森，都被绿地女人夺去了机会。他是否像梅兰和阿莎薇那样受白皮肤的女人施法蛊惑？若真如此，族人的统一状态是否会出现分裂？达玛基和达玛基丁或许能接受他找个青恩女人回来当作战利品和枕边妻子，但让她跳上王座高台会影响到他们的利益，让他们公然反对。她的吉娃森会希望她来解决此事，如果英内薇拉束手无策，她们的敬意和她的权威将会消失殆尽。

但是一颗需要呵护的心承受不起过分的恐惧。她于风中弯曲，任其透体而过，调节呼吸，找回心中的自我。她现在就要在一切变得太迟之前面对问题，弥补过失。

门开了，阿曼恩大步走进房来。他呼吸很有节奏，但身上散发着汗和血的气味，还有恶魔脓汁的恶臭。那是男人从阿拉盖沙拉克回归的味道，她知道丈夫带着沙鲁姆冲锋陷阵，而其他将领都待在后方跟随。

这股真男人的味儿令她亢奋不已。他在这种情况下与她做爱的次数多到数不清，血管里流动的魔力让他情欲偾张。她为他跳舞，而他将澡盆和蒸汽室通通抛到脑后，直接把她压在最近的家具上为所欲为。从前的记忆令她兴奋得颤抖。

房间里到处都有绽放霍拉魔光的物品，它们的力量包覆在能够防止阳光摧毁恶魔的金属外壳里。这里还有许多魔印，借以加热澡盆里的水，冷却夏天的空气，防止有人入侵或窃听、偷窥。

这些东西的魔光全都不能和阿曼恩相比。她在他身上刻下的魔印痕迹闪耀着他在战场上汲取的魔力，王冠的光芒更是让人侧目，卡吉之矛则如同太阳般光彩夺目。

但不管身上充满多少力量，阿曼恩的肩膀依然如同身负重担般疲倦地低垂着。

英内薇拉一挥手，启动小拇指上镶有火恶魔碎骨的红宝石戒指。房内的蜡烛瞬间点燃，他最喜欢的焚香开始燃烧。

阿曼恩这才注意到她。他叹了口气，抬起肩膀，挺直背脊，谨慎地打量她。"我今晚没有要见你，妻子。"

"我是你的吉娃卡，阿曼恩。"英内薇拉说。"服侍你是我的责任。"

阿曼恩点头，神色依然警觉。"帮我迎娶新的妻子同样也是你的责任。但你没花心思在黎莎·佩伯身上，完全无视她的价值。"

"我觉得艾弗伦和沙拉克卡比娶妻更为重要，丈夫。"英内薇拉回道。"你也该把它们置于我之前。不管你愿不愿意看清这个事实，封黎莎·佩伯为北地吉娃卡将会激怒半数达玛基，好不容易统一起来的各部族又将分崩离析。"

"激怒就激怒。"阿曼恩说。"我是沙达玛卡。我不奢望他们的爱戴，只要他们效忠。"

"你或许真的是沙达玛卡。"英内薇拉的语气如同鞭笞。"又或许只是我一手打造出来的沙达玛卡。而你竟然打算就像撕下面包般废除我的权力，交给那个来历不明的女人。骨骰要我帮你掌握所有优势，但我没办法帮助一个会唾弃自己忠诚的部下、拿王冠当礼物赠送给敌人的人。"

"要不是你拒绝接纳她成为吉娃森，事情也不会走到这个地步。"阿曼恩说。"你那么做有何智慧可言？我带着一个女人回家，打算风风光光地迎娶她，因为她能带来数千名战士参与我们的沙拉克卡，以及很多新奇的魔印法术。而且阿邦已经和她母亲谈好聘礼——微薄的聘礼——一些土地、黄金、毫无意义的北地头衔，还有承认她的部族，而你偏偏不肯接受。为什么？你怕她吗？"

"我怕那个女巫对你造成的影响。"英内薇拉说。"你把她看得太重了。她只配当战利品，应该挂在马鞍上带回来，而不是参与议会，赐与最豪华的宫殿。"

"古代的达玛佳不会害怕任何女人。"阿曼恩说。"真正的达玛佳应该有能力使她臣服。告诉我，骨骰跟你说你就是达玛佳，还是你可能是达玛佳？"

英内薇拉觉得被他甩了一巴掌。她再次做深呼吸，保持冷静。

"你没见过她的族人，没有跟她度过好几个星期的艰难跋涉。"阿曼恩说。"北地人勇猛善战，英内薇拉。如果和他们同盟的代价就是全世界有一个女人不必向你鞠躬，这样会很过分吗？"

"对你来说呢？"英内薇拉问。"北地人称为解放者的那家伙，魔印人，才是沙拉克桑的关键，阿曼恩。就连瞎子都看得出来！而你宝贝的黎莎·佩伯在保护他，让他有机会在你背心上插支长矛。"

阿曼恩听后脸色一沉。英内薇拉也立即止住，担心自己说得太过分了。但他并没有斥责她。"我不是笨蛋。我们现在有人混在洼地里了。如果魔印人出现，我会最快得到回报。如果他不臣服于我，我会杀了他。"

"而我会献上厄尼之女，或是提出她对艾弗伦不忠的证明。"英内薇拉承诺道。她自枕头堆中起身，扭腰摆臂，身后

的烛火将她身上朦胧的丝绸照得仿佛不存在,完美呈现她诱人的曲线。她来到他身前,空气中弥漫着焚香的气味,阿曼恩在她搂着他的后颈时屏住呼吸。

"我相信你就是解放者,亲爱的。"她说。"我全心全意相信阿曼恩·贾迪尔将会带领族人赢得沙拉克卡。"她大胆地撩起面纱亲吻他。"但是想要在阿拉上击败奈,你就要取得所有优势。我们必须保持各部族统一。"

"统一值得以一切换取。"阿曼恩引述《伊弗佳》道。他回应她的吻。她感觉他很紧绷,也知道紧绷从何而来。片刻之后,她脱光他的战袍,带他进入浴池。当他步入热水中时,英内薇拉的手指滑入腰带上的铜钮,开始在蒸汽、烛光及翻飞的透明丝绸中跳舞。

"我打算在三个月内进攻雷克顿。"完事后,阿曼恩在两人躺在一起时轻声说道。他紧抱着她,身上一丝不挂,只戴着头上的王冠。现在他很少摘下王冠,晚上睡觉也不会取下。英内薇拉身上也只剩下首饰。"秋分过三十天,绿地人称为第一场降雪的日子。"

"为什么挑在那天?"她问。"达玛基有在星图上表示那天有什么特殊意义吗?"她毫不掩饰语气中的嘲弄。跟阿拉盖霍拉相比,达玛解读预兆的方法堪称远古迷信。

阿曼恩摇头。"阿邦的间谍回报,那天绿地人会将收成税上缴首都。精心策划的攻击能让他们在寒冬中缺乏粮食,而我们则能够粮食充足地等待雪融。"

"现在你怎么听从卡菲特的军事建议了?"英内薇拉质问。

"你和我一样清楚阿邦的价值。"阿曼恩说。"他预测获利的能力和你的霍拉一样精准。"

"或许,"英内薇拉说。"但我不会将全人类的命运赌在他身上。"

阿曼恩点头。"所以我才要向你确认他的情报。掷骰子试试。"

英内薇拉闭紧嘴巴。那天晚上阿曼恩忙着应付恶魔王子的保镖,没看见心灵恶魔吸干她骨骰中的魔力,令它们化为灰烬。截至目前,她没有让人得知此事,包括他在内。

"阿拉盖霍拉想透露什么就透露什么,亲爱的。"她说。"我不能命令它们确认情报。"

阿曼想看着她。"我看你做过很多次了。"

"这种情况不一样——"英内薇拉说,但阿曼恩王冠上一颗珠宝绽放的闪光打断了她的话。

"你在说谎,"阿曼恩说,语气坚决且肯定。"你有事瞒着我,什么事?"王冠在他凝视她时持续发光,英内薇拉在它们面前彷徨无助。

"恶魔王子摧毁了我的骨骰。"她脱口而出,不愿承认此事,但在不了解出了什么事情之前又不敢说继续掩饰。他在使用卡吉之冠的隐藏力量之一。

根据《伊弗佳丁》记载,神圣金属沿着恶魔骨核心两旁刻蚀魔印。英内薇拉渴望取得那些魔印的秘密,但是这么做必须拆开这个珍贵的法器,而就连她也不敢做出如此渎神之举。

阿曼恩神色不善。"你应该直说。"

英内薇拉没有回应这句话。"我已经开始刻新骨骰了,要不了多久就可以再度开始掷骰。"

"在那之前,或许我该找个吉娃森来掷骰。"阿曼恩说。"此事等不得。"

"可以等。"英内薇拉说。"第一场降雪来临前还有三个月,而你有更迫切的事要担心。"

阿曼恩点头。"月亏。"

英内薇拉醒来时,沉睡的阿曼恩依然紧抱着她。为了不吵醒他,她以大拇指抵住阿曼恩手臂上的压力点,令其稍稍麻痹之后,这才溜下床来。她的赤脚陷入厚而柔软的地毯中,步伐轻盈到就连脚踝上的铃铛都没发出一丝声响。

阿曼恩的力量日益壮大,睡眠时间越来越少,但就算是解放者每天也得要闭上眼睛休息一两个小时,而她刚刚努力让他放松精神。他的种子在她走向大阳台时沿着双腿流下。她不知道今晚交合会不会有孩子。少了骨骰,她无法确定这种事,但他们整晚都非常激烈,而她已经很久没有帮他生儿子了。

宫人守卫打开大玻璃门。英内薇拉走出大门,完全没有瞧他们一眼,独自享受着温暖的微风及阳光轻抚肌肤的感觉。阿曼恩众妻子的贴身侍卫全都是宫人,也没胆子多看她们一眼。

英内薇拉沿着大理石栏杆,俯瞰艾弗伦恩惠,从前人称来森的绿地。环视这块土地时,她感觉大权在握,如同照射在皮肤上的阳光和留在体内的种子带来的轻微刺麻感。

阿曼恩的绿地宫殿看来十分寒酸。它的前任主人,来森堡的伊东公爵,是个软弱的公爵,来自一个源远流长的软弱家族。来森堡四周都是肥沃的土地,偏偏他们没有从平民身上榨出更多油水——拥有得天独厚的资源,伊东理应建造一座令安德拉嫉妒的宫殿。结果他的城堡只有四层楼高,只有两道侧翼,墙壁又薄又矮。据英内薇拉所知,起码有十多名达玛的克拉西亚宫殿都比它气势恢宏。这里根本配不上沙达玛卡,不过还是比他们穿越沙漠时搭建的临时帐篷宫殿要舒适得多。

她手下最高明的工匠已经开始计划拆除这座"豪宅",原址重建一座尖塔直达天堂底部,地下宫殿深到让恶魔之母在深渊中颤抖的壮丽宫殿。

尽管东公爵的祖先都很懦弱,他们的家庭却还不算蠢。城堡所在的山丘视野均无可比拟,艾弗伦恩惠在她的面前延伸,触目所及一片沃土,充满绿油油的作物、溪流。整齐的作物与树木,以宽敞的泥土路笔直分隔,如同轮轴般由位于中央的都城向外扩散,这里一座玉米田,那里一座果树园。上百座附属村落,理所当然地分配给各部族,以慰藉他们穿越沙漠的艰苦旅途和寒冬中行军,并满足他们掠夺的欲望。

绿地人的人数远远超过她的族人,但他们不是战士。英内薇拉的预知能力和阿曼沙鲁姆通力合作,他们就像猫捉老鼠般轻松占领其领地——富足的生活让青恩软弱。

阿曼恩在这里建立宫殿是最佳选择,但是让人民在如此富庶的绿地过安逸的生活对未来的战争很不利。战士刚杀进来森堡,她就咨询过骨骰——如果不一鼓作气迅速征服绿地,卡拉西亚人将会面对怎样的命运?同样的命运——生于忧患,死于安乐——沙漠让他们坚强,而即将到来的战争需要沙漠人的坚韧和战技。

尽管不愿屈服于卡菲特,英内薇拉知道,阿邦提出的那个在寒冬降临之初大举北进围攻雷克顿的计划是占尽天时之利。

英内薇拉回到屋内,命令仆人准备热水和香油。他们帮她沐浴按摩,然后换上半透明的全新经纱。别的女人或许不敢穿这么少的衣服出门,但英内薇拉是达玛佳,除了阿曼恩没人胆敢多看一眼。

她无声无息地走下奴隶在山丘岩床下挖开的石阶,通往一

座巨大的天然石窟。沿路都有宫人把守,虽然英内薇拉走在自己的地盘上并没有感到丝毫恐惧,但没有骨骸的指示,她就像瞎子一样,没办法预知危险。但即使有个把疯狂暗杀者或落单的阿拉盖逃过守卫的监视,她依然有办法保护自己。

在抵达一座大石门前时,守卫们自觉地退向身后。她从腰间取出唯一的钥匙,把钥匙插入锁里,转动时会发出咔咔的机关声——其实钥匙只是个道具,重点在于当她的手接近门锁时,手链中的霍拉一发热,就会启动与门锁中的魔骨对应的魔印,推动沉重的门闩自动打开。就算知晓魔印的盗贼猜出个中奥秘,也不太可能复制英内薇拉随时贴身携带的手链。尽管石门重达数千斤,它还是在她轻推之下无声地缓缓向里开启,接着又顺畅地在她身后关闭。

进门之后,她穿越从未接见过艾弗伦之光的地毯走道。黑暗中,她没有携带油灯,不过头上的魔印金币环开始发热,启动了她对四周所有魔力的感应。地下大厅的回声在墙壁中嗡嗡作响,如同烟雾般飘荡在空中,将她的道路照耀得宛如白天一样。

英内薇拉毫不惧怕四周的魔力,相反她如鱼游水底——艾弗伦创造了阿拉,位于阿拉心脏的力量本来就属于她——奈的仆人或许能从源头获取这种魔力,但这力量却不归它们所有。魔印就是一门偷回这股力量,并且转而为艾弗伦出力的学问。

她持续往前走,来到岩壁旁某个角落,很虔诚地跪下,揭开石头匣子,取出她的魔印工具、霍拉袋以及被阿曼恩杀死的那头恶魔王子的一块头骨。这块头骨上的魔光远比她曾见过的所有霍拉还要炫目。

阿曼恩不相信它就是恶魔之父阿拉盖卡,但它显然来自它的血脉,魔力高深,就连英内薇拉也招架不住。自己的霍拉袋都被抢了去，轻松吸干骨骰的魔力，揉成一把毫无用处的骨灰。

尽管没有预示未来的工具，英内薇拉却没有沉湎于无谓的伤心哭泣，而是坚强地拿恶魔骸骨刻一副新骰子。在清晰的魔印光下，以比起当初艾弗伦未婚妻强十倍的精湛技艺，完成剩余的四颗骰子也用不了多少时间了——从已经刻好的三颗来看，其中蕴含的力量远超过失去的骨骸。或许三颗勉强凑合使用也能基本地预知一些事情，就像独眼龙看东西一样不够完整，因此七颗骨骰一颗也不能少。

✵

她在临近中午时分离开影之殿，回到宫殿。梅兰和阿莎薇在王座厅外侧厢门外等她，沙鲁姆守卫远远地鞠躬行礼，并为她开门。

"有什么消息？"英内薇拉低声问道。

"解放者刚开始开会，达玛佳。"阿莎薇说。"你只错过会议最开始的一些仪式部分。"

英内薇拉点头，通过巧妙的时间安排，可以避开议会的繁文缛节，一长串无谓的仪式和冗长乏味的祷告。达玛佳无须把时间浪费在这些世俗之事上。在预知能力恢复之前，她必须把时间花在影之殿里，对直接与艾弗伦对谈的人而言，祷告是没有意义的。

她的目光瞟向其他人的霍拉袋上，骨骰有没有告诉她们达玛佳已经失去自己的骨骰了？梅兰和阿莎薇忠心耿耿地服侍她多年，但她们依然是克拉西亚人，如果察觉对方的弱点，会毫不客气地加以利用，当仁不让。一时之间，英内薇拉考虑没收她们及其他地位较低的艾弗伦之妻的骨骰，占为己有，直到完成新的骨骸。

她摇了摇头。自己确实有权这么做，但这会给对方带来莫大的羞辱，就跟要求她们砍下一只手掌交出来一样。她必须相信艾弗伦在她能原谅自己，在新一任达玛佳出现之前不会泄露她的弱点，而现在她和阿曼恩已经言归于好，她没有理由假设自己已被废除。

她深吸一口气，找回心中的自我，走进王座侧厅大门。

一如往常，王座厅里挤了很多人。解放者身边的十二位达玛基顾问聚集在高台右边，为首的是势力最庞大的两个部族领袖——阿曼恩的妹夫，卡吉部族的阿山达玛基，以及年长独臂、玛嘉部族的阿雷维拉克达玛基。每个达玛基都由一名阿曼恩的达玛丁妻子所生的次子伴随出席——除了阿山，他身旁跟着英内薇拉的儿子阿桑和她侄子阿苏卡吉。

阿曼恩承诺将卡吉的领导权传承给阿山之子，不过这样一来，阿曼恩七十三名儿女中的次子阿桑就没有继承到任何权位。

但这两个表兄弟之间并没有因此产生嫌隙。正好相反，他们年纪相当，打进入沙利克霍拉就开始成为同床共枕的密友。

英内薇拉并不在乎他们胡闹——但当阿桑决定迎娶堂妹阿希雅，代替她哥哥帮他产子时，她真的是肺都气炸了。将阿曼娃嫁给绿地人让英内薇拉心如割肉，但总比让阿曼恩把她嫁给阿苏卡吉近亲结婚，只为了强化阿山早已牢不可破的忠诚要好。

高台上左手边站着十二名达玛基丁，领头的是魁娃。就像达玛基一样，这些女人身边跟着继承人——卡吉部族的梅兰，其他部族则是阿曼恩的达玛妻子。这两批女人都是英内薇拉意志的延伸。达玛基会在议会中争得面红耳赤，达玛基丁却总是默默地听着。站在门内守卫的哈席克，一看到英内薇拉立刻立正，以魔印矛柄重重敲击大理石板。"达玛佳！"

英内薇拉看都不看他一眼。尽管死在他矛下的阿拉盖已不下一百头，而且他还是她丈夫的妹夫——娶了阿曼恩不太出众的妹子汉雅；哈席克在那命运之夜里攻击并伤害了她的挚爱。阿曼恩收服了他，但他依然跟禽兽没有多大区别。他很清楚必须极其友善地对待解放者的小妹，但他依然没有成熟到不会把自己的快乐建立在别人的痛苦上。除了有事交代他去做之外，她几乎可以当他不存在。

所有人抬起头来，如同鸟群同时转身，在她走进大殿时鞠躬。达玛基如同猛禽般怒视着她，但她无视他们的存在，直视阿曼恩的双眼，在走过大殿时始终没有偏开目光。她身穿若隐若现的丝袍，如同枕边舞蹈般地扭腰摆臂，在走向丈夫的同时撩拨大厅里所有男人的欲望。

走向高台途中，她压抑嘴角那得意的浅笑，挑逗达玛基亢奋的欲望和愤怒的眼神。有个女人地位在他们之上已经够没面子了，而她竟然还能在自己面前裸奔，挑逗得他们性欲大涨。她知道很多达玛基背地里都以她的外表为模板挑选自己的枕边妻子，并且十分享受驾驭她们的感觉。英内薇拉暗地里鼓励这种行为，心知这样做只会让他们更加屈服在自己的魅力之下。

"母亲。"贾阳恭敬地鞠躬。她的长子等在高台下，身穿黑色战袍，头戴沙鲁姆卡的白头巾。

"我儿。"英内薇拉惊奇地点头微笑，他为何出席议会。贾阳对于祭司和政治没有什么耐心。他占据了一栋绿地豪宅作为宫殿，打造了新的长矛王座，白天都在那里与沙鲁姆议事。不管他有多少缺点，贾阳充其量只适合做个未来的第一武士。

跪在阿曼恩左手边两级台阶下的是卡菲特胖子阿邦，身穿上好的艳丽丝绸衣服，就跟往常一样随时准备在她丈夫耳边嘀咕。他的出席也是让很多人敢怒不敢言。不过，在受过几次严厉的训斥后，再也没人胆敢在解放者面前鄙视这位卡菲特顾问。

在英内薇拉眼里,卡菲特阿邦深藏智慧,他的建议比王座厅中其他粗人更具参考价值,不过这让她对他更加小心。阿曼恩也瞧不起唯利是图的阿邦,但还是信任他的忠心与智慧。只要有符合利益的事,阿邦可以轻而易举地以谗言取代睿智的建言。骨骰始终看不清楚他的动机,而她也有理由怀疑他。

英内薇拉任由这个想法透体而过。她会等待时机成熟后再来对卡菲特秋后算账。她再度将目光从卡菲特移到阿曼恩身上。

他把骷髅王座从克拉西亚一路搬来,放在七级高台之上,看来十分符合沙达玛卡的形象。卡吉之冠在他头上极其自然。所向无敌的卡吉之矛宛如他手臂的一部分,总是拿在手中随意比画,他所说的每一个字都是祝福与命令。

但现在他身上多了一新物品,就是绿地妓女和他第一次见面时送给他的丝质魔印斗篷。英内薇拉鼻孔大张,深吸一口气,再次让愤怒与妒忌透体而过。

英内薇拉无法否认那斗篷十分美丽精致。银白色上好丝质品,边缘以银线绣着夜里能发光的隐身魔印,令阿拉盖的目光如同水上的油般从穿戴者身上滑开。传说中由达玛佳本人缝制的卡吉斗篷才有类似的魔力,但随着岁月流逝,它已成为伴随解放者之矛于石棺中那一堆破布。

阿曼恩仿佛抚摸北地妓女一样般摸着斗篷,而斗篷披在他肩上的意义对在场男女而言昭然若揭。公开穿着黎莎的斗篷不但表示她是他的未婚妻,同时也等于说明她有一定程度的神性。

就像我从前一样。英内薇拉酸酸地揣度。她或许身穿薄纱,但真正令她感到赤身裸体的却是那些失去的骨骰。

尽管如此,她依然带着灿烂的笑容来到丈夫身边,毫无顾忌地坐倒在他的怀里,撩起面纱亲吻他,调整姿势让所有人都看见。阿曼恩已经习惯她这些仪式,但他始终觉得不爽。她很快就从他腿上滑下来,爬到王座右方的枕头床。这么做的同时,她发现阿邦正盯着她,眼神里除了敬意没有一丝亵渎之色。

记住这个画面,卡菲特。她心想出。你想要利用北地妓女爬上阿曼恩的床,为你争取利益——她已经被我赶跑了。她整理头发,不动声色地调整耳环底部,以偷听阿邦在丈夫耳边的嘀咕。

"集结部队的事办得怎么样了?我儿。"阿曼恩问。

"十分顺利。"贾阳说。"我们增加了内城和外城的驻军人数,并且开始组织巡逻部队。"

"非常好。"阿曼恩说。

"不过为了迎接下一次月亏而临时自青恩村落中召回战士并且配给装备。"贾阳说。"有些额外开销。"

"他是指为了装潢他的宫殿,"阿邦轻声道。"沙鲁姆卡的战争税金理应负担得起这些开销。"

"要多少钱?"阿曼恩问儿子。

"两千万卓奇。"贾阳说。他停一停。"三千万更好。"

"艾弗伦的胡子。"阿邦喃喃说道,在达玛基开始骚动时搓揉脑侧。英内薇拉不怪他们,这是一笔巨款。

"我有那么多钱可用吗?"阿曼恩低声问道。

"我们可以提高融化、重铸绿地库房钱币的兑换比率,还有金矿的产量。"阿邦说。"但我认为你不该在没弄清楚战争税的去向和新经费的用途前就批准这笔开销。"

"我不能让儿子颜面扫地。"阿曼恩说。

"卡菲特说得没错,爱人。"英内薇拉说。"贾阳对钱了解得不够。这样把钱给他,过两个星期他还会再来要钱。"

阿曼恩叹气。他自己也不太会精打细算,但至少他相信他的顾问。"可以,"他对贾阳道。"不过先让你的卡菲特将战争

税的明细呈报给阿邦，外带一份新经费的使用计划。"

贾阳僵立原地，张大嘴巴，顿时说不上话来。

"或许我可以帮忙，哥哥。"阿桑说。"你向来擅长使矛，而非精打细算。"

"我不需要你个普绪丁帮忙，就像我不需要卡菲特帮忙一样。"贾阳吼道。

阿桑没有生气，只是微笑着鞠躬。"悉听尊便。"他或许没有继承任何地位，但众所皆知，阿曼恩的大儿子和二儿子都想争夺王位，两人都会毫不迟疑地在父亲面前显示能耐，诋毁对方。

这些日子以来，阿桑曾不止一次要求父亲恢复安德拉的位阶，让他坐上王座。截至目前，阿曼恩都没有满足他的请求。阿桑的年纪比史上所有安德拉还小四分之一个世纪。而且让他担任安德拉会导致他的地位高过哥哥。

贾阳生性粗鲁，阿桑城府较深；贾阳易怒，阿桑喜怒不形之于色；贾阳残暴，阿桑笑里藏刀。如果阿桑取得较高的地位，两人肯定会手足相残，而达玛基会支持贾阳。沙鲁姆卡听命于达玛基议会。安德拉则统领议会。听命于阿曼恩是一回事，要他们听命于才脱下拜多布的达玛又是另一回事。

"我会呈报账册给你，父亲。"贾阳愤愤说道，瞪着弟弟。

第十七章　萨凡

326—329 AR　夏

——他会听见来自过去的声音，初遇他的萨凡……

英内薇拉盯着地上骰子组成的图案很长一段时间。有些预知符号很明白，不管内容如何，一切显而易见；不过大部分都模棱两可。关于解读骨骰，英内薇拉比宫殿里其他任何一个女人都更有天赋，但阿拉盖霍拉的各种随机的图案还是让她有些难以把握。

萨凡是个古老的符号，自古以来就被赋予了许多不同的意义，每种意义都应当引起重视。它可能寓意"兄弟"或"宿敌"、"地位相等之人"或"寻仇者"。男人会将其他部族里与自己地位社会阶级同等的竞争对手称为萨凡，但人们也将艾弗伦视为奈的萨凡。

阿曼恩的萨凡是谁？他没有兄弟，甚至没有表兄弟，而他的阿金帕尔是哈席克，阿曼恩早就认识的人。难道世上还有另一个即可能成为解放者的人？挑战他地位的人？还是说他将会遇上奈在阿拉上的代言人？当晚上月亏，阿拉盖力量最盛之日，传说阿拉盖卡会离开七层深渊，在人间游荡。难道今晚恶魔王子将会现身大迷宫？

英内薇拉缓缓深吸一口气，让恐惧与焦虑像风一样透体而过，找寻心中的自我。

即使她可以通过深呼吸控制自己,但骨骰预示的另一部分依然令她心烦——什么来自阿曼恩过去的声音,我怎么搞不懂这件事的深层含义?

该还债时,过去就会找上门来,《伊弗佳丁》如此记载。英内薇拉想起苏利和卡萨德进入达玛丁大帐那天晚上的情景,一切预言都是冥冥中注定的。

那是偿还债务与兑现承诺的时刻,月亏第一日的拂晓之前。沙鲁姆即将带着薪饷回家,男孩则能离开沙拉吉,回家与亲人团聚。

英内薇拉收起骨骰,深呼吸直到找回心中的自我,接着站起身来,前往阿曼恩熟睡的枕厅。大部分夜晚,他都会在清除大迷宫里的阿拉盖后才回宫殿——通常离拂晓还有几个小时。他会睡一整个上午,中午才起床开始新的一天的生活。

但在月亏期间,他会在黎明时起床,尽量把握与儿子相处的时间。

她脱下白袍,爬到枕头中去叫他起床。

❀

英内薇拉靠在大理石柱上,看着阿曼恩跟贾阳和阿桑一起玩耍。最年长的两个男孩和父亲最为亲近,阿曼思站在房间中央的假人前,指导他们练习长矛术和沙鲁沙克。

其他妻子和她们的小儿子们在房内围成一圈,组成自己的军队。英内薇拉习惯称呼吉娃森为她的"小姐妹",就像坎莉娃当年称呼英内薇拉一样。她们不喜欢这个昵称——因为她们都是各自族里有权有势的女人——但没人敢公然翻脸。当天恰好是月亏之日,晚餐前阿曼恩会轮流陪伴每房妻儿一会儿。

"等我长大,我要成为沙鲁姆卡!"贾阳大叫,一矛刺向用来做刺杀练习的假人。

英内薇拉悲伤地看着年仅十二岁的长子。论聪明，他比不上弟弟阿桑，不过算不错的了。三年沙拉吉的岁月磨灭了他脑子里的智慧，成为跟所有沙鲁姆一样充满死亡的眼神——凶暴莽撞的动物。他宁愿把书拿去擦屁股也不想阅读上面的文字。在面对生命与死亡时，阿桑的观点更有深度。尽管贾阳的战技是一起参加训练的男孩中最棒的，但是在简单的算数与见识方面却完全比不上自己的弟弟阿桑。

她叹气。如果阿曼恩允许她让他成为达玛就好了，但是不，他要儿子成为沙鲁姆。只有次子才能穿上白袍，剩下的儿子全都送去沙拉吉。但当她看着阿曼恩和儿子相处时所表现的父爱时，她没办法责怪他。

仿佛看穿她了的心思，阿曼恩转过身来看着她。"如果女儿们也能在每月的月亏回家，我会更开心。"

你会把她们当政治筹码送给那些粗野的男人，英内薇拉心想，无奈地摇了摇头。"绝对不要影响她们的训练，丈夫。奈达玛丁的汉奴帕许……非常严苛。"的确，她从她们一出生就开始有计划地训练她们。

"当然不可能让所有人都成为达玛丁。"阿曼恩说。"一定要有些女儿做出牺牲——嫁给忠心的部下。"

"会有的。"英内薇拉回道。"没有男人胆敢伤害的女儿，对你的忠诚更甚丈夫的女儿。"

"而对艾弗伦的忠诚又甚于她们父亲。"阿曼恩喃喃说道。

最重要的是效忠于你——她曾经听坎莉娃说过。"当然。"

这时，门外的守卫中传来一阵骚动，阿山快步冲进屋来。身为沙鲁姆卡的私人达玛，月亏时他总忙着主持仪式与祈福，很少有空闲跑到他的宫殿来。他的儿子，阿曼恩的外甥阿苏卡

吉跟在他身后，小孩直接奔向阿桑。他们看起来更像亲兄弟，而非表兄弟，远比阿桑与贾阳之间亲近。

阿山鞠躬。"沙鲁姆卡，凯沙鲁姆有事请你定夺。"

英内薇拉感到浑身肌肉紧绷。萨凡——就是这个了。

阿曼恩在她起身走过来时扬起一边眉毛，不过没有阻止她——他当然没办法阻止达玛丁。他们一道离开宫殿，大步走下大石阶，来到沙鲁姆训练场。对面就是沙利克霍拉，两旁则是各部族的大帐。

宫殿围墙里，台阶的最底层的平地上，一群沙鲁姆和达玛团团围住两名男子。其中一个是很胖的卡菲特，身穿比枕边妻子还要艳丽的丝绸服饰，里衣是标志卡菲特身份的褐色背心，但外衣和裤子却是彩色的丝绸，褐色小帽外包着红色丝质头巾，中央镶着一颗大大的宝石，腰带和鞋子都是蛇皮的。他挂着柄端刻成骆驼状的象牙拐杖，腋下抵在两个驼峰之间。

另外一个是北方来的青恩，身上的衣服旧得褪色、沾满厚厚的尘土，看起来跟卡菲特的褐衣一样，不过他随身携带一把卡菲特禁止碰触的长矛，脸上没有任何有理性的卡菲特在被这么多战士包围时应有的恭敬。来自绿地的信使，英内薇拉曾在大市集里见过他们，但是从未与之交谈。

英内薇拉看着阿曼恩，在他的眼中看出与卡菲特似曾相识的神情。

来自过去的声音。

英内薇拉仔细观察着他们的一举一动，打量绿地人的长相。她又看着阿邦，必须忽略对方脸上的肥肉，想象他年轻时的模样，最后终于想起他就是多年前曾带阿曼恩前往达玛丁大帐的那个胖男孩。数年后自己也来大帐报到，最后还是带着达玛丁也不敢断定能否痊愈的断腿离开。他的父亲是查实，从前曾卖库西酒给卡萨德的卡菲特商人；单是这个理由，就让她对这个家伙充满厌恶。

"你凭什么自认为有资格和真正的男人站在一起？"阿曼恩大声训斥。

他愤怒的语气令她吃惊——或许他过去欠了债务还未偿清，不然卡菲特怎么敢跑来第一武士的宫殿来找揍？

"很抱歉，伟大的主人。"阿邦说着跪在地上，额头抵地。

"看看你，"阿曼恩怒道。"穿得像个女人，公然炫耀你那肮脏的财富，仿佛那对我们所信仰的一切并非一种侮辱，我当年真应该让你摔死。"

摔死？英内薇拉好奇。

"伟大的主人，"阿邦说。"我没有侮辱的意思，只是来充当翻译的。"

"翻译？"阿曼恩这才抬头看向一边站着的北地人。"为了一个青恩？"阿曼恩转向阿山。"你叫我来就是为了接见一名青恩？"

"先听他说吧，"阿山解释道。"你会明白的。"

阿曼恩盯着绿地人看了很长一段时间，接着耸耸肩。"说吧，快点。"他对阿邦道。"多看你一眼就觉得恶心。"

"这位是亚伦·阿苏·杰夫·安贝尔斯·安提贝溪。"阿邦指着信使说道。"从北方来森堡前来向您问好，并请求今晚让他参与阿拉盖沙拉克，与克拉西亚的战士们并肩作战。"

阿曼恩感到非常震惊。英内薇拉也暗自嘀咕。北地人想要作战？跟想在滚烫的沙漠里游泳的鱼差不多——

战士们吵吵嚷嚷地争论起来，但英内薇拉没有理会他们。"丈夫，"英内薇拉小声说道，碰触阿曼恩的手臂。"如果这名青恩想要像沙鲁姆一样走进大迷宫，那就让我为他占卜吧。"

英内薇拉带着绿地人来到占卜的房间。阿曼恩坚持同去，而她想不出什么合理的理由拒绝他。她丈夫有时候很天真，但绝对不是蠢人。他察觉到她对此人感兴趣——如果青恩当真是他的萨凡，他很可能也感觉得出这点。

"伸出你的手臂，亚伦，杰夫之子。"她拔出匕首，对绿地人说道。青恩皱起眉头，但毫不迟疑地卷起衣服，伸出手臂。

有股子豪气。英内薇拉一刀割下时心里嘀咕。七颗骨骰在她手里使劲摇晃时仿佛在嗡嗡吟唱。

看到图案时，她感到背脊直发凉——不……

她用拇指挤压青恩的伤口。他闷哼一声，没有抗拒。英内薇拉浸湿骨骰，又掷了一次。

然后是第三次。

亚伦·阿苏·杰夫·安贝尔斯·安提贝溪的命运呈现在她面前，三次掷骰的结果和第一次一模一样。英内薇拉曾为无数战士占卜过，但阿曼恩从未见过她这样震惊。

他会是解放者吗？她看着绿地人——他其貌不扬，不高不矮，一头沙色头发，脸上和卡菲特一样没留胡子。他不算丑，不过没有阿曼恩英俊。

但他的眼神如同她丈夫一样坚定，并有着相同潜力，就如昆虫受到油灯吸引般——未来他很可能被称为解放者，为维护真理而牺牲或是孤独死去、失败、带领人类走向灭亡。

如果我能像阿曼恩娶一堆妻子一样，嫁一堆丈夫，事情就好了。她考量着各式各样的可能，但此事根本绝无可能。她的欲望无限，但权力有限；就算达玛丁也不能同时嫁给两个解放者。嫁一个就已经很过分了。这个绿地人，不管拥有多少潜力，都不能成为族人追随的领袖，而且南方和北方也不能各有一个解放者。世界没有大到能同时容得下两位解放者。他们会同室操戈，导致人类输掉沙拉克卡——所以，必须是阿曼恩。

"他可以参战。"她收起骨骸，用布吸干伤口冒出的血。她在青恩的伤口上涂了一层药膏，然后用干净的纱布包扎起来，收起染血的布。

阿曼恩和青恩立刻离开掷骰室，她听见丈夫在走廊上大声下令。她再度跪下，取出骨骸，从染血的布上挤出些鲜血。

"阿曼恩要如何战胜杰夫之子？"她一边摇骰子，一边默念。

"萨凡得到力量后，将会跟真正的朋友分享，但他宁死也不会放弃力量。"

英内薇拉立刻将骨骸收入霍拉袋，站起身来，走了出去。站在走廊下的阿曼恩正准备前往训练场。她一把抓住他的手臂。"那个青恩会在你成为沙达马卡的过程中扮演重要的角色，"她低声说。"把他当兄弟般对待，但要随时提防他。如果你想要成为解放者，有一天你得杀了他。"

※

那天晚上，城内警报声不断，地下城中到处充满钟声和女人的惊叫声。第一道城墙沦陷了——这是难以想象的事，从来不曾发生。

尽管如此，那天是月亏，骨骸又说今晚现世，而此刻阿曼恩正在面对它呢？如果沙拉克卡由今晚展开，他准备好了吗？

从第二天早上来看，沙拉克卡确实展开了，而他也确实准备好了。一头巨型石恶魔突破大城门，屠杀了无数战士，为数百头阿拉盖扫除一条攻城的道路。沙漠之矛史上从未发生过这

种事，一场足以令最勇敢的男人不寒而栗的灾难。

但阿曼恩击退了巨型恶魔，重新封闭城门，拯救了无数的战士。他和绿地人在大迷宫里并肩对抗石恶魔，将它困在魔印中——它能逃走完全是运气好。

但悲壮的胜利等于完败——克拉西亚一夜之间损失三分之一的优秀战士，而造成这场惨剧的恶魔却是绿地人的宿敌。安德拉想要处死他，而阿曼恩赌上声誉，公开忤逆他的主子，夸赞绿地人为"帕尔青恩"——勇敢的外来者。如果不是在场的大多数沙鲁姆和达玛的极力支持，北地人和阿曼恩早就人头落地了。

"我要更多帕尔青恩的血。"英内薇拉说。

阿曼恩笑道："没问题。帕尔青恩常在大迷宫洒血，不过每次都让阿拉盖付出惨痛的代价。"他带来一块吸满绿地人鲜血的碎布，挤出来的血装满了一支药瓶。英内薇拉在玻璃药瓶的层层釉彩上镶了一颗霍拉，刻以冰冻魔印，保存其中的精华。

帕尔青恩带来卡吉之矛那天晚上，英内薇拉亲自为他献茶。阿曼恩神色怀疑地看着她，但她想要尽可能接近那支长矛。绿地人并没有向其他沙鲁姆透露长矛的出处，但已经私底下向阿曼恩透漏是从圣城安纳克桑废墟中挖掘出来的。

晚餐厚重的窗帘都已拉起，而她也戴上了魔印头环。她已经很多年不曾献过茶了，但在奈达玛丁时期训练出来的精确动作已根深蒂固地深植于脑中，让她有办法将心思专注在长矛上。它绽放着如同太阳般耀眼的艾弗伦之光——只有恶魔核心才有可能产生这种力量。错综复杂的魔印让人惊羡不已，矛身是以前所未见的上古金属打造的。

"你的茶令我深感荣幸,达玛丁。"帕尔青恩在她弯腰倒茶时说道。他的克拉西亚语已经说得十分流利,毫不失礼。他的笑容中没有半点虚伪。他要么就是个盗墓大师,能够装出若无其事的神情,不然他肯定不了解克拉西亚人会如何处置盗墓者。

"深感荣幸的是我们,帕尔青恩。"她说。"你是唯一与我们并肩作战的绿地人。"也是唯一在偷我们的东西之后还敢拿到我们面前炫耀的人。她默默地补充道。

她再度看向长矛,很想仔细看得更真切些,但法律明令禁止达玛丁接触武器——这是莫大的讽刺,因为这支长矛本来就是由达玛丁打造出来的。

她已经确定,这就是拥有恶魔骨核心的桑城武器。不管它出自哪里,这支长矛都将扭转人类目前与阿拉盖大战的战局。但在沙达玛卡的年代里,卡吉的部属和后裔也都拥有这种武器。眼前这把会是那些武器之一,或是由达玛佳本人以神圣金属所制,真正的卡吉之矛?只有一种方法可以确定……

她手臂轻翻,衣袖飘逸的白丝钩到矛尖。她顺势向上一带,长矛当场划破了衣袖。

英内薇拉惊呼一声,假装绊倒,洒出茶水。跪在下方桌旁的沙鲁姆偏过目光,不敢目睹她出糗的模样,但帕尔青恩动作很快,一手接下茶壶,另外一手扶住了她。

"谢谢你,帕尔青恩。"英内薇拉看着长矛在地上滚动,看见了期待中的景象。矛身上有一条细到难以察觉的接缝。要不是有视觉魔印,根本看不出来。

那条接缝就是达玛佳卷起打磨成薄片的神圣金属包覆恶魔骨核心所留下的证据——帕尔青恩带回来的正是卡吉之矛。

"今晚就是转折。"英内薇拉来回徘徊着对阿曼恩说。她知道帕尔青恩会找到力量，但做梦也没想到他会带回卡吉之矛。"很久以前我就已经预见了。杀了他，夺取长矛。天亮时，你就能自封沙达玛卡，一个月后，你就能一统克拉西亚。"

她已经开始为他筹划夺权的方略。安德拉会试图阻止他，或杀死他，但贾迪尔已获得沙鲁姆效忠。如果战士目睹阿曼恩在大迷宫里创下杀阿拉盖的奇迹，就会成群结队追随他，对他最忠心的人会赴汤蹈火在所不辞。

"不。"阿曼恩说。

过了一会儿，她才了解他说了什么。"克雷瓦克和沙拉奇达玛基会立刻承认你的地位，但卡吉和玛嘉则会出面反对……呃？"她转过头去面对他。"神谕说……"

"去它的神谕。"贾迪尔说。"我不会杀害生死兄弟，不管恶魔骨骸对你说了什么。我不会抢夺他的东西，我是沙鲁姆卡，不是黑夜里的盗贼。"

英内薇拉气得七窍生烟。她甩了他一巴掌，掌击声在石墙间回荡。"你是头蠢驴！此刻是最关键的转折点，让可能的未来变为现实！黑夜之后，你们其中之一会成为解放者。你得决定是要让沙漠之矛的沙鲁姆卡当解放者，还是让一个来自北方的盗墓贼青恩来当。"

"我受够了你的神谕和分歧理论。"阿曼恩说。"你和所有达玛丁都是！一切都是你们试图将男人玩弄于股掌间的臆测。我不会为你背叛朋友，不管你假装在那些恶魔屎的魔印中看见什么！"

英内薇拉觉得仿佛二十年来所打造的一切全都坍塌在自己

身上。自己花了这么大的心力，难道就因为丈夫没有狠劲杀掉一个亵渎卡吉之墓的盗墓贼而功亏一篑？她大叫一声，扬起手掌再度攻击，但阿曼恩闪电间出手，一把抓住她的手腕，高高举起。她挣扎片刻，手腕仍然被他抓着纹丝不动。

"不要逼我——"他警告道。

这下他胆敢威胁我了？这句话让她恢复了理智。在安基德的调教下，她早已学会在一招之内制伏他。她扭动身体，挺直手指，阻断他肩膀上的血脉关节点。钳制她的手臂立刻麻痹，她挣脱他的束缚，后退一步，抚平长袍，缓缓做深呼吸，找回心中的自我。

"你总以为达玛丁手无缚鸡之力，丈夫，但你应该比所有人还要清楚事实才对。"她握起他麻痹的手掌，扭直他的手臂，另外一手的拇指插入他肩膀上的压力点，接回他的能量线。

"你不是贼，你只是夺回本来就属于你的东西。"

"我的？"阿曼恩问。

"谁才是贼？"英内薇拉问。"盗了我们祖先卡吉陵墓的青恩，还是你，卡吉后裔，夺回失窃宝物的英雄？"

"我不能确定他手中拿的就是卡吉之矛。"阿曼恩说。

英内薇拉双手抱胸。"你是确定的。你一看到它的同时就深信不疑，就像你一直知道这一天会到来。我从没向你隐瞒过这次命运的转折。"

阿曼恩沉默不语。英内薇拉知道他已经被说动了。她轻抚他的手臂。"想要的话，我可以在他茶里下药；他会死得非常痛快。"

"不！"阿曼恩叫道，一把抽回手臂。"你总是想要采取最不光荣的手段！帕尔青恩不是卡菲特，不能死得像条狗！他应该死得像位战士！"

我说服他了。英内薇拉心想。"那就让他光荣地死去,现在就去,在阿拉盖沙拉克开始——人们见识到长矛的力量之前。"

阿曼恩只是痛苦地摇头。她也知道自己改变不了他的决定。"如果一定要这样做,我要在大迷宫里动手。"

第二天一大早,阿曼恩背上插着卡吉之矛,得意扬扬地回到自己的沙鲁姆卡宫殿。众沙鲁姆跟在身后大声欢呼。达玛们瞪大双眼,有些人带有崇拜的目光,有些则满脸惊恐之色——他们的世界即将出现天翻地覆的改变——任何不是白痴的人一眼就能看明白。

尽管表面上看来像个踌躇满志的大领袖,但他的眉宇间还是潜藏着深深的惭愧之色。一帮部属和马屁精围在他周围欢呼雀跃。但英内薇拉知道自己必须立刻和他谈谈。她比个手势,派她的小姐妹们出马。士兵们都不敢阻挡达玛丁,十一名吉娃森立刻在阿曼恩身旁围成一圈,阻止其他人接近,把他引向一间方便私下交谈的隐秘房间。

"你怎么处理的?"她问道。"那位帕尔青恩——"

"死了。"阿曼恩插嘴道。"我一矛插进他的双眼之间,把尸体留在离城墙很远的沙漠里。"

"感谢艾弗伦。"英内薇拉长长地吐出一口气,让自己一直紧绷的神经放松下来——就连骨骸也没有明确预示他会不会谋杀他的朋友。

不管她用什么言语美化这种背叛的行为,那都是谋杀。绿地人是个不信神的盗墓者,但他并非在艾弗伦的信仰下长大——如果知道卡吉之墓位于何处,里面又有些什么宝贝,她自己也会出手。眼下来说,她觉得阿曼恩应该尽快去一趟安纳克桑,把卡吉之墓据为己有。

她伸手搭在他肩膀上。"我对你的损失深表遗憾,丈夫。你是个正直的好人。"

阿曼恩愤怒地甩开她的手。"你懂什么叫正直?"他气冲冲地离开,一头扎进走自己平日向艾弗伦祷告的小圣殿。英内薇拉没有跟进去,只是轻轻转动了一下耳环,深吸口气,认真偷听——丈夫竟然躲进去独自哭泣……

阿曼恩是解放者吗?如果解放者是后天成就,而非与生俱来,那么除非他杀掉恶魔之母阿拉盖丁卡,不然我该如何确定自己成功造就解放者了没有?

英内薇拉确实多年以来都在忠心地帮他出谋划策,但如果世界上真有解放者,除了他也不可能是别人。她生命中所有的努力都是为他而做——即使是用抢的,卡吉之矛还是在命运的安排下落入他的手中。设身处地,任何人都会毫不手软地除掉绿地人——尽管大权在握,阿曼恩依然为了背叛之举而悔恨不已。

如果自己没有一再鼓动的话,他是否会把握这个机会?如果我从没遇上他?如果他只是卡吉沙拉吉训练出来的那种满腹偏见的犟驴,他会不会与帕尔青恩交朋友,然后在时机成熟时痛下杀手?阿曼恩心中是否存在着某种神性,能让他在任何恶劣环境下爬上权力的高峰?

☙

"就是今天。"阿曼恩在英内薇拉帮他披上战袍时说道。

他夺取长矛至今已半年有余,今天终于将要攻陷安德拉的宫殿了。如果不是为了尽量避免把克拉西亚拉入更大规模的内

部屠杀，他早就踏平安德拉的宫殿了，但阿曼恩愿意等待战士主动放下武器，而每天都有很多人明智地偷偷溜出宫门，选择站在阿曼恩这一边。

"现在宫殿里我们的人比他的人多。"阿曼恩说。"他们会在拂晓时打开宫门，杀死最后一批愚蠢固执的沙鲁姆。我会在中午前坐上骷髅王座。等一切安全后，我会派人来请你和吉娃森过去。"

英内薇拉点头，其实这不是什么大消息，因为自己一直都在监听他和部属的所有谈话，并且透过骨骸确认每一个细节的祸福成败。自阿曼恩取得长矛之后，形势是一日千里，一切都对他有利，她就无须多唠叨或是多做什么了。她帮他做好征服及领导的准备，而他的表现更是超出预期，毫不辜负她的期许。

阿曼恩出去和手下开会。英内薇拉召来她的小姐妹们。她们帮她脱下白丝袍，扶入热气腾腾的浴池，艾佛拉莉雅和塔拉佳在里面等着帮她沐浴，并以香油搓背按摩。

"拿我的枕边舞蹈红纱服来。"她说。魁莎立刻去办。

"聪明。"贝丽娜笑道。"你要穿在白袍里面，喜庆的礼服为丈夫荣登大位添彩。"

英内薇拉摇头笑道："喔，小姐妹。我永远不会再穿白袍了。"

英内薇拉躺在沙利克霍拉骷髅王座旁的枕头堆里。这一切如今成为他们的宫殿，而这里蕴含了古老的魔法。英雄骸骨不像恶魔骸骨那般好用，不过同样拥有强大的力量。数百万光荣战死的男人骨头守卫着此地，灵魂都羁绊在石块里。

心知祖先看着身穿透明丝服、躺在枕床上的自己，让她更加兴奋。她两腿上的丝裤都开着高衩，裤管束以金饰，行走时一双长腿若隐若现。上衣由一条条丝带组成，根本遮蔽不了胸部。丝带在肩胛骨下方打成简单的活结，丝带的末端顺着手臂而下，绑在黄金手镯上。她油亮的头发以金色的首饰固定。

但这样的打扮本身也具有力量。阿曼恩不喜欢看到妻子在人前如此放荡。但她这样做可公然提醒自己，即使当上沙达玛卡也不代表拥有无上的权威。于是，他被迫假装这是他的主意。

这是个很重要的教训，除非她猜错了，不然她又要再给大家上一次同样的课程。他们面前站着卡吉娃、阿山、英蜜珊卓、霍许娃和汉雅，还有阿曼恩的外甥女——阿希雅、山娃和希克娃。

"汉奴帕许召集我儿阿苏卡吉换上白袍，神圣的解放者。"阿山说道。"但我女儿，阿希雅，传自你的血脉，却让达玛丁授与黑袍。这是莫大的侮辱。"

"你该珍惜你的女儿，阿山。"阿曼恩说。"如果她们进入达玛丁的宫殿，你就永远看不到她们了。身为戴尔丁没有什么丢脸的。"他指向卡吉娃。

阿山对卡吉娃深深鞠躬。"我没有不敬的意思，圣母。"

卡吉娃鞠躬回礼。"没有关系，达玛基。"她转向儿子，尽管他坐在七级台阶之上，她还是一副低头看他的模样。

"身为戴尔丁并没有什么丢脸的，我儿，但会成为负担，你妹妹和我背负了许多年的负担。你认为殴打自己儿子的丈夫却受到法律保护，是合理的吗？"

阿曼恩转向英内薇拉，但她抢先开口。"骨骰没有召唤她们。"这话声音很小，只有他听得到，这是和他一起坐在高处的好处。"你会让个残废成为沙鲁姆吗？"

阿曼恩皱眉，以同样的音量说道："你是拿我的外甥女与残废相比？"

英内薇拉摇头。"我的意思是她们命中注定要做别的事情。

人并不一定要身为神职才能有所成就，爱人。看你自己就知道了。如果你希望如此，我会让她们进入达玛丁宫殿受训，就像你在沙利克霍拉里受训一样。"

阿曼恩看着她片刻，然后点了点头，转回去面对其他人。"她们将会以戴尔丁的身份进入达玛丁宫殿接受培训。她们将会成为凯丁，婚后将在黑头巾和长袍下佩戴白面纱，就跟我母亲和妹妹此后一样。就跟达玛丁一样，任何攻击凯丁的男人都将失去性命或是一条手臂。"

"解放者——"阿山开口。

阿曼恩轻挥长矛，打断他的话头。"我已经决定了，阿山。"

英内薇拉在达玛基后退时起身。她拍击双掌，一边搓手一边打量这三个既年轻又聪明的女孩。事实上，她完全不知道该如何安排她们，但有时候事情就是这样——种下手里的种子，《伊弗佳丁》教诲道。或许会长出意想不到的果实。

英内薇拉带领三个女孩离开了大殿，穿过她自己专用的侧门。通常，魁娃和安基德会在门后候着，通过精心设计的传声装置，他们能听到大厅里讨论的每一个字，包括英内薇拉走过来的脚步声。

"每天教导她们写字、歌唱和枕边舞蹈四个小时。"英内薇拉对魁娃说。"剩下二十个小时交给安基德。"

阿希雅惊呼一声，山娃靠着她，希克娃被吓得哭了起来。

英内薇拉毫不理会，转向宫人。"把她们培养成有用的人才。"

第十八章　伐木洼地郡

333 AR　夏　新月前第十一个拂晓

当洼地边境熟悉的景象映入眼帘时,黎莎的干呕和反胃症状稍微好一些了——回家的感觉真好。以独立大魔印守护的难民村落正如雨后春笋般拔地而起。

只听见一声呐喊,车队突然停止前进。黎莎将头探出车窗,看见一队林木士兵站在中央大魔印的外围。五十名骑乘重装战马的士兵挡在路中间,涂有亮漆的木盾在阳光下闪闪发光。路旁树林中冒出来许多弓箭手。他们身穿轻便皮甲,每个人都拉弓搭箭,手里还握着额外两支箭。

他们身后站着数百名高大的伐木工,有些双手握矛,有些则拿着他们的劳动工具。她认识其中一些人,但大多数都有些陌生。

"这是什么意思?"卡维尔叫道。黎莎知道那个白痴正在伸手拔矛。她用力推开车门,不小心绊了一跤,整个人摔在地上。她吓得抱住肚子,随即咬了咬牙,站起身来。

"黎莎女士!"汪妲大叫道,立即翻身下马。黎莎在对方赶到之前爬起身来,挥手将她支开。正如她所料,护送的克拉西战士全都拔下长矛,端在身前严阵以待;而洼地的弓箭手更是拉弓如满月,打算把他们射得跟刺猬一样,然后再询问来意。

"收起武器!"她叫道。她的声音没有霍拉魔法的帮助,不

过还是像她母亲一样异常洪亮。所有目光都转向她，但是双方都没有人收起武器。

"你是谁，竟敢命令汤姆士伯爵的士兵？"横在路上的马上一位士兵问道。他骑的是一匹上等的战马，而非其他林木士兵所骑的安吉尔斯马，而他的斗篷是以金链固定，头盔上装饰有代表队长的簇毛。

"我是黎莎·佩伯，解放者洼地的草药师。"黎莎说。"而我希望不用治疗手痒的弓箭手所造成的箭伤。"

"是伐木洼地，"队长抬高音量纠正道。"而且你们迟到了。你派出的沙漠信使一个礼拜前就已经赶到，他也没有提到你会率领如此多的克拉西亚士兵一起回来。"

卡维尔窃笑道："要是有百分之一解放者的兵力跟来，只是行军的脚步声就能把你吓得摔下马来，小鬼。"

队长露出牙齿，表情有些发怒。黎莎赶紧冲上前来，挡在两人中间。

"给我闭嘴，训练官，我不准你破坏我回家的好心情。"

汪妲徒步，加尔德则骑在高大的载重马上，一起上前来守护她。他们比在场最壮硕的骑士还要高大威猛。林木士兵看到他后开始窃窃私语，他们都曾听过加尔德的名号。这又是另一件她母亲说的事情。她希望能把母亲和加尔德两个像狗一样抱在一起苟且的龌龊场景赶出脑海。

"你又是什么人？"加尔德向队长问道，语气中充满明显的怒气。"我不喜欢被人在我生长的土地上用矛指着。你们最好放下长矛，不然我就把它们插到你们屁股里当尾巴。"

队长微笑："你没资格威胁我，卡特先生。这里已经不归你管了。"

"是吗？"加尔德伸手放在嘴里，吹了个响亮的口哨。林木士兵身后的伐木工应声而动,从左右两旁将公爵的士兵团团围住。为首的是道格和梅伦·布区,黎莎在人群里还看到了其他熟面孔。杨·葛雷和他的儿子、孙子,三个人外表看成起来年纪相仿。山姆·索、安迪·卡特、汤姆·魏吉和他儿子。

艾文·卡特和他那只高大的狼狗……

代木工没有恫吓对方,因为没必要。最矮小的伐木工都比最高的公爵士兵高上一个头。就连全副武装骑在马上的人看起来都矮了一截。"影子"的体型几乎跟马一样高大,而所有马匹都在它路过时哀鸣躁动。如果这家伙再长大一点点,艾文就会开始骑狼,而不是骑载重马了。

林木士兵被吓得不知所措,全都看向队长,等候弃械投降的指示。不过这时已经太迟了,伐木工围住他们,把队长一个人留在圈外。

更多伐木工自树木中现身,弓箭手慢慢收力,放松弓弦。道格和梅伦敬了个礼,走到加尔德身旁站定。

"你刚刚说什么?"加尔德得意扬扬地说。

队长的脸垮下来,不过立刻摇一摇头,重拾之前的威严。他扬起一手,对手下传达一系列复杂的命令。他们放低武器,表面上放弃抵抗,但还是一副随时都准备负隅顽抗的模样。

队长翻下马,摘下头盔,朝黎莎鞠躬。"我是盖蒙指挥官,我们这就护送你去见伯爵阁下。"

"护送我需要七十个人?盖蒙指挥官。"黎莎问。"洼地现在变得这么危险了吗?"

"不用担心,女士。"盖蒙说。"但是汤姆士伯爵下令,克拉西亚人不得携带武器进城。"

"我宁愿死在恶魔爪子下。"卡维尔以克拉西亚语吼道。黎莎转头看向他,扬起一边眉毛。

"请原谅,女士。"训练官说。"但我的矛是解放者赐给我的礼物,矛在人在,矛失人亡。我绝对不会把它交给软弱的绿地青恩沙鲁姆。"

"你会的。"盖蒙说。"不然我们只有不客气了,不管有谁挡在我们面前。"他看向加尔德和黎莎。"你们在这里或许人多势众,但是伯爵手下有一千名林木士兵。这是伯爵为了守护人民而下达的命令,你们打算违反命令而在此动手吗?"

黎莎按摩着脑袋一侧的太阳穴。"如果他的目的是要保护人民,这种做法还真是有趣。"她摇头。"但是不,我们不打算这么做。"她转向卡维尔。"你们不必将武器交给他,训练官,把武器交给我。"

"恐怕那样还不够,女士。"盖蒙说。

黎莎轻蔑地看向他。"他们已经放下武器了,队长。不要逼人太甚。"

盖蒙扫视一圈后张嘴欲言,不过没有说出来。显然,他默许了。她转头面对卡维尔。"收集手下的长矛,戴尔沙鲁姆和卡沙鲁姆的都要,把它们放在我的马车下面。我保证会在你们离开洼地时归还。"

卡维尔迟疑片刻,瞄向身后。黎莎嘶吼一声。"别看达玛丁。"她以克拉西亚语道。"阿曼恩要你听命于我,不是她。奉命行事,立刻去办。"

训练官抿起嘴唇,不过还是鞠躬执行,收集手下的武器,放在拿不到的地方。他们身上肯定还有那种刻有魔印的锋利匕首,克里弗更是满身都是武器,不过克拉西亚人的荣誉还是有其极限。如果高傲的盖蒙队长胆敢搜身,他们一定会大打出手。

妲西步出人群,来到她身边。她没有行屈膝礼,而是以她全身最大的力道紧紧抱住黎莎。"看到你们回来,不知道有多高兴。"黎莎也伸手抱住她，想起从前姐西有多痛恨自己——这个改变今天才开始的，不过还是让自己难以适从。

"现在，队长，"她说。"请你护送我们去见伯爵阁下，我非常想要跟他当面谈谈。"

士兵点头，戴上头盔，爬回马背。外围的伐木工们立即让出道路来，让队长回到手下身边，不过还是紧跟在后，这让黎莎感受到一股阔别已久的安全感——回家的感觉真好。

姐西从克拉西亚车夫手中接过马缰，车夫跳下马车把位子让给她。她和黎莎坐在驾车椅上私下交谈。汪姐自己骑马跟在马车旁边，加尔德则牵马步行，跟久别重逢的伐木工兄弟们打招呼。

"你确信收到我上一封信没有？"姐西问。"我没收到你的回信啊。"

黎莎摇头。"我们几个星期前就踏上了回程，一定是跟信使错过了。有什么重要事吗？我知道汤姆士会在我们回来时来个下马威，但没想到会有一整队全副武装的士兵在村口迎接。情况变得很糟糕吗？"

姐西摇摇头。"事实上，伯爵对洼地算有帮助。他公平地对待镇民，还持续从北方运来各种补给物资。他的工程师团队也加快了洼地新的大魔印的兴建步伐，让源源不断赶来的难民有栖身之所。新任牧师也还凑合。他比约拿严厉一点，但是镇民不算讨厌他。照这种情况发展下去，一年之内我们洼地的规模将会超过安吉尔斯了。"

"意料之中的事。"黎莎说。"公爵毫无保留地将洼地的一切交给他来处理算是大手笔了，就算他真的拥有上千士兵，我们还是人多势众。在权位巩固之前，他不会轻易挑衅我们。他必须在魔印人回来前尽可能赢得民心。

妲西清清喉咙。"我的信息就是准备告诉你这件事。他已经回来两星期了,但他……变了。"

黎莎立刻看向她。"什么变了?"

"他现在自称亚伦·贝尔斯,"妲西说。"把牧师袍换成了平民的服饰。他说自己来自密尔恩边境的穷山村——一个叫作提贝溪镇的地方。"

"有这种事?"黎莎忍不住流露出灿烂的笑容。亚伦终于面对心魔,重新找回自我了吗?想起之前在安吉尔斯尴尬的道别,自己有多么希望他离开,偏偏最后的那个拥抱又给了她莫大的安全感。

"没错,我亲眼所见。"妲西说。"不过还不止这样,他现在……魔力深不可测。"

黎莎看着她。"他一直拥有魔力,妲西。他身上的魔印——"

"不只是那个,"妲西神秘地补充道。"他回来的第一天晚上,安迪·卡特在对抗恶魔时像头被屠宰的猪一样肚破肠流,血流不止。我当时亲眼所见,已经准备让他去见造物主了。我完全束手无策,就算是你也救不了他的。但魔印人只是手上比画了一下,伤口就在我面前奇迹般愈合了。第二天安迪好像没事人一样完全好了。"

"只是比画手势?"黎莎惊问。"他没有用恶魔脓汁在安迪身上绘制魔印?"

"绝对没有!"妲西恶心地道。"什么样的变态会在伤口附近涂恶魔脓汁?"

"别管那个。"黎莎说。"他只是随便挥手,还是有凭空绘印?"

妲西想了一想。"我猜有可能是绘印,至少我没见过那个魔印。"

黎莎点头。"我晚点去找安迪了解一下当晚的经过。"

"随便找个镇民都知道。"妲西说。"第二天晚上他来诊所，把所有伤患和病人全都治好了。就连指甲有肉刺的患者都不留给我。"

"造物主啊。"黎莎说。她自认为在艾弗伦恩惠期间学会了一些自己不曾涉足的霍拉魔法的治疗技巧，但跟魔印人相比简直是天壤之别了。她和英内薇拉面对的心灵恶魔能凭空绘印施法，但她办不到，就算手里拿着恶魔角也望尘莫及。亚伦的魔力是哪里来的？他这么做所耗费的魔力必定十分惊人。

"唉。"妲西附和道。"那之后，他每天晚上都跑到难民镇去做同样的事。到处都有人在流传垂死者重返人间的故事。他依然宣称自己不是解放者，但是相信这种说法的人越来越少。黑夜呀，就连我也坚信他是解放者转世了。"

黎莎皱眉。"伯爵如何处置？"

"就跟加尔德刚刚一样，"妲西说。"试图运用权威禁止流言传播，不过就像站在风口上扑火——越扑越猛。魔印人没有公开和汤姆作对，但是就连白痴都看得出来伯爵和新任牧师都被吓得猫在门后面，并且在有人的地方谨言慎行。"

黎莎按摩着太阳穴的疼痛，希望尽快见到亚伦，像治好洼地其他病患一样治好自己的头痛。"还有什么我要知道的事吗？"

"上个新月的时候，他遇上了一头很聪明的恶魔。"妲西说。"他能入侵人类的心灵，还能像加尔德指挥伐木工一样指挥其他地心魔物统一作战。他叫所有人在新月之前做好魔印头带。"她拿出一条布带，黎莎接过来，检视其上的心灵魔印，就与她在归途中教小村落的人绘制的一模一样。

她点头。"没其他变化了吧?"

姐西摇头,压低音量。"他不是一个人。"

头痛瞬间转为剧痛。姐西没有明说,但那语气已经说明一切。"喔?"

"有个女人跟他一起回来的。"姐西的回答确认了她的猜测。"瑞娜·谭纳。他说她也来自提贝溪镇。"姐西暂停片刻,遥向远方,声音变得无力。"他还说他们订婚了。"

姐西转过来,空洞的眼神盯着黎莎,等待她反应。几乎所有洼地镇民都会私下讨论伐木洼地之战那晚,亚伦如何在以为黎莎遇上危险时冲入圣堂的模样。他们谈论着他第一次出现在她身旁的景象,以及他随时都能进出她的小屋等事。他们谈论,他们猜测。众所皆知,全镇的人都希望他们两个在一起,想不透他们怎么会拖这么久。有时候黎莎自己也想不透。

很长一段时间,黎莎才意识到自己是屏住呼吸倾听,她强迫自己缓缓吐气——如果为此生气,那就太荒谬了。自己已经早就不把自己的后半生寄托在亚伦·贝尔斯身上了,自己开始找寻更适合的对象了。黑夜呀,自己每天早上打干呕的事实昭示自己已经放下那段往事了。尽管如此,他还是自己心疼的爱。如果他回应过自己的爱,自己一定会毫无保留地将自己交给他。

但他没有拥抱她的爱。他总是宣称那时他受过诅咒,说他不能在血液遭受恶魔污染的情况下害了黎莎。然而这种说法只有让她爱他更深,如此高贵品质的牺牲,如此值得敬佩。她觉得自己在这种情况下去找别的对象简直对不起他。

但那些真的是实话吗?如今,短短几个月后,信誓旦旦终身不娶的他竟然与别的女人订婚了。他所说的一切都只是托词吗?这个想法令她震怒。他竟敢如此玩弄自己。他难道以为我如此脆弱、如此迫切渴望他的爱,竟然无法接受事实吗?难道我以为自己需要谎言来承受他的拒绝吗？懦夫。

她脑中一时之间千头万绪，但她从达玛丁那里学会了保持镇定的技巧。"那很好，"她口是心非地说道。"他应该要活得快乐一点，有个好女人能让他生活踏实点。"

"那可不是个平常意义上的好女人。"妲西喃喃说道。黎莎好奇地解读她话里的意思。但妲西揉揉喉咙，没有继续这个话题。

黎莎惊讶地发现他们不是前往地心魔物填场，而是转向大魔印的另外一个区域。她正在想他们要往哪里去，汤姆士的新堡垒已经映入眼帘。

堡垒还没完工，不过已经架起一面高大的围墙，淋上焦油的巨柱紧密地捆绑在一起，高大厚实得足以让士兵拿曲柄弓在墙上巡视，射击时还有能找到足够的箭垛掩蔽。

围墙的门大开着，其后的庭院宽敞得足以容纳整个车队。当士兵们挥手要他们进去时，黎莎立刻看出汤姆士打算把所有人弄进去后立刻关上大门。她担心这扇大门一关，克拉西亚人就再也走不出来。她一直知道他们是来当人质兼间谍的，阿曼恩为了表达善意而送给他们，但她本意是要把他们当作普通镇民对待，让他们近距离接触她善良的同胞。

她怀疑汤姆士伯爵是否会和她有相同的想法。她直到现在都还在释出善意。但他的任务十分明确：控制洼地，学会屠杀恶魔的秘密，让洼地成为安吉尔斯对抗克拉西亚的前沿指挥部。当初，皇宫里的人都对沙漠人民抱持厌恶的态度。在克拉西亚人攻击来森之后，会被人厌恶也无可厚非，但是此刻他们最不需要的就是提升敌意。阿曼恩可以夷平洼地——也很可能摧毁安吉尔斯——只要给他开战的理由。

"停车。"她对妲西道，女人立刻照做。车队跟他们一起停

止前进,黎莎下车,打开车门。

伊罗娜探出头来,打量伯爵的堡垒。她轻吹口哨。"这几个月王子可真够忙的呀——不知道他结婚了没?"

黎莎叹了口气——即使是现在,她还是没办法直视她的母亲。"希望没有。宫廷八卦他会跟任何对他眨眼的年轻女子上床。"

"他只是还没遇上对的人。"伊罗娜说。

"我是说年轻女子,妈。"黎莎说。"我不认为你是他喜欢的类型。"

"喂!不准那样跟你妈说话!"厄尼说。黎莎看向他,觉得很想尖叫。即使到了这个地步,他还是在帮她说话。就算知道加尔德的事,他大概也还是一样。看在黑夜的分上,他八成已经知道了。当事情与老婆有关时,厄尼绝对没有镇民以为的那样傻,而伊罗娜对于他的勇气的看法并没有错。

黎莎假装没听见父亲说话。"我要进去参见伯爵阁下,会请伐木工护送你们回家,到家以后,找机会把克拉西亚人的长矛藏到纸店里。不让任何人发现。"

黎莎和伊罗娜都没理会他,似乎让厄尼有点尴尬。片刻过后,他轻轻点点头。"好吧,我知道该藏在哪里。我有个无底纸浆缸。"

"喔,是吗?"黎莎问。"请问你要那种东西做什么?"

厄尼微笑。"以免哪个好奇的女孩在乱动造纸用的化学药剂时弄伤自己。"

"原来我过去十五年来都在调配最危险的药剂。"黎莎说。

"是呀,"厄尼同意道。"但我之前都没有理由提起此事。"他扬起一根手指。"等我觉得时机成熟之后才会把我的秘密告诉你。如果你想知道宝藏在哪里,说话得注意分寸。"

469

"他不是随便说说的。"伊罗娜喃喃说道。"和他在一起三十多年了,到现在我都不知道。"

盖蒙队长骑到他们面前。"伯爵在恭候你们。"他不耐烦地说。"为什么停车?"有伯爵的权威,以及曲柄弓手作为后盾,他似乎找回了一点之前拦车盘查的傲慢。

"我要让父母先回家。"黎莎说。"车队里的其他人也需要休息。"

"他们可以在伯爵堡垒里面休息。"盖蒙说。"我们安排好了,在里面会很安全的。"

"有谁会对他们不利?"黎莎问。

"伯爵阁下有不少新进子民都是来自南方,而你应该记得这些家伙对他们的家园做了什么事。"盖蒙提醒她。

"我知道。"黎莎说。"但他们是贵客,不是囚犯。"

她转向走到她身边的加尔德和伐木工。"我想伐木工能够守护一群没有武器的克拉西亚人,你认为呢?"

"不必担心,孩子。"杨·葛雷说,拿斧柄敲击手掌。"哪个木脑壳家伙胆敢闹事,我一定会叫他后悔。"听到这个老人的声音发自壮年人的身体感觉十分诡异。她之前记得他老掉牙的面相,但是一段时间不见之后,他返老还童的巨大变化还是让她有点难以分辨。他头上大部分的灰发都消失了,看起来像是四十岁的男人,而非七十。

"没错。"道格说。"交给我们吧。"

盖蒙摇头。"伯爵宣召的人包括你和你妻子,布区先生,还有卡特队长、音恩大师,以及卡特女士。"他指向汪妲。

"我?"汪妲问。"伯爵找我做什么?"

"我很确定我不知道。"盖蒙自嘲似的说。安吉尔斯人让女人拥有比克拉西亚人更多权利,不过也没有多到哪里。他们不

喜欢让女人参与政治和军事决策。

黎莎张嘴欲言,但加尔德抢先一步。"放尊重点。"加尔德吼道。"她杀过的地心魔物比你一整队手下加起来还多。"

盖蒙的眉头皱成了个深V字形。在堡垒附近,林木士兵人多势众,但聚集而来的伐木工也越来越多。他抿起嘴唇,闷不吭声。

加尔德冷哼一声,转向杨。"我们进去时看好车队。不准任何人惹他们,但也不要让他们离开。多派点人看着穿黑衣的那些家伙。"

杨点头。"好的,孩子,尽管放心吧。"

片刻过后,罗杰走了过来。根据克拉西亚习俗,阿曼娃跟在一步之后;卡维尔、克里弗及安基德跟在她身后一步;莎玛娃又在后面一步。

"希克娃呢?"黎莎问。"她没事吧?"

阿曼娃啧啧摇头。"你自以为了解我们的习俗,佩伯女士,但如果你以为男人会带吉娃森去参见伯爵,那你显然知道得不够多。"

阿曼娃的语气还是跟在来森时一样傲慢。但黎莎感觉得出来对方隐藏的怒意。她鞠躬。"我没有不敬的意思。"阿曼娃没有回应。

"伯爵阁下没有宣召你。"盖蒙队长说道。"你和那群野蛮人可以在庭院里候着。"

阿曼娃瞪了他一眼,显然是因为对方的不敬有些发怒了。卡维尔和安基德看她脸色变化蓄势待发。但她只是举起手来制止他们。"我父亲是阿曼恩·阿苏·霍许卡敏·安卡吉。沙达玛卡兼解放者,他将会统一人类。他会把我被某个没见过世面的小土豪晾在一边空等视为莫大的侮辱。"

"就算你父亲是造物主本人我都管不着，"盖蒙大声怒斥道。"你给我在外面等待宣召。"

阿曼娃尊贵的眉毛仿佛纠结在一起，不过没有进一步争辩。

黎莎担心双方大打出手，于是转向艾文，只见他正心不在焉地抚摸狼狗背部的鬃毛，它宽厚的肩膀几乎跟他的肩膀一样高。她小时候很讨厌艾文——他很残暴、自私，而且从不受管教——但就像许多镇民一样，魔印人的出现改变了他。"艾文，可以请你带我父母回家吗？"

艾文点头，跳上马车前座。影子跟在马车旁，马儿当即踩脚、拉扯辔头，发出恐惧的哀鸣。

艾文吹了声口哨。"喂，影子！去找加伦！"狼狗发出一声雷鸣般的吼叫，随即跑开去。艾文用力拽缰绳，驾驭马匹，然后挥动马鞭，马车开始快速前进。剩下的马车在伐木工和林木士兵的看守下停在原地，黎莎和其他人则走进堡垒大门。

伯爵的堡垒还在施工，不过地基已经打好，官邸本身也已经勉强可以使用。一队林木军团的士兵站在门口，手里拿着长矛和盾牌。

黎莎走到加尔德身边，压低音量。"加尔德，如果伯爵想要赐你头衔和制服，不要立刻接受。"

"为什么不要？"加尔德大声反问。

"因为这就等于是把我们的部队拱手让人，你这白痴。"罗杰说着从另一边走了过来，声音一样小到只有他们三人听见。

加尔德愤怒地瞪着吟游诗人。"对你来说，我也只是个大笑话，是不是？魔印人要我在他不在的期间保护你，罗杰。我对太阳发誓会做到这点。为了信守承诺，我挡在你和直扑而来的恶魔、克拉西亚人以及天知道还有什么东西之间。"

他突然向前一站，而身材矮小的罗杰，前一刻还不可一世，

这下被他吓得后退一步。"但他从没叫我忍受你的鬼话，而你最近讲了很多不中听的话。在我看来，他回到洼地就表示我已经兑现承诺了。从现在起，自己保护自己，你这个残废的小畜牲。下次再敢叫我白痴，我就把你的牙齿拔光。"他舔舔两根手指，高高举起，对着伯爵城墙露出的太阳说道："我向太阳起誓。"

"加尔德，"黎莎在罗杰吓呆时小心地说道。"我们这样对你，你绝对有权生气，我必须向你道歉。有时候我会把自己这辈子的问题都怪在你身上，但事实上，你的行为是任何正常男孩都会有的行为。我原谅你，你早就已经弥补从前的过错了。"

加尔德冷哼道："真的没错。"

"但罗杰说得没错。"黎莎说。"如果接受伯爵给的头衔，你就等于承认伐木工隶属安吉尔斯军队。"

加尔德耸耸肩。"我们不是吗？你们两个表现得好像我什么都不懂，但在我看来，你们才是忘了我们站在哪一边的人，跑去和克拉西亚人上床，忘掉是谁在我们洼地需要时帮助我们。"

"总之不是林白克公爵。"罗杰说。

加尔德点头。"这我知道，是解放者。既然魔印人让伯爵暂时统领洼地，那我没有意见。明天他如果要我砍掉伯爵的脑袋，我也会二话不说就动手。"

"而所有伐木工都会跟随你。"黎莎语气厌恶地说。

"对，没错。他们听我号令，不是你，黎莎。"他向罗杰点头。"也不是这个小提琴男孩。你们两个可以回去摘草药、翻筋斗，把事情交给真正的男人去应付。"

"造物主帮助我们。"黎莎在他转身大步走开时喃喃说道。

"自从你离开后,洼地变了很多,女士。"

汤姆士坐在接待厅前端高台的大型王座上。这座大厅还未完成,墙壁和天花板还有部分是光秃秃的木板,屋梁上铺着沉重的防水布。空气弥漫着尘土和混合好的克里特凝的气味,而她的头痛让这些味道闻起来更加刺鼻。刚掉下来的木屑在她脚下嘎吱作响。尽管如此,接待厅还是十分宽敞,完工后肯定高端大气上档次。

为了彰显自己的权威,伯爵身穿全套崭新的盔甲,长矛放在触手可及的地方。他的胡子修饰得很整齐,凸显出方正的下颌。他虎背熊腰,看起来像个正儿八经的贵族战士。一名仆役站在他身旁,拿着伯爵的头盔和盾牌,仿佛随时准备上阵杀敌。

站在汤姆士右手边的是海斯牧师,几个月前阿瑞安承诺过会派来洼地的圣徒。她说他信仰坚定,处事公正,对安吉尔斯忠心耿耿。

老公爵夫人是安吉尔斯的幕后决策者。黎莎上次前往宫殿时曾亲眼见识她的魅力。公爵和两名年长的王子都对她和总管大臣詹森言听计从。不过黎莎一直怀疑年轻的王子直接听命于她。

上次见面时,阿瑞安也承诺过会派汤姆士和他的部队过来,但是没提册封他为伯爵的事儿。

我早该料到这种情况的,黎莎心想。*那个老女人先说我搞不清楚状况,现在又来耍我一次。*

王座前,亚瑟勋爵站在记录台边,手里拿着笔,桌上放着记录簿和墨水罐。盖蒙队长站在左边,长矛抵地,抬头挺胸。他身后有名士兵帮他拿头盔和盾牌。

"看来洼地真是一日千里,沧海桑田,伯爵阁下。"黎莎屈膝行礼。"我们通常不会在人民返乡时拉弓搭箭迎接他们。"

"我们的人民通常不应该未经公爵批准就擅自跑去敌人领地。"汤姆士说。

"或许那是因为我们从前没有敌人。"黎莎说。"当时镇上来了五十名克拉西亚战士,而他们还有强大的部队为后盾,我只能尽力维护镇民安全。我们没有一周或更长的时间等待公爵回应,而本镇没有任何一条法令限制我的行动自由。"

汤姆士叹气。"你已经习惯于在伐木洼地里充当发号施令者了,女士。当你们对公爵唯一的价值就是每年送来几车木材时,这样其实无可厚非,但现在情况不同了。现在我是洼地及其附属领地的领主,你们镇议会必须听我号令,不是我要听你们的。我可以用你们的法令来擦屁股。"

黎莎微笑。"随你高兴,阁下,只要你不怕惹火洼地镇民。"

"这是恐吓吗?女士。"汤姆士问。"藤蔓王座回应了你们的请求,运送食物、补给,派遣工程师、魔印师,以及士兵前来帮助难民,而且强化工事对抗克拉西亚人!"

"不是恐吓,"黎莎说。"我们感激你们的帮助,感谢公爵阁下对我们的照顾。我只是提出小小的建议而已。"

"那你对跟你回来的那群敌人有什么建议?"汤姆士问。"你可以给我任何不将他们逮捕处死的理由吗?"

"我见识过克拉西亚军队。"黎莎说。"那些克拉西亚人是为了确保我们旅途安全,并且开启两族交流,也算是出于善意派遣而来的,伤害他们等于是要挑起一场我们毫无胜算的战争。"

"如果你以为我们会交出任何疆土,那你就太蠢了。"汤姆士吼道。

黎莎点头。"正因如此，你应该保持微笑，争取时间，让洼地做好备战工作。善待我们的客人，让他们了解我们的生活方式，也让他们知道我们拥有强大的实力。"

汤姆士摇头。"我不会允许克拉西亚间谍在洼地大魔印内胡乱走动。"

黎莎耸肩。"那就不要这么做，我会让他们待在我的土地上。"

"你的土地？"汤姆士问。

"你父亲林白克二世公爵赐给布鲁娜一千亩的世袭土地。"她微笑道。"我相信是作为帮你接生的谢礼。"

汤姆士脸色涨红。黎莎笑了起来。"布鲁娜死时在遗嘱中将土地留给我，我特意将所有土地都保留在大魔印之外。"

"妲西居住的小木屋附近的土地？"汤姆士问。"你质疑我让这些人住在围墙里的用心，结果却提议让他们去住在没有魔印守护的土地？"

"我的土地比你想象中来得安全，伯爵阁下。"黎莎说。"少了长矛，他们这点人不会造成麻烦，况且他们的妻小都在这里。克拉西亚人带了礼物和贸易商品来，并承诺会持续进货。让他们开店做生意，然后你也可以派遣自己的商人间谍过去。如果战争无法避免，我们最好尽量拖延，争取时间增强实力，进一步了解敌人。"

汤姆士脸上的挫败神情消失，紧绷的肩膀也放松了。"母亲说过你会这样。"

黎莎微笑。"老公爵夫人很了解我。她身体无恙吧？"

提起母亲似乎让汤姆士心情好一点。"精神不比从前，不过我认为她会活得比我们都久。"

黎莎点头。"有些女人在事情做完之前说什么也不肯死去。"

"母亲要我问候你。"汤姆士继续。"还带了礼物给你。"

"礼物?"黎莎问。

"一件一件来。"汤姆士说着转头面对加尔德。"加尔德·卡特?"

加尔德迎上前去。"是的,伯爵阁下?"

亚瑟从写字台下方拿出一个小卷轴,解开封条,摊开来念道:

"'加尔德·卡特,伐木洼地的史蒂夫之子,我以公爵阁下之名,林白克三世,藤蔓王冠持有者,森林堡垒守护者,安吉尔斯公爵,于恶魔回归后三百三十三年任命你为伐木工部队队长,效忠公爵阁下,并在宫廷中享有指挥官头衔。你会获得洼地镇的部分领地,在你的守护下收取赋税。维持日常生活开销。你将归属林木军团统帅,汤姆士伯爵阁下管辖。'你愿意接受这项殊荣及这项职务吗?"

加尔德咧嘴大笑。"感谢你,我不会接受的。"他抬头看向伯爵。"伯爵阁下,但是洼地的伐木工比林木军团士兵多很多。"

所有人顿时紧张起来。汤姆士伸手握住长矛。"你这么说是什么意思?卡特先生。"

加尔德扬起下颌比向盖蒙。"我决不会和那个废物平起平坐,我要当将军,还有……来个男爵或什么的头衔。"

盖蒙脸色一沉。但汤姆士点头。"没问题。"

黎莎伸手揉脸,感觉脑侧再度开始抽痛。

"白痴。"罗杰在她耳边轻声说道。

汤姆士站起身来,长矛指向加尔德。"跪下。"

加尔德向黎莎露出胜利的微笑，踏上前去，单膝着地。汤姆士将矛尖放上伐木工厚实的肩膀。海斯牧师也走了上来，拿出一本古旧但华丽的皮革书，封面上的金叶闪闪发光。"右掌放在《卡农经》上，孩子。"

加尔德照做，闭上双眼。

"你是否愿意宣誓效忠伐木洼地的汤姆士伯爵，从此听命于他，至死不渝？"

"我愿意。"加尔德朗声答道。

"你是否宣誓维护他的法纪，"海斯继续。"公正对待你的子民、伐木洼地的镇民，并与它的敌人势不两立？"

"我愿意。"加尔德说。"特别是最后那点。"

汤姆士勉强微笑。"以我哥哥，藤蔓王冠持有者，森林堡垒守护者，安吉尔斯领导人林白克公爵赋予我的权力，任命你为伐木工部队的加尔德将军、伐木洼地男爵。你可以起来了。"

加尔德站起身来，比站在高台上的汤姆士伯爵还高。伯爵朝布区夫妇比个手势。"会有人为你准备制服和盔甲。请在接见完毕后与你的副官商议，集合部队进行校阅。之前这些琐事都是由布区夫妇负责处理的，但如果你觉得有需要，当然可以改变他们的决定。"但他的语气似乎在暗示不需要改变。

"好。"加尔德点头，伸出手掌。"谢谢。"

汤姆士看他手掌的模样好像加尔德刚刚徒手擦屁股一样，但他还是耸了耸肩，跟他握手。"我知道你会为藤蔓王座带来莫大的荣耀，卡特将军。"

加尔德咧嘴而笑。"卡特将军。我喜欢这个称呼。"

汤姆士哼了一声。"那么，将军，你对克拉西亚部队如何评估？"

"庞大，就像黎莎说的一样。"加尔德说。"但是兵力分散。

他们迟早都会来的，不过暂时不会。我们还有时间备战。"

"那你同意黎莎女士的说法，认为他们可以在洼地里自由来去？"

加尔德摇头。"我会留意他们。但我见过他们作战的模样，不管是对抗人类还是恶魔，毫无疑问比我们强得多了。既然他们派人教导我们跟恶魔作战的方法，我们若不接受就太蠢了。"

"很好。"汤姆士说。"让你的手下车队前往黎莎女士的领地，派人在领地边界站岗。接受沙鲁姆的训练，但随时都要派人盯住他们，两个看一个。"

"如果我们够聪明，三个看一个。"加尔德说。

汤姆士点头。"由你决定，将军。"

我怎么会老是惹上这种麻烦？罗杰心想。

但他别无选择，只能听着。当史密特的旅店里有上好的房间等着他时，他打死都不愿跑去黎莎的后院睡帐篷。罗杰大声清清喉咙，所有目光都转到他身上。"我妻子呢？不能让她们待在镇上吗？"

"异教徒的婚约在这里毫无意义。"海斯牧师插嘴道。"迎娶超过一名妻子是亵渎的行为，造物主不会承认的。"

罗杰耸耸肩。"对你或许毫无意义，牧师，但那关我屁事？我宣读过婚姻誓言。"

"不承认他们的婚姻会对克拉西亚人造成莫大的侮辱。"黎莎补充道。

海斯一副打算回嘴的模样，但汤姆士挥手让他闭嘴。"你在安吉尔斯只能有一名妻子，音恩先生，选一个。如果你要另一个妻子住在你的房里，帮你暖床，仆人绝对不会多问。

"我的房里?"罗杰问。"当作是仆人?"

汤姆士点头。"我希望你能像你老师为我哥哥服务一样,担任洼地的官方传令使者。"

罗杰换上吟游诗人的面具,不过他心中的震惊就跟看到汤姆士一边翻筋斗一边唱歌一样。他还记得艾利克担任林白克首席传令使者时有着什么样的生活——黄金和美酒源源不绝,他和罗杰穿着上好的丝绸与皮革;贵族和仕女都跟艾利克平起平坐;而当他出门送信时,他的所有言行以王座的权威为后盾;他们在公爵的宫殿里拥有豪华的住所,还能进出他的私人妓院;艾利克几乎每天晚上都待在那里,而外出喝醉或是和女人鬼混时,他就把小罗杰交给其他妓女照顾。

换句话说,几乎每天晚上都把他交给妓女照顾。

但当林白克醉醺醺地爬上最宠爱的妓女的床时,结果发现罗杰睡在上面时,一切好日子都结束了。当时公爵神志不清,分不出妓女和小孩的差别,便脱掉罗杰的睡衣,轻易制伏挣扎的他。

"爱玩半推半就,呃,小姑娘?"公爵满嘴酒气地含糊说道。他窃笑。"反抗是没用的,还是乖乖弯下腰去吧。很快就会结束的。"

公爵清醒后大发雷霆。艾利克从偏远村落送信回去后,发现他的委任状也被撕成了碎片。他只有不到一个小时的时间收拾行李。公爵从未公开解释开除他的具体理由,而最初还有一些熟人善待他们,但随着艾利克的酒瘾越来越大,慢慢地与所有熟人都疏远,以致他和罗杰几乎过着每天都吃了上顿没下顿、更不知在哪儿过夜的流浪日子。他们欠城内所有旅店老板和酒保的钱。

罗杰转眼之间回想起自己与师傅落魄时经历的一切,接着

看向汤姆士,不知道他是否像他哥哥一样反复无常。不过那无关紧要。艾利克喜欢当公爵的手下,乐于宣告税率,剥削人民,他喜欢他的地位。罗杰一点也不愿意代表汤姆士传令,他对汤姆士的认识仅止于他是个脾气不好的花花公子。

他恭敬行礼,脸色平静。"你让我深感荣幸,伯爵阁下,但恐怕我无法接受。"

亚瑟和盖蒙神情紧绷,不过没有说话。海斯牧师摇了摇头,仿佛在暗示罗杰愚蠢得不识好歹。

"仔细考虑下吧,音恩先生。"汤姆士说。"由于娶了异教徒的妻子,你会是沙漠恶魔宫廷大使的最佳人选,而你的女主人也认为我们得要采取外交手段。宫廷是绝对不会吝啬的。你甚至可以取得土地和头衔,就像加尔德将军一样。"

罗杰耸肩。"抱歉,黎莎·佩伯女士不是我的主人,而我也不奢望加尔德获得的赏赐。我只想训练我的学徒和跟你一起来前来洼地的吟游诗人,学习如何迷惑地心魔物。"

汤姆士目光凌厉。"我也没理由让个不愿对我效忠的人训练我手下的吟游诗人。"

罗杰鞠躬。"没有不敬的意思,伯爵阁下,他们不是你手下的吟游诗人,而是我从乔尔斯公会长那里要的,我有合约文件。如果不让我训练他们,你不但浪费了拯救人民的力量,而且不久之后,安吉尔斯里所有吟游诗人都会开始讲述洼地的汤姆士伯爵不把别人的信誉当回事的故事。"

第一次,汤姆士看来像是真的动怒了,但海斯牧师轻触他的手臂,让他冷静下来。

"很好。"他说。"如果史密特镇长还愿意接待你,你的小情人可以待在旅店里。但我不会忘记你今天跟我抬杠这件事的。"

罗杰又行个礼。"感谢你，伯爵阁下。"

汤姆士深吸一口气。"现在，关于我母亲赠送的礼物……"

※

汤姆士深吸一口气，"现在，关于我母亲赠送的礼物……"

汤姆士朝亚瑟打了个手势，他拿出用绿丝带捆绑的小卷轴，交给黎莎。"老公爵夫人依然掌理安吉尔斯领地内所有女性事务，而她任命你为洼地郡的首席草药师。"

黎莎尽力保持镇定。老公爵夫人吃定我了，她很清楚这点，因为她没办法像罗杰那样公然拒绝委任状。就法律上而言，首席草药师的地位在郡内所有人之上。如果黎莎拒绝，这个位置就会由其他人替补，进而削弱她在洼地里的话语权，但是接受任命与加尔德接受头衔没有多大差别。这表示她默认汤姆士的统治，听候他的差遣。同时，这个职位会让她成为他的私人草药师。想到要看伯爵的裸体就让她恶心不已，虽然她最近每天都在反胃。她拉拉上衣，想着藏在衣服底下那个正在成长的小生命。

接待厅中一片沉默，所有人都在等她的答复。汤姆士看来像是算准她会像罗杰一样拒绝的模样。她不确定他究竟希望她接受还是拒绝。

"或许你会有件像样的制服搭配那个响当当的头衔。"加尔德得意扬扬地说。她很想抓一把胡椒撒在他脸上。

最后她屈膝行礼，不过只是轻轻扯裙，微微屈膝。"很荣幸有这个机会，伯爵阁下。我一周内答复你。"

汤姆士抿起嘴唇，接着耸耸肩。"期待你的答复。请在第七日前决定，以免我得要联络安吉尔斯，请他们另外调派人选过来就任此职。"

黎莎点头同意，汤姆士转向汪姐。"至于你，卡特小姐，我没有土地和头衔给你，也没有职务和位阶，但我母亲很喜欢你，所以送了实物过来。"仆人推了衣架进来，上面挂了几十件紧身上衣，每一件都织有阿瑞安老夫人的徽记——一顶放在绣花箍上的木冠。

"女人在部队里不能担任职务，但洼地的女弓箭手已成为传奇，母亲希望能担任你的赞助人。"

仆人挑选出一件紧身上衣，走到汪姐面前。"可以为你穿上吗？"

汪姐愣愣地点头。仆人脱下她的魔印斗篷，她弯下腰去，让仆人为她套上厚厚的紧身上衣。汪姐赞叹地拍拍这件衣服。她鞠躬。"从没穿过这么高贵的衣服，请代我谢谢公爵夫人阁下。"

汤姆士微笑。"这些衣服不值一提。你可以把它们送给你认为有资格穿的女人，但母亲坚持要先送给你。皇室还将资助一队制弓匠、制箭匠以及他们的工具和材料。"他再度挥手，让守卫拉开门帘，一个中年男子走进接待厅。此人身材瘦削，肌肉结实，衣服上绣有工匠公会的铁锤和盘子徽记。他身后跟着三个年轻人，将手中一捆捆油布小心翼翼地放在地上。他们摊开油布，里面摆着上好的木盔甲，上面刻了美丽的魔印，与林木军团的盔甲一样上了光亮的瓷釉。汪姐不觉惊呼出声。

"晚点可以慢慢调整，不过现在请你至少先穿上胸甲，让我们开开眼界。"汤姆士说。

汪姐点头，工匠拿起胸甲，开始帮她穿着。黎莎以为这副胸甲会做出女人的特征，在她平坦的胸口留下不必要的空间，但是老公爵夫人考虑周详，胸甲完美契合。汪姐看起来高贵庄严。

"好轻。"汪妲赞叹道。

工匠点头微笑。"本来我们考虑帮你装上金属筛孔，但是弓箭手必须灵活。轻盈的木甲可以提供与密尔恩最顶级铜甲相同的防御。"

黎莎叹气，这又是老公爵夫人试图收买人心收罗实权的手段。上次喝茶时，汪妲曾明白表示自己效忠的对象，而阿瑞安显然对此不满。黎莎很想请汪妲退回盔甲。只要黎莎开口，汪妲立刻照办，但是看着她那副自从父亲过世后，恶魔在她脸上留下疤痕后就鲜少出现的快乐表情，黎莎实在不忍心。

罗杰在众人赞美汪妲的新胸甲时稍微松了口气。但汤姆士的目光再度转向他。他全身的肌肉也跟着再次紧绷。

"现在，"汤姆士摩拳擦掌。"我想该会见客人了。"亚瑟指示门口守卫宣召阿曼娃、安基德、卡维尔及克里弗入内参见伯爵。

"克拉西亚的阿曼娃公主。"亚瑟大声宣告，声音回荡在整座大厅里。"安吉尔斯王子、林木军团统帅，洼地郡领主汤姆士伯爵阁下，欢迎你及你的随从觐见。"

"你们最好有很充足的理由让我等这么久，"阿曼娃说。"我们带着和平的善意来访，而你的青恩沙鲁姆却如此粗暴地接待我们。"她伸指比向盖蒙队长。"在克拉西亚，我们会对如此无礼之人施以鞭刑。"

罗杰叹气。刺头儿来了，事情肯定不会顺利的。

汤姆士没料到这小丫头会如此强硬。"如果你抵达时有人对你无礼，我在此对你表达歉意，公主。"他瞪向盖蒙。"我保证会教导手下恰当的礼节。至于让你等待的事，我想你可以体

484

谅我在接见你之前先与我的子民简短会谈,以便了解情况。"

"任命加尔德为将军,"罗杰说,"还提供我一份成为首席传令兵使者的委任状。"

阿曼娃看了罗杰一眼,随即哈哈大笑,笑声回荡在整座接待厅。

"你觉得很好笑?"汤姆士问,语气逐渐严厉,耐心瞬即消失。

阿曼娃回看伯爵,眯起双眼。"我丈夫会在拒绝全世界统治者的任命后跑来接受你一个小小地主的任命?只是想想就觉得可笑。"

"小地主?"汤姆士冷冷问道,语气不善。

阿曼娃转向罗杰。"伯爵,在你们的文化中比公爵低级?"

"伯爵阁下是藤蔓王座第三顺位继承人。"罗杰说道。

阿曼娃点头,转身面对汤姆士。"我父亲见过一个北地公爵——来森堡的伊东四世。当伊东公爵跪在地上,额头贴紧地面,为了活命而苦苦哀求时,他宣示这辈子效忠沙达玛卡,并且帮十二名达玛基舔鞋子。只要我父亲一声令下,他会毫不迟疑地舔他们屁股……"

汤姆士的表情由不耐烦转为愤怒。他面红耳赤,罗杰几乎可以听见他咬牙切齿的声音。他紧握长矛,矛柄差点折断。

"那不是重点!"罗杰大声道。"我不会接受任命,也不想接受任命!我爱写什么就写什么,爱唱什么就唱什么,我才不管别人想要我做什么!"

阿曼娃点头。"就该如此。"

罗杰不太了解她这么说的意思,不过暂且先不理会。"还有你，妻子，在别人面前放尊重点。"

"你丈夫说得没错，"汤姆士说。"你父亲会发现安吉尔斯不像来森那么软弱，我们等着与他决一雌雄。"

"来森人本来很软弱。"阿曼娃说。"我父亲正在让他们变得坚强。他认为洼地人已经免战了，决定宣告你们为独立的部族，由族长全权自治。他只要你们答应这两件事。"

"什么两件事？"汤姆士问。"我们要付出什么代价买回我们本来就拥有的东西？"

"首先，"阿曼娃说。"你们要承认他是沙达玛卡，在第一战争展开后与他共赴战场。"

"什么第一战争？"汤姆士不解地问。

海斯牧师凑上前去。"最终的火决战，伯爵阁下，大概意思是，统一人类之后，期望带领人类将恶魔逐回地心的战争。"

阿曼娃点头。"你们的《卡农经》和《伊弗佳》一样预见了这场战争，是不是？牧师。"

海斯牧师点头。"没错，但我们没有看到你父亲就是解放者的证据。解放者或许早就降世，也可能明天会出现，又或许还要再等一千年。《卡农经》没有提到他会奸淫掳掠，还大肆鼓吹异教理念。"

"所有战争都会带来死伤与损失。"阿曼娃说。"那是统一的代价，应有的代价。但我父亲提供和平共处的机会，你们聪明的话就该懂得珍惜。"

汤姆士脸色一沉。"和平的第二个条件又是什么？"

阿蔓娃笑道："那就是佩伯女士同意成为他的妻室，当然了。"

这时，旁边传过来一阵窸窸窣窣的声响，魔印人推开充当墙壁的防水布走进接见厅。"绝对不可能。"

所有人大吃一惊。黎莎与他分开后以来，正如妲西所说，他变了许多。他脱下了神秘的牧师长袍——现在身穿朴素的工作裤和褪色的白上衣，正面扣子没扣，露出胸口的大片文身。他打着赤脚，轻轻地走过冰冷的地板。

但这些改变并没有如她预期中那样看起来更像凡人，反而让他更加突出，光秃秃的头顶和肚子上数以千计原本藏在牧师长袍下的繁复魔印现在全都赤裸裸地呈现在众人眼前。

站在他身后的是妲西提过的那个女人——瑞娜·谭纳——他的未婚妻。黎莎以批判的眼神审视着她，但这个年轻女子的外表实在太过特立独行，根本无从评判美丑。她约莫二十出头，头发草率地在身后绑成一条辫子，衣不蔽体，身上只穿紧身背心，以及两边都开衩至腰际的粗布裙。她腰间佩带一把大猎刀、皮袋，以及一条溪边卵石项链。就像亚伦一样，她从头到脚布满魔印，不过看起来是黑柄漆所绘，而非真正的刺青文身。

可恶的家伙，黎莎心想。竟然在逼我发誓不要这么做之后让别的女人这么做。

"你凭什么以为你有权告诉我该嫁给谁，不该嫁给谁？"她在亚伦走近时问道。

"我对你未婚夫的了解比你深多了。"亚伦说。"如果你再不回来，我就准备去救你。"

黎莎越听越气，毫不掩饰自己的怒意。"我无须你解救。"

"这一次，"亚伦说。"不要被丝绸枕头和复杂的礼仪迷昏了头。克拉西亚人最会笑里藏刀，阿曼恩·贾迪尔更是个中高手。"

"你是什么人？凭什么一副和我神圣的父亲很熟的样子。"

阿曼娃大声问道。

亚伦转向达玛丁，浅浅鞠躬，以母语般流利的克拉西亚语说道："他是我的阿金帕尔。我是亚伦·阿苏·杰夫·安贝尔斯·安提贝溪，克拉西亚人称……"

"帕尔青恩！"卡维尔吼道。他转向克里弗，伸手在脖子上一划。

侦察兵立刻反应，伸手到黑袍中抄出几枚三角形的利刃掷向亚伦。黎莎担心他会被暗算。但亚伦动也不动地站在原地，他的手快如疾风，旋转的利刃仿佛树叶遇上风似的被他轻易扫开。利刃轻轻落下，不过训练官和侦察兵已经分别从两侧展开夹攻，手里都拿着暗藏的武器——克里弗用的是把连着锁链的镰刀，卡维尔用的则是两把短杖。

"你的战技是我教的，帕尔青恩。"卡维尔说。"你真的以为你能对抗真正的沙鲁姆？"

亚伦微微一笑，摆出战斗姿势。"自从你和克里弗上次谋害我之后，我又学到不少新东西，训练官，而且当时你们完全仗着人多势众，今天我倒要再向你讨教几招。"

谋害？黎莎心想，但还没机会想清楚，克里弗已经自亚伦身后甩出锁链上的砝码。锁链缠上亚伦的手腕，但是亚伦抓起锁链，用力一扯，克里弗立刻失去平衡。卡维尔趁机进攻，两条短杖使得虎虎生风，但亚伦拉直手中的锁链，挡下两记杖击。他扭转锁链，夺下一根短杖，顺势出脚踢中训练官的背部。

黎莎听见肋骨断裂声，但训练官立刻翻身而起，抛掉左手剩下的一柄短杖，右手随即拔出匕首。

"给我住手！"黎莎叫道。但是没人理会她。汤姆士的守卫看起来像是准备介入的样子，不过伯爵没有下令，只是饶富兴味地看着魔印人教训这帮沙漠老虎，给自己长长威风。加尔德

和汪妲也一样目瞪口呆地看着双方交手。

克里弗站稳脚步,一手取下锁链上的镰刀,另一手拔出一把拳刃。他的攻击迅速精准,夹杂不少虚招和回击,但亚伦还是轻易挡下,仿佛逗小孩玩似的,卡维尔则重新加入战局,出刀攻向亚伦背部。

瑞娜上前阻挡卡维尔,但由于太过接近阿曼娃,所以安基德上前拦截她。他出手抓住她的长辫子,使劲拉过自己肩膀。

黎莎以为两人的战斗就此结束,却没想到那个女人竟然纵身而起,一个筋斗翻过头顶,再度与他相对而立,对准他的肚子又是一拳。

这一次安基德轻哼一声,不过没有放开她的辫子,接着一拳击中她的脑袋,让她口吐鲜血。在她自剧痛中恢复之前,他已经挺指插入一束神经丛,瘫痪了她一条腿。他抓住她的手腕,用力扭转,强迫她跪在地上。

黎莎和安基德都以为她已经没戏唱了,但瑞娜·谭纳却叫人吃惊。她发出野兽般的吼叫,止住下跪的力道。黎莎本已认定她的腿在几分钟内都无法使力,而安基德又比她重上两倍有余,但是瑞娜依然咬紧牙关,缓缓起身。宦人瞪大冰冷的双眼,无法相信两人竟攻守转换,变成他开始向后,脊柱像弓一样弯曲,双脚吃力地颤抖。

她也能在白天保有魔力,黎莎发现。就像亚伦一样。

瑞娜突然双臂一扭,轻易挣脱安基德的钳制。她反手抓着他粗得她连一半都握不到的手腕,将他扯向自己,一把抓起他的皮带。阉人在被她举在头顶上的同时捶了她好几拳,但是女人毫不理会,径自将他摔过大厅,撞穿一面木板墙壁。他头昏眼花地自木屑中爬起。

亚伦和沙鲁姆的打斗越来越激烈。黎莎从未见过卡维尔和克里弗出招如此凶狠，但亚伦总是轻描淡写，表情平淡而专注。偶尔他会反击一下，好让对方知道自己只是不想过快结果他俩。他夺走卡维尔的匕首，以刀面击中训练官的脑侧，令他摔在克里弗身上。侦察兵再度扑上，两人扭打片刻，最后以克里弗的拳刃插在他自己屁股上，亚伦飘逸地离场收尾。

黎莎不是很了解战士的想法，但以她对克拉西亚文化的了解，她知道亚伦是在刻意羞辱他们。与比自己强大的敌人英勇作战，最后光荣战死是每个战士梦寐以求的死法。但是被人击败、苟且偷生则是难以想象的梦魇。她从他们身上感受到羞辱和无助的愤怒，差点要同情他们了。

差点。

但他们曾试图谋害亚伦。这是她亲耳听他说的，尽管对其他事情仍充满疑惑，她却能确定这是事实。

魔印人是在四年前出生于克拉西亚沙漠。去年在路途上问他年龄时，亚伦告诉过她。

身处魔印后方的男人呢？黎莎问。他死的时候几岁？

他是被人杀死的。亚伦说——但从来没说是被谁杀死的。

黎莎看着亚伦和沙鲁姆打斗，两个人就是那年加害他的凶手，那年逼迫他踏上在自己的皮肤上文印之路的凶手。阿曼恩也是害他的人吗？如果阿邦的警告是真的，或许真是如此。

如果你认识杰夫之子，如果你能与他取得联络，告诉他立刻逃往世界的尽头，因为贾迪尔就算追到世界的尽头也一定要灭掉他——世界上只能有一个解放者。

不管曾对她做过什么，亚伦都是个好人。这群人试图谋杀这样的好人，而且差点得逞了。黎莎心中的黑暗面想要看他们受苦，在帮他们接骨时不用麻醉药。

两名沙鲁姆拉开架势，准备下一拨攻势，一阵尖锐的吼叫

声突然回荡在大厅中。只听见阿曼娃以克拉西亚语叫道:"立刻住手!"两人马上僵立不动。

卡维尔和克里弗没有继续动手,但也没有就此罢休。训练官瞄了达玛丁一眼,目光未曾离开亚伦。"神圣之女,你不知道此人是谁。他是个血债叛徒,觊觎沙达玛卡的头衔。为了维护荣誉,我们得杀了他。"

克里弗点头。"训练官说得没错,神圣之女。"

亚伦微笑。"告诉我,沙鲁姆,如果艾弗伦确实存在,会怎么处罚说谎者?"

阿曼娃转头打量他。"所以你没有自称是解放者?"

"所有人都是解放者。"亚伦说。"所有在黑夜中挺身而出,而非藏身于魔印后方……或是躲在地底下的人。"他意有所指地看着她。

"我们的族人已不再那么做了,帕尔青恩。"阿曼娃说。

"我的族人也一样。"亚伦说。"我们全都致力于在阿拉盖之前解放人类。"

"神圣之女,不要听信这个满嘴谎言的青恩,"卡维尔说。"我们得为了公义和你父亲的安全立刻除掉他。"

"好像你办得到一样,"亚伦吼道。"我们之间有血债,没错,但欠债的人是你。我本来可以今天就让你血债血偿,但现在我只杀阿拉盖。"

"此人为何深具威胁?"阿曼娃问卡维尔。"照他的话听来,他根本没有觊觎我父亲的头衔。"

"他的说法就是污辱沙达玛卡,"卡维尔说。"用那异教的亵渎言论诋毁你父亲的荣誉,让他争取时间,等待攻击的时机。"

阿曼娃不动声色。"先动手的人是你,训练官。我父亲从前时常提起帕尔青恩,而他总说他是荣誉之人。"

"当他在大迷宫中背叛你父亲时就已失去所有荣誉。"卡维尔说。

亚伦上前一步,目光炯炯。"要谈大迷宫吗?卡维尔。要我告诉在场所有人当晚发生的事,让他们去评判是谁失去荣誉吗?"

训练官没有回应,与克里弗对望一眼。阿曼娃瞪着他。"训练官,怎么了?"

卡维尔清清喉咙,"我们不能谈那件事。我们对沙达玛卡发誓绝口不提,你必须相信我的判断。"

"必须?"阿曼娃问,语气十分严厉。"戴尔沙鲁姆,你是在告诉艾弗伦之妻必须做什么,无须做什么吗?"两个男人全身一僵,但是依然维持攻击姿势,随时准备再度发难。

"帕尔青恩,"阿曼娃说。"请让我们知道那天晚上发生了什么事。"

亚伦摇头。"你想知道?去问解放者长矛队,去问你父亲。如果他们不肯告诉你,或许你该想想为什么。"

阿曼娃眯起眼睛看他,接着转向卡维尔。"退到我身后。除非我同意,不然你们不能再提此事,而我此刻不同意。"看到两个男人还在迟疑,她又补充一句。"我不会再说第二遍。"

她一个语气中的决断意味令战士忍不住颤抖,终于遵从命令,收起武器,走到达玛丁身后站定。

"看来你的新邻居会让你很开心,佩伯女士。"汤姆士幸灾乐祸地说,黎莎不禁觉得一切都是自己咎由自取。

亚伦走过去站在黎莎身旁,压低音量道:"很高兴看到你平安归来。"

"我也是。"黎莎说。

"我们应该谈谈。"亚伦说。"今晚黄昏后,就我们四个人

在你的小屋。"

"四个人？"黎莎脱口问道。她经常与亚伦私下会面，不过向来都是三个人。她自己、亚伦和罗杰。

这是个没有意义的问题，只是确认她已经知道答案。"瑞娜和我订婚了，有我的地方就有她。"

尽管早就料到他会这么说，她还是没想到这些话仍然令自己很受伤。"罗杰和阿曼娃结婚了。"黎莎说。"而你拒绝让他妻子享有同样的权利？"

亚伦耸肩。"那是你家，黎莎。你想找谁去都可以，但如果要听那晚的事，就只能我们四个。"

黎莎扬起下颌比向瑞娜，眼中流露不善的神色。"你不是求我不要在别人身上画黑柄魔印吗？"

亚伦叹气。"我不是第一次犯错了，黎莎。我想也不会是最后一次。"

※

"丈夫，你在洼地的宫殿还有多远？"阿曼娃在马车沿着道路驶入解放者洼地时问道。

"宫殿？"罗杰问。

阿曼娃鞠躬。"原谅我，丈夫，我忘了你在北地没有宫殿。你的……宅邸？"

"啊……"罗杰说。"我也说不上有那种东西，我只是寄住在史密特的旅馆里。"

"我不明白你说的那个名字。"阿曼娃说。"什么是史密特旅馆里？"

"史密特，"罗杰说。"他是老板，他开了间旅馆。"

"而你住在这间……旅店里，不管月盈还是月亏？"阿曼娃惊奇地问道。

"怎么?"罗杰问。"他们每个星期会帮我换一次床单,而且我永远不用做饭。"

"非接受不可。"罗杰大声道。"因为我只住得起旅店。我跟你父亲说过我是个穷光蛋,不是随便开玩笑的,你刚才已经够糟糕了,你竟敢不给我们的伯爵留面子,现在还嫌我住的地方不够恢宏大气?"

阿曼娃赶紧立定鞠躬。"很抱歉,我的丈夫。我没有冒犯的意思,我只是认为受到艾弗伦关照的人才应该有能与其匹配的宅邸。"

罗杰微笑——这话听起来才让人舒服。

当他们抵达旅馆时,镇民大多都已经围了过来,但罗杰没理他们。他想要尽快安顿妻子,好在黄昏后去见很久没见却期待已久的魔印人,弄清楚现在是什么情况。

"我要多租几间房。"他对史密特说。

希克娃拉住他的手,轻轻将他拉回来。"拜托,丈夫。这种小事,请让我来处理就行……"她走到他前面,开始以莎玛娃在旅途中讨价还价的方式与旅店老板讨价还价。史密特转身招来一个儿子。讨价还价似乎是克拉西亚人与生俱来的天赋。

"店老板说得赶走几个住户才能腾出我们需要的房间。"希克娃回来后说道。"我们只能先在丈夫的旧房里等一等。"

"旧?"罗杰问。"我爱那个房间,整间旅店里传音效果最好的房间。

"那个房间不合适,丈夫。"希克娃说。罗杰叹气地摇头,自己不可能争得过她。

前门打开,一群人走了进来。从他们的乐器盒和鲜艳服饰就能看出是吟游诗人。有个年轻女孩与他们一起进来。罗杰一看见她立刻满脸愧疚，那是差点因为他的愚蠢而丧命的学徒坎黛尔。

他不自觉地陷入回忆——加尔德抱着浑身是血的坎黛尔飞奔着离开战场的画面——他摇摇头让自己清醒过来。

"罗杰！"坎黛尔叫道，冲上前去一把抱住他。"他们说你们回来了！我们好担心，啊！"

她突然被人扯开，罗杰看见希克娃仿佛对付小孩般轻轻松松地以两根手指扭转坎黛尔的手腕，令她动弹不得。"你是什么人，竟敢碰我丈夫？"

坎黛尔看着她，尽管面色痛楚，表情依然惊讶地反问。"丈夫？"

"希克娃！"罗杰大叫。"放开她！她是我的学徒坎黛尔。"

希克娃立刻放开坎黛尔的手腕。年轻女孩抽回手臂，轻轻搓揉。希克娃和阿曼娃像狼一样围着她绕圈，从各个角度打量她。

"你们绿地人给予奴隶很大的自由。"阿曼娃说。"但她看起来还挺健康的——你到底有多少奴隶？"

"我不是他的奴隶。"坎黛尔大声喊道。"我属于自己。"

"她说得没错。"罗杰说。"她和其他学徒都是自由之身，坎黛尔是所有学徒中最有潜质的。"

他妻子在其他吟游诗人走进来的同时继续围着坎黛尔绕圈。罗杰听说过这些人的名号，不过没有见过面。领头的是哈利·滚球者。哈利早期的表演生涯经常站在大球上演奏。后来他不这么干了，不过"滚球者"的名号还是一直跟着他。

哈利年事已高，早已从演出与教学的生活中退休，但他是声望绝佳的作曲家兼大提琴手。乔尔斯会长承诺派大师级的吟游诗人过来，但那些当红的吟游诗人似乎都不愿放弃在安吉尔斯挣钱的大好机会跑来洼地冒险。史来·六弦比哈利还老,肩上扛的吉他堪称古董。罗杰曾看过史来的表演,对他那双灵活的老手非常敬佩,但那是至少十年前的事了。

其他人比较年轻,多半是一年前与罗杰在街头抢饭碗的年轻表演者。当时威尔·风笛手还是个学徒。罗杰心想他能出师是否纯粹因为同意接下来洼地学习这个工作的缘故。

哈利与罗杰握手。"很高兴看到你平安回来了,半掌大师。你外出期间,我一直遵照你和公会长的协议,教导你的学徒音乐符号。他们……基础有点差,不过还是进展挺快的……"

基础不好。罗杰哼了一声。真是委婉的说法。他们原本就是一群五音不全的乡巴佬,从未受过公会的正式训练;而滚球者则是公会训练的活广告。

但一切即将改观了。

"别管那个了。"罗杰说着把手伸到背包里拿出《月亏之歌》的乐谱,用力将乐谱拍上对方的胸口,滚球者反射性地接下它们。"我要所有人学会这首歌,教你的学徒尽量多誊抄几份。"

滚球者震惊地看着乐谱。"这是什么理论……?"

"测试过了。"罗杰说。"我的三人乐队可以发挥功用。就看其他人可不可以复制了。"

罗杰的房间与他离开时一模一样,但住过镜宫,以及来森堡到洼地之间所有旅店最好的客房之后,他以别样的眼光扫视自己的房间。这里又小又挤,只有一张床和一个大杂货箱——随时打包好行李——艾利克以前总这么说。

罗杰来到大箱子前,开始整理杂物,但希克娃阻止他。

"拜托，丈夫，这种事让仆人去做。你亲自动手会令我们无地自容的。"

"我没有仆人啊。"罗杰说。

"那等新房间整理好后，我叫史密特的人帮你搬。"希克娃拉着他，一直走到床边坐好。

他看着阿曼娃。"你说'本当如此'是什么意思？"

"嗯？"她问。

"伯爵的接待厅里，"罗杰说。"我说我不会也不想接受任命时。"

阿曼娃鞠躬。"我在……上次争吵后掷过骨骰，丈夫。它们说想要保有力量，你就不能宣示效忠任何人。很抱歉我质疑你。希克娃和我现在都是你的人了，不管你选择以什么样的方式对抗阿拉盖，我们都会追随你。这就是父亲要我们嫁给你的原因，我们不会再背弃你。如果你要求我们换上鲜艳的丝袍在夜里歌唱，我们会照做。"

"如果我要求你们唱《伐木洼地之战》呢？"罗杰问。

"我们依然会照做，但事后想办法让你后悔。"阿曼娃眨眨眼道。"我们是你的妻子，不是奴隶。"

罗杰呆望着她们一会儿，接着哈哈大笑。

"你信任魔印人吗？"阿曼娃问。"你知道他和我父亲之间的过节吗？"

"是，我信任他，"罗杰摇头。"但我不知道他们具体有什么过节。今晚我会和他谈，或许他会告诉我。"

"你会把他说的事告诉我们吗？"阿曼娃问。

罗杰看着她很长一段时间。"如果他要我保密，我会照做。"他皱眉，接着耸肩。"除非我觉得不该保密。"他对她微笑，"我必须有主见，不是吗？"

第十九章　真相

333 AR　夏　新月前第十一个拂晓

黎莎坐在布鲁娜最常坐的摇椅上，裹着老女人最喜欢的那件刺绣披肩，试图忽视恼人的头疼。远行期间，妲西帮忙照料她的小屋，但花园里的情况显示那个女人还是不擅长打理这些，而且完全不懂得收拾家务。黎莎要花上一个星期才能让小屋恢复到自己离开前的状况。

尽管如此，能够平安地回来坐在老师最喜爱的摇椅上，裹在披肩里确实能带来莫大的慰藉。最近几个星期来她不止一次怀疑自己还有没有机会平安回洼地。即使现在，她还是觉得一切都不踏实。

她能觉得踏实吗？她回到家了，但很多方面，一切都与从前不同了。现在洼地里多了个伯爵，想尽一切办法要改变洼地从前那种宁静的生活，不断剥夺黎莎发号施令的权力。自己能阻止他吗？应该阻止他吗？

还有一群克拉西亚人在小屋的后院、布鲁娜的私家土地上搭建起一片帐篷。他们对黎莎梦寐以求的和平会有帮助吗？还是会像梦中预见的一样，成为洼地中心的肉中刺？

亚伦，她以为会永远守护洼地的人，丢下他们、自己离开，回来后又完全变了个人。她不知道这样的改变到底是好事还是坏事。

而且我肚子里的孩子正一天天长大。

就算没验孕，每天干呕也让她越来越确定有个生命在她体内生长——阿曼恩·贾迪尔的骨肉。一定是他的，因为她没和其他人做过——但这点也很不真实。亚伦生怕会让她怀下恶魔之子，但她告诉他自己并不在乎。现在沙漠恶魔在她体内播下种子，她也告诉自己同样的话，但她真的不在乎吗？她会深爱、珍惜这个孩子，但当阿曼恩前来认亲时又会导致多少人失去生命？她不可能永远掩饰怀孕的事。黑夜呀，达玛丁可能早就预见此事了。

她轻轻抚摸着自己肚皮，一滴泪水缓缓流过脸颊——希望是个女孩就好。

这个想法令她羞愧——难道自己厌恶男孩吗？当然不是——希望阿曼恩不会为了个女儿挥兵北上。

再一次，她想起母亲的话——找个男人，快点和他上床——伊罗娜肯定很擅长这种事。

尽管母亲的话很不中听，但却能解眼下燃眉之急。伊罗娜透过她自己的欲望看待世界，从黎莎永远无法了解的角度了解他人的欲望。黎莎打算跟加尔德做的事——和他上床，然后让所有人以为孩子是他的——难道会比伊罗娜背叛丈夫和旧情人之子私通要好到哪里去吗？

黑夜呀，黎莎心想。我的计划更邪恶。整件事最糟的地方在于，她至今还在琢磨这事儿。当然对象不是加尔德，但肯定还有其他候选人——洼地中并不缺乏勇士。就连杨·葛雷也愈来愈年轻、英俊，而且已经丧妻十五年。他当年老掉牙时就经常捏她屁股揩她油，显然对黎莎也是梦寐以求，不过当年这样做无伤大雅——只是一个不正经老头的玩笑而已，现在……

她突然全身颤抖不止，想起他那连牙根都掉光了的恶心笑容——不，不能找杨。还有其他人——保守孩子血缘的秘密可以拯救多少人命？

当然，阿曼恩很可能会发兵北上杀掉胆敢碰他未婚妻的男人。黑夜呀，卡维尔多半会代劳。这是个可怕的想法，但她无法排除这个可能。阿曼恩或许真的相信自己所做的都是在拯救世界，但他太执着于追求这个，竟然认定黎莎——或说与她联姻——就是征服北地的关键。他会杀掉任何胆敢碰她的人。

就像他曾试图谋害亚伦。她不愿相信此事，想要把它归咎于亚伦不愿碰她的借口，但这两个解放者候选人都是诚实至极的人。既然他说出口了，她就相信他。但就和阿曼恩避而不谈帕尔青恩一样，亚伦也没有明说此事。该是时候问清楚其中的原委了。

黑夜呀，让他看到我肚子大起来后会怎么想？

这时，晚风送来一阵音乐声——罗杰来了。他们说好要在亚伦抵达前私下先聊聊，但黎莎没想到已经这么晚了。她看向窗外，发现已近黄昏，自己早已忘了放在大腿上的针线。近来天黑的时间越来越早。夏至早已过去，白天正在缩短，黑夜正在变长。这个想法令她更平添几分恐慌。

但音乐声逐渐接近，如驱赶恶魔般驱走黎莎的恐惧与担忧。她生火煮水，然后打开屋门迎接罗杰，心知汪妲正在巡逻庭院，确保其他访客安全无虞。

没过多久，罗杰一手拿着小提琴和琴弓走进大门。黎莎望向琴身，看见没带那个魔印腮托。

"留在旅馆里了。"罗杰说，举起琴弓指向披在黎莎肩上布鲁娜的旧披肩。"迫不及待地要把那块旧布裹在身上，是不是更舒服啊？"

黎莎搂着那件多年以来由老女人灵巧的手指不断缝补的旧

披肩。洼地中有不少老人宣称半个世纪前就看布鲁娜裹着那件披肩了。为了让它保留布鲁娜的气味,以便带她回到这间小屋还是全世界最安全之处的时光,她从未舍得洗它。"罗杰,你有你们的护身符,我也应该有属于我的。"

罗杰脱下黎莎亲手做的隐形斗篷,挂在椅背上,完全忽视门旁专挂斗篷的钩子。他解下惊奇袋压在斗篷上,一屁股坐在椅子上,把脚跷到桌上,下颌夹着小提琴。"一点也没错。"

黎莎去拿茶杯和饼干时踢了椅子一脚,让他的双脚摔下桌面。"你怎么说服你那两位强势的妻子放你一个人出来约会的?"

"比想象中简单。"罗杰说。"她先拍拍我的头,然后说了些有关骨骰的疯话,然后就放我出来了。"

"那些骨骰可不简单。"黎莎端着茶走了过来。

"说得有道理。"罗杰点头。"而且它们的力量很强大。"

黎莎压抑住一股恶心感。"不过就是让人们更加相信她们预言的有力工具,但如果它们真的像达玛丁对外宣称的那么强大,克拉西亚人早就已经让所有北地女人戴上面纱、让男人都手持矛了。"

"好苦。"罗杰说着喝了口茶,脸皱成一团。"你每次都舍不得放糖。"他从口袋里拿出水瓶,倒了一点焦糖色液体到茶杯里。黎莎皱眉,但他只是微笑,朝她举了举杯,然后喝上一口。"好多了。不过苦茶和恶魔骰的问题晚点再说,我们没多少时间讨论那个疯女人。"

黎莎不必问他指的是谁。瑞娜·谭纳将安基德举过头的身影再次浮现在她脑海里。当时黎莎好好打量了她一番。在黑柄魔印和凶狠的表情下有张美丽的圆脸,还有能让黎莎自叹不如的结实身体——发达的肌肉,不失完美的女性线条,关键是强大的内心。

这就是他想要的吗？她心想。能徒手勒死恶魔的女人？

若真如此，那就不是瑞娜的错。我不该怪她。"我们不知道她有没有比他疯狂，罗杰。"

罗杰大笑。"我是不想这么说啦，黎莎，但亚伦就像恶魔屎一样疯狂。我欠他一命，我永远不会忘记，但那家伙的所作所为总是与理性的人背道而驰。"

"那就是他强大的原因。"黎莎说。"而且说起来你也一样。"

罗杰自信地耸耸肩。"我从没遇过头脑正常的吟游诗人了。"他又喝了口茶。"他们说他和她订婚了。你想他是认真的吗？"

"那不关我们的事，罗杰。"黎莎说。

"恶魔屎。"罗杰说。"那关系到整个天杀的世界的命运——尤其和你有关。"

"怎么会？"黎莎问。"我们只不过是一年前有过短暂的邂逅，而那一切都已如过眼云烟。"

"一时兴趣，嗯？"罗杰问。"这种细节在传说中是听不到的。"

"我们……没有深入发展了。"黎莎说，想起硬生生将他们分开的那头木恶魔。她从没那么痛恨任何一头地心魔物。"但那并不表示我有权利去管他之后和谁订婚。"

"你知道他们住在哪里吗？"罗杰问。"就和我住同一条走廊。史密特的女儿梅莉说，每天晚上都得听他们所发出的声音，他们外出猎杀恶魔，回来后会搞得整个旅店的墙壁都咯吱作响。"

黎莎的茶杯开始摇晃，因为她抓得太紧了。罗杰用琴弓指

了指她的手和茶杯。"看到没？那就是此事和你有关的原因。"

"不远了。"亚伦说道。他们正离开伐木洼地大魔印边界一英里左右，目的地是草药师的小屋。原本镇民铺了一条刻满魔印的大路，不过亚伦习惯走捷径，带瑞娜直接穿越树林。走着走着，瑞娜看到熟悉的地方。

"这里离你上次那个藏身处很近啊。"

"黎莎需要有人保护，"亚伦说。"她很聪明，但这有时候会让她惹上麻烦。"

瑞娜脑中浮现黎莎·佩伯在伯爵王座里的模样，这几个小时以来一直如此。那个女人只是在想象中就已经够糟了——勇敢、聪明、富有，是所有洼地人的偶像——而亚伦当然不会提到她那如晨曦般美丽的容貌，拥有那种楚楚可怜的表情让每个男人都爱得死去活来。"你待在附近，好让魔印人能像传说中的英雄一样赶过去拯救神仙美女？"

亚伦停下脚步，叹了口气，接着转身面对她。"这样好了，瑞娜。你告诉我你和科比·费雪交往的所有细节，我就告诉你我从前有多喜欢黎莎·佩伯。"

瑞娜心中燃起一股无名怒火，看见四周的魔光朝自己窜来，吸取她的情绪，进而加以强化。强烈的情绪会在黑夜里透过魔法的光芒表现出来。亚伦看出了她的愤怒所引发的强光，但只是冷静地看着她。他没有后退，也没进一步说话，让她自己慢慢冷静下来。

他说得对。自己曾经和科比·费雪做过一些事——亲密的事——与亚伦毫无关系，他完全没必要知道，那不关他的事。

这种情况下，自己怎么能不赋予他同样的权利？他把黎莎丢在洼里好几个月不管,和瑞娜在一起,还发誓与她订婚长相厮守。他从前对她有什么感觉,一起做过什么事,又有什么关系呢?

但就是有关系。"科比·费雪死了。"她说。"黎莎·佩伯却邀请我们去她家喝茶。"

亚伦叹气。"那你要我怎么做?瑞娜。"

她深吸口气,用亚伦教她的方法做深呼吸,如同拥抱痛苦般拥抱妒忌。她任由情绪透体而过,突然后退几步,抛开所有杂念。她身上的魔光也随之渐渐黯淡下来。"那对我不公平。"她终于说道。"这让人难受。"

亚伦笑了笑。"我知道,对我来说也不好受,瑞娜。反正……别动手揍任何没惹你的人,懂吗。"

瑞娜假装轻松地笑道。"好,我保证。其他就不敢保证了。"

"这就够了。"亚伦说着踏上另一条道路。这条路是由新灌好的大块克里特的石板铺成。表面上刻有强力魔印,没有任何地心魔物能踏入一步。它们持续发光,吸收来自地心的魔力。越接近目的地,魔印就越复杂。石板道的尽头是座巨大的花园,比豪尔整片田地还要宽,但是里面种的都是些瑞娜不太熟悉的植物。这里只种麻药和草药,药草师的花园。

花园中铺了一条泥土路,顺着两旁种植不同作物的花圃左弯右拐。每一块花圃都由魔印石围起,提供某些植物温暖,也帮其他植物降温,吸收空气中的湿气滋养根部。

"金玉其外。"瑞娜冷哼道,心知这片花园不只是金玉其外而已。这里有复杂得自己完全看不懂的魔印网。即使眼睁睁看着魔法流动与消退,她还是只能猜测它们的效用。亚伦甚至还没有正式引见黎莎·佩伯,瑞娜却已经开始痛恨她了——她就

像是吟游诗人故事里的女巫师。

他们穿过花园,来到一片宽敞的空地,空地中央有间不起眼的小屋,朴实无华地坐落在这片美丽的画境中之间。不知为何,这让瑞娜更加反感黎莎·佩伯。

尽管空气温暖,她依然全身直发抖;裹紧斗篷时,想起这也是她送给亚伦的礼物更让她气不打一处来。

一名女子突然间从阴影中走出来,她拉开自己的隐形斗篷,露出指在地上的弓箭。尽管她全身绽放魔印光芒,在魔印视觉下看起来与白天大不相同,但是瑞娜认得她——汪姐·卡特,亚伦的另一名学徒,身穿全新的木盔甲,更显一分英武。

年轻女子立在他们面前,比任何女人还高,体型也壮上两倍。她微笑着,身旁的魔光在她深鞠躬时变得温暖亲切。

"解放者。"

"告诉你很多次了,我不是解放者,汪姐。"亚伦说,不过没有通常说这句话时的轻蔑语气。他喜欢这个少女。"叫我亚伦。"

汪姐摇头,目光低垂。"我想我办不到,先生。"

"那就贝尔斯先生吧?"亚伦提议。

汪姐笑容满面地点点头。"好,这样应该可以。"她转向瑞娜,再度鞠躬。"欢迎光临,谭纳小姐,很荣幸见到你。我看到你在王座室击败安基德,而我也曾见识过那个沙漠人的身手,一度让我崇拜得五体投地,现在我只希望有朝一日能有你一半强大。"

那得付出代价。瑞娜心想,不过脸上只是平静地点点头,只是目光看向亚伦。"我有一位出色的老师,也算名师出高徒了。"

汪姐微笑,崇拜地望着亚伦。"是。"她看回小屋。"黎莎女士和罗杰已经在里面等两位了。如果你们不介意等一会儿，我先去通报一声。"

"我喜欢她。"在女孩进屋时，瑞娜望着她的高大背影说道。

亚伦点头。"要是我身后跟了一百个汪妲·卡特，我就可以直捣地心魔域了。"

※

天黑差不多一小时后，汪妲推门走了进来。"他们到了，黎莎女士。"

"谢谢，汪妲。"黎莎说。"麻烦你请他们进来，然后在庭院里巡逻吧，确保没有人偷听。"

汪妲点头。"是，女士。"

片刻过后，亚伦走进屋来。她不曾见过他如此放松的样子。瑞娜·谭纳跟在他身后走了进来，双眼闪耀着掠食者般的目光。她望着黎莎，黎莎这才发现自己也正很没礼貌地盯着她看。

伊罗娜的声音在脑海里回荡着——快说话，白痴女孩。

黎莎摇了摇头，朝她走去。"欢迎光临寒舍。我想你就是瑞娜？"她的目光瞟向亚伦。"我们还没有正式介绍，我叫黎莎·佩伯。"她伸手去帮对方拿斗篷，结果吃了一惊。那是她帮亚伦缝制的那件隐形斗篷。

他把自己赠送的礼品随手就转送给她了？想起花了比自己和罗杰的加起来还多的心血缝制这件斗篷，她就满腹怒火烧得她头直发昏——那次她花尽心思想要取悦他，想要展现自己的魔印能力，但亚伦只是在她将斗篷披上他肩膀时瞄了它一眼，之后就再也没穿过。

那是你送给她的订婚礼物吗？她酸酸地琢磨着，突然之间

觉得他们两个人的感情与她大有关系。

"我知道你是谁。"瑞娜有些冷淡地回道。

看着她脸上的表情,黎莎只想抓起布鲁娜的拐杖敲她的头,但她已然保持热情而愉快的笑容。"喝茶吗?"

"是,麻烦了。"亚伦说着伸手搂着瑞娜,拉开两个女人间的距离。

罗杰一个筋斗翻下座椅,轻巧地落在地上。"罗杰·半掌,任凭差遣。"

瑞娜突然变得像个纯真的小女孩一样笑着鼓起掌来。"瑞娜·谭纳,"她在他吻他手背时说道。"亚伦跟我说过很多你的故事。"

"别信他的。"罗杰眨眼道。瑞娜对他微笑。

黎莎很想尖叫,但脸上始终挂着东道主那灿烂的笑容。

"来帮我端茶,罗杰。"黎莎吩咐道。他照做。当两人站在长桌前面对一堆茶杯茶盘中时,她低声说道:"黑夜呀,你到底是哪一边的?"

"喔,现在我们分边了?"罗杰故作不知地问道。"我以为他们怎么样,不关我们的事。"

黎莎踢他一脚,不过他轻易躲开了,端给瑞娜和亚伦的茶没洒出半滴。黎莎从厨房的桌上端出茶杯,看见亚伦和瑞娜一起坐在她的长椅上,罗杰则坐在靠近他们两人旁边的椅子上。她在想这两个男的是不是刻意要让瑞娜与她保持一定的距离。

"那么,"罗杰故意拉升尾音。"近来还好吧?"

"忙啊,"亚伦说。"洼地扩张的速度越来越快,人们从自由城邦各地蜂拥而入,吞并附近的村落。我们依照今年冬天所能达到的规模规划的大魔印赶着施工,有些大魔印已经启动了。"

亚伦双眼发光地看着她。"一切都在运作中,黎莎。大魔印持续发光,有一天我们将不必再对抗恶魔。没机会残害人类,它们将会全部困在地心魔域。照这种速度发展下去,汤姆士伯爵很快就会自封公爵,即使林白克也没办法阻止他。"

"但是你有。"罗杰说。

"关我什么事。"亚伦说。"我不在乎谁坐在那个王座上,只要大魔印持续建造,人们也会时刻做好准备就好。"

"准备什么?"黎莎问。

"战争。"亚伦说。"恶魔会试图阻止我们,以免大魔印系统覆盖所有大地。"

"恶魔屎。"罗杰瞄向黎莎,然后又看回亚伦。"我听够了你们两个老说什么不关你们的事,偏偏你们就是事情的关键。那些人之所以屁颠屁颠地从繁华的自由城邦跑来这洼地镇,建造大魔印,训练战技,都是因为你,亚伦·贝尔斯——天杀的魔印人,而不是那个自以为是的汤姆士伯爵。"

亚伦耸耸肩。"或许吧,又或许他们只是对过去躲躲藏藏的生活一种改变,想为自由而战。没错,我是聚集人民的旗帜,但这并不表示我该自立为王,就算我想要——我不想。我有什么理由反抗汤姆士?他有点骄傲自大,但所作所为都是称职的贵族该做的事——修建道路和城邦、帮助人们绘制魔印、种植粮食作物、任命行政官员和神职人员维护和平,收垃圾,借贷,让所有人有饭吃,改善生活。他的税率有点高,但还不算过分,他不会拒绝接纳新公民,只要他们宣示效忠安吉尔斯,而且他也没有足够的人手欺压百姓。"

"我听说他有上千名林木士兵。"罗杰说。

亚伦笑着摇摇头。"上千名能戴木盔、拿长矛行军的人,对,不过真正的林木士兵不到两百人。剩下的人射箭还算有点

准备，不过大多都是魔印师、工程师以及建筑师团队。"

"现在又加上了加尔德和伐木工，多亏了你。"黎莎说。

亚伦再度耸肩。"伯爵可以在白天时充分利用他们。到晚上他们归我所有，外加林木军的士兵。汤姆士本人都会在夜晚出阵，接受我的指挥作战。"

"暂时而已。"黎莎说。

"汤姆士知道我随时都可以踢破他的堡垒大门。"亚伦说。"只要我在这里，他就不会乱来。"

"如果你不在呢？"黎莎问。

亚伦微笑。"那你就得自己想办法，请不要像上次在安吉尔斯宫廷里那样突然消失。"

他的笑容令黎莎怒火中烧。她当初"突然消失"是与阿瑞安老公爵夫人会面的烟雾弹。老公爵夫人才是安吉尔斯真正的政治家——她儿子不过就是一颗棋子。亚伦与公爵和他弟弟的会面根本就是场作秀。但当然，她不会在这里提及此事，以免破坏阿瑞安对她的信任。

我得让他以为我是个傻瓜。这个想法令她火大。"欧克公爵怎么说？"她绕开话题问道。

"林白克绝不会答应欧克要求的条件。"亚伦说。"除非克拉西亚人杀到安吉尔斯城外，或许真到了那时候也不会答应。结盟没指望了。"

这个结论让屋里的气氛觉得好起来。这表示安吉尔斯得单独面对阿曼恩，这也表示克拉西亚人朝雷克顿发兵前不可能有人援助他们。雷克顿人还有多少时间？一年？最多三年？

"他到底开出什么条件清单？"罗杰问。

"林白克没有子嗣。"亚伦说。"欧克要他和梅儿妮公爵夫人离婚，娶自己的女儿，而他的女儿都已生儿育女。"

"海帕缇雅、艾莉雅和罗兰，"罗杰带着调侃的语调说。"所有自由城邦的人都知道，她们长得比石恶魔漂亮不到哪里去。他欧克还不如干脆叫林白克脱掉裤子，把那玩意儿泡在酒桶里算了。"

亚伦点头。"如果克拉亚西亚人攻陷安吉尔斯，金属王座会在河桥镇阻挡他们进军。"

"欧克是个白痴。"黎莎说。

"比你想象得更加白痴。"亚伦说。"欧克拥有火焰的秘密，黎莎，还有能把它们打成沙土的恐怖杀器。"他拿出一本皮革古书丢给她。封面上写着：古世界尖端武器。

"翻阅前先休息一下。"亚伦建议道。"它能让你一个星期合不上眼。"

黎莎接下书，过程中一直盯着亚伦的双眼——似乎很平静，很祥和，仿佛他已经不再担心明天，而将所有精神放在今天。"你变了好多。平民服饰、换回本名……"你的眼神。她很想说，但明智地点到为止。

"寻回了我的灵魂，"亚伦说，朝瑞娜点头。"我不会再忘掉它们的。"

"忘掉的话，等着被踢。"瑞娜说着摸摸他的脚。

亚伦把手放在她手上，轻轻一捏。如此微不足道的小动作却掀起汹涌的波涛，黎莎在亚伦将目光移回她身上时压抑发抖的冲动。"我现在知道自己的身份了，黎莎。知道了我是谁，不再怀疑，不再担忧。"

"怎么办到的？"黎莎问。

亚伦语气严肃。"上一个新月之夜，一头恶魔想要杀我。"

罗杰轻笑。"每天晚上不都这样？"

"不是一般的恶魔，罗杰。"亚伦说，换上魔印人的哑音。

罗杰的笑意渐失。

"一头极其聪明的恶魔。"黎莎说。"妲西告诉我了，会跑到你的脑子里。"

亚伦轻拍脑侧。"而我也跑到了他的脑子里去。没有多久，但足以弄清楚我们即将面对什么样的敌人，并且通过他们的方式看待魔法。而看过之后，我就没办法假装没看到。"

他扬起手，凭空比画许多小魔印。一盏接着一盏，房内的油灯熄灭。黎莎把手伸到围裙中取出魔印眼镜，还没戴上，他已经在他们头顶上画了个光魔印，将房间照耀得比白天窗户全开时还要亮。

"造物主哇。"罗杰低声道。

"只是个小把戏而已。"亚伦站起身来，从皮带上拔出匕首。"现在几乎没有东西伤得了我，就算伤到我了……"他割破手掌，划开一条明显的血线。

"亚伦！"黎莎大叫，连忙冲上上去检视伤口。伤可见骨——她在鲜血涌现、落地前看到些许白骨。就算仔细缝好伤口，肯定也会留下很明显的疤。她望向瑞娜，但女人似乎毫不担心。

"……我也立刻就能治好它。"亚伦把话说完，手掌化成烟雾，渗过黎莎的指间，然后重新现形，完好如初，除了皮肤上复杂的魔印文身外堪称完美无瑕，就连地上的血都消失得无影无踪了。

黎莎戴上魔印眼镜，仔细查看伤口。在魔印视觉之前，亚伦的身体比之前还亮，而且——她有点惊讶地发现——瑞娜也一样会绽放魔光。

"我还能用魔印治疗其他人。"亚伦说。"还能隔空杀死恶魔。我每天都会发现新的力量，魔法拥有无限的可能。"

"妲西说你抢了她的饭碗——清空了诊所。"黎莎说。"但尽管全身发光,你身上还是没有那么强大的魔力。你从哪里取得魔力的?霍拉?恶魔脓汁?"

亚伦摇头。"外来的。你之前说得对,大魔印让我虚弱,黎莎。它们会吸走我的魔力,强化它们的力场。"他微笑。"但现在我能反转这个过程。"

他深吸口气,黎莎在看到地上的魔雾向他涌去时不禁惊呼出声。小屋里不管用漆的还是刻的魔印原本闪闪发光,现在突然全都黯淡下来,只剩下亚伦一个人亮得让人睁不开眼。

"你从心灵恶魔那里学会这么多?"黎莎问。

亚伦点头。"但不要因为我运气好杀了一头就小看他们,我才刚开始探索这些对他们来说就像呼吸一样自然的魔法。还有更多心灵恶魔会来,而且他们不会再小看我了。"

"是人形,但比较矮小?"黎莎问。"脑袋很大,还有退化的魔角?"

亚伦眯起双眼。"我从没向别人提过这件事。"他看向瑞娜。

"不要那样看我,亚伦·贝尔斯,"她说。"那天的事我没对任何人说。"

"有头心灵恶魔在艾弗伦恩惠里偷袭我们。"黎莎说。

亚伦看向罗杰。"不是我们。"吟游诗人说。"我在洗澡,错过了整场好戏。"

亚伦一脸惊讶。"怎么回事?"

黎莎压抑住想此事所产生的厌恶感。"它趁月亏出击,就和你碰上的一样。它……控制了我。"

瑞娜看向她,眼中首次浮现感同身受的神情。"强迫你做它想做的事?"

黎莎点头。"它是去杀阿曼恩的,又或许是要降低他的诚信。把我和他妻子英内薇拉当作傀儡般去对付他。"

"你怎么破除法术的?"亚伦问。

"阿曼恩救了我们,他王冠上的魔印发光。"黎莎说。"恶魔的控制立刻解除。阿曼恩杀了它。不过如果不是我们令恶魔分心,或许他会死在对方手上。"

亚伦点头,望向瑞娜。"身边少了个好女人,男人就什么也不是。"瑞娜向他微笑。黎莎咽下差点涌上喉咙的胆汁。

"他单独行动?"瑞娜问。

黎莎摇头,从女人的眼中看出她早就猜到那里的情况。"他有个……保镖,会变形。"

"那就是化身魔。"亚伦说。"它们是可以变化为任何看见或想象的东西的恶魔。正常情况下,它们的想象力并不丰富,但在心灵恶魔的控制下……"

"阿曼恩说他是阿拉盖卡的王子。"黎莎说。"下次月亏会有更多头现世。"

亚伦点头。"那家伙或许是个该死的浑蛋,但他说得没错。再过一个星期左右就要到新月了。我尽可能帮洼地作战,但到时候的情况将会让伐木洼地之战看起来像是小孩儿玩的小游戏而已。"

"但不要因为我运气好杀了一头就小看它们,我才刚开始探索这些对我们来说就像呼吸一样自然的力量。还有更多的心灵恶魔会来,而且它们不会再小看我了。"

黎莎点头。"这里和艾弗伦恩惠一样。心灵恶魔惧怕阿曼恩,就像他们怕你一样。如果杀了他,你就等于是送给他们一份大礼。"她说这话是为了要刺激他,提醒他们会在安吉尔斯来此途中的山洞里立下誓言,发誓绝不把任何东西交给地心魔物。

"你不能用我当初许下的承诺来左右我,黎莎。我这辈子做过不少承诺,我自己会判断兑现承诺的时机和方式。"

"什么承诺?"瑞娜问。

"晚点再说。"亚伦说,语气听起来有点紧张。瑞娜有些生闷气,不过还是没继续逼问。

"阿邦和阿曼恩都说跟帕尔青恩是朋友。"黎莎说。

亚伦大笑,似乎对于她知道他的克拉西亚称号并不感到惊讶。"阿邦没有朋友,黎莎,他是个唯利是图的生意伙伴,而我肯定给他不少油水。而阿曼恩·贾迪尔是个双面人,一个他仁慈公正,另一个他——真正的他——很少出现。他会为了权力不择手段。"

"大迷宫里究竟发生过什么事?"黎莎直言相询。"他对你做了什么?不要再打哑谜了!如果你不要我们相信这个人,就把原因说出来!"

第一次,亚伦眼中不再平静。罗杰拿出酒瓶,亚伦顺手在空中比画魔印,酒瓶直接飞到他的手中。他打开瓶盖,喝了一大口酒,身体前倾,手臂放在大腿上,目光低垂。

"阿曼恩·贾迪尔是我的阿金帕尔。"他开口道。"你们肯定听过这个克拉西亚名词,但我不认为有人了解它的意义。他带我参与这辈子第一场真正的恶魔战役,与我并肩作战,一起洒血……"

"就像你为洼地人做的一样。"罗杰说。

"还有为我做的。"瑞娜说。

亚伦点头。"对,那又不同。克拉西亚人不想让我参战,

他们认为我不够格。贾迪尔力排众议，为我出头。他邀请我到他的宫殿里，学习我的语言，就像个老大哥一样教我许多关于世界还有我自己的事，如果让我独自摸索肯定要学上一辈子的事。"

"所以你们真的是朋友。"黎莎说，但这话并没有平息他语气中那种令人担忧的怒气。

"对我而言，"亚伦点头道。"但现在回想起来，或许他一直就打算在我失去利用价值后立刻从背后刺我一矛，一直打算发兵北上，并且在我身上策划这一切。"

他吐出一口气，"不过也可能不是，或许一切都跟接下来的事情有关。"

所有人鸦雀无声，大家都专心听亚伦说话，就连瑞娜也一样。

看来他毕竟还是没有什么事都告诉她。黎莎心想。

"那时候，我不只是与克拉西亚人并肩作战，"亚伦说。"我还继续担任信使，花很多的时间探索废墟。我会拿大多数人一辈子都赚不到的钱去购买卡菲特手里通常什么都找不到的旧版藏宝图，并在找寻废墟的途中不止一次差点害死自己。但接着，也就几年之前，阿邦出售给我一个安纳克桑地图的情报。"

"据说是卡吉最后的安息地。"黎莎说。

亚伦点头。"我只是为了得到那地图就差点送命，直接跑去达玛的面前抄录。我在沙漠中花了好几个星期找寻安纳克桑废墟。克拉西亚人说它已经被黄沙埋起来了，但我这个人就是不撞南墙不回头。"

"就是头犟牛。"黎莎说。

亚伦目光闪烁。"但我找到它了，黎莎！安纳克桑，天杀的卡吉失落之城，我真的找到了！有半座城市埋在沙漠里，即便如此，还是比你见过的任何地方都美丽。它的宫殿比所有公爵的住所还要壮观，完整地沉睡在黄沙之下。我在里面最宏伟的宫殿找到了一道通往墓穴的暗门，在里面搜寻。"

罗杰热切地凑上前去。"你找到什么宝贝了？"

"卡吉。"亚伦说。"又或许是他的后裔。做过木乃伊似的防腐处理，全身裹满布条，手仍紧握着一根长矛。"

"卡吉之矛。"黎莎说，体内生起一股寒意——阿曼恩的长矛。

亚伦点头。"我把长矛带去克拉西亚，与他们分享秘密。他们全都说我在说谎，直到它在战场上绽放魔光，在大迷宫中杀死无数恶魔。大概一小时后，部队变成我在率领，所有沙鲁姆都高呼我的名号。两小时后，贾迪尔和他的手下布下陷阱，从我手中夺走了卡吉之矛，当时卡维尔和克里弗都是凶手。他们击倒我，夺走长矛，把我扔进困了一头沙恶魔的魔印坑里。"

"造物主啊。"瑞娜瞪大双眼说道。她狠咬嘴唇，似要咆哮，紧握插在腰间的猎刀骨柄。

"你怎么逃出来的？"罗杰问。

"我徒手杀了恶魔，爬出魔印坑。"亚伦说。"于是贾迪尔打裂我的头，把我丢在沙漠里等死。"

瑞娜吼道："我要砍死那些狗杂碎……"

亚伦按住她的手，让她冷静下来。"卡维尔和克里弗都只是奉命行事。那并非他们的错，他们只是躯壳，贾迪尔才是首脑。"

"他一定将你洗劫圣城和卡吉之墓的事视为严重的罪行。"黎莎说。

亚伦耸肩。"难道我要把那些失落的武器和战斗魔法留在黄沙里继续沉睡？"

"当然不是，但你必须了解他们的立场。"黎莎说。

亚伦难以置信地看着她。"我了解的事实就是贾迪尔从我手中夺了全世界最强大的武器，而他不但不分享武器的秘密，反而利用它入侵提沙，奸淫掳掠。而我所不能了解的地方在于你为什么一直护着那个恶魔……"

他突然瞪大双眼。"你跟他搞上了——"

"那不关你的事！"黎莎本来不打算用吼的，但她一整个晚上都在累积怒火，还有强烈的恶心和剧烈的头痛。她知道这样吼叫等于承认此事，但这只有让她更愤怒。"而且你没资格说我！"她挥手比向瑞娜。

瑞娜没有说话，只是站起身来，绕过茶桌，大步走向黎莎。两人四目相对，黎莎终于了解罗杰面对卡维尔是什么心情，她在围裙中找寻可供自卫的东西，但瑞娜一把抓住她的手腕，拉出口袋。

"你有话对我说，直截了当地说出来。"她吼道。

"啊！"黎莎在对方扭转手腕时惊叫道。

亚伦立刻赶到，抓住瑞娜的手腕。"够了，瑞娜！"他拉开瑞娜，但她竟能与他抗衡。亚伦和黎莎一样惊讶。一时之间，黎莎担心瑞娜会杀了自己。野女人凑上前来，两人的鼻尖几乎碰在一起。黎莎微微畏缩，担心自己会失禁，连最后一点尊严都丢失掉。

但瑞娜只是声音极其低沉冷淡地说了句，"他和我从小就有过订婚誓约，黎莎·佩伯。他对你说过吗？"

黎莎倒抽一口凉气。这话简直和那年加尔德·卡特对信使马力克说的一模一样，就在两人为了黎莎大打出手之前。

"没——没有。"她终于结结巴巴地说道。

"那你就没资格过问我们俩的事。"瑞娜放开黎莎的手腕,向后退开。亚伦放开她的手臂。她转过身去,冲出小屋。

黎莎揉着疼痛的手腕,望着亚伦说道:"你的女人真可爱。"

亚伦瞪了她一眼。她立刻后悔说这种话。她伸手想要摸他,但她的手在他化为烟雾的同时透体而过。他消失了。

一时之间,她和罗杰就这么看着他刚刚站立的位置。终于,罗杰摇了摇头,转向黎莎笑道:"本来可能会更糟的。"

黎莎瞪他一眼。"你是不是该回去向你妻子报到了?"

罗杰摇摇头,走过来伸手搂着她。"她们可以等。"

黎莎试图挣脱,但他搂得很紧,片刻过后,她不再抗拒。不过他还是搂着她,于是她慢慢扬起双臂,回应他的拥抱,趴在他的肩上开始哭泣。

※

瑞娜头也不回地从伐木工女孩身边跑过,走进花园迷宫之后加快脚步。为了远离女巫的小屋,她开始快跑,接着全速狂奔。但不管她跑得多快,痛苦和愤怒始终如影随形,而她没办法拥抱它们。

她拔出猎刀。她要去狩猎,杀一头地心魔物,狠咬它那充满魔力的血肉以消除心里的痛恨。魔力将会抚平她的痛苦——沉浸在发泄的快感中,她就会欣喜若狂。

她记得亚伦抓她手腕的感觉。他用力拉扯她,而她抗拒他。如果使尽全力,他还是可以强行拉开她的手,但是她的力量也相差不远了。用不了多久,她就能变得和他一样强大。

前方的路上冒出一团乳白色的魔雾。瑞娜全身戒备,以为那是一头地心魔物。但是太阳已经下山很久,而她完全没看见

任何魔物现形,眼前的肯定是亚伦。

这是他的新戏法之一。他说每天都能学会新戏法可不是随便说说的,而他已越来越习惯使用它们,至少在瑞娜面前。他说这招叫"溜冰"——溜到地表之下,乘着魔法的奔流,转眼之间从一地溜到另一地。

瑞娜曾尝试这么做,但截至目前,她还做不到分解形体。至于是因为她吃的恶魔肉还不够多,还是因为时间没有长得足以令她改变就不得而知了,或许要几个月,甚至几年……

但我会学会的,她告诉自己。就像太阳肯定会升起一样。

亚伦凝聚形体,在瑞娜冲进怀里时搂住她。"刚才那是怎么回事?你保证不会发脾气动手的。"

瑞娜摇头。"我是保证不打人,而我没打。"

亚伦叹气。"照字面上讲是不算违约,但你是个大人了,瑞娜,不能这样到处乱用武力。"

"女巫须要有人威胁她,并且提醒她——你不是她的。"她瞪着亚伦。"她也不是你的,就算你们两个以前搞在一起,还想尽办法瞒着一样。"

她松开拥抱的双臂后,随便朝一个方向大步走去。亚伦连忙跟上。"我没问过你在草料棚上跟什么人做过,瑞娜。我们说好不追问过去。"

瑞娜对他挥手。"我不怪你。我知道自己有缺点,而这位拘谨完美的小姐拥有男人梦寐以求的一切——金钱、魔法、深受所有人爱戴。还有,喔,看着那个!她还帮人杀了一头心灵恶魔!我要是你,我也会把我自己丢到旁边。"

亚伦抓住她,用力转拉拽着她面对自己。"我不会把你丢到旁边,瑞娜。现在不会,永远都不会。没错,黎莎有她美好的一面,但她也有她疯狂的一面,而且不管她原先打算如何,你胜过她了。"他笑。"我从没见过她对任何人那么恐惧,我猜她差点被你吓得失禁了。"

瑞娜笑嘻嘻地道:"我本来期待看到她出丑的。"

"你听到她说了。"亚伦说。"我没和她订婚,瑞娜·谭纳,而和你订婚。"

瑞娜看着他,很想相信他,但一切听起来都像恶魔屎。他们以前玩过这一套。亚伦讲得天花乱坠,说得好像她是他世界的中心,他永远不会想要其他女人。他会一直说什么她是他的日出和日落之类的甜言蜜语。她知道只要听得够久,自己就会被他说服——或是烦得不想再听,只好停止争吵。

但到最后,一切都只是空谈。"瑞娜·贝尔斯。"她说。

"什么?"亚伦问。

"不是谭纳。"瑞娜说。"如果你是真心诚意,那就去找个牧师,兑现承诺。今晚就去,要不然讲那么多都是废话。"

第二十章　狂欢舞会

333 AR　夏　新月前第十一个拂晓

亚伦看着瑞娜的眼睛很长一段时间。这目光让就像被恶魔王子钻进大脑里一样赤裸，她不止一次怀疑亚伦已经学会那个把戏。

他的眼神中充满批评的味道。"你认为你准备好了吗？瑞娜。"他轻声问道。

瑞娜抬头挺胸，直视他的双眼。"我早就准备好了。"

"夫妻之间可没有秘密哦。"亚伦说。

亚伦把手放在脸上，以大拇指和食指按摩着太阳穴。"瑞娜，你真的把我当傻子了吗？你以为我看不出来你最近在吃恶魔肉吗？我从你的呼吸里就能闻出味儿来了，从你的血液里看得出来，在你的魔力中感知到。就在我哀求你不要吃的那天晚上，你偏偏去吃了。那之后只要一逮到机会，你马上就去偷着吃。"

瑞娜咬紧牙，尽力抑制心中的怒火，但是实在忍无可忍。他竟敢批判我？我所做的一切还不是为了能随时帮助他！魔法冲进她的体内，强化了她的力量及怒气。她必须全力自制才不至于马上爆发。"早就告诉过你了，亚伦·贝尔斯，你没资格告诉我该做什么。"

亚伦明白地看到了她的魔力和怒意，但似乎毫不在意。他点头。"你是说过,而我也不是在告诉你该怎么做。我说过了,你不打算理我,那是你的决定。我不在乎你瞒着我。我自己也不能光明正大地说我没有隐瞒任何事,大家都有权保留一些隐私。"

"那现在有什么问题?"瑞娜问道。

亚伦叹气。"我刚刚就说了,我怎么能娶一个把我当傻子的人?"

一听到这话,瑞娜心中的怒气又像刚才暴涨时一样迅速消失,取而代之的是强烈得难以承受的罪恶感。亚伦的身影在她溢满泪水的双眼中模糊时。她的双脚一软,跪在地上。

亚伦立刻靠近,扶起她,她靠在他身上,泪水浸湿了他的白色粗布上衣。他紧紧拥抱着她,手指轻抚她头上仅存的短发。

"好了,瑞娜。事情没有那么糟。"他伸手抚摸她的脸颊,抬起她的下巴,直视她的双眼。"造物主知道我也没有完美到不可挑剔。"

"我只是想追赶你的脚步。"瑞娜说。"我知道这一生你面对的路不好走,而我承诺过要永远与你携手进退、生死与共的。如果你溜到地心魔域里去了,把我留在上面呼唤你,我就没办法和你在一起了。"

亚伦稍微后倾,朝她微笑。"你的呼唤让我不那么留恋地心,瑞娜。不要看轻自己呼唤的价值。"

"那不够。"瑞娜说。"你迟早都会再次下去的。我从你看着通往地心魔域通道时的哀伤表情就看得出来。我没法阻止你去,但我也不打算让你一个人去。"

亚伦凝视着她,面无表情,不过眼眶泛着泪光。"瑞娜,你愿意为我这么做?前往地心魔域?"

瑞娜点头。"我哪里都去,亚伦·贝尔斯,只要能和你在

一起。"

他突然间哽咽一声，紧紧抱住她。"我不能要求你这么做，瑞娜。我不能要求任何人这么做，那地方可能去了就永远没法回来了。"

她双手捧着他的脸，让他看着自己。"你没要求我，但你也不能强制我不这么做。"

她亲吻他，一时之间，他僵在原地，似乎打算推开她，但接着他又凑上前去，回应她的吻，手臂紧紧搂着她。

"爱你，亚伦·贝尔斯。"

"爱你，瑞娜·贝尔斯。"

他们回到镇上时，不少人在魔物坟场上活动。十多个吟游诗人挤在棚子四周调音，克拉西亚训练官则在指导一群新人——"原木"——伐木工如此称呼他们。瑞娜这辈子见过最高大的男人——加尔德将军——在广场上来回走动，大声下达指令，布区夫妇紧跟在后。一支伐木工巡逻队集结完毕，等着海斯牧师祝福后准备走进黑夜。

亚伦朝他们走去，祷告中的圣徒看见两人，祷词当场顿了一下。他迅速恢复过来，继续祷告，不过人们已经转头看向他们。一如往常，每当亚伦出现时群众就会开始窃窃私语。

加尔德正准备跑向他们，但亚伦挥手阻止，静静地等待祷告结束，他在战士们上方比画魔印。正常情况下，伐木工会立刻离开，但他们全都待在原地看着海斯转身面对亚伦。

"贝尔斯先生，谭纳小姐。"牧师躬身道。他的语气很紧绷——那天聚餐之后，他们就再也没有直接交谈，而且尽量避着对方。"能为两位做点什么？"

"很抱歉打扰你，牧师。"亚伦说。"我……想请你帮个忙。"

一时之间，牧师没有反应过来——瑞娜有点担心他们上次的餐会得罪了他——最后牧师点了点头。"当然，去我圣堂里的房间谈谈……"

亚伦摇头。"去圣坛吧。"瑞娜牵起他的手，海斯看到了这个动作。"你说过愿意为我们主持婚礼的。我们想结婚，今晚，就现在。"议论的声浪转为喧嚣，兴奋的低语变成呐喊和叫好。有些人教大家保持安静，不想错过他们的只字片语。

"你们确定吗？"牧师问道。"婚礼应该在太阳下举行的，不该在夜晚草草举行。"

亚伦点头。"我们订婚十五年了，牧师。我该兑现那年的承诺。"

"免除订婚的责任。"瑞娜说。

海斯转向法兰克。"准备去圣坛。"他望向越来越多的群众。"我们没有足够的座位……"

"只有我们就够了，牧师。"亚伦说。"不需要盛大的仪式，这不是吟游诗人的表演。"

人群中传来一阵失望的呼喊，很快就形成不认同的声浪。加尔德拔出巨斧和弯刀使劲敲打着，一阵叮当叮当巨响盖过大家的起哄。"都给我闭嘴！他拯救了这座小镇，当他想要一点隐私稍事休息的时候，谁都不能打扰他！"他转向伐木工。"你们都听到了！清场！谁都不能接近圣堂！"

伐木工立刻行动，将他们围在中间，在群众中清出一条通路来。

"你们至少需要一名见证人。"海斯说。

亚伦转头看着加尔德。"你愿意站在我身边吗？加尔。"

"我？——"加尔德尖声说道，突然间听起来像个小伙子，一点儿也不像位统帅伐木工的大将军。

"你与我并肩对抗恶魔，"亚伦说。"我想你能应付这种场面。"

"是。"加尔德说。"那是我的荣幸。"

"那就有劳男爵了。"海斯说着向法兰克点头。"让其他人在外面等着。"

辅祭点头，迅速赶往圣堂。当牧师和他的客人抵达时，里面的人纷纷走出来，站在他们身后凑热闹，但是被伐木工拦下。

"你有戒指吗？"海斯牧师问亚伦。

"我们不需要……"瑞娜开口，但亚伦把手伸到口袋里，取出两枚戒指——精致的金银戒指，上面刻满小魔印。她一眼就看出那是亚伦亲手刻的。戒指吸收他的魔力，绽放着耀眼的魔光。

她看着他。亚伦露出猫一般神秘的笑容。"你以为我没在计划结婚吗？瑞娜。我本来打算新月之后成婚的，如果我们还活着的话，不过戒指前几天就刻好了。"

瑞娜双眼泛着泪花，在亚伦为她戴上小戒指时泪流满面。双手颤抖地接过较大的戒指，戴在他的手指上。"我会给你难忘的新婚之夜。"

牧师咳嗽一声。"以造物主之名，在造物主的圣堂里，我宣布两位结为夫妻，以其之名生儿育女。你可以亲吻……"

瑞娜等不及似的一把扑进亚伦的怀里，嘴唇紧紧吸在他的唇上，耳中热血澎湃，根本听不见牧师有没有说完那句话。

"欠你一个人情。"亚伦在终于与瑞娜分开时向牧师说着。

"我不会忘记的。"

海斯微笑。"我也不会。"

"恭喜。"加尔德在亚伦转身时一掌拍在他背上。这一掌的力道足以将正常人撞到大厅另一边去，但亚伦稳稳站着。"很荣幸当你的见证人，我真的不够格。"

"这是我们的荣幸，加尔德·卡特。"亚伦说。"现在有一群好人在保卫洼地了。"

加尔德突然面露悲哀。"我还不够优秀。你来到洼地后，我还是……犯了错。"

亚伦微笑，举起手掌搭上伐木巨汉的肩。"我们是人，人都会犯错的，加尔德。看得出自己犯错的人就已经走在更好的道路上了。不管你做了什么，我都原谅你。"

加尔德喜形于色。他抬头挺胸，整个人甚至比站在圣坛讲台上的牧师都还要自信，接着他深深鞠躬。"从现在开始，我要走完这条改过自新的道路。"他望向海斯。"造物主就是我的见证人。"

"爱你，亚伦·贝尔斯。"瑞娜低声说道。亚伦牵起她的手，领着她走过走道。

加尔德冲到他们前面，推开仿佛毫无重量的圣堂大门。它们在一声巨响中打开，门后有数百人挤在圣堂之前，每条街上都有人陆续涌来，把魔物填场挤得水泄不通。人们为了有更好的视野而站上广场四周的阳台，小孩则坐在父母的肩膀上。

瑞娜僵在原地。她这辈子唯一一次见过这么多人，就是提贝溪镇民聚集在镇中广场看她被绑在木桩上给恶魔杀的那次。一千个人跑去看戏，没有一个人打算阻止地心魔物把她撕成碎片。

她感觉心跳停止，下意识地伸手要去拔刀。

"结为夫妻！"加尔德吼道。群众的欢呼声震耳欲聋，把瑞娜吓得清醒过来。她震惊地看着人们仓促抛来的鲜花从天而降，棚子里的吟游诗人开始奏乐。

亚伦朝她伸出手臂，声音低得只有他们的强化听力才听得见。"他们不是来伤害你的，瑞娜，只是想要祝福我们，然后跳舞狂欢。"

瑞娜勾起他的手臂，让他领着自己走进人群。一名年长的女人迎上前来，带着紧张的笑容屈膝行礼。"梅格·卡特。"她说。"我们一家人很荣幸能在伐木洼地之战中与你丈夫并肩作战。要不是他，今天我们都不可能站在这里。"

她将插了几朵微枯花朵的美丽陶壶硬推给瑞娜。"这个壶已经在我们家流传百年了。我祖父说他是向他信使买的，而对方说这个壶的年代可以追溯到恶魔回归之前，不知道是不是真的。我知道这算不了什么，但我希望把它献给你，祝你们新婚愉快。"

瑞娜呆了，一时之间不知道该说什么。这个女人表现得好像这不是什么大不了的礼物，但她的眼神显然很珍惜它。这种东西绝对不会轻易送人。

"我……谢……"她终于开口，但女人已经被后面的人挤开了，另一个人站上来前。瑞娜认得此人的相貌，不过不记得名字。瑞娜喜欢对方院子里的玫瑰花香，会在路过时这么告诉她。

"珊蒂·泰勒。"女人尴尬地屈膝行礼，不过却因为手中捧着一大束用红丝捆绑的玫瑰花而绊了一跤。瑞娜可以猜到她因为匆忙摘花而扯破衣袖、割伤手臂。她一定把整个洼里的花都拔了才弄出这么一大束鲜花来。"我知道你喜欢玫瑰，而新娘就该有一束美丽的手捧花。"她说话时脸涨得比玫瑰还红，说着马上转身离去,接着转过头来,指着花束上的蝴蝶结。"那是真的克拉西亚丝巾。"说完消失在人群里。瑞娜试图把花插入壶里,不过插不进去,只好尴尬地将两样东西拿在手上。

人们持续上前,瑞娜仿佛置身梦中。她的黑夜感官、对抗地心魔物时助她活命的本能,在脑中大声警告她,认定人们会一拥而上——抓她、撕裂她。但是人们不断鞠躬,献上仓促间准备的珍贵礼物。洼地人没什么钱,但还是带着瑞娜心知那是他们非常珍惜的礼物送给她和亚伦。

"和你丈夫站在一起……"

"……请收下……"

"……麦莉·布罗尔……"

"……请收下……"

"……你丈夫救了我……"

"……我儿子的命……"

"……我们所有人……"

"……请收下……"

"……请收下……"

"……请收下……"

即使拥有黑夜的力量,她还是拿不动所有篮子和包裹。没过多久,她就开始觉得自己像是信使的驮驴,而人们还在持续送礼,还有很多人在排队——好几千人。

意外的是,出来帮她解围的竟然是个克拉西亚女人。

她走出人群,依照南方传统从头到脚包在黑袍里,但眼神却很亲切。"这是干吗?"她大声说道。"新娘不该在新婚之夜亲手抱着这么多礼物!"

她身边的人全都僵在原地,而那个女人指向几个已经送过礼物的女人,轻声下令道:"找张桌子来堆放礼物,这些珍贵

的东西不该放在地上,这是你们族人在阿拉盖沙拉克中洒血的圣地。"

女人们立刻点头,纷纷去找其他人帮忙,从瑞娜手中接过礼物。克拉西亚女人看着她,从她眼角的皱纹来看,瑞娜知道她在微笑。"请容许我做一个简单的介绍。我是莎玛娃,卡吉部族哈曼血脉查实之子阿邦的第一妻室。"亚伦一听立刻抬头。她直视他的目光。"我丈夫一直都是帕尔青恩真诚的朋友。"

亚伦打量她一段时间,接着微笑着点头。"很高兴又见到你,阿邦的第一妻室。我希望你的姊妹和女儿过得都好。"

莎玛娃鞠躬。"你也一样,杰夫之子。我真心希望这些年来你和你荣誉的家人平安幸福。"她回头面对瑞娜。"如果你允许我帮忙,我很荣幸能在这神圣的夜晚协助帕尔青恩的吉娃卡。"

瑞娜眨眨眼,然后点头,结结巴巴回道:"好——好。"

莎玛娃再度鞠躬,拿出小写字板和纸笔。下一个女人上前送礼时,莎玛娃记下了她的名字和礼物,然后指示她把礼物放在镇民搬来并且铺上素洁白布的大桌上。

"如果你想要,我可以找人看守礼物。"莎玛娃察觉瑞娜在看时说道。

"不用。"亚伦说。"这里没人会偷任何东西。"

莎玛娜点头。"悉听尊便。"

收礼的过程又持续了很长一段时间,瑞娜在看到克拉西亚女人井井有条地处理所有事情后敬佩地松了口气。不管这个谁谁谁的妻子莎玛娃是什么人,总之都算是自己的救命恩人。

只听见一声呐喊,一群林木士兵穿越群众而来,光亮的盔甲和护盾在他们推开与会民众时闪闪发光。瑞娜察觉亚伦浑身紧绷,就连莎玛娃都变得动作僵硬。但接着士兵散开,为汤姆士伯爵开道。中央刻有心灵魔印。

伯爵直接来到瑞娜面前，熟练地行了个宫廷鞠躬礼，膝盖弯到距离石板地面将近一寸。

"我在你新婚之夜恭喜你。"他亲吻她的手背。"请接受我这个伐木郡民的小礼物。"他向身后一招手，亚瑟上气不接下气地跑上前来。他也身穿华服，不过似乎是匆忙间换上的。他拿出黑绒布盒交给伯爵，伯爵依然维持行礼姿势，一边转身一边打开盒盖，将礼物呈献给瑞娜。

礼盒的丝台上摆着一条精致的金项链，项链中央是颗狗眼大小的翡翠绿，周围有圈小宝石。瑞娜还没有金钱的观念——提贝溪镇用不到钱——但她还是看得出这礼品的贵重。

她伸出手，以指尖轻抚切割工整的宝石。"好漂亮。"

亚瑟再度上前，在汤姆士举起项链给众人欣赏时接过盒子。"戴在你脖子上会更美。"他大声说道。这是件价值连城的礼物，比其他所有礼物加起来还抢眼，但却让人觉得虚假。洼地人送的都是个人最珍贵的实用物品。手指上戴满宝石戒指的汤姆士，送的礼物就只是珠宝——他是真的祝福自己结婚了？或者仅仅是一种政治手段？

瑞娜以大拇指摩擦手指上的指环。那条项链真的非常漂亮，但她已经拥有这辈子唯一需要的珠宝了。

她微笑，将音量提高到和伯爵一样。"感谢你，伯爵阁下。今晚我很荣幸能戴上它，但在洼地郡民仍然挨饿的此刻，我不能收下这样贵重的礼物。"

莎玛娃发出嘶嘶声，汤姆士微笑的嘴角微微抽动，但他很快就恢复正常。帮她戴好项链时再度鞠躬。"这条项链随你处置，贝尔斯夫人。明天把它卖了，你就可以喂饱很多人。"

瑞娜微笑着点头，群众再度欢呼。亚伦牵着她的手，轻轻

一握。她在这简单的动作中感受到他的赞许和深深的爱意。

黎莎在汪姐来到门口时抬头,她的习惯就是敲门的同时把门打开。她和罗杰坐回桌旁,这一个小时以来都盯着茶杯,迷失在各自的思绪里。

"很抱歉打扰你,黎莎女士。"汪姐说。"镇中心广场发生了骚动。不知道出了什么事,我站在门外都能听得到他们的呼喊声,我想不会是好事。"

黎莎放下茶杯,伸手去拿绣到一半的魔印斗篷。她曾经那件斗篷赠送给阿曼恩了。刚才好一点的头痛又再度发作起来。"万能的造物主呀,您就不能让我享受一个宁静的夜晚吗?"

罗杰立刻站起身来,掀起斗篷和琴盒。"阿曼娃和希克娃都在镇上。"他说完冲向门口。

"罗杰,请等一下我!"黎莎叫道。但他已经跑了出去,好像全地心魔域里的恶魔都在追他一样地死命奔跑。

汪姐看着他离去,叹了口气。"希望那些克拉西亚女人知道她们有多幸福,我愿意付出一切来换这么心疼我的男人。"

黎莎一手搭上她的肩。"魔法让你拥有女人的身材,汪姐,而我知道你在狩猎过后激动的情绪下会和……那些男孩好过,但是你才十六岁,还有时间弄懂男人,可以试着和几个交往看看,而且你又不像大多数女孩那样需要有个男人跑来救你。"

汪姐点头。"对,我想那个是个问题。"她挥手摸摸脸上的伤痕。"那个,还有这个。我是个不错的发泄对象,但没人会带我参加节庆舞会。"

"如果男人只关注你脸上不幸的疤,那么他就配不上你。"黎莎说。

"我在裤子里塞条萝卜去追求女人，或许比等待不在乎我脸上疤痕的男人更现实。"她和黎莎一边朝镇上赶，汪妲一边说道。

"胡说。"黎莎说。"自信，不久后，男人就会为你争风吃醋了，汪妲·卡特。记住我的话。"

她们走得很快，但黎莎抗拒着奔跑的冲动。多年配合布鲁娜缓慢的步伐让她变得慢条斯理。"如果镇民没办法活到等我赶去，那我根本也救不了他们。"她的老师布鲁娜以前常这么说。"如果我扭伤腿，对谁都没好处。"

快到半路时，路旁有颗大石头，她们在石头上看见一条黑影，在魔印光下无法辨认是什么。汪妲边走边搭箭瞄准对方，不过来到近处才发现那是正在专心倾听的罗杰。

"不管是什么事，总之不是坏事。"罗杰说着跳下大石块。"听起来像是聚会狂欢。"他总算松了口气，不过作为晚会表演主角的人，他更急切地催促她们加快步伐。

随着他们逐渐接近魔物填场，音乐与欢笑声也越来越大，变成一股不绝于耳的喧嚣。黎莎看见空地上竖起柱子，人们匆忙架设庆典帐篷，吟游诗人在棚子里演奏，女人则在舞台上跳舞。

"这到底是什么情况？"罗杰满脑疑惑。

这时，史密特的小孙女史黛拉拎着一篮鲜花跑过他们身前。

"喂，史黛拉！"汪妲叫道。"你们这是在干吗？"

史黛拉放慢脚步，转过身来，不过没停止赶路。"你们没听说吗？解放者结婚了！"她说完转过身去，继续奔跑，瞬间消失在前方的人群中。

罗杰和汪妲立刻看向黎莎。她看得出来他们屏息以待，等着看她如何反应。

"汪妲，"她说。"麻烦你回小屋去拿点庆典烟火。回来时小心点啊。"

汪妲盯着她的脸看了片刻，接着取下弓弦，将弓搭在肩上，开始往回奔跑。

"黎莎，你没事儿吗？"罗杰问。

黎莎耸肩。"他做了决定，罗杰。我的感觉根本无关紧要。亚伦·贝尔斯救了我们，还有这座小镇，如果这就是他想要的，能给他带来平静……"

罗杰看着她。"那就闭上嘴，一起跳舞狂欢吧。"

黎莎微笑。"好啊。"

史黛拉又跑过他们面前，一会儿过后拿来更多鲜花。这一次黎莎叫住她，在她手中放了一枚硬币，拿了一束花。

"往这边走。"罗杰说着朝一群克拉西亚人走去。站在最前面的是阿曼娃和希克娃，几名戴尔沙鲁姆围着她们。罗杰加快脚步，黎莎必须撩起裙摆才能快步跟上。

阿曼娃看见他们过来，立刻迎上前来，希克娃跟在后面。"你好，丈夫。看来我们挑了个好日子回到洼地部族。听说帕尔青恩和他的新吉娃卡临时决定结婚，你们的族人没有准备，所以……高兴得一团混乱。我在新娘忙不过来前派莎玛娃过去帮忙了。"

"你考虑得真周到。"黎莎说。

阿曼娃鞠躬，不过目光没有离开罗杰。"我很荣幸可以目睹你们北地人的婚礼习俗。"

罗杰摇头。"婚礼不是用来看的,阿曼娃。婚礼是要享受的。"

阿曼娃摇头,就连希克娃也有点吃惊。"这又不是我们部族……"

"不是才怪。"罗杰说。"你们到底是不是我妻子?"

阿曼娃眨眼。"我们当然是……"

"那就……"罗杰牵起她们的手,把她拉到身前,在两人透过白丝面纱鼻头相触时微微一笑。"……请你闭嘴,让我有这个荣幸与你一起跳舞。"

话一说完,他带着两个妻子一起跑进魔物填场的大空地上。人们跳舞绕圈,动作熟练地转身勾手。阿曼娃和希克娃仔细观察这种舞,显然克拉西亚人不习惯这么跳。任何未婚男女间的肢体接触都有违《伊弗佳》的规定,而去碰不是你妻子的达玛丁肯定会被砍掉手掌。透过眼角余光,罗杰看见安基德紧跟在后。

"看着我。"罗杰命令道,两个女人同时转向他。"我知道这种舞看起来很难,但其实非常简单。看我的脚。"他迅速跳出一连串类似数字"8"的舞步。"你们试试。"他继续跳着同样的舞步。

"很好!"罗杰在她们照做时叫道。"现在随着音乐的节拍拍手踱步。"他开始拍手,脚掌在石板地上跟着节拍。

"对了,你们领悟诀窍了。"罗杰说着移动脚步来到阿曼娃面前。"当我们接近时,你勾住我的手,然后我会借助你的力道让你转一圈,最后回到原位。然后就继续跳。"

"就像沙鲁沙克。"阿曼娃点头。她轻巧地勾起他的手臂,在他转动她时微微跃起。她轻松跟上前奏,落地时不禁出声轻笑。

"现在换希克娃。"罗杰说着转向另一名妻子,一边跳过去一边鞠躬。

希克娃在他转起她时发出愉悦的尖叫。

就这样,她们开始轮流和罗杰跳舞。两个女人都开怀大笑,罗杰感到从来没有过的开心。

"这边!"罗杰叫道,勾起两名妻子的手臂,带着她们朝人群边跳边跑过去。两个女人在其他男人跳上来时同时尖叫,但粗胳膊的伐木工勾起阿曼娃转了一圈,接着又把她转给罗杰。

"艾弗伦的胡子!"阿曼娃上气不接下气地说,不过语气中仍然充满着欢愉。

"很荣幸你们愿意融入我们的习俗。"罗杰在她被下一个男人转开前说道。他及时转身接下被班恩·布罗尔转过来的希克娃。

"我不敢相信我刚才放纵了一把!"希克娃开心地大叫道。

他们又跳了一段时间。达玛丁跳舞的景象吸引克拉西亚男男女女一齐挤进人群,鼓掌跺脚。他们都和家人待在一起,不过开始模仿转舞,在笑声中交换舞伴。

舞台上有个吟游诗人看见罗杰,举起琴弓指向他,叫道:"半掌!"

人们纷纷叫喊:"半掌!半掌!上台!"人们停下舞步,所有目光都聚集在他身上。罗杰朝妻子鞠躬,在阿曼娃耳边说几句话,然后拿出琴盒,在妻子走开的同时跳上台阶,快步走进棚子。洼地人在他走向舞台中央时齐声欢呼。

从这个位置上,罗杰可以看见新婚夫妇亚伦和瑞娜,被一群人团团围住,不断挥手和握手。莎玛娃站在瑞娜一边,加尔德则在亚伦身旁,一边维持秩序,一边与大家握手。

"很荣幸能在这个特别的夜晚出席盛会。"罗杰大声说道。

他没有用魔法腮托扩大音量，但棚子的效果也超出想象，而罗杰知晓在任何情况下投射声音的方法。人们安静下来，他看见亚伦和瑞娜微笑着抬头看他时，大力挥手向他们招呼。"要不是那个男人的关系。我今天不可能在这里，我们都不可能。"我伸手指向亚伦。"亚伦·贝尔斯，拯救我的次数多得数不清，其中有一次就是在这洼地填场。"

广场四面八方传过来认同的声浪，罗杰任由人们欢呼，炒热气氛，然后挥手要大家安静。他环顾四周，看见一个手拿冒泡麦酒杯的男人，比了个手势，接过酒杯，高高举起。"现在，我们的朋友娶了美丽的妻子。"他挥动另外一手。"欢迎瑞娜·贝尔斯！"

数百名伐木工齐声呐喊，大口喝酒。罗杰一饮而尽，将酒杯丢回给刚才那位，对方仿佛手持奖杯般地高举酒杯。

"我在舞台上看到许多新面孔，"罗杰说，转而面对吟游诗人公会的大师和学徒们，"但我打算演奏那首我新创作的歌，希望他们能够跟上。"他向人群微笑。"歌词方面各位或许可以帮忙。"

话一说完，他取出小提琴，开始演奏《伐木洼地之战》的歌门序章。镇民听到曲调后，立刻领悟，欢呼声像风一样从一端传到另一边，最终汇成掌声的海洋，一边兴奋地跺脚跺到坚固的舞台都有在摇晃。他看见坎黛尔在舞台右边徘徊，于是朝她比个手势，迅速转动琴弓，直到她也跟着曲调开始演奏。

他们一起演奏这个曾经合奏过上千次的歌曲。其他吟游诗人显然也学过这首歌，因为他们熟练地加入演奏，在他们的引领下配合罗杰的歌声。罗杰维持缓慢的节奏，让每一段歌词沉浸在它们独特的精神世界里，带领洼地人重温那晚的奋战与胜利。

这首歌中有一段独奏，尽管其他人安静下来，坎黛尔还是继续跟着他的演奏节奏。她的技巧比起上次又提升了不少，她很自信地看着他的眼睛。

罗杰从不在任何音乐挑战下退缩，于是独奏演变成竞争，两人的曲调都越拉越复杂，坎黛尔一个音节结束，所有人热烈地鼓掌欢呼。不少人忍不住举手擦拭激动的眼泪。

他透过眼角余光看见鲜艳的衣角，随即转向望向朝舞台走来的阿曼娃和希克娃。他的吉娃卡身穿亮丽的橘红色丝服，吉娃森则是蓝绿色的打扮。面料并不透明，不过就如人们印象中的克拉西亚丝绸一样轻薄飘逸。她们身上戴着魔印珠宝，头上挂着魔印项链。

洼地人目瞪口呆地看着她们步上舞台。她们的服饰比在卧房里的睡衣要庄重些，但仍比任何在公开场合的克拉西亚女人来得暴露，包括达玛丁在内。即使按北方人的眼光来看，她们的打扮都很前卫。

阿曼娃鞠躬，将罗杰的腮托递给他。"谢谢你，我的吉娃卡。"他说，将腮托夹装在小提琴上。

他转身面对观众。"我这次南下来森堡学了一首新歌。我必须翻译成提沙语并做些修改，但歌词内容对我们所有人而言都很重要，而我想那对魔印夫妇会想要听听。"他向亚伦点头。"希望你喜欢。"

话一说完，他开始演奏《月亏之歌》的序章——现在他们默契十足，阿曼娃和希克娃毫不迟疑地加入演唱。在魔印的扩音效果以及棚子的传音效果之下，这首歌携带着强大的力量震撼着广场上的观众。

其他演奏者一动也不动地专心聆听，不敢加入演奏。洼地人也一样，全都瞪大眼睛聆听着。表演完毕后，广场一片静默。

罗杰抬头看向亚伦,扬起一边眉毛。亚伦离他起码超过一百码,但罗杰确定自己看见了他的表情。他点头,然后用力鼓掌。人们跟着鼓掌,大力跺脚,大声叫好。

"好了,"罗杰笑着喊道。"大家尽情跳舞吧!"他开始演奏旋转舞曲,其他演奏者才拿出乐器加入演奏。

❦

黎莎本来可以插队的。她是洼地女镇长,这些人依然是她的孩子。如果她直接走到新婚夫妇面前,不会有人有异议。他们只要一看到她就会鞠躬让路。

但黎莎不赶时间,趁机调节自己失落的心情。她看着亚伦和瑞娜,紧张兮兮地编着手中的花冠。那个女人面带灿烂的笑容,在洼地人上前致意时不停道谢,目光诚挚。

你一点也不了解她。黎莎告诉自己,但即使她了解瑞娜,她也知道自己在自欺欺人。而她很肯定了一件事,亚伦爱她。如果她真的关心他,这点就足够了。

队伍在罗杰的音乐声中迅速移动,没过多久就轮到她了。她来到他们面前。

所有人都僵在原地,就连加尔德也一样。只有莎玛娃不为所动。"黎莎·佩伯女士,厄尼之女。"她一边在名单中写下名字,一边对瑞娜说道。

黎莎微笑,行屈膝礼。"新娘应该戴花冠。"她说着拿出用史黛拉的花朵编成的花冠。

瑞娜看着她,眼中流露出难以言说的表情。她睫毛微颤,盈满泪水。"很漂亮,谢谢。"她弯下腰去,让黎莎戴上花冠。

"祝福你的婚礼。"黎莎说着转向亚伦。他张开双臂,她上前拥抱片刻,然后迅速放手。

她希望他没注意到留在他肩膀衣服上的眼泪。汪姐出现了,牵着一匹驮着重物的驴子,黎莎立刻快步走去。

"所有上好的烟火都带来了。"汪姐说。

"谢谢。"黎莎说,往一名路过的男孩手中塞了一捆庆典烟火和火柴。他笑得合不拢嘴,发出愉快的喊叫,带着烟火跑开。

"可以帮我弄点喝的吗?"

"当然。"汪姐说。"茶?水?"

黎莎摇头。"来点烈的,能洗掉我前廊上油漆的东西。"

罗杰看着两位妻子在舞台上大跳转舞时哈哈大笑,她们鲜艳的服饰让人们不断发出惊奇的欢呼声。由于有十多个吟游诗人正演奏舞曲,她们将罗杰和坎黛尔拉来一起跳舞,所有人都一边拍手一边欢笑。广场上的人们开始燃放烟火、用炮、庆典鞭炮、火哨子、火焰轮。魔物广场中央空出一片空地,黎莎在那里燃放照亮天际的火箭和流星。

人们渐渐不再跳舞,一脸赞叹地欣赏着漫天烟火。阿曼娃和希克娃目瞪口呆地看着一支火箭冲天而起,然后在它炸成七彩光点时惊讶地鼓掌。

"该去道贺了。"罗杰说,带领她们走到舞台左边,最接近亚伦和瑞娜的台阶。他的妻子们拉着坎黛尔一起去。

"跟我们说说北地婚礼的习俗。"阿曼娃对女孩说道。

"我们通常会在道贺时送礼。"坎黛儿说。"但在那首歌后……任何礼物都黯然失色。"

"既然这是传统,我们就该准备礼物。"希克娃说。

阿曼娜点头。"在今晚开了这么多眼界之后,该送。"罗杰不晓得该如何回应,不过他没有多少时间,因为人们已经为他们让道两旁。

亚伦伸出双手，突然拥抱罗杰。他很惊讶。魔印人什么时候开始张开胸怀拥抱他人了？

"太好听了，罗杰。我以前听过沙漠人唱的《月亏之歌》，但和你们配合的相比差远了。它蕴含……"

"力量。"罗杰说。"足以杀死石恶魔的力量。这就是你的小提琴巫师团，就像我承诺的一样。"他转身向瑞娜行礼，笑道："这是我在这个特殊的日子送给你的礼物。"

瑞娜有点脸红，阿曼娃迎上前去。"我是阿曼娃，洼地部族音恩血脉杰桑之子罗杰的第一妻室。"她转向另外两个女人。"这位是我的姊妹，希克娃，以及我丈夫的学徒坎黛尔。"女人轮流鞠躬，阿曼娃把手伸到腰带里，取出一条很高档的纯白色的丝巾。

"坎黛尔说结婚礼物是你们的传统，我们族人也有同样的传统。"她扬起丝巾。"你是帕尔青恩的吉娃卡，应该有条婚姻面纱。这是我自己的面纱，以最纯洁的丝所编制，在达玛丁宫殿获得祝福。"

瑞娜默默看着阿曼娃将丝巾绑在她脸上，遮起鼻子到下颌间的魔印。"我得戴多久？"

希克娃笑道："戴到帕尔青恩把它取下来吻你。"

瑞娜哼了一声。"才不等他。"她转向亚伦，自己撩起面纱，深情地吻了他一下。阿曼娃、希克娃和坎黛尔大声鼓掌，旁边还有很多镇民跟着欢呼。

"这么可以吗？"瑞娜回头道。面纱落回原位，她没有动手解下它。

阿曼娃微笑。"我们族人的婚礼习俗与你们并没有多大不同。"她看向罗杰。"有时候我会遗憾结婚时没有一个像样的庆

祝仪式。"

罗杰在妻子眼中看见遗憾之情。所有北地女孩都会幻想婚礼狂欢，而他发现克拉西亚女人也一样。他当初于席间就地结婚的做法等于是摒弃所有传统，而现在他突然了解到那也等于是践踏了妻子们最渴望的美梦——自己得想办法补偿她们。

"你没有吗？"瑞娜问。"那就和我分享，一起跳舞。"她牵起阿曼娃，伸手比向希克娃和坎黛尔，把她们都拖到跳舞区。人群中传来欢呼，吟游诗人换上另一首舞曲。

"啊？婚姻。"罗杰说。

亚伦大笑。"当她让我日子难过时，我就会提醒自己你有两个。"亚伦说，看着四个女人跳舞。"你知道自己在做什么吗？娶达玛丁可不轻松，更别提是贾迪尔的女儿……"

罗杰耸耸肩。"我也可以问你同样的问题。有时候我自认知道自己在做什么，而有时候……"

"你只是在随波逐流。"亚伦帮他说完。

罗杰点头。"对。但你也听到《月亏之歌》的力量了，而且我觉得音乐里通常都比现实中过得快乐。"

"我知道你的意思。"亚伦说。"下一个新月，我们都可能会死，但我的心情从来没有如此平静。"

"新婚之夜想这个太扫兴了，"罗杰说。"这又给了我们一个应该跳舞的理由。"

"是呀。"亚伦说，两人一起走向石板地。他的舞技令罗杰特别吃惊，同时勾着瑞娜和坎黛尔边笑边转圈。洼地人全都凑上来，轮流和新人转圈，个个欢天喜地。

"克拉西亚人结婚时都跳什么舞？"瑞娜在乐师给洼地人一些喘息空间时问阿曼娃道。

"我们不在公开场合跳舞。"阿曼娃说。"但回到卧房后，

541

我们会为丈夫跳一种刺激的私房舞。"

"喔，一定要教我！"瑞娜叫道。阿曼娃和希克娃互看一眼，然后转向罗杰。

"在我们这里跳舞不是罪。"罗杰一脸坏笑。"别脱衣服就行了。"

阿曼娃摇头。"有些东西只能让丈夫看的。"

"是喔，那更是非瞧瞧不可了。"布安娜·卡特说。"女士们，围成一圈！克拉西亚女人要让我们见识见识她们的民俗舞蹈。"转眼之间，洼地高大的女人把瑞娜和罗杰的妻子团团围起。她们让罗杰留下，但就连亚伦也被挤出了包围圈跑去应付其他道贺的贵客。

"我还没送你结婚礼物。"希克娃对瑞娜说，自腰袋中拿出小铜钹。"请收下这些辅助跳舞的小道具。"

她帮瑞娜戴上铜钹，阿曼娃则戴上自己的铜钹。没过多久，她开始敲打节奏，洼地女人跟着拍手。罗杰随着旋律拉奏小提琴，利用魔印腮托扩大音量，台上的吟游诗人也跟着演奏，不过看不到女人围起来的圈子里的景象。

确定其他人看不见后，阿曼娃开始教瑞娜具有催眠力量的扭腰摆臂舞。瑞娜很快就学会那个动作，还有不少洼地女人也跟着做，包括坎黛尔和布莉安娜在内。希克娃在女人之间走来走去，调整她们的步法和扭腰的姿势。

罗杰感到胯下有种熟悉的紧张感，不自觉地满脸通红，放下斗篷遮掩宽松的彩裤。他只有在做爱前看妻子们跳过这样的舞，而看来她们把他训练得很好。瑞娜和坎黛尔跳得如同天生好手，罗杰脸更是热血冲头，虽然洼地女人在做这些淫邪动作的同时也开心地尖叫。其他克拉西亚女人也走了过来，帮助达玛丁示范动作。最后罗杰找个借口提前离开，克拉西亚女人和

洼地女人都兴奋得哈哈大笑起来。这时伐木工拿出婚礼木杆,将新人赶在一起。他们已经在填场边缘架起了新婚大帐。

"那是什么?"阿曼娃问。

"新人会坐在那两张椅子上,"罗杰指着椅子说道。"洼地人会举起木杆,挑着他们绕广场,让大家看。通常队伍会一直跟到新人的新家,但是如果没有新家,他们就会搭起新婚大帐。帕尔青恩会抱着新娘跨越门槛,然后全镇的人就会大声喧哗,在他们……啊……"

"做的时候。"坎黛尔说。

"圆房。"罗杰委婉地说,他偷瞄妻子一眼,看看她们是否觉得被冒犯,不过阿曼娃和希克娃似乎十分期待。她们迫不及待地跟着队伍沿着魔物广场绕了三圈,接着抵达大帐。亚伦轻轻跳回地上,然后接起瑞娜,抱在怀中。他吻了她一下,走进大帐,随即放下帐帘。

阿曼娃立刻欢呼,声音在魔物项链的加持下远远传开。希克娃和其他克拉西亚女人跟着一起叫,洼地人则开始欢呼、鼓掌、跺脚,敲打锅盆和酒桶、摔杯子,尽可能制造噪声。黎莎躲到广场人少的边角安排燃放更多的烟火。

只有沙鲁姆没有参与此事。卡维尔神色不善地瞪着帐篷,罗杰一直担心他会突然袭击。

阿曼娃察觉他的目光。"如果你没办法保持礼貌,训练官,那就去找点事做。带你的人去杀七头阿拉盖,一根天堂之柱一头,借以庆祝他们的结合。"

卡维尔无奈点头。"我们的矛不在身上,达玛丁。"

阿曼娃眉头深锁,罗杰和卡维尔都知道她快要失去耐心了。"这三百年来,沙鲁姆都在没有魔印矛的情况下杀阿拉盖,训练官。战斗魔印让你们懦弱了吗?你们已经忘了你们的战技了吗?"

卡维尔就地跪倒,额头抵地。"原谅我,达玛丁,我立刻去办。"

带领手下离开魔物填场时,他似乎松了一大口气。

只要有借口杀恶魔就行。罗杰心想。

"如果他们要杀七头,我们就要杀七十头。"加尔德对汪姐说道。"伐木工!去拿斧头!我们要送解放者结婚礼物:大到能让天上的造物主看到的恶魔尸堆!"

阿曼娃看着伐木工集结部队,杀入黑夜,轻叹一声,勾起罗杰的手臂。

"父亲说得没错。"她说。"你的族人与我们没有多大不同。"

※

汪姐依照黎莎的指示,帮她弄来一小瓶琥珀色液体。黎莎不常喝烈酒,不知道那是什么酒,不过它就像阿邦给她的库西酒一样令她喉咙灼烫,手脚暖和。没过多久,她就感到一阵朦胧的舒适,欣赏小孩和大人因为她的烟火而兴奋不已。

但是当他们抬着亚伦和他的新娘沿着广场绕行三圈,然后送入新婚大帐时,她觉得自己的孩子们仿佛在嘲弄她。他们都知道自己深爱亚伦·贝尔斯,之前全镇的人都在谈论他们俩的事。

就像那年与马力克,还有加尔德一样。不管怎么做,她的感情生活似乎总是别人在她身后议论纷纷的话题。

洼地人疯狂的笑声令她更觉得失落。他们是不是成心这样羞辱自己?自己是不是真的变成了母亲那样的女人?

再一次,她脑中浮现伊罗娜和加尔德那一幕令人恶心的画面。但是接着加尔德消失了,变成亚伦抱着她母亲,自己会费许多时间研究的魔印身躯裸露在自己眼前,几乎是单凭他的长矛撑住伊罗娜。伊罗娜看着黎莎狂野大笑,继续扭腰摆臂。接着母亲变成了瑞娜·谭纳,在亚伦拥抱她时发出兴奋的呻吟。

她发誓能透过喧闹的人声听到两人在新婚大帐里交合的声音。她点燃庆典鞭炮,但不爆炸。她从逐渐减少的烟火中拿出一支大火箭,将木棒插在两块疏松的石板之间,希望爆炸能让自己耳鸣几个小时。

但她没办法让火箭站直。她点燃火柴,烧伤了自己的手指,尖叫一声,丢下火柴,泪流满面地吸吮烧伤的手指。

"黑夜呀,看看你,你喝醉了。"一个声音传来。黎莎转过身去,看见妲西站在自己身后。

"给我。"妲西说着抢过黎莎手中的火柴。"他们说我木脑瓜子,但就连我也知道酒和烟火不能混在一起,你想要废掉自己一双巧手上的几根指头吗?烧掉一栋房子?害死某个人?"

"不要教训我,妲西·卡特。"黎莎大声道。"我是洼地的草药师,不是你。"

"那就拿点草药师的风采。"另一个声音传来。黎莎看见伊罗娜来到妲西身边。此时此刻,她是全世界黎莎最不想见到的人。"要是布鲁娜看到你们这样会怎么说?"

我们守护火焰的秘密是有理由的,布鲁娜说。男人不会尊敬这种力量。

突然间黎莎感到强烈的羞愧。要是让布鲁娜看到的话,她会在自己脚上吐口水,或是拿拐杖敲打自己的麻木的大头。

而黎莎知道一切都是自己咎由自取。想到自己如此令老师失望,她难受得全身抖个不停,忍不住失声痛哭。

妲西紧紧拥抱她,不让人们看见她脆弱的一面。"不要紧的,黎莎。"她轻声道。"我们都有难过的时候。你跟你妈去吧,烟火交给我来放。"

黎莎呜咽一声,点了点头,擦干眼泪,起身离去。她慢慢走向母亲,小心不被凹凸不平的地板绊倒。伊罗娜伸出手臂,黎莎尽可能维持尊严地绕上去。只有她母亲知道她有多么仰赖自己的扶持。

"再走几步,你就可以休息了。"伊罗娜说,她们朝广场外围的一张长椅走去,坐在上面的女人立刻起身,简单行了个屈膝礼,让出座位。

"好了,"伊罗娜说。"你喝了多少?"

黎莎耸肩,在围裙中摸索,取出汪姐给她的酒瓶,递给母亲。伊罗娜就着光线打量,然后拉开瓶塞,闻了一闻。她轻哼一声,喝了一口。"我要是喝那么多的话会开始脸红的,所以我想你大概要准备把早餐吃的东西全部吐出来了。"

黎莎摇头。"只要一点时间喘喘气就好了。"

"可惜你没有时间。"伊罗娜说着抬头挺胸,轻扯衣服上的紧绳,拉低胸线。每当有男人进屋时,她就会这么做。"目光直视前方,别吐了。"

黎莎抬起头来,看见汤姆士伯爵走了过来,身穿装饰有各种珠宝的华贵服饰的他看来英俊挺拔。几名林木士兵跟在他身后。但伯爵似乎没注意到他们,脸上带着轻松帅气的笑容。他以贵族特有的气质体面地向她们鞠躬行礼。

"很荣幸再见到你,女士。"他说,接着转向伊罗娜。"如果你有姐妹,我早该听说了,所以这位美丽的女士肯定是你母亲——大名鼎鼎的佩伯太太了。"

黎莎双眼一翻,她以为王子不会这么陈词滥调。如果每次有男人用这句台词去奉承她妈时,她都能得到一卡拉,现在她

已经比林白克公爵还要富有了。

伊罗娜的反应每次都一样，就是一副从没听过这种甜言蜜语般地轻笑，然后目光低垂，表情羞涩撩人。黎莎怀疑世上有什么事能让伊罗娜脸红，但母亲随时都有办法让自己脸红。

伊罗娜伸手让伯爵亲吻。"恐怕传言都是真的，伯爵阁下。"

这倒是实话，黎莎心想。她深吸口气，努力站稳。汤姆士的微笑透露着明显的意图，就像信使马力克那狡黠如狼的笑容。

黎莎无法忍受汤姆士用这种目光打量母亲。至少有自己在场时不能，今晚不能。她面露微笑，轻扯自己衣服上的紧绳。

"今晚还开心吗？伯爵阁下。"她问，将他的目光拉回自己身上，并且尽可能留住他的视线。他的目光不断向下瞄去，然后又看回来，但就和伊罗娜一样，她假装没注意到。

"我从没参加过小镇的婚礼。"汤姆士说。"现在我觉得那是我的遗憾。相比之下，宫廷舞真是无聊透顶。"

"喔，您真会说话。"黎莎说。"身穿手工布衣的洼地女人怎能和穿金戴银的宫廷美女相比？"

汤姆士的目光再度往下瞟，黎莎觉得自己的笑容逐渐扩散，包裹全身。"宫廷美女只在乎自己。"他微微一笑，在吟游诗人演奏另一首舞曲时伸出一只手。"她们可能会绊倒，但绝对不会转圈。"

※

接下来几个小时，黎莎昏昏沉沉地与英俊的王子一起跳舞说笑。他不情愿地与其他人分享舞伴，但总是待在她身边，送她回家时在马车里的热吻温暖而又激情。他全身又硬又挺，而她主动贴上，用臀部和大腿摩擦他的大腿。她觉得自己越来越把持不住,正考虑着要不要在马车里占有他时,马车已经在她家门口停下,车夫跳下车,放下台阶,打开车门。

汤姆士率先下车,在黎莎摇摇晃晃下车时伸手扶住她。

"先回庆祝会场。"汤姆士对车夫说。"我自己走回去。"

"伯爵阁下,"车夫说,"夜深了,而这片树林里又有克拉西亚人……"

"那就黎明时分回来,"黎莎说。"去吧!"

车夫耸耸肩,甩动马鞭,朝来时的路奔去。

"处理得真好。"汤姆士说,在黎莎拉起他的手臂,把他拖入小屋时咧嘴笑道。

她毫不做作,直接把他拉进卧房。她点燃一盏黯淡的化学灯,接着转身使劲将他推倒在被褥里。她面带微笑,撩起裙子,爬到他身上,亲吻他的脸颊、嘴唇与脖子。"现在,伯爵阁下,我打算占你便宜了。"

汤姆士身体一扭,解开她衣服上的紧绳,将脸埋入她的胸部。"从来都是我占别人的便宜。"

黎莎微笑。"是呀,但洼地的风俗与其他地方不同。我会从现在开始骑着你飞奔,一直到车夫回来。"她往下摸去,解开他的皮带,然后去拉他马裤上的紧绳。她原以为只要几秒钟就能把他的下半身抓在手中,但最后她不得不偏开目光,低下头去研究最后一个结要怎么解。她终于解开了裤子,但是明显已经没有财才车厢里那么兴奋了。

"怎么了?"她惊奇地问,再度骑上去。

"啊……没什么……"汤姆士呻吟。"只是夜深了……喝多了……而且没想到你会这么……"

"主动?"黎莎边问边加紧手上的动作。

黑夜呀,是我的关系吗?她心想。难道阿曼恩是世上唯一

真心想要我的人吗?她抛开这个想法,翻身下床。

"你要去哪里?"他问。"我可以的,只需要……"

"嘘……"黎莎说着将手臂褪去衣袖,然后将连身裙往下拉。"我会提供你需要的东西。"

他就着昏暗的光线欣赏她宽衣解带,而黎莎在弯腰跨出裙子时看到他又兴奋起来。他拥有能令任何男人自豪的长矛,她轻咬下唇,对于要让它进入体内感到兴奋不已。她伸手捏了捏它。

伯爵像饥渴的野兽一样吼叫,从床上站起身来,一把抱住她一起倒在床上。她主动配合他的动作。

接着,汤姆士大叫一声,一切结束了,他结束了,他瘫在她的身上。她很想哭,但没力气。她希望自己只请车夫在外面等他们喝杯茶,而不是把伯爵困在这里一整晚。她希望他有勇气自己离开。

但汤姆士脱掉剩下的衣服,上床躺在她身边。"实在太美妙了。"他在贴上她的背时轻声说道。他拉起被褥盖着两人,然后伸出粗壮的胳臂抱紧她,心满意足地在她颈部磨蹭。"自从在吉赛儿的诊所见到你后,我就一直祈祷,希望有朝一日能一亲芳泽,但我从没想到会是如此美妙。"

一时之间,黎莎觉得沮丧感消失了,在伯爵的怀中感到安全和温暖。或许他在她面前表现得不够男子气概,但她的表现却非常女人。她感到一股莫名的骄傲,在微笑中沉沉睡去。

黎莎醒来时,四周一片漆黑。她梦到了阿曼恩,以及在彼此相拥而眠的那些夜晚。魔法让他拥有毫无节制的激情,而他经常在午夜里两人半梦半醒时做爱。他会用亲吻和爱抚让她达到兴奋的顶点,而她会轻轻摩擦他……一直到两人放声大叫,接着两人幸福到疲累地睡去,休息一段时间,直到他为了庆祝黎明的到来而再度占有她。

造物主呀，她渴盼他。在自我封闭折磨长达二十八个年头后，她尝到了心灵渴望已久的甜蜜，现在全身每个细胞都渴望他的触摸。任何形式的触摸都好。她知道性欲增强是怀孕的征兆，但忽略了它会比长期头痛和害喜更令人难受。

她身后，汤姆士发出满足的鼾声，毛茸茸的厚实胸膛紧贴着她的背。她顶着他移动身体，用臀部摩擦他的身体。她能感知他的抽动，于是她把他翻过身来，像之前一样紧紧抱住他。

汤姆士在半睡半醒中呻吟着，手不自觉地往下滑，抚摸她的头发。她知道他已经醒了，立刻骑到他的身上。伯爵一边呻吟一边扬起温柔的手掌，在她骑他的同时抚摸她的身体。她紧闭双眼，想象着自己骑在阿曼恩的身上。

每当她感到伯爵临近崩溃时，就会弯下腰去吻他，直到他呼吸平静下来。

没过多久，她觉得高潮来临时，于是加快速度，将伯爵压在下面为所欲为。片刻过后，她欢愉地高叫，汤姆士仿佛绝处求生般抓住她的身体。

她亲吻他，但由于两人都在喘气，他们一边亲吻一边大笑起来。

"太美妙了。"汤姆士再次感叹道。

"是呀。"黎莎真心说道，不过她的肚子似乎并不认同，翻滚得像是忘了关火的热汤。

她深吸一口气，试图压抑住这种干呕的冲动，但是片刻过后，不得不伸手捂住嘴，冲出卧房，在厕所狂吐。这已经变成了例行公事，黎莎几乎开始期待晨间害喜，因为吐过之后她就可以开始正常的早晨。

害喜总会引发头痛，黎莎本能地伸手搓揉太阳穴，接着吃

了一惊——自己头痛的感觉几个月来第一次消失得无影无踪，不光只是减缓，而是完全不痛了。她感到眼眶湿润了，脸颊的肌肤因为泪水而些微紧绷，接着放任自己落泪，感受内心的喜悦。

汤姆士穿回马裤和上衣，在厕所门口等她出来。她赤身裸体，不过意志再次变得坚定。他微笑着，拿被单给她披上，然后递给她一杯水。"整个晚上喝酒跳舞会伤身体的。你别跟人家说我怎么了，我就不会泄露你的窘态。"

黎莎朝他笑着点头，接过水杯轻啜。

"继任公爵前，"汤姆士说。"我哥哥常说最好的解酒良方就是培根加蛋。我试过，真的没有比它更好的方法了。"

"我去帮你做。"黎莎说，很庆幸有事可做。

"我本来是想亲自下厨的……"伯爵开口。

黎莎对他微笑。"但你这辈子从没打过蛋，是不是？伯爵阁下。"

汤姆士抱歉地耸耸肩，露出黎莎无法想象有任何女人能抗拒的微笑。

她嘲弄地屈膝行礼。"为你做早餐就是我的荣幸，伯爵阁下。"

第二十一章 灵气

333 AR　夏　新月前第十一个拂晓

亚伦和瑞娜衣衫不整地走出新婚大帐后,庆祝会又持续了好几个小时。他本来以为两人会温柔地做爱,但他的新娘从帐帘放下来的那一刻就像猛兽般扑到他身上,在欲望的驱使下绽放魔光。

我的妻子,瑞娜·谭纳。这个想法就和做爱的过程一样让他脑子里一片混乱——自己曾经为了那次订婚离乡背井逃避多年,没想到那个女孩竟然就是他命中注定要娶的妻子。

命中注定?他向来最不屑的观念。我一辈子无视造物主和解放者的存在,结果只是和个女孩处得来,难道我就该相信天命了?

但是不管如何,他没法回避这有些恶作剧般荒诞的现实。

他们疲累到脚步有些发飘地走回欢呼的群众中时,亚伦再度惊讶地看着众人身上散发出来的灵气。

他曾一度将魔法视为邪恶的产物,但它远远超越善良的定义,而且不像风、雨或雷电那样邪恶。它在所有活物体内流动,借助丰富的物质躯体定义各种生命形态。人类的灵气较为黯淡,却远比恶魔的复杂;不过洼地郡大魔印中央散发一股强烈的魔光。在毫无所觉的情况下,洼地镇民喜悦的情绪感染了大魔印的魔法,驱动着魔光也雀跃不已,跳蹿翻飞,具有更强大的

魔力。

亚伦自从在眼帘上绘制强化视觉魔印后，就能看见各种灵气；不过在遇上恶魔王子前都无法理解灵气的色彩、亮度、结构变化所代表的意义。在跟心灵恶魔一番较量后，他从恶魔的心里感知了整个世界的本色。

现在只要瞄上一眼，他就能看出某人的情绪状态，正视对方的话还能看见持续涌现的讯息。他能分辨别人有没有对他说真话，以及对手将会起身战斗，还是会落荒而逃。他随时都能看出别人所有的情绪，不过他还没法窥见引发情绪变动的缘由。

他没办法像恶魔王子那样阅读他人的各种思想……暂时办不到。但如果聚精会神，亚伦能汲取他人身上的魔法，标记其中的精华，然后存入体内。因此，亚伦甚至比他们的爱人和草药师更了解对方——每道疤痕、每个痛处、每种感觉。这里被火焰唾液灼伤、那里又被猫抓伤，了解对方身上的每个故事。

有时候他的心中会涌现某些影像——与对方有强烈情绪纠葛的人、场所、物品的影像，但还是得要看自己如何解读。

所有植物都蕴含着各自的秘密。只是吸入穿越一棵树的魔法，亚伦就能清楚这棵树的具体岁数，比伐木工计算年轮还要精确。他知道何时有过洪水，何时有过干旱。他知道树木什么时候被烧过，什么时候被冰冻过。什么样的恶魔利爪曾划破它的树皮，以及种子何时发芽都能进入他的脑中。

回到庆祝会上时，莎玛娃、坎黛尔、罗杰和他的两位妻子正等着他们。

罗杰的灵气看起来格外喜剧。当吟游诗人表演时，不管是在演奏小提琴还是表演魔术，他的灵气都会被一道看不透的斗篷所掩盖，完全解读不透。不过其他时候，这位年轻的朋友就像摊开在眼前的书。他身边会充满影像，有些黯淡，有些清晰，全都透过复杂的情绪网络与罗杰紧密连接。

亚伦在他周围的影像中看见自己和瑞娜,还有阿曼娃、希克娃以及黎莎。亚伦看得出来罗杰对瑞娜和这段婚姻抱持保留的态度,不过,由于他对自己的婚姻也很不确定,所以自认无权多说什么。木已成舟,而身为亚伦的朋友,罗杰会支持他。

他伸手拍在吟游诗人的肩上。"我也支持你,罗杰,真的。不管你对瑞娜有什么看法,我还是欠你很多。"

罗杰眨眨眼。"你怎么知道我……"阿曼娃的灵气在她突然专注在他身上时大放光明。她反应很快,在丈夫一句话都还没说完前就知道他要说什么。

一时之间,他看见她身旁飘出许多影像,大部分都与她父母有关。阿曼娃行走在他们深邃的阴影下时,而飘在这些影像之间的是一本书。

"你在想《伊弗佳》训示——只有解放者才能阅读他人的心灵。"亚伦猜道。

阿曼娃的魔光里漾起极度震惊的波澜,但接着年轻的达玛丁变得异常平静,情绪埋藏在呼吸的节奏里。她凝视他的目光依然锐利,但他不再能解读她的心思。

"《伊弗佳》确实这么写着,"阿曼娃同意道。"但你不是所谓的解放者。"

他望向希克娃,惊讶地发现她的心灵与阿曼娃一样封锁得很严实。她不像外表那么简单,或许那与她的白面纱有关。

尽管罗杰的妻子能掩饰身上的魔光,却无法遮蔽身上所携带的魔法物品。阿曼娃和希克娃项链里所镶的魔印恶魔骨让她们的脸子大放光彩,很有用的魔法。

其他珠宝都有绽放类似的魔光。阿曼娃腰际的霍拉袋魔光鼓动,就连莎玛娃的戒指和手镯上都有一些恶魔骨,不过她并

不清楚它们的用途。

"你不相信我。"亚伦说。

"我们有任何应该相信你的理由吗?"阿曼娃问。

亚伦聚精会神,自两名女子身上汲取一丝魔力,探查她们的过去。"没有,但我相信你,阿曼娃·阿曼恩。"他朝希克娃点点头。"我相信你和你的姊妹。我看得出来你们不是奈的盟友,而你们对我朋友是真心的。"

"哎?"罗杰问。

"别太开心了。"亚伦告诉他。"她们或许会服从你的命令,但只要认定是为你好,她们绝对会毫不迟疑地违背你的本意。"

阿曼娃似乎并不在意他的评论。"有时候我们荣耀的丈夫需要……引导。"

亚伦轻笑。"说得一点也没错。"

"喂!"罗杰叫道。

亚伦笑嘻嘻地说:"我不认为自己是解放者,阿曼娃。不过我也不认为你父亲就是。我根本不信世上有解放者这尊神,除非把他当作鼓舞士气的象征。"

"你是个没有信仰的人,而非异教徒?"阿曼娃问。"这样比较好吗?"

亚伦鞠躬。"那就要看你自己怎么看了,公主。"

阿曼娃眯起眼睛。"改天再说吧,感谢你允许我们参与你的新婚庆祝会。"

这时莎玛娃迎上前来,手里拿着亚伦曾见过无数次的写字板,突然让他想起在阿邦大市集的帐篷里那些温暖的回忆。

亚伦能从她的魔光中看见影像,与账册里的黑线和红线环环相扣,计算着已付讫债务。阿曼娃为了释出善意派她出面帮忙,而莎玛娃则非常乐意把握机会同时为阿曼娃和亚伦效劳。

她会不择手段让今晚一切顺利，不管要贿赂什么人或是对什么人吼叫，不过有朝一日她会回过头来要他们偿清债务。

亚伦微笑。"你和你丈夫真像，让我很想与我的朋友阿邦再见一面。"

莎玛娃鞠躬。"杰夫之子太客气了。"她不动声色地客气道，但身上的魔光表示这话令她深深感动。

那些都是真话。亚伦非常想念他的卡菲特朋友，但多次经验证实，阿邦偶尔值得信任，但不能完全信任他。他会在必要时撒谎，而大多时候他会隐瞒某些真相，通常都是重要的事。

亚伦经常回想最后一次造访克拉西亚时所发生的事，而不确定感始终在心里挥之不去。毕竟，帮他取得安纳克桑及卡吉之墓地图，让他找到魔印长矛的人就是阿邦。那天他是先把卡吉之矛拿给阿邦看的，让他辨识真伪。而那晚，阿邦曾经参加训练的挚友贾迪尔为了夺取长矛而图谋自己。

现在他们携手合作。就算几个月前马力克没有证实此事，他也能从克拉西亚征服北地的模式中看出阿邦的手段。这样其实也好，因为阿邦向来不像贾迪尔那么野蛮粗暴。来森堡沦陷之后，许多南方城镇都在房舍、田野，还有女人不受侵害的情况下被征服，保持贸易路线畅通，接受达玛和《伊弗佳》律法的统治。那是阿邦在贾迪尔的耳边提供的建议，就算只是为了获利也罢。

你到底是站在哪一边，阿邦？他好奇。你知不知道你朋友曾试图谋杀我？你只是接受事实，还是一切本来就是你的主意？

他叹气。真相有意义吗？现在浪费心思多想此事根本于事无补。要不了多久，自己就会直接去找两个男人当面对质，我会找到真相的。但首先，他们得想办法活过眼下这个新月……

道贺的人在他们回归庆祝会后立刻再度排开。下一个上前

道贺的是名年长女士，领着一个中年男子。他浑浊的白色眼瞳没有焦点。这两个人有种熟悉感，亚伦在女人的魔光中看出她曾见过自己，而且欠自己一份人情。

"萝莉·薛普，贝尔斯太太。"女人僵硬地鞠躬说道。"这是我独生子肯恩。我们没有礼物可送，只能献上我们的敬意以及感激之情，希望你们接受。在路上逃离时，我们的家人惨遭地心魔物杀害。要不是你及时赶到，我和肯尼也都难逃一劫。"她拍拍男人的手臂。"日子不好过，但当你带着我们的车队回来时，洼地人很热心地拥抱我们，尽管肯尼无法工作，仍然让我们不愁温饱。我们对此非常感激。"

"那是洼地镇民的功劳。"亚伦说。"还有你们，因为你们在当时那么艰难的情况下时坚强地留了下来。"

他看着肯恩·薛普，一言不发地站在母亲身旁。男人的魔光散发出羞愧之情，痛恨自己得依赖年老的母亲过活，且无力帮助家人。这时老女人慈爱地朝他靠了一靠，他身上立刻现出骄傲的光芒。"你从小就看不见？"

肯恩点头。"是，从我有记忆以后。"

"他在襁褓中生了一场大病后就失明了。"萝莉说。

亚伦自他身上汲取一些魔力，检查肯恩害怕的双眼，找出病根所在。他本能地伸出手来，自大魔印中吸取魔力，以手指在对方的额头和眼旁画魔印。

人们纷纷惊呼，看着肯恩浑浊的双眼逐渐变成褐色，在他激动呼喊，用力甩头时显得越来越清澈。他的灵气突然绽放出喜悦的光芒，接着转为迷惘与恐惧。最后，他紧闭双眼，双掌遮面，整个人颤抖不已。

亚伦稳稳地伸手拍拍他的肩。"你会慢慢适应过来的，肯恩·薛普。真的，我很清楚你正经历的一切。"

THE DAYLIGHT WAR

薛普的骚动结束后，一名卡沙鲁姆迎上前来。矫健的步伐没有一丝迟疑，但亚伦在他的灵气中读出了恐惧——恐惧与羞愧。他听见阿曼娃突然吸气的声音，轻得其他人都听不见，而她的灵气短暂浮现愤怒之情，接着又恢复达玛丁的平静。

战士在亚伦身前跪倒，额头抵地。亚伦不必认识此人就能了解他的感受。他和沙鲁姆相处的时间长得足以了解自己遭人羞辱了，但真正谋害自己的人并非这个被迫前来试探的卡沙鲁姆。

显然卡维尔训练官认为派遣卡菲特战士来呈献第一个天堂之礼是手法高明的政治宣言。这种做法一方面能对他表达消极的羞辱，另一方面能让所谓的解放者长矛队——帮助贾迪尔抢夺卡吉之矛的人——无须与他接触。

但是对亚伦而言，派卡菲特战士来献礼并不算是一种羞辱。他在克拉西亚见过卡菲特无数次被虐待的景象、无法取得任何权力和社会地位。自从恶魔回归后就一直如此，但贾迪尔统治不过短短数年，这种情况已经改观。这也是阿邦的影响——迅速扩军备战的手段——还是我那背信忘义的阿金帕尔良心发现了？

跪在地上的战士将一对木恶魔角摆在亚伦和瑞娜脚边。亚伦看见魔角上的魔力缓缓被吸入大魔印中。

"贾达。"亚伦凭空比画代表天堂第一柱的符号。阿曼娃惊讶地看着他。但他不理会她，只是对战士微笑。

"起来，站好。"亚伦以克拉西亚语道。男人起身后，亚伦对他鞠躬。"不要怕，兄弟。卡维尔或许看不出来派卡菲特呈现他不敢亲自送来的羞辱之举有多讽刺，但我心里却很明白。

是卡沙鲁姆为戴尔沙鲁姆增添荣耀，而不是反过来。"

战士深深鞠躬，灵气所产生的改变看起来十分美丽，羞愧变为骄傲，恐惧变成感激。"谢谢，帕尔青恩。"他再度向瑞娜鞠躬，然后向阿曼娃行礼，接着转身奔向黑夜。

还有六道天堂之柱。

"我会处罚卡维尔的。"战士离去后，阿曼娃对亚伦说道。"请你明白，他们侮辱你不是我的意思。"

"我知道你说的是真话。"亚伦说。"我在夜里与沙鲁姆并肩作战多年，但我向来讨厌那些总是为鸡毛蒜皮小事而掀起世仇的人。卡维尔这么做充其量只是自取其辱。"

阿曼娃侧头看他，灵气中显露出一丝敬意，不过眼神却滴水不漏。亚伦只是默默地轻轻点头。

片刻过后，汪妲·卡特跑来，献上一根弯曲的风恶魔长角，上面还连着背翼的膜翼。"本来应该第一个送来的，可是割下这些玩意儿比杀它们还费事。"

亚伦微笑。她的灵气绽放着强烈的骄傲，不过还是有点恐惧。他进一步查探，深入了解她。她打算对他提出要求，一个自私的要求，她生怕他或许不能答应——或不愿答应。

"祝福你，汪妲·卡特。"阿曼娃说。"史上第一位沙鲁姆丁。"

沙鲁姆丁？亚伦深感惊讶。现在贾迪尔竟然赋予女人权力了？还有更多奇迹吗？

"你令我骄傲，汪妲。"亚伦说，提高音量让其他人听见。"成为克拉西亚第一名女性战士可是了不起的成就。如果有什么能为你做的，尽管开口。"

汪妲微笑，灵气中显现松了口气的变化。"他们说你治好了肯恩·薛普的眼睛。"

亚伦点头。"勉强算是吧。"

汪姐一直以来都用头发遮住恶魔抓的半边脸，她撩起头发，露出又深又皱的爪痕。她压低音量。"你能帮我去掉脸上的疤痕吗？"

亚伦迟疑。他随手就能办成此事，但是看着汪姐的灵气，他不确定自己该这么做。他凭空绘印，让自己的回应只有她能听见。

"可以。"她眼睛一亮，灵气中浮现欣喜与恐惧。"但新月时，你要担心什么？汪姐·卡特。提醒我们什么才是真正重要的事。"

女孩点头，他搭上她的肩，轻捏一下。他必须抬头才能直视她的双眼。"你考虑考虑。新月之后，如果你还是决定这么做，只要和我说一声就行了。"

她的灵气转变成中立的色彩，并不断形成缓慢转动的漩涡——她在考虑我的话。

❦

"我想这表示你不打算接受沙漠恶魔的求婚？"汤姆士一边咀嚼最后一片培根，一边问道。

黎莎对他微笑。她的胃口恢复了，几周以来第一次觉得自己有点元气。"绝对不可能。"

"母亲说你所做的一切都是出于洼地的利益。"汤姆士说。"但我不该将那误认为你会依照我的命令行事。"

黎莎大笑，起身收拾餐盘。"老公爵夫人太夸奖我了。"

"你和她有几分相似。"汤姆士说。

黎莎摆一摆臀。"希望不要太像了，不然我就不愿多想昨晚的事。我知道你们贵族十分看重高贵纯正的血统……"

汤姆士笑道："也没有那么看重啦，不过要知道，我母亲年轻时可是绝对的大美人。"

"这点我毫不怀疑。"黎莎笑着奉承道。

"至于血统嘛……"汤姆士耸耸肩。"一百年前，我们家族只是个小贵族。我祖父是家族中第一个坐上藤蔓王座的人，而让他坐上那个位子的并非血统，而是财富。"

他顺势起身，一把将她搂入怀中。"从任何方面来看，你都是洼地里最有贵族血统的人。你有没有想过如果身为伯爵夫人，你可以达到什么样的成就？"

黎莎哼了一声，轻轻推开伯爵。"伯爵阁下，所有对你眨眼的女人都向往着跟你上床，你让我怎么相信你会唯独对我忠心不贰呢？"

汤姆士微笑，轻轻一吻。"为了你，我或许愿意尝试。"

"如果下周过后，我们还活着，我会考虑的。"黎莎承诺道，在他嘴唇上轻轻吻了一下，然后回头去清理餐盘。她毫不怀疑汤姆士是真心想娶她，不过那更像是政治婚姻，而非出于爱情。他们两人结合可以坚固汤姆士在洼地的地位，以及林白克对于领地的实际控制权。阿瑞安也很清楚这点。

这有什么不好吗？黎莎真的一时也说不清楚。

"你真的也遇见过贝尔斯先生所提到过的那种心灵恶魔吗？"汤姆士问。

黎莎点头。她走向书桌，拿出蜡封和信封，上面盖有她的印记，研钵和碾杵。她将信交给伯爵。

汤姆士扬起一边眉毛。"你是说我哥哥。"

黎莎也扬眉。"我们就连在亲密独处时也要玩这个游戏吗？"

"那不是游戏。"汤姆士说。"林白克是公爵，他很偏执也很高傲。如果你公开对他表达不敬，一定会付出代价的。"

黎莎点头。"是的，但你会向他解释的，而我相信你可以捎个信给阿瑞安——"

"老公爵夫人。"汤姆士纠正道。

"……老公爵夫人，"黎莎更正。"不会有任何阻碍。你自己也说过草药师还是隶属她管辖，我这样做并不算什么不敬之举。"

汤姆士皱眉，不过还是收下信。

"说实话，伯爵阁下，"黎莎说。"不管是在床上还是在外面，我也不知道该在多大程度上相信你——你来我家是因为真心想娶我，还是想要巩固你在洼地镇的统治地位？"

汤姆士微笑。"当然两者皆有。伐木洼地向来都是安吉尔斯的领地，许多方面又仰赖王室的援助，包括让你们与其他地方互通讯息的信使大道。不久前，它还是个偏远小镇，但是对领主效忠可不能因为你们洼地的膨胀就成为可以轻易改变的事实。你难道以为在你们的土地上挖出黄金煤矿，王室会就这么眼睁睁看着你们全民公投后就独立吗？"

黎莎摇头。"当然不会。"

"贝尔斯先生带给你们的魔印也是一样。"汤姆士说。"再说，我们做了什么糟糕的事？我们难道没有答应你的要求，在洼地镇民最需要时，带来食物和种子、牲口和温暖衣物？帮助你们建立家园，并建造你们协助设计的大魔印？我的堡垒或许庄严雄伟，女士，但它是为了对抗克拉西亚人而建的，不是用来吓唬在我守护下的子民。"

黎莎点头。"不管它有多坚固，两年内，克拉西亚人的战士就会比安吉尔斯男女老幼加起来还多。即使是现在，只要他们下了决心，也有办法在一天内铲平洼地，虽然这样做就表示

他们会让艾弗伦恩惠缺乏防御，难以抵挡后方的雷克顿。但是一旦洼地变成他们的，我们不太可能抢得回来，而他们就能像夹住牙齿的钳子一样夹攻雷克顿。"

汤姆士摇头。"除非沙漠老鼠突然变成水手，不然克拉西亚人永远不可能攻下雷克顿的。雷克顿的港口镇散布在数百里长的湖岸上，供他们停泊补给。世上没有任何军队能看守所有港口镇，如果他们打算这么做，船民和沼泽恶魔会让他们付出惨痛的代价。雷克顿人能在转眼间调转船头，朝码头镇或湖岸发射箭雨，不过船务官员都是懦夫，不会出兵防御码头镇或是湖岸。离开船上的雷克顿人就像落地的风恶魔一样，完全不是任何人的对手。"

"我同意。"黎莎说。"我一路上都在怂恿雷克顿人逃往洼地。"

汤姆士眯起双眼。"已经开始扮演伯爵夫人了？你无权叫他们来，我们人口已经饱和了。"

"没这回事。"黎莎说。"唯一抵抗克拉西亚人北上的方法就是尽可能迅速扩张，我们一定要让洼地挤满人。"她叹气。"如果月亏之后洼地还在的话。"

汤姆士牵起她的手，靠近自己。"我们不需要对立，黎莎·佩伯。只要你给我所需的答案，我愿意接纳从这里到克拉西亚沙漠营地的所有平民。"

"答案？"黎莎问，尽管她很清楚他的意思。

汤姆士点头。"克拉西亚人有多少战士，驻守何处？你从心灵恶魔那里得到什么情报，把你吓成这样？贝尔斯先生在率领人民作战时会不会让人平白牺牲？你愿意为我的领导背书吗？"

天色逐渐放亮，两人都听见了伯爵马车接近的声音。她叹气。"伯爵阁下,我会仔细考虑你的问题,尽快给你明确的答案。"

汤姆士以军人的姿势站立,僵硬地鞠了个躬。突如其来的正式仪态感觉冷漠而疏远,不过他的目光始终注视着她的双眼,而且英俊的大胡子脸上流露出一副淘气的笑容。"那就晚餐时再谈吧,今晚。"

黎莎微笑。"看来你的'美女杀手'的名声并非浪得虚名。"

汤姆士眨眼。"黄昏时我会派车来接你。"

道贺的人潮直到黎明将至时才慢慢散去,但还是有不少洼地镇民在跳舞。伐木工和沙鲁姆带着一身魔力回归,在魔物广场中央留下一堆和人一样高的恶魔骸骨,为庆祝会带来了新的高潮。

亚伦深吸一口气,走向吟游诗人的棚子。尽管舞台足足有六英尺高,他根本无须借力或助跑,轻轻跃上舞台。这时,乐师们已经不再演奏,将场地留给他。群众欢呼着,亚伦伸手比向瑞娜。她同样轻松地跃上舞台,他伸出手臂搂着她。

"我知道这听起来很疯狂。"瑞娜说。"但我发誓看见这些人对你的祝福化作了绽放的光晕,我从没看过这么美的东西。"

"对我们俩的祝福。"亚伦轻轻捏她,纠正道,"没错,感觉像是在看日出。"

"不会持久,是不是?"瑞娜问。"因为即将发生的事情?"

爱你,瑞娜·谭纳。亚伦摇头。 "我们将会面对血腥的蜜月。"

瑞娜把头靠上他的肩膀。"很高兴我们在之前尽兴地跳过舞。"

"是的。"亚伦点头道,又捏了一下,接着放开她,举手凭空比画了几下手势。人们安静下来,不过其实不安静并不重要。亚伦凭空画了几个声音魔印,让自己的声音清清楚楚地传送出去。

"我想感谢所有共度这个美好夜晚的朋友。"亚伦说道。"我和瑞娜的婚礼原本举办得很匆忙,事先没向任何人提起过,但是热情的洼地镇民还是为我们奉献了一场超出期待的新婚庆祝晚会。"人们欢声雷动,大家都在手舞足蹈地欢呼着。

太阳出来了,亚伦的皮肤上隐隐传来一丝刺痛和灼烧感。他对日出时的痛楚并不陌生,但现在他知道如何让魔力远离皮肤,避免阳光照射,尽可能保留最多的魔力。

尽管如此,阳光还是烧光了溢出体表魔印的多余魔力,感觉像是用火烙印上去的一样。会有时间——还不算太久之前——他认为这种痛楚表示太阳在排斥自己。但了解真相后,现在他为此而骄傲。

他身旁的瑞娜低呼一声。

痛苦能让你明白很多事,帕尔青恩,贾迪尔曾告诉他,所以我们肆无忌惮地拥抱苦痛。欢愉不会带给人任何好处,所以必须尝尽苦难,努力争取一切。

亚伦牵着她的手。"痛楚是我们在阳光下行走的代价,瑞娜。我们该自己赢得这样的权利。"她点头,深深吸气。战士们也感受到阳光的威力,但由于皮肤上没有魔印。血液里没有脓汁起火燃烧,在他们身上发出阵阵闪光。其中一名身上沾了太多脓汁的伐木工衣服真的烧了起来。亚伦正打算过去处理时,他已经拿起半桶麦酒往自己身上倒。他旁边的镇民大声嘲弄。

"下一次别浪费那么多麦酒了,让我在你身上拉泡尿就搞定了!"一名伐木工笑着叫道。

"大家都对我们很好,"亚伦继续道。"不过,我该和妻子独处了。"瑞娜捏他的手,他感到一阵快感袭来。"我们也该回去办正事了。狂欢整夜的确很开心,但新月距离现在只剩下十个黎明,而我们还有很多事情要做。恶魔将会疯狂出击,洼地郡得做好万全准备,把它们都赶回地心老巢去。"

他在阳光洒落的同时指向地上那一大堆恶魔角。恶魔角化为一团刺眼的烈火,伐木工高举着斧头呐喊着,就连沙鲁姆也大叫一声,扬起拳头。

这阵叫喊声让亚伦觉得恶魔王子确实应该要感到害怕。但回想起他曾见过的地心魔域景象,害怕的人应该是自己。

瑞娜碰了碰他。"你还好吗?"

亚伦握住她的手。"没事,瑞娜。我很好。"

✤

"东西都送过来了。"莎玛娃在陪他们走回史密特旅店的住房时说道。她打开房门,所有新婚礼物已经整整齐齐地摆在房间里。玫瑰修剪得非常整齐,插在古老的彩瓶里,盛满新鲜食物的盘子摆放在桌上。其他宝贝都放在衣橱和床头上。

亚伦在洼地居住超过一年,在训练伐木工对抗恶魔的过程中与大家混得很熟。他知道屋里这些东西的价值,同时也在送礼者身上看见莫大的自豪、真挚的感激和无私的爱,还有对自己的……信心。

最令他感动的就是信心。这些人会做自己要求他们去做的任何事,不是出于崇拜,而是出于信任。

我不会,他默默承诺。如果恶魔在新月时攻陷了洼地,肯定是因为我在抵抗它们的过程中阵亡。

莎玛娃走到玫瑰前，拿起用线挂在瓶子上的纸片。"每件礼物都附上了送礼者的姓名。我会找厄尼·佩伯定制专门的感谢信，两位到时只需在上面签名就行。"

瑞娜被她的提议吓得一愣，身上的气味立刻发生了改变。

与解读灵气相比，这是种较为原始的反应，即使在白天，亚伦的强化感官还是源源不断地提供身边所有的讯息——她的恐惧在他闻起来就像靴子上的粪便一样刺鼻——他感到同情，无须看她身边的气息景象就能料到。跟大多数提贝溪镇镇民一样，瑞娜不识字。

亚伦自莎玛娃面前偏过头去，以只有瑞娜的强化听觉能听见的声音说道："别担心，瑞娜。我会在那之前教会你写自己的名字，用不了多久你就可以读得懂书上的文字了。"

瑞娜面带微笑地看他一眼，气息随之变为感激与爱。"我们或许也该为加尔德做点什么，感谢他担任我们婚礼的见证人。"

"你说得有道理。"亚伦说。

亚伦转向莎玛娃摇摇头。"谢谢你，这些杂事我自己来就行了。"

莎玛娃鞠躬，转向瑞娜说，"伯爵送你的那条项链非常漂亮，你确定要卖掉它吗？"

开始了。亚伦心想。

瑞娜走到镜子前，一边欣赏着项链，一边用指尖轻敲上面的珠宝。亚伦能感知它为她带来的欢愉，听见她的无声叹息。

那是临别的拥抱。瑞娜点了点头，取下项链。"在这么多人吃不饱穿不暖时，我戴这种奢侈品很不恰当。"

"不要小看身着华丽衣服的贵族领袖鼓舞士气的潜力。"莎玛娃说。"但如果你真的决定这么做，我很乐意向你购买。我可以用硬币，如果你觉得需要实物的话，我也可以直接用食物和牲口解决洼地人民的温饱问题。"

亚伦根据她的体味发现，她竟然真的以为这个女人是出于善意。就跟写字一样，这也不是她的错，他告诉自己。如果提贝溪镇的人懂得要讨价还价的话，霍格怎么会掳走提贝溪镇的绝大多数财富。

瑞娜抬头看着她："你愿意这样帮我们？"

莎玛娃微笑，挥挥手，仿佛那算不了什么。"举手之劳而已，那条项链确实做工精细，算是难得一见的首饰，我想我可以轻松地卖给富有的达玛基。他们会当成礼物送给宠爱的妻妾。"

亚伦两眼一翻，偏开头去。"顺水人情而已，"他以只有瑞娜听得见的声音说道，"只是趁机打起我们的旗号在洼地郡建立起克拉西亚人的贸易网络。"

他在瑞娜打量莎玛娃的同时闻到难以置信的体味，接着显得有点失望。她假装检视项链，借机以只有他们能听见的音量回应亚伦。"那不卖吗？"

"卖，最好以现金交易。"亚伦低声建议。"一手交钱，一手交货。"

瑞娜很高兴地转身对莎玛娃说道："非常感激你的帮助，那就换现金吧，一手交钱，一手交货吧。"

莎玛娃点点头，一副本来很期待会听到这个答案的虚假模样。"可以借我看看吗？"瑞娜很小心地将项链递给她，她仔细检视项链，戴上眼镜，就着光线细看上面的每一颗宝石。

"现在她会挑三拣四，和你讨价还价。"亚伦轻声提醒。"不管她说什么，你就说'你疯了'，然后威胁说要卖给史密特。她会将出价翻倍，然后你再提高五倍。"

"真的,假的?"瑞娜在微笑中说道。"她帮了我们大忙,我不想侮辱她。"

"你不会的。"亚伦喃喃道。"克拉西亚人只会尊重懂得讨价还价策略的人,最后以半价成交。"

瑞娜哼了一声,等待莎玛娃对宝石项链做详细的鉴定性检查。

"很美。"莎玛娃在语气中增添适当的失望。"只是钻石不够清澈,祖母绿略有些瑕疵,黄金纯度可赶不上我们克拉西亚的黄金啊;但或许还得借助绿地伯爵所赠这个噱头才能在达玛中勉强找到买家,我出一百卓奇。"

瑞娜哈哈大笑,尽管她很可能根本不清楚一百卓奇的价值。"我想你的眼镜该修理下了。这些宝石绝对堪称世间少有,黄金可是比白雪还纯净啊。如果你不打算支付合理的价格,我敢说史密特……"

莎玛娃大笑,然后鞠躬。"我太小看帕尔青恩的吉娃卡了,你眼力绝佳。两百卓奇。"

瑞娜摇头。"一千。"

莎玛娃一副愤愤不平的模样。"你眼力不错,只是这价钱可以买三条这种项链了,那就两百卓奇吧,多一卡拉都不行。"

"五百,不然我就卖给史密特。"瑞娜语气冷淡地说道。

莎玛娃打量着她,亚伦不用强化感官也看得出来她在考虑该不该继续还价。最后她鞠躬。"我不能在新吉娃卡大喜的日子拒绝她任何事,那就五百卓奇成交吧。"

"那就太感激了。"瑞娜说。"这笔钱可以帮许多人家增添牲口,也能让不少人有件像样的衣服穿。"

"你很会讨价还价,"莎玛娃说。她转向亚伦,眼角微皱,释放出一股饶富兴味的气味。"要不了多久,你就不再需要帕尔青恩的指导了。"

❦

"好了，汪妲，我等你很久了。"黎莎说。"出来吧。"

"我不要。"汪妲说。

"汪妲·卡特。"黎莎警告道。"如果你再过——"在汪妲身穿阿瑞安老公爵夫人送的衣服走进房里时轻呼一声。

"喔，天哪，"她说。

"我想，是不是很难看？"汪妲一脸痛苦地说。

"一点也不会。"黎莎说。"你看起来美极了。等到镇民们看到你的样子，然后听说这套衣服是老公爵夫人的私人裁缝师亲手缝制后，洼地所有女人都会羡慕得眼珠都跳出来的。"

她是真心的。尽管黎莎不愿承认，皇室裁缝师的手艺确实不同凡响，做出了一套既端庄且与所有男性士兵的武装一样实用的服装，并很明确地体现出了女人的飒爽英姿。

上衣是深绿色丝绸，以金线绣上藤蔓与魔印的图案，在平坦的胸部上增添一些纹理。肩膀到手肘之间的衣袖宽松，不过在前臂上以紧线收紧，一方面避免影响张弓放箭，一方面让她能轻易套上木臂盔甲。上衣外搭配厚皮背心，内里塞着一层贴身的护垫。这件背心是在上衣和胸甲之间提供缓冲的空间，不过精心裁剪出这套风格独具的背心非常适合在没穿护甲时穿。

腰部到膝盖之间穿的是棕羊毛宽裤，跟洼地妇女战斗时穿的分边裙有几分相似——非常宽松，站立不动时看起来更像裙子。作战时，汪妲会在外面加穿柔韧的金木护板，既能提供强大的魔印保护，又能保持出击速度。

宽裤自膝以下收窄，最下面以紧绳收紧，方便穿上及膝的软鹿皮靴，好为木腿甲和鞋子提供缓冲。有了这双鞋，汪妲即

使一脚被木恶魔咬着,也能以另一脚猛踢对方的脑袋。"

汪妲的手臂下挟着光滑的露脸式木头盔,上面刻有更多漩涡状藤蔓魔印。如果她的脚没能踢碎恶魔头骨,也能轻易用头锤办到。对黎莎而言,在头盔上加刻心灵魔印和强化视觉魔印只是举手之劳。

"紧身上衣呢?"黎莎问。

"送人了,就像伯爵说的。"汪妲说。

"你自己一件也没留?"黎莎问。

汪妲摇头。"我不是帮老公爵夫人工作的,所以身上不该有她的徽记。如果你给我一件有研钵和碾杵徽章的紧身上衣,我会非常乐意穿在身上。没有的话,这样就很好了。"她拿起挂在门上的魔印斗篷,披在自己肩上。

黎莎眨了眨眼。她假装去拿茶杯,趁机拭泪。"新月前我会在你的护甲上刻好其他魔印。还有你的弓,如果你愿意让它离开视线十秒钟。"

汪妲看着靠在门边墙上没上弦的武器。"我不知道你还能把我的弓怎样,那是魔印人亲手制的。"

"我不会更改任何魔印。"黎莎说。"只是要在握柄上试着镶入一颗恶魔骨。"

汪妲扮个鬼脸。"为什么?"

"因为亚伦能用双手把魔力灌注到弓里,你不行。"黎莎说。"恶魔骨可以让弓随时处于启动的状态。即使是没刻魔印的箭,只要是从这把弓射出去,同样能让恶魔致命。"

汪妲扬起眉毛。"是吗?听起来不错——"她突然面色紧绷,迅速来到窗口,手握刀柄。在看了窗外一眼后,她松懈下来。

"只是——"她回头对黎莎道。"你确定我看起来不蠢?"

黎莎没有回答。"请把门打开，我去烧开水。"

片刻过后，妲西进屋，双手紧张地扭动。"有件事要告诉你，黎莎，尽管你肯定不会喜欢的。"

黎莎叹气，"中午好，妲西。"

妲西站在原地，双手仿佛摔成硬面糊。黎莎比比手指。"那就说吧，什么重要的事让你紧张成这样？"

妲西点头。"伯爵的车夫昨晚送你回家后又驶回魔物广场，喝了好几杯麦酒。他还告诉陪他喝酒的一些镇民说，他今晚可以休息了，因为你叫他天亮时回去接伯爵。"

"造物主啊，"黎莎说。"你说的一些到底是多少人？"

妲西耸肩。"话是会传开的，黎莎。这点你比谁都清楚。就连刚到镇上的人都知道你是谁，现在方圆十里之内所有人都听说此事了。"

"黎莎女士和谁过夜关他们什么鸟事？"汪妲大声问道。

"是不关他们鸟事，"妲西点头道。"但是他们可不这么认为。"

黎莎一手移动到肚子上抚摸着，突然想到伊罗娜的话——尽快行动，大张旗鼓。

她刻意对妲西长叹一声。"别理会流言，只要没人在诊所里讨论就好了。如果没人在背后八卦我的情感生活，这里就不再是洼地了。"

妲西哼了一声。"至少你有情感生活。"

"对呀。"汪妲同意道。

妲西直到此时才注意汪妲的打扮。"这套衣服不错啊，从南方来森堡弄来的？"

汪妲摇头。"阿瑞安公爵夫人赐给我的，去年春天我和她喝过茶。看来她很关心我。"

亚伦低头看着像往常那样平静地睡着的瑞娜，很深情地亲吻她的头发。"我会在你起床前回来，爱人。"她满足地应了一声，抓住他的手臂，嘴角扬起笑容。他让她抱了一会儿，然后轻轻松开。他精疲力竭，只想陪她大睡一觉，但他没时间休息。他汲取血液中的魔力，让自己打起精神来，然后出门下楼，迅速离开旅店。人们在他身后指指点点，不过他的速度快得没人有机会朝他招呼。

亚伦自认太阳下再也没什么事能让他感到恐惧，但随着他一步步接近黎莎的小屋时，他内心的平静也逐渐被打破了。整个洼地里，唯有黎莎的气息最难解读。表面上，她和达玛丁一样冷静，但内心世界充满矛盾。这也是他一开始深深受她吸引的原因之一，因为他自己也常常有这种感觉。

而她内心世界的不平静从没像昨晚送花冠给瑞娜时那般夸张。那非常体贴——大幅降低瑞娜的敌意——但亚伦知道她内心里的痛苦和纠结。如果是其他人，他会毫不迟疑地汲取她身上的灵气，完全读懂她的内心世界，但这招用在黎莎身上似乎有点不尊重。为了治疗或帮助、领导或激励他人而探索对方的内心是一回事，为了窥探一个没和自己结婚的女人对他有什么感觉又是另一码事了。

亚伦还是想跟她做一些解释，但要怎么解释？客观地说，黎莎·佩伯拥有男人在女人身上渴望的一切——美丽、性感、聪明、亲切、富有、无私……但对当初的自己而言，这些条件还不够。自己已经踏上了一条自己也看不到希望的黑暗之路，自觉配不上她。需要有个女人让自己远离那条道路，但她不是那个女人。那可不是老情人想听的话，就像自己也不想知道贾迪尔怎么上得了她的床。

他的脑中浮现出她和贾迪尔交合的景象,脸上不自觉流露出一丝厌恶之色。

别想了,他告诉自己。黎莎做了她的选择,我也作了我的。那不会改变接下来的一切,也延续不了我们仅存的时间。

她家的门没有完全关上,他还没抵达门廊就听见女人说话的声音。他并没有打算偷听,但他的耳朵已经把每个字都听了进去。

黎莎和汤姆士上床?这个谣言似乎荒诞无稽,但黎莎却没有刻意否认,所以肯定是真的。他摇头。无所谓,除了新月外,一切都不重要。

他打着赤脚,不过在踏上前廊台阶时刻意发出沉重的脚步声,让屋内的人知道有人来了。他使劲敲门,等待黎莎开门。

妲西、汪妲和黎莎全都僵在原地,瞪着他。妲西和汪妲散发出一股恐惧的气味,但黎莎的体味就像她的灵气一样难以解读。他心里再度浮现想要深入探索她的冲动,而他很感激洒落屋内的阳光驱逐所有魔法。

黎莎小屋内一如往常地混合着各式各样的气味——香料、草药、茂盛和枯萎的植物、湿土和新鲜食物。最浓郁的就是香喷喷的培根味。但这一切都无法盖过她卧房里传出的性爱气味,还有空气中难闻的强烈呕吐物的味儿。

看来是真的。他心想,压抑住愤慨的冲动。黎莎有权做任何她愿意做的事,但汤姆士在男女关系方面素来不检点。如果他伤了她,或是辱没她的名声,自己一定会打断他那英俊的狗鼻子。

他深吸一口气。那是魔法在影响我。他努力地想说服自己相信这句话。

"早，小姐们。"他挤出一脸愉快的笑容打招呼。"昨晚的聚会提早结束了。"他看向黎莎。"介意我们谈一谈吗？"

黎莎眨眼，接着摇头。"当然不。我们去花园走走？已经很久没人亲近看顾她们了。"

亚伦点头。黎莎拿起一篮园艺工具，领头出门来到庭院里。走进花园迷宫时，他听见待在屋里的姐西和汪姐说的最后两句话。

"我现在只想变成在花园里嗡嗡飞舞的蜜蜂。"姐西说。

"现在已经有很多人在谈论他们了，姐西·卡特。"汪姐说。"我下次回镇上时，最好不要听见有人谣传他们两个在花园里乱滚的事儿。"

"你是在威胁我？女孩。"姐西问，音量随着脾气而暴涨。

"是呀。"汪姐冷冷回应。"你最好自重一点。"

亚伦暗自偷笑。如果这话是其他人说的，姐西会让他们把话吞回去。但就连姐西也不敢蠢到在汪姐·卡特面前有半点儿敌意。

黎莎停在猪根笼前，拿出园艺工具。"我说真的，姐西应该当伐木工的。她残害植物的效率比种植植物还厉害"

亚伦点头。"她也是镇上谣言的一大来源，汪姐刚刚威胁她不要在背后八卦我们出来谈心的事儿。"

黎莎散发出一些轻松愉快的气味。"我爱那女孩。"她开始掘土。"我想你也不想让你新娘听到你跟我在这里谈心。"

"我跟她说了我要过来。"亚伦说。"我不想用谎言维持我的婚姻。"

"说结就结。"黎莎说。

亚伦耸肩："奇特的夜晚。"

"是呀。"黎莎点头。

"很抱歉那样对你。"亚伦说。"我没资格为了那件事儿发脾气。"

"你有资格。"黎莎说。亚伦惊讶地看着她,她则扬起覆盖新鲜泥土的铲子,散发一股生命的气息。"我不会为了自己做过的任何事情道歉,并不是说如果有机会重来,我会做出不同的决定。但要是阿曼恩真的做过你所说的那些事,那你当然有资格大发雷霆。很抱歉,我并不想伤害你。"

"我说的都是实话。"亚伦说。

"我知道。"黎莎说。"有时候我不认同你的选择,但你是我见过最诚实的人。"她耸耸肩。"不管这样讲有没有意义。"

"所以我们都很抱歉,却不后悔。"亚伦说。"那之后我们要何去何从?"

"办正事,当然。"黎莎说。"下一次月亏只剩下十天了,你有什么计划吗?"

亚伦皱眉。月亏。克拉西亚如此称呼新月。不知为什么,这个字听起来让自己很不爽。

"我有很多单方面的战术。"亚伦说。"只是不知道恶魔会怎么做,所以拟订大计划没有实际的意义。"

"同意。"黎莎说。"它们很聪明,或许比我们聪明。"

"对,或许吧,"亚伦说。"但它们小看我们了,也没想象中那么了解我们。我直觉它们会立刻采取人海战术。以足以撼动高山的大军展开攻击,杀了我和贾迪尔,在全世界的人心中留下恐惧。"

黎莎颤抖。"你认为它们办得到?"

亚伦耸肩。"或许吧。"他扬起手指。"但如果他们失败了,人们就会开始集结。我们会在六个月内变得比现在更壮大。"

"到时候就能全力反击。"黎莎说。

亚伦点头。"而我的能力会让它们大吃一惊。"

那天稍晚的时候,黎莎去镇上巡视,拜访老友和病人,询问他们的健康状况——正如妲西所说,亚伦把诊所都清空了,就连伤势和病情最轻的病人也都出院回家了,将所有洼地人都派回最需要他们的地方。

不过,草药师还是有很多事要做,召集所有懂裁缝的人制作心灵魔印头巾,并且缝制粗陋但有效的隐形斗篷。

她和镇议会开会,但现在他们基本上只是名义上的议会成员,不具有实质权力。汤姆士指派了行政官和税务官员,而他们都是加尔德的下属。

她摇了摇头——洼地郡首府伐木洼地的男爵可是加尔德·卡特——得要一段时间作为缓冲期才能适应这个变化。

镇上其他人似乎都对这样的安排感到非常骄傲。洼地从没出过领主,而他们很快就忘掉几年前的那个恶霸加尔德。他小时候很受欢迎,既英俊又强壮,他和黎莎·佩伯订婚,而她的父亲能把纸变成黄金。但两人分手后,他的声望就和她的一样跌到谷底,因为布鲁娜逼他公开承认自己不恰当的吹嘘侮辱了黎莎的名节的事实。

失去了新娘和镇民的尊重后,加尔德转而利用力量争取敬意,不过这种做法有好有坏。没人会蠢得去和他公然叫板,但会逼得他们尽可能地躲着他。

那一切在伐木洼地之后彻底改变。加尔德失去了父亲,而所有人都同意史蒂夫从小就开始对他产生不好的影响。镇上所有人都知道史蒂夫和伊罗娜的风流故事。加尔德在那一战过后成为英雄,之后每天晚上都甘冒生命危险守护洼地。人们很快又忘了他过去的恶魔形象，不少伐木工又找到了偶像，全镇的人为了生存抱团取暖，在黑夜中出生入死的同时忘记别人过往的错误。

黎莎甚至不认为加尔德会是个糟糕的领主。伯爵会制衡他滥用权力，而他似乎将事情委派给其他人处理，并将所有精神放在率领伐木工作战之上。如果亚伦想得没错，人们得接受真正的英雄领导，而加尔德非常适合填补这个空白。

但是他和伊罗娜搞在一起的画面再次闪现，她摇摇头，试图抹除它。

✦

就和说好的一样，汤姆士的马车在黄昏时来接她了。黎莎那时人在诊所，很多人看见她上了马车。镇民聚集在他身后八卦，黎莎也只能凭猜想去断定他们在说什么了——他们是不齿她的作为，还是期待不久的将来又来一场规模更盛大的婚礼？

据她对洼地镇民的了解，大概两者都有可能。黎莎十分认命地坐在绒布座椅上。当她肚子大起来后，情况只会变得更糟，暂时而言，最好还是让镇民认定孩子是汤姆士的种。

她得承认伯爵的新堡垒十分壮观，如果日后没被地心魔物或是克拉西亚人拆掉的话；现在的景象只能算是骨架，但它拥有强大的防御工事，建立在高地之上，搭建了临时尖顶围栏来守护为了盖围墙而在挖掘地基、搬运石块的建筑工人。

亚瑟勋爵在庭院里迎接黎莎，护送她穿过庭院，走过工人、仆役和守卫居住的临时帐篷。中央的堡垒目前是座建筑骨架似的迷宫，亚瑟带她走向完成得差不多的区域——汤姆士居住的房间。在伯爵寝宫完成后，这里多半就会改成客房。

尽管如此，这里的餐厅装潢得还是非常高端大气上档次，

符合安吉尔斯王子的身份。

汤姆士等在餐桌主位,旁边还坐着盖蒙队长,不过黎莎一到,两个男人立刻起身,队长深深鞠躬。"很荣幸再度与你见面,佩伯女士。在下先行告退。"盖蒙在黎莎点头后立刻离开餐厅。

汤姆士帮她拉开椅子,接着在仆人上前倒酒时坐回原位。他挥手遣走女仆,她快步离开餐厅。

"终于独处了。"汤姆士说。"我一整天都在想你。"

"全镇的人都一样。"黎莎说。"你的车夫昨晚送完我们后就把事情传开了。"

伯爵扬起一边眉毛。"要我割下他的舌头吗?"

黎莎双眼凸起。汤姆士哈哈大笑。"只是开玩笑!"他挥手安抚她。"不过还是应该处罚他。"

"你打算怎么处罚?"黎莎问。

"免费清理粪坑一个星期应该能让他好好反省。"汤姆士说。"我的仆人不能乱讲话的。"他眨眨眼。"至少在对我没有好处的时候不能。"

"而这件事对你没有好处?"黎莎问。"如果你认为和我结婚不会让你在洼地取得优势,就不会让马车打着你的旗号接我穿街过市了。"

"正式追求你能为我带来优势。"汤姆士点头道。"把你当成妓女一样搞可不行。"他摇头。"我已经可以听见母亲听说此事时会怎么评论了。"

"我看不出有什么理由让她知道。"黎莎说。

汤姆士轻笑。"别自欺欺人了,我母亲派来洼地的间谍数都数不清。"

"那该怎么办?"黎莎问。

汤姆士举起酒杯。"接受皇家草药师的职务,我们携手合作,为洼地郡谋求福利。我会时常邀你共进晚餐,送花给你,外加许多昂贵的礼物,并且以机智的言语与风趣的谈吐博获你的芳心。到时候……再看看吧。"

"你期待这些晚餐会结束在你的卧房里吗?"黎莎问。

汤姆士微笑。"我得提醒你,佩伯女士,昨晚可是你在揩我的油呀。"

黎莎跟他碰杯。"说得有道理。"

❦

亚伦在加尔德于魔物广场上集结伐木工时上前招呼。

"晚上好,男爵。"他说。

加尔德看着他,灵气中浮现一丝难为情的尴尬之色。"你那样叫我怪不自在的,先生。"

"将军?"亚伦笑着问道。

"黑夜呀,我觉得你这样叫更糟。"加尔德说。

"你叫我先生也好不到哪里去啊。"亚伦说。"我们干脆免了世俗称谓吧?我叫你加尔,你就叫我亚伦。"

加尔德开始剧烈摇头,尴尬之情转变为全身心的恐惧。但亚伦伸手搭他的肩。"你现在的处境等于一边是恶魔,一边是地心魔物,加尔。要么我就只是个普通人,没理由不能叫我本名,不然我就是天杀的解放者,而你得照我的话做。"

加尔德听得一番抓头挠腮。"既然你这么说,我想我没得选择了。"

"亚伦。"亚伦说。

"亚伦。"加尔德复诵。

亚伦拍拍他肩膀。"你舌头没烧掉吧,跟我走走,有东西

给你看。"

加尔德点头,他们走向瑞娜和旋风等着的地方。

她紧紧握着巨马的粗缰绳,它似乎终于不再挣扎。瑞娜花了很长的时间,弄断好几条缰绳,最后旋风才愿意让体重不到自己十分之一的瑞娜把它固定在原地。

加尔德一看到这头强壮的动物立刻停下脚步,吹了声口哨。"它比黎明舞者还要高大。"

"它是黎明舞者的父亲。"亚伦说。"我唯一见过能跟你的体型匹配的战马,加尔德·卡特,而我认为没有其他猛士够资格驯服他。伐木工们想办法在它身上装上了马鞍,但没人能在上面坐稳。"

"别被亚伦吓到了。"瑞娜说着把缰绳交给加尔德。"旋风很贴心的,只是需要找到知己多交流。"

"啊?"加尔德问,伸手想拍马颈,但旋风转头瞪了他一眼,于是他决定不这么做了。

"是的,"瑞娜说。"旋风本应自由自在地在黑夜里狂奔,但被困在魔印后很多年了。"

"我懂得那种感觉。"加尔德说。

瑞娜点头。"不要把它关在墙后或是教它去做拉磨拖面粉之类的蠢事,这样它就会和你成为好朋友。而借助我在他蹄上所刻的魔印,他踢烂恶魔头骨的次数会和瞪你的次数一样多。"

"听起来很带劲。"加尔德直视的双眼。巨马试图后退,但尽管加尔德没有瑞娜那股魔力,他仍是亚伦这辈子见过最威猛的男人。他的手臂肌肉高高鼓起,缰绳嘎吱作响,不过,当加尔德的手掌碰到马颈时,旋风的头没有移动。片刻过后,巨马放松下来。

"我不配收这份大礼。"加尔德说。

"别人要送你什么可不是你能决定的。"亚伦说。"凭你所做的事,收下十匹这样的马也不为过。"

"我不只是指马。"加尔德说。"我是指这一切。伯爵命人帮我设计徽记。我!天杀的加尔德·卡特。"他摇头。"我觉得好像就要掉进他的圈套,被赶回去砍树一样。我需要你引导我该怎么做。"

"我要你像个男人一样自己思考。"亚伦说。"不管喜不喜欢,现在你是伐木洼地的男爵,首要之务是照顾子民,其次才是担任伯爵的手下。如果他要你做什么你觉得不对的事,记住要跟着良心走。"

"我承担不起这么多责任。"加尔德说。"我没有那份远见,而且良心经常让我惹上麻烦。"

"不是只有聪明人才能分辨是非。"亚伦说。"而我很清楚背负不想要的责任是什么感觉。但人生不能事事如意,加尔德·卡特,不会随时有人在你身边告诉你该怎么做。"

第二十二章　新月

333 AR　秋　新月第一夜

　　新月之夜，山洞洞口一片漆黑。这洞口其实只是一条裂缝，像裂开的伤口般裸露在一座荒芜的山丘上凸出的大石头上。洞里的空间非常狭窄，且十分幽深，通过许多缝隙与通道向里延伸，有些地方显得很狭小，有些区域则转为巨型石窟，一路向下直通大地的心脏。这里连星光也照不到，完全处于黑暗中。

　　黑暗中出现了某样更加黝黑的东西，一种超越无光境界的邪气。它如墨水般流动，将洞底涂抹成油糊糊的漆黑，最后涌入黑夜。污渍沿着山丘流动，其中长出数道形体，逐渐升高，开枝散叶，最后凝聚成六棵大树，如同利齿般守护洞口。

　　一根巨大的石笋从洞穴中央长出来，最后成形为一头巨大的化身魔。血盆大口里长着一排排长长的利齿，四肢末端则长着巨型魔爪。它的身体有些地方很尖很利，有些地方很粗壮，表皮却像蛇一样蠕动着，一刻也没停下来。

　　地心魔物谨慎地打量着周围的环境，接着快步走向洞穴后方。恶魔亲王现形时，它负责在那里守卫。

　　它体型瘦小，弓腰驼背，细长的身体仿佛支撑不了那颗硕大的脑袋。他的魔角已完全退化掉了，炭黑色的头顶上有两块隆起物缓缓地蠕动着。他的指甲和牙齿都很锋利，但与化身魔那些擅于撕碎敌人的利器比起来更类似针头。

倒不是说亲王需要这些地心魔物守卫，化身魔的躯体和感官只是亲王的躯壳，它可以透过化身魔的眼睛观察不同环境的一切，借助它们的利爪杀人，借助化身魔的鼻孔闻到各种环境的空气。地表冰冷无趣，几乎完全没有魔法，因为每个白天都会被那颗可恶的太阳烧得一干二净。地底王宫里，空气异常燥热烦闷——蕴含地心丰富的魔力，每一口呼吸都美味无比，充满力量。

恶魔本能地从裂缝中汲取魔力，一道力量泉源自魔力源头喷涌而来。它充分利用每一次类似的补充力量的机会，让自身的魔力更充沛，然后走到洞口。在黯淡的星光下，它眯起双眼，能察觉到任何一丝力量的溢出，跟微风带走体表的热量一样。

洞口位于石丘的顶端，视野极其开阔。遥远的西南方和东北方都聚集了大量的人类，它们聚集的地方人山人海，集结在全新的魔印圈里。即使位于数英里外，亲王还是能感受到他们那强大的魔印力场。它轻松接管了附近所有风躯壳的主宰意识，开始搜集各方面的情报。

确实不容小觑——通常来说，人类需要积累数千年才能重建这种力量，更何况在无数躯壳攻击他们的前提下，而他们竟然在这么短的时间里取得这种飞跃性的成果。

它研究过之前的信息——从不太可靠的躯壳脑中截选出来的记忆——只是有点反常现象，于是派出两名小王子去分别处理此事。它们的回报令他很恐慌。有三个人类繁衍均声称找回了战斗魔印和斗志，而它原本以为已经彻底摧毁了人类苦苦找寻的这两样法宝。躯壳强化后，人类的意志就开始成形。女王并没有真心屠绝人类——不然它的心灵该以何为食？但它也不能放任这种情况不管。

但那两个迫切想要取悦亲王和女王的王子，向它保证它们

可以轻易在人类的腐败散布到其他聚集地前除掉人类首脑，驱散他们的队伍。最后的信息表示它们即将展开攻击，然后就断线了。

整个心灵王宫都在等着它们的回报，但是什么消息都没有，于是它们开始意识到发生了什么意料之外的事情。它们显然已经失败，但失败并不会阻止它们回归地心宫殿。因为地心魔域能让它们恢复力量，并且为它们重置躯壳，让它们以更强大的姿态重返人间。眼前的情况令它们更加不安——它们不只是失败，而是被摧毁了。

两个王子都很年轻——就其他王子的标准称得上弱小——但仍然谨慎且计谋多端，可充分掌控魔法。而那些玩弄魔法的人类就像才刚学会绘制第一道魔印的初生婴儿，它们怎么可能被人类彻底摧毁？

情况明朗后，女王大发雷霆。所有王子，包括最弱小到最强壮的在内都是可能的配偶，对于女王而言十分珍贵，尤其是此刻。她的怒意，及其毫无道理的宣泄方式，在证实了它的兄弟早已猜到的事实——它快要产卵了，不久整座王宫就会因为众王子争夺烙印卵囊的权力而分崩离析。

亲王痛恨地表，更痛恨在这当口前往地表。他应该坐镇在王宫里照料女王、监视内部纷争，而不是跑上来处理这些忘记自己随时都会任人宰割的牲口。但是女王命令它亲自上来处理，尽管在生命循环的这个阶段中，女王的心灵处于不太清醒的状态，仍然有能力强迫任何蠢得胆敢拒绝她的恶魔服从命令——如果她没有随手杀掉它们。她彻底掌控了它的一切，为此，它痛恨她。

它开始释放力量，召唤其他相隔数里之遥，在无月的黑夜里爬回人间的恶魔王子——三个在北方，三个在南方——亲王可是费了很大功夫才说服女王派遣几位最强的宿敌一起前往地表，听从自己的指挥平定人类的叛乱。

这样做有风险——王子们距离女王越远，女王就越难以操控它们；而且时间拖得越长，它们也会违背女王以及亲王的命令。战斗会让它们更强大、更老练，而且它们可能会趁着兵荒马乱之际互相残杀。吞噬宿敌的心灵能让王子力量倍增，或许会强得让它们有勇气出手对付自己。它们也可能联手出击。力量强大的恶魔王子不常合作，而它们合作对付同类的例子更少，但在求偶季节除掉亲王也不是没有发生过。亲王通常比任何王子强大，但没有强大到能同时抵挡所有王子的围攻。

尽管有着很多风险，让它们离开王宫还是最好的办法——此时，女王体内长满了卵，随时都可能产卵，那时它们就会不顾一切地冲到她身边。

基于这个理由，亲王选择在这个洞穴来指挥这场战争。这里是方圆千里内地心魔域最直线的路径，他能汲取足以击退任何攻击的力量，并将战俘直接扔到它的私人囚牢去。如果产卵的时候到了，它会比其他在地表的恶魔王子更早听到女王的呼喊，尽快赶回地心魔域的王宫。

它不可能第一个赶到她身边，但女王不会立刻展开挑选，而亲王曾击败过不少年轻的挑战者。它活了这么一大把年纪，几乎比其他恶魔王子的年纪加起来还要大，而它体内的魔力比它自己更加古老。它曾在一次次求偶季节中吞噬过许多对手的心灵，一开始是它父亲的、叔叔的、兄弟的，接着是儿子和孙子的。它拥有足以与其力量相比的高超智慧，还有数千年所累积下来的战斗经验。

它闭上双眼，古怪的脑袋在与手下将领联络时缓缓抽动着。它们比它更讨厌这种状况，因为这让它们无法接触地心的魔力——受限于储存在体内的魔法,以及汇入地表和体内的魔力。这些力量足以让它们应付所有地表的生物,但这么做会让他们难以招架同类的突袭。所有恶魔王子在与亲王连接心灵时都会谨慎提防。

它传送风躯壳间谍的感官,其他恶魔王子的报告立刻传进它的心灵,让它同时掌握它们的躯壳所搜集的多种情报。它们很快就选好战场,随即展开奋战。

亲王暂时断开对它们心灵的控制,让将领们灵活地决定细节。稳定的讯息在它们持续讨论下不停涌入,就连空气也会在这些魔力的影响下嗡嗡作响。

再一次,它全神贯注在眼前的土地上,从它防御森严的洞穴侦察。上次造访地表是多少世纪以前的事了?它深深吸入恶臭的空气,而伴随恶臭而来的是一股令它垂涎的香味——人类。

亲王没有动用躯壳的力量,只花了一点儿时间就定位出了它们的具体位置。那是一座远离交通要道的小村落,没有受到随着统一而来的战事波及,尽管村子拥有强大的防御魔印,但却少了心灵魔印。他能轻而易举地掌控村民的意识,就像化身魔可以轻松转化为它们的形体一样。

他发出一道魔法命令——村里所有男女老少都停下手里的活儿,一声不吭地拿出所有食物和饮水,走出该村魔印的守护范围,默默听从恶魔的召唤前进。

这时,如魔法流向魔印般响应亲王的征召,很多躯壳出现在山路上。但它们并没有屠杀人类。而人类安然无恙地穿越漆黑茂密的丛林,来到山丘上,洞口前的亲王面前。他们迷茫的目光空洞地凝望前方。

找出这群人的领袖十分简单,不过此人并非首脑。他毫不抵抗地迎接自己的末日。一头化身魔冲上前去抓住他,伸出一根弯曲的利爪割下人类的脑袋,任残骸趴倒在地上。它打开头骨,蹲下身子,将美味呈献给亲王。

亲王伸出纤细的爪子伸入头颅,舀出甜美的脑髓,塞进嘴中品尝着美味——这块肉很硬,充满人类毫无意义的欲望与需求——而这些物质在亲王的储藏室里早已消失许久,它也早已忘了人类的味道,一边舔着牙齿上的黏液,一边品尝着这个男人一辈子的想法与情绪。

他看向其他人类,总数超过两百人,心中生起一股快感。王宫里的兄弟愿意为了品尝地表牲口的味道付出多少代价?

他的额头继续抽动,将自己的意志传进人类的大脑,分别下达精确的指令。如此一来,它们在前往地心魔域的漫长旅途里就不会受到任何生物、恶魔或是其他东西的威胁。

❦

新月前一天下午,黎莎看着汪妲再一次试穿阿瑞安赠送的皇家护甲。

为了在已经非常强大的禁忌魔印外加上力量、速度及诱导魔印,黎莎已经连续熬了好几个通宵。如果站着不动,地心魔物会主动忽视她,就像男人在暴露胸线的女人面前会看不见她的脸一样。这套护甲会从周围环境及攻击她的恶魔身上汲取魔力,如果缺乏以上两种魔力来源,嵌在护甲里的恶魔碎骨就会释出它所储存的魔力。

她以同样的方式处理汪妲的弓,还有加尔德的臂甲、斧头和弯刀。不管她如何反感这个男人,加尔德都将陷入苦战;而她也很清楚在即将到来的冲突里自己应该站在哪一边。他将能徒手捏碎钻石。而他原本威力强大的武器将会变得更加锋利。

尽管加了许多魔印,她却只镶入普通木恶魔的骨头。她妥

善保存心灵恶魔的手臂和魔角根,只用掉小爪子——那爪子只比贵族仕女的指甲大一点——她将它镶在他们的头盔里。恶魔王子无法像之前操纵她那样溜入他们的心灵;想起那晚的情况就令她恶心得直颤抖。

"真是太美了。"汤姆士说着走进更衣室。"我的林木士兵会嫉妒得咬牙切齿。"

汪姐满脸通红,与每次她看见英俊的伯爵时一样垂下目光。汪姐从没远离过黎莎的身边,自然非常清楚她的所有秘密,包括她和伯爵风流的那些夜晚。不过更重要的是,汪姐很反感汤姆士不论美丑、不拘年龄在女人面前卖弄他的王室魅力。

他会让你觉得你是房里唯一的女人。黎莎很满足地凝视着他,压抑住自己的微笑。

"谢谢,伯爵阁下。"汪姐试图鞠躬,但护甲让她弯不下腰。

"别动。"他低声命令道。

汪姐的脸顿时涨得更红了,但汤姆士假装没注意到。"我听说这位女士在黑夜里表现得比妲西·卡特还要大胆。"

"我会保护黎莎的。"汪姐承诺道。

"这点我毫不怀疑。"汤姆士微笑。但黎莎看见他抿唇,他确实有所怀疑,也曾在与黎莎独处时争辩许久。他的目光移动到旁边的私人餐室中。她趁机走过去与他单独交谈。

"我希望你重新仔细考虑一下。"他说。"作战时跟在我身边。我的林木士兵……"

"会把我团团围住,妨碍我做事。"黎莎说。"他们,还有你,得把心思集中恶魔身上,而不是保护我。"她微笑。"汪姐和我做这种事的经验比你们丰富多了。"

汤姆士脸色一沉,但又无可反驳。"我担心的不只是恶魔。

密探回报，自从我们……从婚礼那晚之后，许多克拉西亚人都对你颇有微词，还会威胁对你不利。"

"这倒提醒了我，"黎莎说。"今晚沙鲁姆过来集合时，我会把武器还给他们。"

"什么？"汤姆士气急败坏地说。"你难道没听到我刚才——"

"那些无关紧要，"黎莎说。"今晚我们需要所有能作战的战士，而沙鲁姆已经证明了不管有没有武器，他们都能杀人。宗教信仰禁止他们在月亏期间攻击任何人，只有恶魔会真正害怕他们。等到月亮转亏为盈时，他们将会交还武器。"

"我不同意。"汤姆士说。

黎莎微笑。"事情已经办了，伯爵阁下。如果你打算这时要他们缴械，洼地人不会支持你的。"

汤姆士无奈地摇头笑道："你真是位让人猜不透的女人，黎莎·佩伯。"

"你确定你不想回宫廷里找个无趣的贵族仕女当伯爵夫人吗？"黎莎问。

汤姆士再度露出猎人般得意的微笑。"一点也不想。"

☙

罗杰看着哈利。滚球者扬起指挥棒，让乐团演奏者停留在最后一个章节。自从亚伦和瑞娜的婚礼清醒过来之后，吟游诗人和学徒几乎不眠不休地练习《月亏之歌》的旋律。如果罗杰在庆祝会上的演出还不够激动人心，隔天晚上他在大魔印外所做的示范堪称空前绝后。

大多数演奏者都还没准备好。哈利是个好老师，很快就掌握了这首歌的旋律，并且不眠不休地指导其他人练习，但在这么短的时间内，只有技巧最高超的吟游诗人才能领会这首歌里较为复杂的细节变化。

他们前一天晚上考查了所有吟游诗人演奏的水平，结果有好有坏，参差不齐。很多吟游诗人能像罗杰之前一样影响恶魔——迷惑它们——让它们手舞足蹈或是跟随自己的节奏表演，逃走或攻击其他恶魔。只要持续演奏主旋律，他们甚至可以毫发无伤地穿越黑夜。

但他们不懂得随机应变，也没办法像罗杰、阿曼娃及希克娃那样对恶魔造成实质震撼性的内在伤害。

这些音乐的力量有些来自于罗杰三人组的霍拉魔法所增强的音量，但罗杰听得出来不管其他吟游诗人拉得有多大声，恶魔都会在他们停下演奏的瞬间清醒过来。只有坎黛尔似乎领会了一些深层的要领，但就连她也还有很长的路要走。

指挥家哈利拳头一握，所有乐师同时停止演奏，接着乱成一团。吟游诗人们开始交头接耳，或是调音，或是把乐器收入箱子中。哈利来到罗杰面前。"听起来很棒，是不是？"

罗杰点头。"才两个星期都不到就能练到这种水平算不错的了，只希望这样够了。"

哈利哼了一声。"想当老师的话就听我建议，罗杰。鼓励学生比皱着眉勉强认可要有用多了。"

艾利克可不是这么说的。罗杰心想，不过还是面带微笑向休息中的乐师们挥手致意。"大家都做得很好。好好休息，今晚将会十分漫长。"

他转身面对哈利。"抱歉，今天大家都还是有点放不开。"

"这次'月亏'真的有这么可怕吗？"哈利惊疑地问。"我经历过很多次新月，从前在小村落建立知名度时甚至还在路上度过两夜，感觉也没这么严重吧。"

罗杰耸肩。"或许是我们担心过度了。"他承认。"黑夜呀，我真希望如此。但如果黎莎和魔印人说得没错，死在他们手上的聪明恶魔的家人今晚会来找他们复仇，那我们就要所有能运用的战力。"他拉拉魔印斗篷的兜帽。黎莎在褶边上绣了高深的心灵魔印，但他还是用吟游诗人的化妆品在额头上画了一个，其他吟游诗人也都学着照做。

"你这首歌内涵丰富，威力无穷。"哈利赞叹道。"可能令你失望的是，因为我们没办法用这首歌去打碎石恶魔，但我们还是可以保护自己和其他人，并为战士提供冲锋的进行曲或胜利的伴奏曲。"

罗杰摇头，不过装给乐师们看的微笑始终保持在脸上。"或许我们能提供优势，但不能保证绝对能打赢。如果恶魔被斧头砍伤，再强大的音乐都没办法持续迷惑它们。"

"即使如此，"哈利说。"我还是不敢相信你竟然会免费教授这首歌的诀窍。"

"我还能怎么做？"罗杰问。"不管朋友的死活执意收课时费或小费吗？"

哈利摇头。"当然不是。但伯爵的意思是授予你传令使者的使命，那可是无上荣耀的事。很多人会不惜一切争取那个职位。"

激烈的竞争已经在上演了。罗杰盯着哈利想道。安吉尔斯的吟游诗人知道在王族面前该如何逢迎加溜须拍马，也当然会乐意接受王室的任命，不过在公会里表态效忠藤蔓王座的人不多。人民普遍都会抱怨林白克的法律和税率。"如果你记得的话，我的老师担任皇室传令使者的下场不那么令人向往。"

"我记得不错的话，那可是艾利克让公爵上不到最宠爱的妓女。"哈利提醒道。"那种事会让任何男人暴跳如雷，不惜挫

骨扬灰,更别提是贵族了。你当时没被他虐待就已经该感谢造物主了。"

罗杰保持着脸上职业似的笑容。他并不惊讶哈利知道艾利克被贬的背后故事。吟游诗人最爱散布八卦消息了,特别是当事情与其他吟游诗人有关的时候。

"就算你不想接传令使者的差事,还是可以像加尔德一样讨价还价的嘛。"哈利继续道。"他随便说说就被册封为男爵,男爵!公爵领地迅速扩张,孩子,听我的没错。洼地郡将会成为领地的中心,我可不想缺席任命授权的盛宴。"

"有道理,"罗杰说。"但安吉尔斯为我做过什么?林白克只因为有那么一次下半身没爽到,就把我老师像破鞋一样踢了出去,让我们为了生活在街头流浪。谁敢保证等到战斗结束后,他或他的新伯爵不会对没有利用价值的加尔德或我做出同样的事?"

"我也不喜欢公爵。"哈利说。"但你还年轻,或许你对老师的认识没有想象中那么深。我早在你出生前就认识他了。而艾利克·甜蜜歌向来自以为是。酗酒让他变得懒散又自大,而随之而来的疯狂又让他瞧不起任何没利用价值的人。早在妓院抓包事件之前,公爵就想找借口修理他了。"

罗杰张口欲言,打算大声为自己的老师辩护,但却不知道该说什么。他很清楚艾利克性格上的缺陷。

"说实话,"哈利说。"我们一直都不明白他为什么会不顾自己的生死和前途照顾你这么久。"

罗杰轻笑。"群众不只是在艾利克跳舞和唱歌的时候才会鼓掌叫好。"

哈利点头。"的确如此,我敢说他喝醉时就跟地心魔物没什么两样,但他总是护着你,哪怕丢下你会对他的职业生涯有百益而无一害。记得汤姆·小提琴说要认养你的那次吗？"

"艾利克打断了他的鼻子。"罗杰说，摇了摇头。"反正我决不想跟汤姆走。他宣称搜学徒的口袋是为了确保他们没有私藏钱财，但大家都知道他有怪癖。"

哈利再度点头。"没错，但是汤姆人缘不错。那一拳让艾得克丢掉不少差事。就像杰辛·黄金嗓在公会会长那儿嘲笑你老师去世时，你狠狠给了他的那拳一样。"

"那件事你也听说过？"罗杰问，惊讶得连面具都掉下来了。

哈利笑道："听说？孩子，那件事在公会里让人津津乐道了好几个月。你或许和艾利克没有血缘关系，但在某些方面，你们师徒俩都一个德行。"

"不知道这话算是恭维还是羞辱。"罗杰说。殴打杰辛的事导致他的公会赞助人，杰卡伯大师，被报复致死，也让自己半死不活地沦落到黎莎的诊所。她把他从残废边缘拉了回来，但那时，以及后来经历的某些时候，他都希望她让自己死了算了。

哈利耸耸肩。"我也不确定。"他眨眼。"如果艾利克现在处在你的境地，他会想办法将整个洼地郡据为己有。"

"干吗只要洼地郡？"罗杰问。"我娶了沙漠恶魔的女儿，还是天杀的解放者最要好的朋友。我的长子应该成为国王。"

哈利凝视他一段时间，试图弄清楚他是不是哪根筋错乱了。最后他哈哈大笑，罗杰也和他一起仰头大笑。在面对死亡时还能大笑的感觉很爽，于是他们两人都笑到肚子发痛。

笑完之后，罗杰叹气。"来专心想想如何带领大家度过接下来的几个晚上吧。成功的话，我就又多二十七天可以想想贵族该如何奖励我的事儿了。"

瑞娜看着亚伦走向吟游诗人的棚子。他已经好几天没合眼了,但却固执地拒绝她的劝诫,即使在他得保持充分体力的今天也不肯休息。

"工作还没完成前,我不能休息,"她从他的语气中听出他因为对啥都不放心而有点烦躁。亚伦·贝尔斯有时候固执得像头犟驴。

他们确实有很多工作要操心,而距离黄昏不到一小时的时候,一切都在他的努力下完成了——或至少所有来得及完成的工作都完成了。大魔印网有些部分威力不足,但都已启动,而且相互衔接,每个魔印都能与其他魔印力量互通。没有地心魔物,包括心灵恶魔,能踏上洼地郡,或是飞入洼地上空低于一英里的空间。

亚伦走上中央舞台时,现场一片安静。洼地郡的人并没有全部聚集在此——大多数都已经抵达各自的岗位,保护在大魔印脆弱处加强防御工事的工人,等待着黑夜降临。但领导人全都在此集合,等待亚伦下达最后的命令。

伐木工,无论是老手还是新生力量全都立正集结。他们大多都是在洼地土生土长的壮汉,不过也有不少一看就知道是从外地来的。这里还有数百名女子,许多穿着类似汪姐在护甲下所穿的宽松裤裙和背心。女人大部分都背着长弓,抚摸着魔印箭就像抚摸自己的爱人。她们全都系上了心灵魔印头巾。

林木军团的士兵抬头挺胸地骑在壮健的马背上。他们的长矛加装了特别握柄,可以当作长枪使用。短矛则插在马鞍上触手可及的皮套中。汤姆士伯爵,身穿光鲜亮丽的瓷釉护甲,骑在比所有士兵坐骑更加高大的壮硕战马上,马的战甲是以魔印玻璃搭配木甲所制。

卡维尔的沙鲁姆再度取回矛与盾，排列成整齐的方阵。瑞娜紧盯他们，期待他们闹事，但他们似乎是所有人里最守纪律的一队。

身穿药草围裙的草药师在黎莎身边围成一圈，另一边则是以罗杰和哈利·滚球者为首的吟游诗人方阵。就连海斯牧师和他的辅祭都安安静静地等着听亚伦临战指示。

"我们这个月表现得很好，已经做好迎战恶魔之祖的准备。"即使没有魔法辅助，亚伦的声音还是清清楚楚地传开去。人们纷纷鼓掌叫好。亚伦等到大家安静下来，然后严肃地说道。"但我不打算骗各位。恶魔知道我们实力在增强，今晚它们将会集结超乎想象的恶魔大军，试图要把我们踩成烂泥。更糟的是，它们会使用战术——攻击我们最脆弱、最能造成重大伤害的地方；所有人，"他若有所指地看向克拉西亚人。"今晚都会面对前所未有的苦战。"他环顾人群，似乎同时与所有人目光相对。"今晚你们不能期待我会抽身救援。"

人群中传过来惊呼的声浪，亚伦等到声浪平息后才继续说道："我们可以尽量多杀一点恶魔，但只要它们的心灵还在，那就等于是在挥掌对抗雨滴。今晚我的任务就是再次与心灵恶魔决一死战，参与小规模战斗的时间不多。"

他的语气转为严峻，眼中闪烁着锐利的目光。"世上如果有任何人能照顾自己，肯定就是洼地郡的村民。各位有没有信心？"

群众高举武器，大声回应。"不会让你失望的！"

"不必担心我们，你回来时，我们还在砍树呢！"

亚伦扬起拳头，所有人恢复安静，不过斗志仍然高昂。

"我很荣幸与许多人在此并肩作战,用鲜血和地心魔物的脓汁来清洗脚下的这片石板地。我们失去一些好人,当然有更多的人会带着伤痕生存下来,但我们将英勇杀敌,击败恶魔,看着它们在阳光下焚烧。"他看回克拉西亚人。"在克拉西亚,这让此地成为圣地,让我们是一家人。"

不少克拉西亚人点头并且发出认同的声响,不过没人胆敢呼应他的号召,只是专心聆听。"这数个世纪来,我们一直在等解放者降世,拯救我们免遭恶魔荼毒。而漫长的等待让我们忘了每个人都有力量——只要携手合作,世间没有任何力量能阻止我们自己解放自己。古代的解放者并非独自作战,没错,他们成就非凡,但如果身旁没有成千上万的劳苦大众,不,数百万名像各位这样敢于抛头颅洒热血的正义之士,他们绝对没机会战胜恶魔。"

"所以今晚你将为自己和家人而战。你们会不惜死战,直到月亮转亏为盈,洼地郡仍然存在,人们问起谁是解放者,你可以摸着良心告诉他们:'对,我就是。'"

人们再度热烈地鼓掌欢呼,一再高叫:"解放者!"克拉西亚人没有跟着一起叫,但他们用矛拍击打着盾牌,声势骇人,不满的情绪似乎也因这些话而得到疏解——亚伦谨慎地回避自称解放者,也没诋毁贾迪尔不是解放者——不应该贬低他人的信仰或偶像,任何时候。

亚伦激发了人们的斗志,驱散了他们的恐惧,接着扬起双掌一挥,直到人们再度安静下来。"我不知道对方会首先从哪里展开发难。我猜想是外围城镇,但很难确定,所以我们才在这里集结。伐木洼地位于魔印网中央,我们可以尽快赶去支援战况危急的地方。恶魔很快就会出现，但心灵恶魔会等到黑暗完全降临后才现身。现在先拿好自己的武器，等待指挥官下令。随时准备出动。"

说完后，他轻轻跳下舞台，朝瑞娜走去。

"与心灵恶魔决战？"瑞娜问。

"尽力而为。"亚伦说，"你和伐木工也一样，瑞娜，今晚不能保留任何实力。我把你留下不是因为你能力不足，而是因为今晚我得尽快赶往需要我的地方。或许快得你跟不上。"

这话令瑞娜难受，让她想起刚离开提贝溪镇时亚伦的警告。你要么就是跟上我的脚步，不然我就把你甩在前方的第一座城镇。话说得很难听，但瑞娜付出了极大的努力和牺牲终于跟上了他的脚步。然而这样还不够。亚伦可以轻易化作烟雾，融入大魔印中，在呼吸之间抵达洼地郡内的任何角落。

"如果你教我那个雾化诀窍，我就能跟上了。"瑞娜恳求道。

亚伦摇头。"那和拥抱痛楚或是甩开恶魔不同。我花了数年时间吸收魔力和吃恶魔肉才能化作烟雾，然后又过了几个月才能随意消失，并且重新现形。而那只能算是学会点皮毛而已，就像是在随时能把我当作树枝卷走的激流中游泳。"

瑞娜皱眉。"我不喜欢这种说法。"

亚伦耸耸肩微笑道："我也不太喜欢。但我会不择手段地保护洼地，我得要知道你也会这么做。伐木工很强，但我不在时，你就是洼地里最强的人。少了你的支援，他们或许会难以抵挡恶魔的冲击。今晚你不能独自行动，他们需要你跟他们一起杀敌。"

"你以为我不知道吗？"瑞娜大声抱怨道。"洼地人对我很好，我从不知道人们可以对人这么好，我宁死都不会让他们失

望的。"

亚伦摸她的脸。"这才是懂我的女人。不过要记住,"他亲吻她。"别忘了深呼吸,找寻心中的自我,保持冷静。"

她伸出一指抵上他的胸口。"你也别忘了自己属于人间,"她指向石板地。"不要跑到下面去挑战全世界所有的恶魔。你要是丢下我们,我一定会追下去把你拖回来的。"她伸手到他两腿之间,用力一捏,借以强调自己的决心。亚伦发出无奈的笑声。

"我——保——证。"他说,声音越来越尖。瑞娜跟着大笑起来。

比想象中容易多了。亚伦在瑞娜放开自己时想道。他可以闻到在她体内交战的情绪,透过魔法更加明显。这一周以来,她都在努力调节自己的性格,表现得比数个月前离开提贝溪镇初尝魔法滋味还要沉稳。

他母亲或许会说:"她很适合婚姻生活。"但那也可能是因为他透露自己一直知道她在吃恶魔肉的关系。把话说开后,他觉得轻松多了。他一开始不说破是想要尊重她的隐私,认定她总会告诉自己,只是在等待适当的时机。但随着日子一天天过去,他发现她并不打算这么做。

他想测试她究竟会不会主动承认此事。测试她的判断,也测试她的爱,测试自己能信任她到什么程度。瑞娜一辈子没做什么决定。她本来应该要重新开始的,但日子一天天过去,她一直在说谎。

直到现在,把话说开,并且原谅她后,他才了解自己有多固执。骄傲得没法主动地接纳需要他的人,直到她证实了……

什么？亚伦的过去也做了许多很糟糕的决定，而他还是一直固执己见。他有什么权利为了同样的行为去批判他人？

"你在想什么？"瑞娜问。亚伦这才发现自己盯着她看。

"没什么。"他说，举起一手轻抚她的脸颊，凑上去深情一吻。"在想或许我能习惯婚姻生活。"他微笑，她的体香充满着爱意。

他迅速转身，试图将那个画面和那股体香记在心底。就算他相信自己不会破坏那时的气氛，他也没时间在温存里信马由缰。

他走到站在马匹旁的艾文·卡特、杨·葛雷以及两名林木士兵前。影子在附近来回走动，马匹不安地动着，就连艾文的马也一样。只有塌方、黎明舞者及承诺毫不畏缩，像狗盯着猫一样看着这头巨型狼狗。就连夜狼也不是安吉尔斯野马的对手。

加尔德和盖蒙队长来到他身边，在他点头后翻身上马。亚伦已经习惯在黎明舞者背上高人一等的感觉，不过现在加尔德比他还高。男爵和巨马仍小心翼翼地互相打量，但在战场上他们令人望而生畏。亚伦从人们的灵气看出他们如何尊敬加尔德、信任他，而不管他在男爵知书达理上看到了什么，亚伦认为他在接下来的日子里不会让众人失望。

过了一会儿，黎莎、罗杰和伯爵也都走了过来，身后跟着罗杰的妻子和他们的哑巴保镖。他们会和其他人一道驻守在魔物填场，等着亚伦等人率领的巡逻边境，看看有什么地方需要他们。

亚伦看得出汤姆士对自己僭越了他发号施令的特权闷闷不乐，但他只是无奈地笑了笑。伯爵和所有人一样有自己的缺点，不过还算是不错的领导者。当斗志高昂时，王子会变成技巧高超的战士，但如果担任斥候，他很可能会惹出不必要的麻烦。

等到要冲锋陷阵时，他会有够多机会奋勇杀敌。

"祝好运。"黎莎说。尽管很难解读她的内心，他还是看得出黎莎同样非常渴望能和他们一起前往。她毫不畏惧，并且自认是最适合观察边界状况的人选。她想得没错，但今晚洼地所有人更依赖她的医术。他已准备好要和她争论——尽管未必有效。一旦黎莎·佩伯打定主意，就算地心魔域倾巢而出也阻止不了她。

但这场争论却没发生。不管她内心想做什么，黎莎知道顾好诊所并随时注意战况吃紧处，才是草药师的本职所在。

罗杰迎上前来。"还是确定不用我跟着一路？"语气有着扮演传说中无畏无惧的旅行者——马可·流浪者时的坚定。这话听起来好像两人为了此事已经争论了很长时间似的，但事实上这是他第一次提起此事。

亚伦目注罗杰的双眼，耸了耸肩，没有表现出任何知道他在演给谁看的意思。

"想跟就跟，但没意义。谁也不知道哪个巡逻队会遇上状况，你最好还是待在这里，等待信号。要不了多久，讯号就会多得让大家忙得分身乏术。"

信号箭是黎莎最好的烟火制品，每支巡逻队都随身携带——一种会出呼啸声，还会在夜空中拖曳火光尾迹的箭矢，引导支援部队赶往需要的地方。火箭依特定颜色和标记代表威胁的大小和有没有伤亡。

但接着罗杰让他吃了一惊。"不，我要跟。舞者以前就同时载过我们两个。"

阿曼娃伸手搭在他的肩上。"丈夫……"

"吉娃给我闭嘴！"罗杰背对着女人，不过半转过头，以克拉西亚男人提醒女人搞清楚状况时的姿态侧头和她们说话。亚伦眨眼，难以想象吟游诗人竟然这么快就融入了他们的文化。"我去巡逻时，你们两个就和其他人一起在这里等。"

尽管默默听命，但两个女人散发的体味还是无法掩饰她们不甘被当作普通戴尔丁对待的怨气。罗杰的体味说明他很清楚自己将会为此付出代价，但还是把戏做足。

阿曼娃转向安基德，飞快地比画手语。亚伦在大迷宫学过一些克拉西亚手语，但阿曼娃比得比那些复杂多了。沙鲁姆只会用到一些简单的攻守及方位指令，阿曼娃似乎懂得整套语言。高大的宫人偶尔比出代表奈的手势，试图拒绝命令，但阿曼娃十分坚持。终于，宫人鞠躬，走向罗杰。他跪下，额头着地，接着起身。这意味着战士宣示誓死保护他的凯沙鲁姆。

但罗杰摇头。"达玛佳命令你守护她的血脉，安基德。你待在我妻子身边更体现你的本职。"

"那就让卡维尔去。"阿曼娃咬牙说道。

罗杰哈哈大笑，不过这同样也是预先计划好的表演。"他还试图杀死我呢！不可能。我可以照顾自己。再说，"他举起小提琴。"如果我遇上麻烦，你会知道。"

亚伦之前就注意到了这种隐秘的魔法连接，如同空中闪亮的线条般联系小提琴的腮托和阿曼娃的耳环。太阳下山后，她会听见罗杰身旁所有人说的话，显然他也清楚这点——倒是有趣。

亚伦跨上黎明舞者，然后伸出一手。罗杰握住他的手，然后他轻轻将吟游诗人拉到身后马鞍上坐好。

阿曼娃迎上前来，取出用彩丝搭配他的七彩表演服所缝制而成的面巾。面巾上绣了心灵魔印，还有强化视觉的魔印。

"这是月亏之礼，"阿曼娃说。"用来保护我们伟大的丈夫。不要拿下来。"她的体味真诚。不管克拉西亚女人的动机为

何——而亚伦知道她们有很多动机——他绝不怀疑她们深爱着他。

绑上丝质面巾时,他摘下了吟游诗人的面具。"我也该送你什么吗?"

阿曼娃摇头。"妻子会送月亏之礼给丈夫,他的回礼就是带着荣誉长矛活着回家。"

亚伦嗅出罗杰的恐惧,但吟游诗人面具再度回到他脸上。他哈哈大笑,抓着自己的胯部道:"好,我绝对会保护好我的胯下长矛的。"

阿曼娃不觉得好笑。她轻哼一声,转过身去,大步离开,希克娃和安基德紧跟在后。罗杰看着他们。亚伦突然调转马头,率领巡逻队上路,让他的目光离开他们。

"你可以回来之后再道歉。"他说,声音低得只有罗杰能听见。"和贝尔斯夫妇,还有加尔德·卡特在一起,没有东西伤得了你。"

罗杰看了加尔德一眼,两人之间有种莫名的气氛。加尔德的气味转为愤怒,罗杰则变得羞愧。

太好了。亚伦心想,轻踢黎明舞者的腹部,带着巡逻队冲向魔印边界。

※

"为什么来这里?"瑞娜在他们骑到新避风港镇时问道。

不到一个月前,亚伦和瑞娜来洼地时才目睹伐木工清理这个区域的恶魔。现在伐木郡中最新的部落已经涌入了一千二百名拓荒者,大多都是一开始为了躲避克西亚人而北上,越过洼地,一心想前往安吉尔斯避难的来森人。安吉尔斯不欢迎他们——城内早已挤满难民,拒绝接纳更多乞丐。

当汤姆士王子带着近千名士兵，装有补给的车辆，以及大批牲口南下接管洼地时，数百名难民收拾行囊尾随而来。有些人甚至主动离开拥挤的城市和小镇，希望能在洼地找到更好的生活。

"如果我要攻击洼地，就会选从这里开始。"亚伦说。

这里有几栋刚建到一半的房舍，不过新避风港的居民将大部分的心力用来建筑街道、外墙和围栏，借以形成大魔印——洼地郡魔印网的最后一部分。每个大魔印都是独立的禁忌魔印，但当它们连接在一起时就能分享魔力，让直接面对攻击的地区汲取还未开战的地区的力量，特别是位于大魔印网的中央，最强大的伐木洼地大魔印。

这里的大魔印是昨天晚上才开始运作的。当第一头测试魔印的恶魔被震飞时，避风港的镇民乐得欢呼雀跃，在发光的街道上开心得手舞足蹈。

亚伦心知这里的大魔印很脆弱。伐木洼地的大魔印是由石板街道、凝固的克里特凝土、牢固的古树、大型建筑，以及溪流改道形成的小湖结合而成。新避风港镇的大魔印则是由泥土地、灌木丛、木篱笆以及刚插完秧的田地所组成。还没建好的建筑、石块堆成的墙壁、土堆壁垒以及几棵老树也为魔印增加强度，但是一旦恶魔放火烧掉木质部分并且搬走重要建筑中的几块大石头，大魔印的威力就会大打折扣。只要少数几头地心魔物就能在心灵恶魔的驱使下突破大魔印，涌入新避风港镇的街道。

"或许它们也知道。"瑞娜说。"或许它们算准你会跑来这里，打算从反面进攻。"

亚伦耸肩。"我不会说我没想过这种可能，但我们又能怎么做呢？全郡领地都有带着烟火的侦察兵巡逻。只要他们施放

信号,我就能在火箭烧完之前赶到现场。而在那之前……"

"我们得防守脆弱的地点。"加尔德说。

亚伦看着避风港的上千镇民,其中有不少都年纪太小或太老,根本没法参与激战,但他们仍持着长矛和临时赶工出来的魔印盾,准备捍卫新的家园。其他人准备了用来救火的水桶,即使在太阳下山之前,最强壮的镇民还是在土堆里工作,每一铲添入壁垒上的土都能增加大魔印的抵抗力。

当太阳沉入地平线下,黑暗终于笼罩大地时,镇上陷入一片死寂。新避风港镇的街道在大魔印开始吸收地心魔域释放而出的魔力时发出微光。镇内照明充足,但是大魔印外的区域则是一片漆黑。

"就算地心魔物在我们面前现身,我们也看不见。"盖蒙说。

加尔德摇头。"它们还没现身。黎莎在我的头盔上刻了能在黑暗中视物的魔印。我看不清楚大部分的东西,但恶魔却会发出火炬般的光芒。如果它们现身,绝对逃不过我的法眼。"罗杰点头,他的新面巾也有同样的效果。

"要花时间适应,"瑞娜说。"但你说得没错,附近没有恶魔。"

"或许它们这个月不会来。"艾文向前走去,不过影子突然发出一声骇人的低吼,亚伦看见一股恐惧的灵气笼罩在众人头上——瑞娜除外,她的灵气变得更加兴奋——战争饥渴症。

"它们来了,"她说。"但是还有点距离。我闻到了它们的气味。"

"它们现形时最脆弱。"盖蒙队长说。"按理说它们会躲在弓箭射程范围外凝聚形体。"

亚伦点头,不过并没有因为这种情况而放松一点。他深吸一口气，从视线范围外汲取一缕魔力，探索其中的奥妙。远方确实有大批恶魔现形，远远超过他前几夜在同一处感应到的数量，但仍比预期中少得多。

一会儿，所有人都能听见树木倒下、大地裂开的声音。"恶魔来了！"有人恐慌中大叫道。避风港镇民越来越紧张，抓紧武器，紧张兮兮地扫视着黑暗中的各个角落。有些人完全崩溃，匆忙逃回家，锁上房门，天知道这样是否保险。

"懦弱的叛徒！"盖蒙吼道。"我该——"

"你该闭嘴，注意前方。"亚伦说。"战斗是你的工作。他们只是吓坏了的平民，恶魔近在眼前时跑去对付自己人那可是帮助恶魔。"

队长外表不动声色，但他的灵气显示被亚伦这个平民训斥一通让他很愤慨，对方还是个他自己以及大多数公爵最信任的草根顾问——深信会对主人的统治地位造成极大挑战的草莽之辈。亚伦并不想得罪他，但他得让盖蒙及他的手下明白自己此刻的职责。队长的灵气显示他会恪尽职责，遵守命令。

暂时而言，这样就够了。

"要用响箭发信号吗？"队长问。

亚伦摇头。"暂时不用，可能是声东击西的佯攻。"

四周的骚动越来越大，形成无法忽视的喧嚣声，仿佛身处吵闹的菜市或旅店里一样。这种情况持续一段时间，但还是没有任何一头恶魔展开攻击。罗杰、加尔德和瑞娜凑上前去，加强他们的魔印视觉，但就连亚伦也看不见恶魔的魔光。

它们透过魔法遮蔽行踪吗？

"希望它们直接进攻，赶快打一打。"外面的声音吵得罗杰得用吼的。

"它们只是在吓唬我们。"加尔德说。

"有道理。"罗杰说。

"冷静。"亚伦凭空画着魔印,不用吼叫就能听见他魔印的声音。他的语气令其他人凭增几分信心。他希望自己纠结的肠胃也能这么画个魔印就轻松下来。他再次深吸一口气,闻到一股刺鼻的酸味。片刻后,树木里冒出一股浓烟,令守军难以呼吸,并在浓烟反映树木里逐渐增强的橘光时挡住他们的视线。就连亚伦的魔印视觉也变得模糊不清。

"想要用烟逼我们出去?"加尔德咳嗽道。

"比较像是隐蔽攻势。"盖蒙说。

亚伦一言不发,再度汲取魔力,感应到一小队火恶魔穿越浓烟而来,欢欣鼓舞地点燃沿路的一切事物。

正常情况下,木恶魔会采取行动,杀掉所有进入树木里玩火的火恶魔。但在心灵恶魔的支配下,木恶魔已然交出它们对树林的控制权,那里已经不是它们的领域,让火恶魔制造一场不用任何恶魔以身冒险就能除掉半数洼地人的大火灾。

火焰唾液无法漫烧至大魔印以内,城镇边境树木茂密的地方也有预留防火道,但是没有魔印能防止新避风镇民被浓烟熏得死去活来。

"加尔德猜对了。"亚伦搜寻各方夜空,但没看见其他浓烟的踪迹。"它们还是在这里下手,因为这里处在风口。"

"举弓。"亚伦喊道。新避风港镇民立刻行动起来。过惯了这里的生活之后,大多数洼地人都会射箭,不少人成为神箭手。事实上,会箭术的人多得魔印箭都不够用。现在铁匠开始使用模具,但制箭速度还是赶不上消耗。最后,每个弓箭手只分到三枚魔印箭头。有些弓箭手在自己的箭上依样画葫芦,但洼地人的绘印技艺因人而异。亚伦估计他们手上的箭矢能发挥作用的一半都不到,而有用的那些威力也大不到哪儿去——他们必须箭无虚发。

杨、艾文和林木士兵翻身下马,与其他人一起张弓拉箭。他们的箭筒里装满魔印箭,马上还有更多箭。这些人都是箭术专家,但他们的箭术在浓烟与黑暗中毫无发挥的余地。

亚伦画下声音魔印,让自己的声音传开来。"我要各位相信我的判断,大家不想被呛死,就得尽快除掉外面那些该死的火恶魔。"

他暂停片刻。"这表示我们要离开大魔印,进入浓烟里。所有人确保心灵魔印到位,手扣最完美的魔印箭。"

"我才不干!"一个男人叫道。大多数新避风港镇民都出声附和,身上的灵气绽放着恐惧的光芒。

意外的是,加尔德竟然出面喊话。"伐木洼地之战时,我们还没有大魔印!"伐木巨汉雄浑的声音吼道。"如果一开战就躲在大魔印后,这场仗不用打就已经输了。想要守护家园,你们就得勇敢地走进黑夜!不然赶紧回家躲到床底下等死吧!"

亚伦微笑地看着人们灵气中的恐惧变得坚定。他看向加尔德,只见他对自己展现狂热的信任。"谢谢,将军。我说的没有你好。"

加尔德的灵气变得……十分不好意思。

"我要你带领他们出战,加尔。"他说。"我袖子里面藏了张王牌,但讽刺的是,我得待在大魔印里才能施展。"

"讽什么刺?"加尔德问,接着摇了摇头,灵气中的迷惘消失。"无所谓。就算你说要直接冲击地心魔域,我也决不会皱一下眉头。"

他在加尔德肩上拍了一下。"火恶魔仍藏在树木里。你们得尽量接近,展开突袭,没有时间和弓箭可以浪费。"

加尔德咳嗽。"弓箭在浓烟里发挥不了作用,我们要怎么

看见目标?"

亚伦跳下马鞍,感应着脚下大魔印的脉动。"等你们定位后,我会为你们指引目标。确保在我下达命令前,不会有人放箭。"

加尔德点头,带领其他部下和新避风港镇最好的神箭手走出大魔印,摸进黑暗。还没走出几步,他们就一个接着一个消失在浓烟里。

亚伦深吸一大口气,自整个洼地的魔印网中汲取前所未有的强大魔力。他感觉内脏都在这股魔力下燃烧,心知自己保有这股力量太久,否则将被吞噬。

"准备。"他对洼地人道,声音传入所有人的耳朵里。接着他扬起两根手指,画下热魔印和空气魔印,让体内的魔力化为实质的力量。一阵狂风向前吹送,卷走了浓烟,将烈火如同烧尽的蜡烛般全部扑熄。

他在魔法袭体而过时感到一阵昏眩,但他没时间可以浪费。他再度汲取大魔印的力量,这次朝天际释放耀眼的强光,将黑夜顿时照的亮如白天。火恶魔在强光下原形毕露,双眼和口中绽放着火光,呆呆地僵立原地,被突如其来的强光吓得僵在原地。

这次当魔法离去时,亚伦身体一晃。瑞娜转眼赶到,抓起他一条手臂。片刻过后,罗杰扶住他另一条手臂。

亚伦在他们的扶持下站稳脚步,汲取更多的魔力,让声音传入弓箭手耳中。

第二十三章　恶魔的魔印

333 AR　秋　新月第一夜

罗杰听到四周传来放箭声，接着是火恶魔被消灭时的惨叫声。

罗杰还没习惯面巾提供的魔印视觉，但片刻之前他仍看见亚伦身上绽放出如同太阳般的强光。现在他魔光黯淡，甚至比正常人还要黯淡。

"退回大魔印内。"过了一会儿，亚伦下令道。"立刻。"他召唤来的强光开始消退，而他浑身无力，突然间将全身重量都压在瑞娜和罗杰身上。罗杰绊了一跤，但瑞娜仿佛提小孩般把他们两个都拉回原位。罗杰的动作快如猫，立刻站稳脚步。

他抬起头来，看见每一批镇民跑了回来，脸上带着胜利的狂喜。

"站稳点。"他嘶声道。"我不知道刚才那样对你有什么影响，但这些人需要看到安然无恙的你。"

"我不准你开口……"瑞娜开口。但亚伦打断她。

"不，他说得对。"亚伦说。"只要一点时间……"脚边的魔雾开始朝他涌去，让他的身体再度发光。他站直身子，摆脱两人的扶持。"好了。"

新避风港镇民再度回到原位，加尔德和巡逻队则回到亚伦、瑞娜和罗杰的身旁，丝毫没有察觉亚伦曾出现短暂的虚脱疲弱。

远方持续传来树木倒地和地动山摇的声响。

"它们到底在干什么?"加尔德的叫声盖过那些声响道。

"是陷阱。"罗杰说。"想要引诱我们出去。"

亚伦摇头。"如果是陷阱,干吗弄得这么吵?它们有所图谋,我敢用我的睾丸打赌。"

"我们该怎么办?"加尔德问。

"什么都不做。"亚伦说。"我要出去看看。"

瑞娜摇头。"我们一起去。"

亚伦看着她,她冷冷地瞪回去。"亚伦·贝尔斯,你不要以为我会让你一个人跑到外面去。"

"我绝对不会要人和我一起去。"亚伦说。"那些恶魔伤不了我,瑞娜。我不会有事的。"

"那头化身魔就伤了你。"瑞娜说。"心灵恶魔让你吐血不止。"

"没错,但现在我知道要怎么收拾它们了。"亚伦坚持道。

"你那天只打伤了其中一头,"瑞娜提醒他。"那还是因为我穿你的魔印斗篷从后面偷袭。谁知道今晚来了多少心灵恶魔?"

"我认为或许那不是专为我们准备的陷阱。"罗杰说。"而是专为你准备的陷阱。"

亚伦忽然愣了一下,看着他。

"他说得对。"瑞娜说。"一旦踏出大魔印,你就会像是黑暗中的油灯般引人注目。它们转眼就会盯上你。"

罗杰咬紧下唇。别开口,别开口,别开口。"还是我去吧。"他说,随即暗骂自己。

所有人都惊讶地看着他,罗杰不怪他们。他并不是以勇敢著称的人,但眼前没有其他方法。他很骄傲自己将《月亏之歌》的力量带回人间，但见识了亚伦刚刚施展的能力后，他毫不怀疑两人之中谁牺牲生命都无所谓。

亚伦摇头。"我们不知道你的力量能不能影响心灵恶魔。你能用反射太阳的光点让猫追逐一整个下午，而恶魔并不比猫聪明到哪里去，但你不能拿同样的把戏用来对付人类。"

罗杰耸肩。"用光去照眼睛，就连人也会暂时失明。而且瑞娜刚刚不是说过黎莎的斗篷瞒得过它吗？"他抓起魔印七彩斗篷的褶缝，旋转斗篷让它罩住全身。

"罗杰，我不能让你去——"亚伦开口。

"不，我也不能只让你去。"罗杰说。"我或许不能像你一样挥一挥手就扑熄森林大火，但这件事我可以办到。"

"我们可以办到。"加尔德说着走到他身边站定。"我和你去。姐西帮我做的斗篷没你的好，但至今不曾让我失望。"

"那是因为你很少拿出来用。"罗杰摇头。"你得和你的手下待在一起，将军。"

加尔德一口啐在脚边。"你或许有时候是个小浑球，罗杰，但我也不会让你一个人去。"

罗杰感到一紧，但是在吟游诗人的面具后咽下那股情绪。他很想继续争辩，但事实上他觉得和加尔德在一起确实心里更踏实些。

"我也去。"瑞娜说着，从承诺的鞍袋里拿出隐形斗篷，披在肩上。

"瑞娜。"亚伦抓住她的手臂，语气近乎哀求。

她转身直视他的双眼。"你自己说过，你不能管这种小事。你要去猎杀心灵恶魔，而我得在你无法抽身时保护大家。"

他凝视着她，她伸手抚摸他的脸颊。"我会小心的，也会带他们活着回来。"最后他终于点头，将她拥入怀中，深深

一吻。

"好了!"加尔德说。"别在我们面前秀恩爱了!"

阿曼娃和希克娃躺在汤姆士帐篷内的丝质长椅上,哑巴守卫站在她们身旁。黎莎打量无所事事看着阿曼娃。

就像往常一样,伯爵为了等待回报及指挥部队而在魔印广场边缘架设这座大帐,他在帐篷里摆满符合王室地位与财富的装饰品。帐内的墙上挂着美丽的绣缦,地毯是厚厚的皮草,摸起来像刚出生的幼猫一样柔软。光滑的木制家具雕饰华丽,镶金戴银。还有,当然,他在里面为自己摆了张王座。

但随着这些王室派头而来的就是正式礼仪的责任。阿曼娃和希克娃或许是敌人,但都是货真价实的公主,克拉西亚领袖的子嗣。她们的身份让她们获得王室待遇,包括使用汤姆士的帐篷和所有特权在内。服侍她们的男孩是贵族出身,而他面色恐惧地在希克娃的命令和咒骂下忙进忙出。阿曼娃一言不发地跪坐在她身旁,脑袋却焦急地望向一旁——听着罗杰那边的情况。

这个想法令黎莎不爽。阿曼娃曾试图行刺她,而罗杰竟然还让她得知外面的一切,却把黎莎和汤姆士蒙在鼓里。不管是不是妻子,黎莎都与他朝夕相处的时间超过阿曼娃和希克娃。他怎么能够相信她们更甚于我?

我也应该偷偷在加尔德的头盔上画个魔印。她心想,随即感到一丝罪恶。自己有什么权利刺探加尔德的隐私?

不,她摇头。那是达玛丁的做法。用她们的做法,我就会变成伊罗娜——造物主啊,我真希望能知道现在的状况。

阿曼娃突然吼叫一声,以克拉西亚语连连咒骂。她说得太快，黎莎完全听不懂，但她愤怒的语气却很明显，没有任何达玛丁权谋手段的意味。希克娃震惊地看着阿曼娃霍然站起身来，来回踱步，嘴里依然不断地咒骂着。

黎莎再也按捺不住。"怎么了？出了什么事？"

阿曼娃盯着她片刻，像在思考该怎么表达一样。"我荣耀的丈夫勇敢得有点愚蠢。"

"谁没有偶尔犯傻的时候。"黎莎说。

阿曼娃点头，平稳地深吸一口气，恢复达玛丁的冷静。"一切是艾弗伦的旨意。"

"他没事吧？"黎莎问。

阿曼娃挥挥手。"暂时没事。他自愿走出大魔印，挑战黑夜。"

"为什么？"黎莎问。这听起来不像我认识的罗杰。

"显然他们相信一旦帕尔青恩离开大魔印，恶魔就会感应到他的力量。"阿曼娃说。"于是帕尔青恩派我荣耀的丈夫、野人加尔德，还有他自己的吉娃卡进入黑夜巡逻。"阿曼娃皱着眉，不过隔着面纱，黎莎看不出她的表情。"他自恃无所畏惧，结果自己却躲在大魔印里，派其他人替他出战。他终究还是个卑劣的懦夫。"

"照你的逻辑，我这个伯爵等在这里又该怎么定义呢？"汤姆士大声反问道。所有人看向伯爵，黎莎在他脸上看到紧张的神色。黎莎记得他第一次在床上时的表现，还有妲西说过伯爵对恶魔的恐惧，以及为了克服恐惧而引发的英勇行为。他生怕被人当作懦夫，进而失去人民的尊敬。"领袖必须指挥大局。"

阿曼娃嗤之以鼻，不屑地瞪他一眼。"我神圣的父亲天黑之后绝对不会坐在王座上，而他是有史以来最伟大的领袖。你是青恩，懦弱也是情理之中的事，但我听说帕尔青恩素以勇敢

著称。"

汤姆士大怒,转眼失去仅存的自制力。片刻后,他就会开始大吼大叫,而那对所有人都没好处。

黎莎走到他们中间,直视阿曼娃的双眼。"没有不敬的意思,阿曼娃,但我曾见过你荣耀的父亲派遣手下,包括自己的儿子深入黑夜巡逻。我知道你担心丈夫,但罗杰曾进入黑夜不下百次。他不会有事的。"

"你怎么能宣称知道这些就连骨骸也不愿透露的事?"阿曼娃问。

"我不知道。"黎莎承认。"但我绝对有信心。"

阿曼娃眨眼,接着点头。"这是艾弗伦的旨意。"她做深呼吸,找寻心中的自我,走回自己座位所在的角落,再次静静倾听。

走进黑夜时,罗杰用完好的左手拿着小提琴和琴弓,相信魔印斗篷能保护自己。他刻意空着右手。即使只剩下两三根手指,他还是随时能弹出魔印飞刀去丢恶魔。

"我领头。"瑞娜说。"我已经习惯在黑暗中捕猎了。"罗杰和加尔德都没有争论。他还在习惯阿曼娃给他的面巾,视线清楚得不至于撞上任何东西,或是错过任何恶魔,但是附在所有东西上的彩色魔光令他分心迷惘,仿佛置身晨雾中一样什么都看不清楚。

当瑞娜向前移动,前进到他们魔印视觉的边缘时,罗杰转向加尔德。"你说得没错,我之前把你的保护视为理所当然。如果这样说会让你好过一点,很抱歉。我有时候太沉迷在自己的世界里,有点不顾其他人的感受。"

加尔德哼了一声。"犯不着去爬倒地的树。"

罗杰转头面对他。"我知道，只是——"

"我们身处黑夜，罗杰。"加尔德插嘴。"我觉得好像被困在一朵天杀的彩云里，我没有生你的气了，现在得全神留意前面。"

罗杰点头，左顾右盼，不过这么做的同时，他觉得心里的结打开了。

少了件烦恼事，现在我只要担心别被恶魔吃掉就好了。

前进的速度非常缓慢。黎莎的隐形斗篷从未失效过，但得紧紧裹在穿戴者身上，而且不能移动太快。罗杰和瑞娜比较常穿，得放慢脚步配合加尔德。

走进树林后，他们立刻看到火恶魔制造的破坏——黑树干和肥沃林床被烧成的黑焦土。他们的靴子和斗篷边缘沾上了乌黑的灰烬。

前方一直传过来罗杰前所未闻的破坏声响。本能强烈催促他转身拔腿就跑，但他鼓起勇气，一步步向前，找路穿越树林。

他们不必走出太远，树林突然消失在一片遭受暴力摧残的毁灭景象里。黎莎这辈子做过的雷霆棒加在一起也无法造成这种程度的破坏。地面焦黑爆裂，大片松土堆在树木和石块整个翻起而留下的大洞旁。

这个地方令人厌恶，罗杰浑身上下都感受得出这地方很邪恶。我们不属于这里。

田野恶魔柔软的身躯紧贴地面，在空地上四下巡逻，爬上土堆，嗅闻着空气。风恶魔在天上绕圈。

瑞娜回到他们身旁。"这里有太多地方供恶魔藏身。从这里开始，我们一起行动。"

罗杰和加尔德点头，三人开始深入毁灭之地。恶魔将巨大

石块堆成二十多英尺高,树木也一样。罗杰看着一堆石块,接着望向来时的路。"你认为石恶魔能拿这些石头砸多远?"

加尔德打量石堆,然后也看看后方。"大头的?非常远。"

"它们在囤积攻击武器。"罗杰说。"我们应该回去——"

"还不到时候。"瑞娜插嘴。"如果它们只是这么打算,为什么附近没有石恶魔和木恶魔?"

罗杰咽了一大口口水,心知她说得没错。他们继续往前摸索,绕过很快就会飞向新避风港镇的木堆和石堆。终于,他们在一座大土堆后看清了恶魔的计划。

这片土地被夷成了平地,木恶魔和石恶魔在地上挖掘壕沟。"建立防御阵地?看起来不像普通智商的恶魔会做的事。"

"这些恶魔很聪明。"瑞娜提醒他。"附近一定有头心灵恶魔在指挥它们,或许不止一头。"

"还是没道理。"加尔德说。"太阳一出来,恶魔就跑了。坚守阵地有什么意义?"

罗杰四下打量,在眼中勾画出地上壕沟形成的线条,接着冷汗直流,突然了解自己心中那股越来越不踏实的厌恶感是怎么回事了。

"它们在建属于它们自己的大魔印。"

加尔德和瑞娜同时转头看他,罗杰突然觉得膀胱一紧——造物主啊,我快尿裤子了。他二话不说,跑回大土丘后,拉开斗篷,扯开七彩裤的紧绳。他才刚抓起小弟弟,尿水就已经喷出来了。

"啊。"他松了口气,但也没放松多久,因为几尺之外传来一声低吼。罗杰抬头看去,只见一头田野恶魔作势欲扑。

他在恶魔扑上时大叫一声,被裤子绊倒,重重跌落,背部摔倒着地。他手忙脚乱地在地上刨着,试图弹出飞刀,但是手被压在地上，一时弹不出来。

加尔德及时赶到，吼叫一声，以双手挥出沉重的巨斧。这把斧头是亚伦亲手刻的魔印，斧刃将恶魔的脑袋从鼻头一路劈到颈部，一大股脓汁洒得全身都是。

尽管被加尔德击倒在地，恶魔依然不停踢脚，于垂死挣扎中撕裂了他的斗篷。罗杰立刻起身，重新紧好裤带，在一群田野恶魔将他们团团围起时举起小提琴和琴弓。瑞娜手持又尖又长的猎刀，嘴里发出尖似恶魔的低吼。她看起来很嗜血，尽管他们显然寡不敌众。这女人比亚伦还疯狂，罗杰心想，真不简单。

"别动。"他说着将琴弓搭上琴弦，拉了几个尖锐的高音吓退恶魔，接着演奏一段迷惑的旋律，好让自己三人趁乱撤走。

但是恶魔没有被迷惑。它们的确被最初的高音吓退了，但这种情况没持续多久。其中一头恶魔跳回来咬瑞娜，但她舞动猎刀将之逐开。它们开始饥渴地绕着他们转圈，一边吼叫一边抓扯地面，寻找攻击的机会。

糟了。罗杰心想。

"不能待在这里，"瑞娜说。"如果心灵恶魔在控制它们，要不了多久就会有大批恶魔赶来。"

罗杰看看加尔德破烂的斗篷，而自己的斗篷也沾满脓汁。他们不可能逃脱，战斗又是疯狂的举动。他咬紧牙关，强化音乐，加上一层又一层复杂的旋律。恶魔的眼睑明显下垂，但仍然不停绕圈。

"得要有人分散它们的注意。"罗杰说。"瑞娜，你的斗篷还是好的，能引开它们一会儿吗？"

"可以，"瑞娜说。"但它们不会全都跑来追我的。"

"我可以逼它们去追你。"罗杰说。

"行不通，"加尔德说。"我才不会让你一个人去……"但是话没说完，瑞娜已经一跃而出，抱住一头田野恶魔在地上翻滚，同时反复拿刀刺它。她毫发无伤地翻身而起，恶魔则在地上奄奄一息。但它的伤口正在逐渐愈合。

"跑！"罗杰对她叫道，她立刻拔腿就跑，赤脚冲向一堆巨大的石堆，在石块间灵巧跳跃，瞬间来到石堆之上。

罗杰配合她的动作改变旋律。

她要逃走了，音乐说道，快追！还有很多恶魔可以解决其他人。

这个指令一下，所有恶魔全都扑向瑞娜，利爪在爬上石堆时划过坚硬的石块。几头恶魔停下脚步，回头找寻某样超越它们正常本能的东西，但是分心战术奏效，罗杰已经领着加尔德转移阵地，并且布下层层困惑旋律。他持续发挥魔法小提琴的威力，增强音量到音乐在空气中鼓动，让恶魔完全无法掌握他和加尔德的行踪。

瑞娜在石堆顶端尽量争取时间，借助魔力加持踢飞逼近的恶魔。它们重重落地，但很快就翻身而起，甩开撞击的影响，试图恢复神志。

看到伙伴安全后，瑞娜纵身跃起，以难以置信的力道跳出三十英尺远，落在石恶魔挖出的大土丘上。她落地时双脚微微陷入松土，不过似乎没受伤。

但在她披上斗篷前，一头风恶魔大吼一声，朝她俯冲而下。瑞娜转身面对，蓄势待发，但恶魔做了一件罗杰未曾见过的事。它摊开双翼抑止冲势，身体微微上升，接着对她吐出一道闪电。

刺眼的电光照亮夜空。罗杰紧闭双眼，但慢了一步，当时头晕目眩。他努力在眼前光点翻飞的情况下持续演奏。再度睁开双眼时，他看见瑞娜自十几英尺高的土丘落下，躺在地上。

她的身体在冒烟，空气中弥漫着焦肉臭的气味。难以想象的是，她竟能挣扎起身，动作越来越稳。在他的魔印眼中，她的魔光仍然耀眼，他认为她也和恶魔一样在自我痊愈。

我得学学那个把戏。他心想。

两头田野恶魔在瑞娜还未恢复前扑了上去。加尔德一声发喊，赶去救援。离开罗杰及小提琴数步外后，恶魔立刻注意到他，但来不及避开他头几下攻击。一手巨斧，一手弯刀，他将攻击瑞娜的恶魔都击退开去，在它们布满鳞片的外皮上留下深深的伤口。他转眼挡在她身前，为她争取挣扎起身的空间。

被加尔德击倒的恶魔已经开始爬起，就像瑞娜一样，伤口迅速愈合。更多恶魔纷纷赶来，不过全都待在加尔德和瑞娜攻击范围外。越来越多田野恶魔将两人团团围住。没过多久，整片空地上挤满了恶魔，一大片缓缓蠕动的鳞片表皮发出耀眼的魔光。

但即使占有绝对的数量优势，恶魔还是没有出手。它们持续转圈，迫使加尔德和瑞娜背贴背而立，武器在手，等待着迟迟未曾展开的攻击。

他们被困住了。但为什么困住他们？罗杰环顾四周。风恶魔在天上盘旋，但却没有俯冲的势头。石恶魔和木恶魔继续挖地，对这里的骚动充耳不闻。

更可怕的东西就要来了。罗杰很清楚是什么东西。

他考量情势。就算借助霍拉魔法强化音乐，他还是不确定自己能驱退这么多恶魔，但即使他能突破恶魔今晚展现的防御能力，驱退它们，地心魔物在逃跑的过程中也可能会踩扁他的朋友们。

他冷静地深吸一口气，庆幸自己命令妻子们不要跟来。

"阿曼娃，"他向小提琴的腮托说道。"我知道自己不是最好的丈夫，但我从未后悔娶你和希克娃。你们给了我妻子能给丈夫的荣耀，助我向世人展现我的价值。如果我回不来，唱歌时请想着我。"

她不能回应，这样或许比较好。罗杰不再演奏让自己隐形的旋律，改换新的曲调，魔法小提琴将音乐送入所有地心魔物耳中。

我在这里，音乐告诉它们。虚弱无助。而你们非常、非常饿。

一时之间，什么都没发生；接着所有地心魔物突然围着看罗杰。数百双饥渴的眼瞪着他。不管心灵恶魔能对驱杀产生多大的影响，都不能改变它们的天性。它们在尖叫声中张牙舞爪地朝他一拥而上。

罗杰拔腿就跑，他这辈子都没有跑过这么快。他一边跑还一边拉琴，召唤恶魔直追而来。

亚伦像座石像般站着，盯着树林。他试图汲取魔力，但是魔法的光芒黯淡，并在某种看不见的力量驱使下改变流向。他的探查能力什么都查不出来。

他们似乎已经离开许久，但事实上他很清楚才过了几分钟而已。他敏锐的耳朵在嘈杂的噪声中听见恶魔的吼叫，感到情绪紧绷，接着听见罗杰的小提琴声。于是他静观其变。

只要音乐持续演奏，他们就不会有事，他心想。但如果音乐停了……

无云的天上闪过一道亮光。亚伦知道那是闪电魔动手的现象。即使在它们的出没范围，大多数人仍对这种罕见的恶魔一无所知，就连亚伦也从未在安吉尔斯见过它们的踪迹。本地魔印师甚至不曾费心地在魔印圈上绘制闪电魔印。

心灵恶魔能召唤任何品种的恶魔。他顿悟，接着明白他们幸存的几率变得更低。伐木工要怎么对付土恶魔坚硬的脑袋，或是雪恶魔能击碎钢铁的冷唾液？沼泽恶魔的酸粪？亚伦和黎莎绘制的盾牌和护甲提供一定程度的防护，但他很清楚一般的魔印护甲在罕见恶魔的唾液和利爪前会有多少用处。

不过加尔德和瑞娜身上有正确的魔印，而罗杰还在演奏……

事实上，音乐越来越大声，旋律急促，伴随着听起来像有上千头恶魔齐声吼叫的声响。他看见罗杰以最快的速度冲出树林。他的灵气释放出纯粹的恐惧，借助他所演奏的音乐压抑下来。片刻间，亚伦就看到紧追着他冲出树林那群多到难以计数的田野恶魔。

来到开阔地后，它们越追越快，但罗杰在它们赶上之前突然停步，将曲调改变为亚伦和他拉过无数次的尖锐噪声。在小提琴的魔力强化下，琴音如同实质攻击般冲撞田野恶魔，让它们像波浪一样向四周落荒而逃。

亚伦解体，在重新塑形前的片刻内，自空气中感受到心灵恶魔的力量，心知瑞娜猜得没错。他或许能在这种形态下对抗一头心灵恶魔，但是两头或以上就超出他的能力范围。

不过他转眼之间就在罗杰身边现形，额头上的心灵魔印再度启动，心灵恶魔没机会攻击。亚伦像提小孩般抓起吟游诗人，随即纵身而起，跳跃两次后回到大魔印里。

"他们呢？"他问，但在罗杰有机会回应前，一声呐喊传来，只见浑身沾满脓汁的瑞娜，绽放着耀眼的魔光，将加尔德·卡特像一袋面粉一样扛在肩上跑出树林，一大批田野恶魔在身后紧追不舍。

瑞娜撞在一头田野恶魔背上,爆发出一道强烈的魔光,当她跳离恶魔时,恶魔没有起身。亚伦再次奋不顾身地冲了过去,凭空画着田野恶魔印,为两人开道。一瞬间,他们擦身而过,瑞娜落在亚伦身后的空地,亚伦负责在身后断后。他抓起一头田野恶魔的后腿,拿它当作木棒般挥向其他的同伴。田野恶魔的利爪在同伴的鳞片表皮上所造成的伤口比任何人造武器更加厉害。

空气中到处弥漫着一股恶魔脓汁的臭味,亚伦得压下一股多年不会感受到的饥渴。他很想去咬在自己掌心嘶嘶作响的恶魔,撕下它的外壳,品尝皮下的嫩肉。

他使劲摇头,抑制自己的这股冲动,用恶魔当武器砸向其他恶魔,冲回大魔印,来到正轻轻放下加尔德的瑞娜身边。伐木大汉的灵气黯淡。他还活着,不过昏迷不醒。

"怎么了?"亚伦问。

"头上挨了一下。"瑞娜说着取下加尔德的头盔。"他也是为了救我。"

"或者只是拖延你死去的时间。"罗杰说。亚伦转头看他,只见他撤下吟游诗人的面具,灵气所呈现的恐惧正表现在神情上。"太让人震惊了,恶魔在建造它们自己的大魔印。"

难怪周围的魔力被纷纷吸走。"我真是个傻子!"亚伦叫道。他迅速解体蹿上天空,飘在大魔印守护范围的顶端,眺望一周。正如罗杰所说,就在那里,不到一英里之外,有一道亚伦从未见过的大魔印在闪闪发光。魔印远比洼地大魔印小,但已经启动。

这时,另一样东西晃过亚伦的眼角,让他吓了一跳——恶魔魔印放出一条闪耀不定的能量线,与东南方位于新来森外的另一个大魔印连接。他转了一圈,看见西南方雷克谷外的恶魔正在挖掘第三道魔印。这个恶魔魔印还未完工，不过已经开始汲取魔力。再过几分钟它就会与其他魔印连成一气。

就连亚伦新的感应能力也无法看穿恶魔魔印的帷幕——魔力能流窜进去，不过出不来。但他还是感应到三个恶魔王子，如同蜘蛛般待在蛛网中心。这时石恶魔和木恶魔仍持续挖掘、强化魔印，增强它们的效力。

亚伦飘回地面、轻轻落在瑞娜和罗杰身边。"不止一个。共有三个该死的恶魔魔印，每个中间都有一个心灵恶魔。"

"造物主啊。"罗杰喃喃说道。

"必须通知伯爵。"亚伦说。

瑞娜点头。"我去牵马。"

亚伦摇头。"太慢了。"

瑞娜看着他，满脸惊恐。"飘浮和疗伤已经很费力了，如果你这么做……"

"没办法，瑞娜。"亚伦说。"你们就骑马赶回魔物填场，或许到时候我们已经想出对策。"话一说完，他立刻消失。

亚伦立刻感受到大魔印的吸力。就像血液会通过心脏般，所有魔印网的力量都会通往伐木洼地的关键魔印。他没有汲取那股力量，反而让自己融入魔法奔流之中，转眼间在魔物填场中央现形。

这一切都发生在一眨眼间，通常不会有人注意到，但由于填场中聚集太多人的关系，还是有不少人目睹了那一幕。而亚伦听见惊叫声在人群中渐渐传开来。

※

汤姆士像受困的夜狼般在帐篷中来回踱步，目光不时瞟向王座，接着眉头越锁越深，一副很想在盛怒之下踹烂王座的气势。如果阿曼娃的人马不在这里，他八成已经动粗了。达玛丁严厉的话深深刺伤了他的自尊。她也自知之明地回到自己的座位上，再也没有出声——伤害已经造成了。

黎莎将手搭上伯爵的手臂，隔着护甲仍能察觉他浑身极度紧张。他转向她，她则伸手抚摸他胸甲上才刚补过的瓷漆。"洼地里没人把你当懦夫。"她说，声音低得其他人都听不见。"你护甲上的裂痕证明你是如何勇敢地走向黑夜抵抗恶魔。我和你一样不喜欢在这里干等，但要不了多久，我们都会有工作要做。"

汤姆士点头。"我只是受不了那些不懂事的沙漠女人，她们实在……"

"不可理喻，我知道。"黎莎说。"但有件事她们没说错。"

"嗯？"汤姆士问。

"你不该把王座搬过来。"黎莎说。"它表示你自认为高人一等，这与人们期待的领袖有距离……"

"这就是他们如此敬爱你的魔印人的原因吗？"汤姆士问，语气透露一丝妒忌的酸涩。

黎莎微笑。"那是原因之一，加上他能在石恶魔身上踢穿一个洞。"

汤姆士大笑。"是呀，我该学学那个画魔印的绝招。"

两人之间仿佛有道暖流经过，但接着阿曼娃开口了，黎莎顿时心里一凉。

"阿拉盖在洼地周围建造它们自己的大魔印。"

汤姆士走到放了洼地郡大地图的办公桌前。"什么样的魔印？"他问。"多大？在哪？"

阿曼娃耸肩，头侧向一边，继续聆听。"我只知道我听见的一些细节。"她停了停。"我想我荣耀的丈夫和他的伙伴在那个位置无法判断这些。"

海斯牧师凭空比画着魔印,低声祷告着。黎莎有点想帮他清醒清醒,但她很久以前就已经学到造物主不会干预子民的行为。如果想要得救,他们就得自救。

阿曼娃深吸一口气,惊呼出声。所有人神情紧张,等待更多的消息,但达玛丁没有再开口,眼中充满真实的恐惧,再次提醒了黎莎,不管阿曼娃受过多少训练,毕竟还是个小女孩。通常比较容易激动的希克娃此刻却出奇地平静,她伸手搭上姊妹的肩膀,默默提供力量。

一会儿后,阿曼娃长吐了口气。"他受到攻击,不过现在已经开始演奏了。"她的语气中充满骄傲。"即使在月亏,阿拉盖还是无法抵抗我荣耀的丈夫的音乐。"

希克娃点头。"艾弗伦对他有所启示。"

但阿曼娃突然跪下。"不,"她低声道。"不、不、不。拜托,丈夫,不要……"

她没有把话说完。希克娃跪倒在姊妹身后,轻抚她的肩。阿曼娃面无表情,一言不发,但黎莎可以想象她心里的煎熬。

黎莎撩起裙摆,在阿曼娃面前跪下。她伸出手,握起阿曼娃柔软的掌心,轻捏一下,试图像希克娃那样给她力量。

"阿曼娃,"她说,毫不掩饰语气中的沮丧。"请告诉我怎么了,罗杰他……?"

"还没。"阿曼娃说。"他还在演奏,只是不再驱退阿拉盖。他在引诱它们来追自己,好让伙伴逃命。"

就听见吧嗒一声,一滴泪珠滴在她膝上纯白丝袍上,希克娃自黑袍中取出小瓶子,接下阿曼娃的泪水。"他的荣耀无止境,艾弗伦会让他坐在天堂第六根柱子的大殿里。"她说。阿曼娃点头,越哭越伤心。

这种情况持续了好一会儿，接着阿曼娃眼睛一亮，坐直身子。"他又开始战斗了！整个奈的大军都在追他，而他依然起身对抗它们！"

希克娃顺手盖上盛满泪水的瓶子，接着又拿出一瓶，要是阿曼娃继续落泪就继续用瓶子接。"他能不能——"

"他当然能！"阿曼娃大声说道，再度恢复力量。"他是罗杰·杰桑之子，艾利克·甜蜜歌之徒，沙达玛卡亲自挑选的女婿。"她暂停片刻，握紧拳头。"但是下次我看到他，他要担心的就不再是阿拉盖了。"

"一点也没错。"黎莎点头道。

"他和帕尔青恩会合了。"阿曼娃片刻过后说道。"他……"她皱起眉。"那些阿拉盖……"

这时只听见一声惊叫，所有人转过头去，看着亚伦突然出现在魔物填场中央。就连还算了解亚伦的力量的黎莎也看得目瞪口呆，片刻之前他还在数里外的新避风港镇。

但他实实在在就站在镇民面前，因为他的声音如同雷鸣般传入众人耳中。"上马备战！我们即将冲入黑夜！"

说完，他转身，大步走进伯爵的指挥大帐，人们纷纷让到两边，有些人敬畏地低语，有些人则惊声大叫。

"他像恶魔一样凭空出现！"一个女人尖声惊叫道。

亚伦来到帐篷时，海斯牧师上前挡路。"怎么可能？"他大声问道。"《卡农经》告诫我们绝不能用地心魔物的手段……"

亚伦像推开小孩般地推开拦路的牧师，完全没放慢脚步。"现在没时间讨论那些陈词滥调的经文，牧师。"

海斯大怒，法兰克辅祭随即迎上，但汤姆士一拳捶在桌上。"圣徒都给我出去！去为战士作战前祈福！"

裁判官及他的手下看着他，但伯爵严峻的目光让他们乖乖离去。

"怎么回事?"汤姆士在亚伦来到他和地图旁边时问道。亚伦没有立刻回答,打量地图片刻,然后拿起刷子,蘸了点墨水,在原本是原始林地之处专业地画上粗线条的魔印。

"心灵恶魔建造了大魔印,这里、这里,还有这里。"亚伦说着指向新来森、新避风港及雷克谷。"魔印已经启动了。"他放松手劲,画下比较细的魔力连接线。画完后,洼地郡大魔印就变成处于心灵恶魔的三角魔印网中的圆圈。"石恶魔一直挖,恶魔的魔印网不久后会越来越强,进而阻绝洼地魔印网的魔力来源,并且吸走我们的力量。"

这些魔印都很优美,而黎莎一眼就能看出它们的强大威力。魔印看起来有点像英内薇拉在贾迪尔宫殿里困住她的魔印。

"这些是人类魔印,"她猜道。"我们进不去它们的魔印网,就像它们进不来我们的一样。"

汤姆士点头。"那样只会形成僵局,它们一定还有其他计划。"

亚伦点头。"它们一边清理大魔印,一边汇集大石头和树干。石恶魔很快就会开始投掷石头和树干,要不了多久它们就能打断回路,令我们的魔印网失效。"

"回路?"汤姆士问。

"联系我们大魔印的能量连接。"黎莎解释。"大魔印得形成封闭回路才能有效运作。"

亚伦点头。"一旦它们这么进攻,我们外圈城镇的街道上就会涌入恶魔,到时候石恶魔就能钻进到能攻击洼地郡任何地方的位置。"

"造物主啊,"汤姆士说。"但如果这些魔印会像我们的魔印排斥恶魔一样排斥我们,我们要如何摧毁它们?"

"没办法。"亚伦说。"今晚不行,就算我们撑到明天,也没办法在白昼时加以摧毁。"

"我们可以放火烧树。"汤姆士一脸严肃。他知道这样做的代价,但必要时也不得不痛下狠手。

这就是我们不让男人知晓火焰秘密的原因。黎莎仿佛听见布鲁娜说。他们会诅咒世界,然后还以为是拯救它。

亚伦摇头。"没用的,伯爵阁下。这些魔印不只是由树木所组成,我们还要处理石恶魔挖出的壕沟,二十英尺宽、十英尺深。要填满这们的壕沟需要很多人力,就算有数千壮丁和用不完的火药也一样,至少天亮前我们都没有足够的这两样东西。"

"我们不用摧毁魔印。"阿曼娃说着走过来。"只要抹花就好了。"

黎莎看向她,接着点点头。"魔印牙。"

"没错。"亚伦说。

"什么魔印牙。"汤姆士大声问道。黎莎听得出他语气中的沮丧。他想要像在其他方面一样指挥大局,但此事完全超出他的知识范围。黎莎拿出一张纸和亚伦刚刚用的魔印刷,迅速画出一个魔印。她指向魔印主体旁两笔小小弯弯的泪滴形状。"这些就是魔印牙。几乎所有魔印之中都隐藏着魔印牙,它们在魔印里的功能就是吸收魔力——少了它们,魔力很快就会耗尽。"

她转向亚伦。"你穿了衣服。"

"什么?"亚伦问。汤姆士也好奇地转头看着黎莎。

"当你化身魔物,像恶魔一样移动时,"黎莎说。"能让衣服一起移动。你还能带更多东西吗?"

"可以。"亚伦说。"但是太重的不行,活的也不行。解体非常容易，要把它们重新组合比较难。"

"你能带一箱雷霆棒吗？"黎莎问。

亚伦想了想。"短程或许可以，如果有时间研究它们的结构。"亚伦微笑，眼神若有所思。"不容易，但比扛一箱雷霆棒上冰山简单。"

黎沙侧头。"什么意思？"

亚伦抛开那个想法。"说来话长。"

黎莎提醒自己晚点继续这个话题。"你能在大魔印外现形吗？"

亚伦耸肩。"应该没问题，但很容易迷路。我一直不离开大魔印是因为我知晓大魔印里的地形。离开大魔印，我就得深入地心，然后找出一条接近目的地的魔法通道。或许得要传送一至三次才能进行三角定位，但附近的树林让我觉得很熟。"

"这怎么可能？"阿曼娃问。"就连我父亲也没有这种能力。"

亚伦不管她。"如果我抹除中央魔印的魔印牙，它们的魔印网就会失效，但我只有很短的时间动手，然后它们就会感应到我的存在。我需要更多人分散它们的注意。"

汤姆士立刻站直。"交给我。"他指向心灵恶魔在新来森建造的大魔印。那是洼地郡外围第二座城镇，同时也是人口最多的城镇。"新来森相当辽阔，我们的战马和弓箭手能造成最大的伤害。如果攻击那里……"

❦

"你没想清楚。"瑞娜在亚伦远离部队与马匹，往放置雷霆棒的帐篷走去时说道。步兵已经开始西走，骑兵则在备马。

罗杰的妻子在他们身后，同时用口音很重的提沙语和连珠炮似的克拉西亚语数落他。亚伦微笑。或许罗杰无法了解她们在说什么也是件好事。自己这位吟游诗人朋友并非以脾气暴躁闻名，不过固执起来脾气也很倔，话也会说得很难听。"不管有没有想清楚，我们只有这个计划书，瑞娜。"亚伦说。"如果计划失败，洼地也将不复存在。"他深吸一口气。"或许就算成功也救不了洼地，但我可不是会躺下来等待结局的那种人。"

瑞娜摇头。"我也不是，至少再也不是了。但你真要一个人去吗？"

亚伦点头。"速战速决——一切顺利的话，我转眼之间就会回来。等你们听见爆炸声时，我应该已经回到大魔印里，我会过来掩护你们撤退。"

"必须如此。"瑞娜说，听起来没被说服。她的灵气中浮现出任性而又坚决的光彩。

"我也不放心让你独自战斗。"亚伦说。"但你也见识过伯爵作战时的模样，对魔印一知半解。现在洼地需要他，你一定要保护他活着回来。"

瑞娜点头。"没问题。我对太阳发誓。"

亚伦看见魔法窜入她体内，照亮她的灵气，对她天生的力量产生反应。她从来不曾看起来如此美丽。他一把将她拥进怀里，深情一吻。"我爱你，瑞娜·贝尔斯。"

瑞娜微微一笑，刚才的那一抹短暂美丽被甜美的笑容比下去了。"我也爱你，亚伦·贝尔斯。"

她转身走向其他人。然后，冲锋号响起，他们驱马杀出魔印。亚伦集中精神，让魔力贯穿其中一个箱子，将箱中的内容物摸清楚至最基本的微粒层面——原料出奇的简单，他有信心重组它们。

他转过身去，环顾现在几乎空无一人的魔物填场。黎莎带领其他草药师前往战区附近加急建立临时诊所。罗杰和两位妻子同去，支援他们的进攻。

*如果你没把握好时机，他们都会死。*父亲的声音再次在他耳边响起。*你应该让他们安安稳稳地待在魔印后面。*

亚伦咬了咬牙——这懦弱的声音到底有没有消失的一天？——亲眼看过父亲用矛刺死一头恶魔之后，杰夫·贝尔斯那愚蠢的声音至今还时常在耳边响起。

但这个声音说得没错——把握时机就是关键中的关键。亚伦感觉得出来部队已经准备冲锋，心知必须等待一段时间，他们才能引开心灵恶魔的注意，但不需要久到全军都进攻。如果心灵恶魔认为已经损失太多恶魔，可能会在他们的大魔印网中发起歇斯底里的反击。

*该是时候一决高下了。*他心想，接着雾化为一阵气流沉入大魔印，瞬间出现在伐木工和林木士兵后方。他跃入空中，在违反地心引力的情况下持续上升，一直升到足够的高度，然后悬停在空中，将洼地人和恶魔尽收眼底。他得准备在空中绽放亮眼的光芒，震慑恶魔；他下令攻击。

汤姆士坚持担任身先士卒的先锋。他的灵气透露着这么做与罗杰的妻子挖苦与刺激有关，但是起因并不重要。不管他说什么都无法动摇伯爵的心意，所以亚伦没有费唇舌去劝诫他。

盖蒙队长骑着马紧紧在伯爵的身边护卫，另一边则是加尔德·卡特。加尔德向来不太擅长骑马，但显然受过克拉西亚人的训练，即使马蹄上的魔力让旋风野性大发地踩扁地心魔物，他还是能稳坐马背。加尔德自己也沉浸在魔法的刺激中，兴奋地挥舞着巨斧，一斧砍下扑向伯爵坐骑的田野恶魔的脑袋。

加尔德身边过去一点，瑞娜驾着承诺，轻松跟上他们的步伐。这匹马仍然不肯上鞍，但它同意绑上几条皮带，好让瑞娜

坐稳，并且在它的斑点毛皮上漆上一些保护魔印。

骑兵刺穿或踩伤数十头田野恶魔，并击毙几头恶魔，把那些头昏及毫无准备的恶魔留给紧追在后、由道格及梅莉·布区所率领的步兵。这对夫妇现在以如同杀猪一样熟练地肢解地心魔物的技术而闻名。

但接着闪电恶魔从天而降，精准地以闪电进行轰炸，亚伦知道附近的心灵恶魔已开始操控战局。

刹那之间，他立即降落到魔物填场，再次仔细查探木箱，以心灵将之锁定，带着它沉入大魔印，然后持续下降，进入地壳里。

他在四面八方都能感应到魔法通道。其中很多通往地表，剩下的则试图将他吸入地心魔域，也就是世上所有魔法的源头。

他没有去理会，专注在向上的魔法通道上。没有一条笔直向上，但有些很快就抵达地表，有些则蜿蜒数里才豁然开朗。他查探它们，感应它们的出口。在虚实不定的状态下，这么做十分容易——他可以待在某个定点，派出自己的灵气去探索周围环境——但这里有数千条交错纵横的缝隙和通道，是座大迷宫，岔路多到普通人一辈子也走不完。

不管多容易迷路，专注片刻之后，他还是轻易找出了恶魔魔印。魔印网的关键魔印像漩涡般从魔印牙所在之处汲取魔力。他乘着魔法奔流而去，却没想到牵引的力量如此强大。一时之间，他生怕被完全吸入其中，整个人被恶魔魔印的力量吞噬。他凝聚心志，及时抽身，找出最接近的出口现身地表。回到地表上时，他再度感到心灵恶魔近在咫尺，但接着他的保护魔印重塑，断绝心灵与外界的所有联系。他希望暴露的时间短得没被心灵恶魔捕捉到。他尽可能将身上的魔力深藏体内，在四周凭空绘制困惑魔印，用以隐蔽自己的行踪，消除自己行走的所有痕迹。

他向恶魔的大魔印走去，自己能明显感受到它的强大排斥力。他的半恶魔天性让他可以比正常人类更接近魔印，但还是只能近到距离二十尺外的地方。他看见石恶魔和木恶魔正持续挖深壕沟，强化魔印。其他恶魔成队地在大魔印中巡逻。

他将木箱放在最接近魔印牙的地方，接着一脚踏在木箱上，以不至于引爆的力量将它踢向定点。他可以用投掷的方法，但由于自己力量最近越来越大的关系，他无法掌控自己的准头，而且机会很关键，不容错失——如果丢过头，或是木箱坠入壕沟，偏偏没有在落地时引爆，输掉的不只是自己了。

木箱停在距离边界十尺左右的位置。

够近了。亚伦扬起手掌，画下一道热魔印。

这时他听见一声嘶吼，转身看见数十头田野恶魔扑来。亚伦皱眉。尽管刻意掩饰行踪，他显然没办法在如此接近恶魔力量中心的地方完全避开探测。这里的心灵恶魔或许无法找出他的确实位置，但显然感应到了威胁近在身边，于是派出一群恶魔来搜寻这个区域。不管它们有没有看见自己，在这片开阔空间里都无处可藏。

第一道利爪欷身时，亚伦解体，打算让它们穿过，然后重新现形，在一切太迟之前点燃雷霆棒。

但当他进入虚实之间的状态时，附近的心灵恶魔已经发起攻击。

他感应到了心灵恶魔的攻击意志，但亚伦曾面对这种争夺主导的情况。他凝聚意志，展开反击，结果却撞上了一道无法穿越的高墙——大魔印——太迟了，亚伦终于察觉自己的错误。这道魔印不只是实体上的防御机制和力量来源，同时也能保护恶魔王子的心灵不被入侵，就像亚伦自己的心灵魔印一样。

他一再攻击屏障,突然之间首度体会多年来试图突破信使魔印圈的独臂魔和其他恶魔是什么感觉——愤怒,沮丧,绝望,无助。

当绝望的情绪在他内心中闪现的一刹那,恶魔再度攻了过来,它就在没有真正暴露自己的情况下攻击大魔印外的地方,就像汪妲·卡特站在大魔印边缘用弓射杀恶魔。

恶魔王子轻松摧毁他的心理防御,控制亚伦的心灵,让他明白自认能和这些怪物相比有多自大。

瑞娜说得没错。上一次是他走运,要不是因为有她相助,那头恶魔肯定早已终结了自己。尽管学会了不少能力,对一辈子沉浸在这种战斗形式的心灵恶魔而言,自己还是初学者。

亚伦集中所有的力量与意志,不顾一切地试图凝聚形体。如果能够现形,他的心灵魔印就会启动,到时候他就只要应付数百头普通的魔物就能保护洼地的魔印网了——只要应付数百头。

但是心灵恶魔死命阻止他凝聚意志和现形。亚伦找出一条通往地心魔域的通道,试图逃出对方的攻击范围,但这个方法同样徒劳无功。恶魔紧紧绑架他的心智,强行吸走他身上溢出的魔力。即使化身魔雾,亚伦发现自己还是痛得龇牙咧嘴,而如果他能出声,他会在力量被吸走的同时发出惨叫。

他以为恶魔打算杀了他,但对方却在吸干他体内最后一丝魔力前停下攻击,让他处于类似失血过多的虚弱状态,无助地听着恶魔在他心中说话。

*笨蛋,竟然离开力量中心来攻击我们。*地心魔物对其他同类示意道。

*他一定以为他的躯壳可以借着微不足道的攻击让我们分心。*另一个回应道。

笨蛋。第三个认同道。亚伦感应到他们的心灵存在逐渐逼近，持续强化他原先就难以抵抗的原始攻击者的力量。

一定要挣脱。他再度挣扎。少了我，其他人无异于鸡蛋碰石头。

他居然还有资格担心他的那些一无是处的躯壳！这个想法让三头心灵恶魔感到有趣。这种家伙怎么可能曾经打倒我们兄弟？

我们很快就会知道了。这些想法带有一股亚伦从未感应过的强烈饥渴。知识与经验对这些怪物而言就等于力量，而他们全都迫不及待地想要挖开他的心灵，如同亚伦翻阅历史书籍阅读他的思想。

他们搜寻他的记忆，强迫他释放所有强烈的体验，从他最深沉的痛苦、脆弱与坠落的时刻啜饮他的痛苦，如同上好的安吉尔斯白兰地般吞噬它们。

突然间，他变回十来岁的自己，躺在地上，双手护头，被科比·费雪一帮人揍得鼻青脸肿。科比、加特和威卢·费雪因为他和威卢十二岁的姊妹艾莉讲话而轮流踢他。亚伦当时暗恋她，以为她比经常欺负自己的费雪家男孩会友善些。

但那天艾莉证明他错了，亚伦抓着尿湿的裤子哭着跑回家时，她反而与其他人一起嘲笑他。

心灵恶魔抓紧这段回忆，空气中充满欢愉的震动。羞辱是最甜美的情绪。其中之一嘲笑道。

我比较喜欢愤怒。另一个在目睹亚伦于数周后采取的报复手段想道。非常……原始。

亚伦感到钳制他的恶魔在嘲弄自己。激怒人类就像让火恶魔燃烧一样简单，那是他们的天性。痛苦才是更加优雅的情绪。

亚伦突然变成十来岁，再度看着父亲雕像一样萎缩在前廊

下的魔印后，眼睁睁看着母亲和玛莉雅惨遭恶魔围攻。他想要尖叫，但在虚实不定的状态下，他没有嘴，也没有心和肺。

他感到恶魔在品尝自己的痛苦，但他完全无法阻止他们入侵他的记忆。就像吟游诗人戏码里那个带着蜜果的小孩一样，他们强迫他呈现玛丽与自己分手那晚的景象，接着他在密尔恩堡街上游荡，脸上的雨水和泪水混成一块，也不知什么时候开始和截止。

恶魔没有拳打脚踢，而是借着他生命中所有羞于启齿的事件、所有失败、所有错误或失控来折磨他。有些是让他一辈子都痛苦的记忆，其他则是早已遗忘多年，直到心灵恶魔如同在市集中随意挑拣小饰品时才再度浮出水面。

他回到阿邦的客栈，被阿邦一个还未结婚的女儿"不小心"撞见自己在尴尬的一幕时手忙脚乱地试图提起裤子时的情景。她羞怯地问是否要帮忙，亚伦手忙脚乱地不知道自己到底更害怕哪种情况，是让自己的克拉西亚朋友——说不定一切就是阿邦在捣鬼——有借口要挟自己，强迫自己娶他女儿为妻，还是怕她嘲笑自己是只雏鸟。他突然的亢奋也只维持了一瞬间而已，但就某方面而言，前者只会让情况变得更糟。

哈哈，他性无能，一头恶魔嘲笑道。亚伦感到更加羞愧，恶魔却更加得意忘形。

他们继续过滤他的记忆，一路挖到他和阿邦从沙利克霍拉窃取失落之城安那克桑地图。心灵恶魔畅饮因为偷窃引发的罪名，就连亚伦也没想到此事能引出这么强烈的情绪。那时他为犯罪找到合理的借口，但那个借口从未真的说服自己，特别是这项罪行促使他找回卡吉之矛，带领世界走向一条或许还没准备充足的道路时。

突然之间，恶魔王子全都变得非常严肃，深入挖掘他的记忆，筛选它所有在检视地图、穿越沙漠时的所见所闻。当他打开卡吉石棺，找到长矛时，他们在他的心灵中愤怒地嘶吼。它们一定要夷平那个地方。本地的心灵恶魔信誓旦旦说道。那里或许埋藏着更多其他秘密。

同意。其他恶魔积极响应。

它们聊得越多，仿佛不知道——或不在乎亚伦听得见它们讲话，它就越能在心中分辨三头恶魔的不同。在魔印网中央控制他的比较古老、强大——能够镇守关键魔印的恶魔绝非偶然。其他的也不算地位较低，不过比较像是顺从长者的小字辈。

恶魔的礼仪，亚伦心想，一时忘了身上的痛楚。

本地恶魔感应到他心智在聚集。再度强力施压，令亚伦几度神志不清，回到难以承受的痛苦状态，他们持续挖掘他的内心，欣赏着贾迪尔在大迷宫劫掠自己的一幅幅图像。

如果这家伙的记忆是真的，南方的统一者或许还不了解那些宝贝的所有力量。本地恶魔想道。

其他恶魔表示认同。只要除掉统一者，剩下的牲口就不足为惧。我们就可以离开可恶的地表，带着胜利回心灵王宫。

结果只会让恶魔亲王夺取我们的功劳。最古老的心灵想道。

我们探测完这家伙的内心后，就该立刻宰杀他，最年幼的直言不讳道，别让恶魔亲王掌握他的记忆。亚伦在这个想法里感应到叛变的心思，一时之间，所有恶魔都没出声。

女王即将产卵，我们绝不能让恶魔亲王取得任何优势。最古老的心灵恶魔同意。

他们继续翻阅他的记忆，就像从书上撕下书页一样。当亚伦重新体验在自己身上文身的那晚时，恶魔流露出理解的情绪，而几周之后，他开始吃恶魔肉时，心灵恶魔感到震惊与难以置信的恐惧。

他与另一名统一者不同，他懂得窃取我们的力量。

这个秘密将随着他的死而消失。

他们继续翻阅他的心灵，在目睹亚伦和黎莎于泥泞中交合时感到十分有趣。这家伙再次交配未遂！

目睹伐木洼地之战时，它们就不觉得那么有趣了，不过也没有非常担忧。恶魔王子考量了这些人类的实力，结果认定不用担心。

但当他们目睹亚伦和瑞娜杀死上一次新月时袭击他们的心灵恶魔时，他们发出了愤怒的嘶吼。他在他们看着他粉碎心灵恶魔的身躯，并将他投入通往地心魔域的通道时感受到他们的愤怒，以及——只有一瞬间的恐惧。

但恐惧稍纵即逝。恶魔继续无情地搜寻，看着最近几周以来发生的事情。

那个女的也知道力量的秘密，本地恶魔的心灵愤怒道。她也非死不可。

自认心智崩溃的亚伦突然再度浮现抗拒的力量。他抵抗强大的压力，表面看完全没有用，不过引起了心灵恶魔的注意。

他关心她。这个想法中充满惊讶与趣味。

她的死将会激发他难以言喻的痛苦。

正好用来处罚他所制造的麻烦。

他们探索内心。

他的思想显示她此刻正在黑夜中……

一时之间压力消失，因为他们的思绪开始透过躯壳，寻找身上有刺青、绽放窃取魔光的女人。

瑞娜！亚伦趁机集中所有精神，不是试图挣脱，而是凝聚小小的指尖。钳制他的心灵恶魔不让他重塑足以呈现任何魔印的形体，但他还是想办法利用指尖凭空绘印。他只有一点点力量可供取用,但那一点力量就足以引爆那箱雷霆棒。

夜空在强烈的热气中大放光明,空中不断发出巨响,地面撼动,壕沟坍塌,压垮还在挖掘的恶魔。爆炸的冲击波震碎树木,田野恶魔如同纸扎般地皱成一团。

亚伦受困于心灵恶魔的意志,身处爆炸圈内,不过爆炸无法影响他这种虚实不定的状态。他试图无视四周的乱象,等待近乎永恒的时光;不过片刻后,恶魔间的联系就随着魔印网的崩塌而中断。

趁着恶魔震惊的一瞬间,亚伦挣脱心灵恶魔的钳制,逃入最近的魔法通道。他感应到洼地魔印网的吸力,转眼之间回到其中,像溺水者浮出水面时大口吸气那样吸收魔力。力量席卷全身,驱退痛楚与绝望,但亚伦不浪费时间享受这种感觉。他立刻飞上半空,找寻之前钳制自己的那头心灵恶魔。

他轻易找到了还没自大魔印被毁的震惊中恢复过来的心灵恶魔——他的力量就像黑夜中的明灯。它的兄弟并未离开它们自己的大魔印,所以不受爆炸影响,而尽管它们在对自己有利时会服从这头古老的恶魔,亚伦却很清楚它们不会冒险前来救它。对恶魔而言,利他主义就和爱一样是种陌生的概念。

古老心灵恶魔的化身魔化为巨型田野恶魔,此刻正以极快的速度冲向它的主人,不过还没进入足以保证他的范围。亚伦自洼地魔印中汲取大量魔力,绘制热魔印和冲击魔印,朝恶魔王子发出一道强大的魔法攻击。这种攻击不如它们施加在他身上的力量那么巧妙细致,但他不须用巧妙细致的手段。

恶魔察觉到了他的攻击,随即于动念之间解体,但魔法移动的速度比思绪更快,于他大部分形体尚未瓦解时击中目标,同时杀死化身魔和心灵恶魔。

就像上次一样,心灵恶魔的垂死惨叫在空气中产生比一箱雷霆棒还要强大的心灵冲击。方圆一英里内的躯体当场毙命，就连亚伦也伸手抱住头，尽力舒缓疼痛。

其他心灵恶魔必定也感应到了，因为尽管与洼地人作战的恶魔没有统统死绝，但还是乱成一团。亚伦看着自己的人马，终于了解自大的代价。在他受困的短暂时间内，有组织的恶魔已造成极大的伤害。

巨石和树干散落在一群人类与马匹的尸体之间。他没看见盖蒙队长，而盔甲上洒满脓汁的汤姆士则失去了战马，正以手中的矛与盾对抗石恶魔。承诺独自奔跑，沿路踩踏无数田野恶魔，瑞娜则在他身旁护卫。

加尔德待在马背上，不过现在旋风身上还扛着昏迷不醒的道格·布区。洼地人杀了不少恶魔，但是地心魔域派出的恶魔难以计数，想要记得这场战役，每条人命都极其珍贵、无可取代。

眼看着众多死者与伤患，亚伦感到怒不可抑，不顾自己满身伤痛，于是再度汲取大魔印的魔力，朝一群田野恶魔施放魔爆，为部队清出一条撤退的道路。

"撤退！"他叫道，将声音远远传出去。"小心警戒，尽快退回大魔印。行动告一段落了。"

他再次施展了热魔印和冲击魔印，烧死大批恶魔，帮助部队安全撤退。他用黎莎凝聚空气中湿气用来浇水的魔印溺毙一群追赶而来的火恶魔。它们倒在地上，冒着青烟抽动，嘴里格格作响，双眼翻白。

洼地人安全后，亚伦转向地心魔物堆积的巨石和树干堆，持续吸收魔力，开始摧毁它们。

他吸收的魔力太多，导致整个魔印网开始明灭不定。亚伦的喉咙和鼻孔灼热难耐，仿佛吃了一把克拉西亚的火辣椒。他的肌肉发疼、指甲发烫、眼眶干涩,眨眼时会有刺痛感。

但巨石和树干堆还没清除完毕,于是他继续吸收魔力,直到四周突然变得一片黑,他终于倒下。

又忘记呼吸了——他在倒地时才意识到这一点。

第二十四章　化身魔之死

333 AR　秋　新月第二夜

夜幕下，魔印光芒开始闪耀时，黎莎正在新来森镇魔印里的临时诊所里，忙着给一位伤患的胸部伤口缝针，但她两度停下动作，在爆炸撼动诊所、尘土自木椽上落下时用自己的身体保护伤患。诊所外传来人们欢呼与惊叫的声响。

"外面究竟发生了什么事？"她大声问道。

"我得出去看看，女士。"汪妲抓起巨弓，为找到可做的事情兴奋不已。

她过了一会儿回来。"女士，快过来看。"

黎莎一边缝针，一边止血，手上沾满了鲜血，没顾得上抬头看一眼。"没看到正在忙吗，汪妲，到底怎么回事？"

"你得现在就来。"汪妲说，迫切的语气终于让黎莎抬起头来。汪妲面无血色，一脸恐惧。"解放者受伤不支了。"

所有人被惊得猛然抬起头来。"不可能吧！"一名女子惊叫道。其他人则开始哭泣。黎莎看着眼前还要很久才能缝完的伤口。"我不能就……"她开口说道，但阿曼娃伸手搭着她的手背。

"去吧，"达玛丁说。"让我来接手。"

黎莎看着她。"你有——"

"我从七岁就开始跟着达玛丁为沙鲁姆疗伤治病了，女士。"阿曼娃插嘴道。"快去吧，那边或许需要你。"

黎莎点头，抓起一块布擦干手上的血迹，随即撩起裙摆冲出门去。

"告诉我，到底怎么回事？"她边跑边急切地问。

"有人说他出现在天上。"汪姐说。"如同造物主亲临般投掷火球和闪电掩护伯爵带领的大部队撤退。但接着大魔印的魔光黯淡下来，他从半空中摔了下来。"她一边呜咽着说道，一边抬手拭泪。黎莎算是第一回看见这个高大的女汉子流泪，而这种反应比千言万语更能表达事态的严重性。她加快脚步，气喘吁吁地冲向人群聚集的地方。"让路给黎莎女士！"汪姐叫道，但她不等人们让道，连推带拉地清空挡路的人。

人群中央，瑞娜跪在亚伦一动不动的身体旁。他那扭曲的身体却一动也不动地躺在地上，头部附近积了一摊鲜血。加尔德和几名伐木工在旁边推开人群，迅速把黎莎让了进来。

"我不准你死，亚伦·贝尔斯！"瑞娜对他吼道，紧握他一只手掌，但亚伦毫无反应。

"他还没死。"黎莎在感受到微弱而又不规律的脉搏后说道。他落地时撞裂了头骨，黎莎摸出撞击点四周有类似蛛网的痕迹。碎骨刺穿他的皮肤，肩胛骨和锁骨摔断，碎了几根肋骨，骨盆也……

但他已经不再流血了。"黑夜呀，"黎莎喘息道。"他已经开始自我疗伤了。"

瑞娜盯着她。"那不是好事吗？"

"身体扭曲成这样的情况下可真不能算是。"黎莎说。"我们得把他抬上手术台。加尔德！你能抱他吗？小心点！"

加尔德立刻上前，但瑞娜随手推开他，像抱婴儿般轻轻抱起亚伦。"很快就会没事的。"她泪流满面地说道。

接下来一个小时,黎莎、妲西和瑞娜连扯带扭,加上夹板固定将亚伦扳回原形。妲西两度扭断错位愈合的骨头。整个过程之中,亚伦一直昏睡不醒;如果他的头部没受到重创,这本来应该是件好事。

加尔德在太阳终于升起时探头进来。"他度过危险期了吧?"

黎莎擦擦额头上的汗水,耸了耸肩。"我们能做的都做了——只能说他还活着,以飞快的速度自我疗愈,现在只能等他自己醒来。"

但等他醒来后会是什么样子?她默默地担心想。他的头骨就像蛋壳一样被摔碎了,尽管裂痕都已愈合,天知道这样摔下来会不会造成就连魔法也无法治疗的后遗症。

草药师得学会告知他人坏消息,布鲁娜曾教过她,但同时也该知道在什么时候告知他人。让其他人,包括瑞娜在内,得知亚伦的脑部可能永久受损,肯定会在洼地郡内造成无法承受的恐慌。

加尔德点头离开。不久汤姆士就走了进来,浑身洒满恶魔的脓汁,头发上满是汗水和盔甲的陶瓷碎片,不过看起来没有伤残。黎莎微微松了口气,一边享受着这个好消息所带来的欣慰,一边询问坏消息。

"死了多少人?"她问。

汤姆士摇头。"已经确认数百名死者,不过目前下落不明的人数在千人之上。我们才刚开始搬运在黑夜中英勇阵亡者的遗体,并且清算死在诊所里的数目。本来我以为盖蒙队长死了,后来才发现他打着石膏坐在你的诊所里。"

黎莎点头。"他被恶魔从马背上掀下来,但是护甲卡在马鞍上,被马一路拖回大魔印的,算是捡了一条命。他撞碎了髋骨，并且有严重的脑震荡。"

"他日后还能走路吗？"汤姆士问。

黎莎耸肩。"如果经过悉心调理的话，应该勉强可以，但我们一直都很忙，伯爵阁下。我们的首要目标是让更多人都活下来。"她没有提起使用恶魔骨来拯救盖蒙性命的事。她非常关心伯爵，深信他将人民的福祉放在心上，但还不打算让他知道自己能以魔法治疗伤患。整间临时诊所里只有她和阿曼娃懂得这种神秘技术。这里没有足够的恶魔骨来救活所有人，而她不知道人们能不能接受被恶魔魔法解救的事实。

汤姆士走向她，伸出有力的手捏捏她的肩。她这才发现自己肩背酸软——确实累得不行，于是顺其自然地靠到了他的身上。

"你该休息一下了。"汤姆士说。

黎莎摇头，立即挣脱他的怀抱。"还有人需要我的帮助，伯爵阁下。如果你以为我会因为自己想要坐下来揉肩捏脚而让他们干等，那就太不了解我们草药师了。请你先出去歇着，我还有一大摊子事要做。"

但是伯爵站在原地。"我们派人巡逻恶魔魔印，记录它们武器堆积的位置，但我们得在天黑前再度开打用火药摧毁它们。"

黎莎点头。"去告诉妲西·卡特，她会帮你准备一切的，不过先请魔印师确认该把火药放在哪里。我们的火药并不充裕，一根雷霆棒都不能浪费。"

伯爵点点头。她转身时，他握住了她的手臂。当她看向他时，他将她拉到身前深深一吻。

"昨晚在外面作战时，我好害怕再也没机会吻你了。"他低声道。

黎莎微笑。"那就再吻一次。"

瑞娜从晚上到天亮都一直守候在亚伦身边,等着他苏醒过来。他的伤口已然愈合,但没有丝毫苏醒的迹象。

请不要离开我,亚伦·贝尔斯,她心想。我不能没有你。

天亮后,她小睡了几个小时,趴在亚伦身边守护着他。远方的爆炸声让她惊醒过来,她一骨碌站起身来准备冲出去战斗,但阳光仍然从医疗帐篷的帐帘外洒入。她低头看着亚伦,他还是一动不动。

"伯爵的手下在破坏大魔印,摧毁恶魔堆积的武器。"黎莎说着与瑞娜对视了一会儿,然后继续查看其他病床上的伤者,检查伤势最严重的人,叮嘱其他草药师。

她已经极度疲惫,但外表还是装作无事般扛着。瑞娜身上仍充满昨晚战斗时所吸收的魔力,精力却异常充沛、感官也很敏锐。黎莎并没有她这种优势,但仍不停地工作。帐篷另一边,阿曼娃和希克娃同样不眠不休地照料受伤的沙鲁姆。

而我做了什么?睡觉。瑞娜低头看着亚伦,伸手抚摸他的脸颊。"好好休息吧,我的爱。"她吻了他一下。"我会确保你醒来时这里没事。"

她一离开大帐,人们就围上来询问亚伦的情况。她告诉他们他没事,只是在休养恢复,然后自己出去找事情做了。远方传过来更多爆炸声,不过那边也没有什么她帮得上忙的地方。

她跑去新避风港镇大魔印最脆弱的地方,想要尽可能地强化魔印。她一整天都在掘地、挖洞、搬运大石。她毫不怀疑恶魔将会突破魔印网,但只要多拖一分钟,恶魔就会少一分钟可以杀害洼地人。

黎莎看着汤姆士在摆放地图的桌子后来回踱步。他和她一样，一整天都没休息，英俊的脸上两个黑眼圈深陷进去。亚瑟动也不动地站在主人身边，与他形成强烈的对比。

护送新避风港镇的伤者抵达伐木洼地诊所后，他们又回到魔物填场的伯爵大帐里。诊所刚成立时，黎莎还对这地方感到非常骄傲，但现在里面人满为患，诊所看起来实在太小了点。如果洼地能有幸熬过这次新月，她觉得有必要扩建诊所。

盖蒙队长受伤不轻，汤姆士再次直接指挥林木军团。他在黄昏逼近时召开最后一次会议，讨论晚上的作战计划。加尔德、汪姐及布区夫妇都参加了，加上瑞娜、罗杰、阿曼娃以及安基德。就连卡维尔训练官都进帐开会，不过汤姆士的守卫缴了他的械，并且一直紧盯着他。海斯牧师和法兰克辅祭抱着《卡农经》，紧闭双眼，默默地向造物主祷告。

黎莎回头看着伯爵——如果他是阿曼恩就好。这不是她第一次牵挂南方来森堡此刻的情况了。他们是否也遭受到类似的攻击？很可能是，但克拉西亚人没有洼地人那么让黎莎担心。

尽管这样对汤姆士并不公平，但她还是忍不住经常拿他与她的阿曼恩做比较——不管贾迪尔打着对抗恶魔的"圣战"旗号做过什么样的暴行，他都散发出强大的自信，能够激励他人。汤姆士是个强壮的好人，但却也是个让那个人担心的男士。

结果是阿曼娃问出所有人心中的疑问。"帕尔青恩呢？"

"在休息。"黎莎说。

阿曼娃冰冷地打量她。"太阳快下山了，我们不该叫他出来吗？"

黎落摇摇头。"他的头部受了重创。不能在他准备好前唤

醒他，再说摇晃和吼叫对他也没好处。"

汤姆士停止踱步。"他帮我们争取一天的时间，而我们也充分利用了。现在我们得靠自己的力量守住洼地，直到他醒来……如果他能醒来的话。"

"他会醒来的。"瑞娜插嘴。"太阳下山时，他就会恢复体力。"

"就像恶魔一样。"法兰克辅祭说。

瑞娜转眼间穿越帐篷，神情如同野兽。法兰克被吓得连连后退，被一张椅子绊倒在地，背部重重摔在地。"再说一次。"她挑衅道。"我就废了你。"

法兰克迅速爬起身来。尽管瑞娜没有他那么高大，但却比他强势许多，步步进逼，他则不断后缩。黎莎稳稳吸了口气，觉得头又开始痛了。内讧对谁都没有好处，除了地心魔物。但她自己也很想教训圣徒一顿，而且也没力气上前劝架。

意外的是，结束这场冲突的竟是牧师。只见他伸手搭上法兰克的肩。"辅祭会闭嘴的。"

法兰克难以置信地看着自己的主人，但牧师目光凌厉。"伯爵阁下说得没错。不管是怎么办到的，贝尔斯先生救了洼地所有人一命。如果他为此而触犯了造物主的律法，那等死后让造物主去审判他。我们应该心存感激，尽力活下去，不让他失望。"

瑞娜看着他，点了点头。"我不是我丈夫，但我会尽力带领大家活过今晚。"

汤姆士看着他，点了点头。"你也能……啊……"他手臂一挥，凭空画了个难看的魔印。

瑞娜摇头。"应该不能，但我可以扯断恶魔的手臂，插到它的喉咙里。"

加尔德轻笑。"这我亲眼见识过。"

黎莎头痛得更厉害了，担心这样的能力是否足以带领大家渡过难关。

✿

天黑的时候，瑞娜和新避风港镇民站在一起。她很高兴自己能为镇民带来勇气，也希望有别人能为自己带来勇气。亚伦仍然昏迷不醒，汤姆士则分散兵力镇守洼地魔印网脆弱之处，没办法集中在单一定点。伐木工学徒和志愿者的部队待在推车旁准备运送伤患。

加尔德将军和伐木工负责守护新来森，也就是东方心灵恶魔建立魔印的位置。汤姆士和林木军团主力部队则等在西方雷克谷的边界。其他城镇交由各自的民兵以长矛与弓箭防守，但是他们根本就没法预知恶魔会从哪里进攻。

新避风港镇的镇民由瑞娜指挥，罗杰和克拉西亚人也在此协防，因为昨晚这里死伤惨重。其他的吟游诗人分散在各个镇协助。

她改变站姿，怀疑自己是不是来错地方了。她感应到中央魔印的心灵恶魔死了，而空气中弥漫的地心魔物灰烬也证实了它与附近所有恶魔的死亡，但心灵恶魔选择这里当作攻击中心不是没理由的。新避风港镇仍是洼地大魔印网最弱的一环，这里的大魔印有太多地方是由石恶魔可以轻易摧毁的树木和建筑所组成。不适合战斗的人已经撤离，但他们得尽可能坚守阵地。如果新避风港沦陷，恶魔就会进入可以攻击伐木洼地的距离。

"不会有事的。"罗杰仿佛看穿她的心思般说道。

瑞娜看着他和他的妻子。她们穿着类似吟游诗人的七彩表演服，面纱割掉一半，露出嘴唇，好让声音远远传开。看着她

们这样露出每个女人都会露出的嘴唇竟然会令人感到羞耻，其实是件很奇怪的事。但她们真的让人这么觉得。克拉西亚人的感觉似乎比她更加强烈。沙罗姆不停偷瞄她们，难以集中注意力。卡维尔逮到一名战士偷看，提起矛柄重击对方，然后以克拉西亚语吼了几句话。

"为什么不会有事？"她问。罗杰将情绪隐藏得很好，但她能够看出他的恐惧。

罗杰耸肩微笑。"我们要么就成为战神，让全世界知道恶魔不管怎样都没法击垮我们洼地人，最差也就是战死，让后人为我们写歌永世传颂，将今晚我们死战恶魔的事迹一代代传唱下去，让我们英勇事迹感召数百年后的人们。"

"我宁愿活下去。"在黑夜中传来恶魔饥渴的吼叫时，瑞娜大声喊道。大魔印在她脚下开始发光，汇集一摊让人看不透的魔力池塘。她能像亚伦一样能汲取大魔印中的力量吗？就算可以，这样足以带领大家战胜恶魔吗？她再度想起她的丈夫，躺在诊所的病床上那个昏迷不醒的人。

空地对面的丛林边沿传过来一阵骚动，她拥抱所有的恐惧与忧虑，抬头挺胸。这么做的同时，她感到魔印力量源源不断地涌入体内，让她精力充沛、口水直流。如果一定要死，也要英勇战死。

"举弓。"她喊道，新避风港镇民举起武器。克拉西亚人不是射手，不过每人携带三支矛，两支用以投掷，一支近身战斗。

"该我们出场了。"罗杰说着迈步上前，扬起小提琴开始演奏。阿曼娃和希克娃张口歌唱，伸手抹了一把喉咙上的恶魔骨。

音乐顺着魔法奔流远远传了出去，越来越大声、越来越复杂，在空气中编织出一道无形无色的魔法网，如同魔印网般赶走恶魔。瑞娜知道它们就在音乐魔印的外围——看得见它们在树林中发光——但它们似乎没办法在三人乐团唱歌时进攻。几分钟后,她急促的心跳开始放慢。

但接着一颗巨石从树林里飞了出来。

"小心!"瑞娜叫道。安基德已经拉开阿曼娃,瑞娜则把罗杰和希克娃当作小孩一样抱起,跳向一旁。巨石在他们落地时击中地面,震得她站立不稳,大批碎石撒在他们身上。他们在尘土中咳嗽,毫发无伤,但已经造成了一些损害。

音乐一停下来,恶魔立刻冲出树林。紧跟成群结队的田野恶魔之后的是火恶魔,后方远处,还有一种身上长了白色的鳞片的恶魔——瑞娜从没见过雪恶魔,但听亚伦提起过它们。

某人放声尖叫,新避风港镇民发射第一波宝贵的魔印箭。目标移动得太快,导致放箭和投掷短矛的准头不是很好,但由于恶魔数量庞大,还是砸中不少目标。少数恶魔倒地,但大多数还是继续冲锋。

"别放箭,笨蛋!"瑞娜叫道。"大魔印还没失效!"

确实,冲到大魔印前的地心魔物都在闪光中被向后弹开去。瑞娜在冲锋阵地前来回警戒,直到一颗石块落在一名弓箭手头上,将她当场击毙。她抬起头,看见一群风恶魔飞过上空,后面还有更多来袭,后腿爪上扣着大石块。

"击落那些风恶魔!"她指挥道。新避风港镇民按照她的指示把张满的弓瞄向天空,但他们紧张的双手直发抖——即使在大魔印的保护中,漆黑的夜空没有一点声响,但他们不像瑞娜那样可以看到发光的恶魔。少数风恶魔从夜空往下攻击过来,撞到魔印网时,缓缓滑落在魔印外的空地上,就像撞上厚重的玻璃罩的鸟儿,但大多数弓箭都消失在黑暗中。

"石恶魔和木恶魔!"卡维尔大喊一声。瑞娜立即转身,低声咒骂着。从树林边界看来,这两种恶魔体型十分巨大,爪子上抓着沉重的石块和树干。

瑞娜愣愣地看着这一幕，不确定该怎么应付，卡维尔立刻接手指挥。"弓箭手！"他叫道。"瞄准石恶魔！其他的不要管！木恶魔交给我们收拾！"

有些新避风港镇民望向瑞娜。她咬牙切齿地瞪着恶魔，这明摆着是恶魔声东击西的战术，结果却愚蠢地浪费了大批弓箭。尽管不愿承认，但眼前的情况超过她的能力范围。而冷静又擅长领导的卡维尔则一辈子都在面对这种情况。"照他的话做！"

新避风港镇民再度放箭，这次的目标大得连小孩也能轻易地射中。他们放箭的同时，沙鲁姆冲上前去，停在魔印网边缘，利用冲刺的动能增加投掷的力道。沙鲁姆的轻矛远远投掷过去，射穿木恶魔的心脏，将它们插在地上。恶魔尖叫，试图抓住身上的矛，但矛柄上的防御魔印不让它们拔矛，而攻击魔印则持续吸收地心魔物体内的魔力，转化为致命的能量崩大伤口。

接下来，新避风港镇民就没那么顺利了。最强力的魔印箭都浪费掉了，粗制滥造的箭则像枕头上的针一样插在石恶魔表皮上，没有一丝的疼痛感。恶魔恼怒地尖叫着，爪子一扬，抛出一块块巨大的石头。

所有人都闪向一旁，但守军并非恶魔的目标。其中一块巨石击中属于大魔印一部分的木栅栏，将之击成碎片，另一块打穿一段路堤。火恶魔在一些石块上喷吐火焰唾液，尽管火焰在石块通过魔印网时熄灭，石块本身却还是非常烫。一块巨石撞穿谷仓大门，没过多久谷仓内就冒出白烟和火舌来。

各种多得数不清的恶魔协同作战，石恶魔和木恶魔帮大型石恶魔搬动武器，这种恶魔的射程与威力所向无敌。即使少数石恶魔终于被外壳上的几十支箭拖垮，倒地不起，后面立刻就有更多恶魔冲上来替补。

罗杰再度把小提琴抵在肩上，但是还没拉出旋律，一头木恶魔已经朝他和他妻子丢出一段啤酒桶大小的树干。罗杰一个筋斗堪堪躲开。阿曼娃和希克娃则就地扑倒，弄脏了上好的丝袍，不过也算逃过一劫。三人在其他恶魔朝他们砸东西时迅速寻找掩护。

他们对我们了如指掌，瑞娜发现。心灵恶魔能透过恶魔般的双眼视物。

这个想法令她满腔怒火，而她发现大魔印在回应她的情绪。她汲取那股力量，感觉魔力袭来，但那是一股带有痛楚的力量，仿佛她被扔到滚烫的大油锅里。她无法承受这股力量，于是朝恶魔凭空比画着热魔印，满足地看着三头木恶魔身陷火海，化为灰烬。

但是接着瑞娜双脚一软，差点没来得及在脸部着地前挡住地面。她大口喘气，喉咙烫伤，双眼干涩灼痛。片刻前感觉体力还很充沛，但此时只觉得浑身瘫软无力。

亚伦施法后应该也有这种感觉？她心想。他怎么应付的？

她强迫自己爬起身来，再度吸收大魔印的魔力，但这次没有感觉到回应。她感觉力量在脚上脉动，如同往常一样深厚，但刚刚借助愤怒产生的连接已经消失了。

然而看着四周的混乱景象，她知道自己得想想办法。克拉西亚人的矛已经投掷光了，新避风港镇民的箭又常常会在石恶魔的硬壳上折断成几截。由于镇民拿水桶救火，谷仓的火势已经控制住了，但火恶魔又加热了更多石头，要不了多久，火势就会烧进大魔印。风恶魔从天上投掷更多的较小的石块，其他恶魔整批聚集过来，等待着大魔印失效。

她把手伸到腰带上，从父亲的猎刀柄上获得了勇气。除草偷不得懒，豪尔从前常说。你得弯下腰去，亲自动手。

魔法反应她的决心,在她大叫一声、冲入黑夜时灌注了更多的力量给她。她听见身后传过来卡维尔的吼叫,紧接着就是沙鲁姆紧扣盾牌,跟随她一起冲锋的声音。

然后她在眼前化作一片尖牙、利齿、金属猎刀所组成的残影时迅速闪避、砍踢弱小的恶魔,丝毫没放慢速度。她一刀砍断田野恶魔的爪子,脓汁在空中溅出一道弧线,接着在一头火恶魔朝她喷吐唾液的同时踢中它的咽喉,导致它被自己的火焰呛到。她看见阵阵魔光,听见利爪撞击盾牌的声响,长矛刺穿恶魔鳞片像水流般的潮湿声,以及被恶魔咬中的人们发出的惨叫声。

接着她遇到第一头巨大的石恶魔,于是她踩上正在为石头加热的火恶魔,将火恶魔的背部当作踏板高高跃起,将猎刀深深插进石恶魔颈部外壳的缝隙里。

就连她父亲的长猎刀也割不断石恶魔的喉咙,但瑞娜紧握刀柄,身体荡到巨型怪物身后,将溪石项链绕过它的喉咙,用尽全身的力量拉扯。魔印溪石绽放魔光,利用地心魔物自己的力量陷入它体内。片刻过后,石恶魔的脑袋在强烈的磨光与飞溅的脓汁中掉下高大的肩膀。瑞娜落地后蜷伏在地,寻找着下一个目标。

结果却发现她的目标正在寻找自己。战场上所有恶魔的视线全都转过来,如同上千双猫眼盯着一只老鼠那样怒视着她。

罗杰讶异地盯着瑞娜凭空绘印,接着魔印圈外那头想要杀他的恶魔便炸成了火球,在惨叫声中倒地,身体焦黑冒烟。从她的表情看来,她和自己一样惊讶。

他想起昨晚亚伦所展示的力量,心中立刻燃起希望。但接着他发现瑞娜身体摇晃，脑中于是浮现亚伦说过的话。世界上没有解放者这种东西，罗杰。人类的一切救赎，都来自我们的自救。

瑞娜似乎也了解这点，于是放弃魔法，奋不顾身地冲进黑夜，在混乱中杀开一条血路，就像亚伦在伐木洼地之战时一样，并且在他与妻子还躲在掩体后目瞪口呆时干掉了一头巨大的石恶魔。

卡维尔率领战士跟在瑞娜身后，这是罗杰第一次很高兴地为这个残暴的训练官和沙鲁姆叫好。在大部分新避风港镇民还没走出恐惧的阴影时，克拉西亚人却团结合作，盾牌交加，保护他们的弟兄。他们同时出矛，如同以镰刀除草般铄除被他们围困的田野恶魔。

看起来只要能解决石恶魔，战况就自然而然地发生逆转，但紧接着恐怖的事发生了。恶魔无视其他目标的存在，全都扑向瑞娜。就连其他石恶魔也纷纷扔掉爪子里的巨石，挥动巨爪冲向瑞娜。

瑞娜撑了几秒，以舞蹈大师的优雅动作在田野恶魔的背上奔跑。一头雪恶魔对她喷吐一股冰雪唾液，但她很机警地闪向一旁，冰雪唾液击中一头石恶魔的脚。中了唾液的部位瞬间结出一层厚厚的冰霜，她顺势一脚踢碎恶魔的脚。石恶魔倒在恶魔群中，压倒一大堆小恶魔，现场变得更加混乱。

但接着有头木恶魔挥动着一根又粗又长的树干将她打得飞出数码之外。瑞娜双手抵地，挣扎起身，但众恶魔只需要这片刻的延迟。瑞娜身上黑柄魔印所产生的魔光间并没有留下太多空间，但它们的尖牙和利齿毕竟还是找到了不少缝隙。她血流如注，魔印很快就被抹花，失去原先的效用。

卡维尔大吼一声，沙鲁姆英勇地冲上前来救人，但他们前方有头恶魔立起,身体突然拔起,高耸在众人面前,长出一条长形触角,甩过他们的盾牌顶端。战士的头巾下戴着上好魔印钢铁所制的头盔,但恶魔就像切水果般割破盔甲,转眼杀死了数名沙漠战士。

卡维尔的哨音响起,沙鲁姆改变阵型,包围那头肯定是亚伦和黎莎所谓的化身魔。罗杰曾经见过这种战术,他们会等待恶魔进攻,前方的人扣盾防御,后面的人则负责攻击。

但化身魔与他们从前面对付过的恶魔大不相同。他们尝试绕到它身后时它以难以想象的角度转身,而当只凭转身无法应付所有人时,它开始在脑后长出眼睛和触角,直到它能同时面对所有战士。触角卷起战士的脚,把他们当作木棒般去攻击其他人,即使沙鲁姆有办法击中它,长矛也宛如刺中烟雾般直穿而过,完全没有造成任何伤害,弓箭像雨滴般洒在恶魔身上,但一样透体而过,弓箭纷纷落地。恶魔却毫发无伤。

一次又一次,沙鲁姆在化身魔的反击下败下阵来,但还是毫无畏惧地持续进攻。这就是克拉西亚战士一生追寻的圣战,尽管超出罗杰所能理解的范围。卡维尔扑上前去,恶魔击落他的盾牌。训练官毫不理会,以罗杰几乎看不见的速度旋转长矛,抵挡触角,为手下争取出足够攻击的时间。

但接着恶魔的嘴巴张大数倍,将训练官咬成两半,在他下半身还未倒地前吞掉他的头和上半身。

这一幕让眼花缭乱的罗杰清醒过来,接着他看到瑞娜还在几头试图把她拖走的大恶魔身上挣扎。

他发现,它们想活捉她。

他想也不想就把琴弦搭在琴弦上,开始演奏,步出掩蔽物后方,朝战场步步走进。他隐约知道阿曼娃、希克娃和安基德跟着他一起走向魔印网边境,但他忽视他们的存在,忽视周边的一切，专注于音乐，勇敢地踏入黑夜。他完全没有费心遮掩行踪。反而引起所有位于演奏范围内的恶魔的注意，促使它们如同片刻前锁定瑞娜那样注视自己。

注意了，他告诉它们。真正的猎物接近，准备出击。

它们照做，利爪陷入土里，绷紧强力的四肢，做好冲刺准备。就连试图扛走瑞娜的恶魔也停下脚步，而那正是他期待达到的效果。

唯一不受影响的只有那头怪物化身魔。它跳出沙鲁姆的包围，如同活生生的梦魇般朝他冲来。

罗杰微微一笑，要让恶魔的黑夜充满痛苦，音乐的力量转为极不协调的刺耳聒噪。恶魔听后，嘶声惨叫着抓向自己的脑袋。就连化身恶魔也感受到这股魔力，在毛骨悚然的叫声中停止冲刺。

阿曼娃和希克娃以歌声强化了他的力量，三人不协调的音乐达到前所未有的高潮，霍拉魔法让刺耳的音乐传出数里之遥。较弱小的恶魔四下逃窜，罗杰和妻子则是围着化身魔绕圈演奏，用音乐魔法将它困住，加剧它的痛楚。罗杰开始测试，演奏得越久，他就越清楚什么样的音乐能对它造成更致命的伤害。

恶魔痛苦地扭曲着，触角紧贴脑袋，身体融化变形，化身为一头吼叫不休的石恶魔，接着又变成嚎叫的木恶魔，尖叫的风恶魔，甚至变成惨叫的人类。它一次次转变形体，但罗杰和妻子配合变形改变曲调，不给它任何喘息的空间。化身魔越变越怪，皮肤冒泡，逐渐在它脚边凝聚一摊黏液。

解决你了，这恶魔养的。罗杰面露残忍的笑容，上前准备击杀对方。然而在他这么做的同时，恶魔突然振作起来。它的耳朵完全融化，头骨上只剩下光滑的鳞片，看来像是以微笑的神情看着他。

罗杰没时间闪躲它直甩而来的触角，但安基德大叫一声，扑上前去，代他承受这一击。希克娃在宫人被开膛破肚时失声尖叫，但他还是于扑出的同时奋力掷出长矛。长矛击中恶魔，发出刺眼的魔光，但罗杰心知那还不足以杀死这头怪物，而现在他的音乐已经无法影响它了。

化身魔再度起身，罗杰琴弓离弦，就地翻滚，勉强闪开对方触角的攻击。恶魔抽回触角，再度出击，罗杰面露畏缩，心知自己无法及时闪开。

触角直窜而来，但击中罗杰的却不是锐利的尖角，而是一摊来自断肢的脓汁。他抬起头来，看见瑞娜站在身前，手里的猎刀染满脓汁。她丢下触角，在触角化为黏液的同时举起猎刀，扑向前去。

恶魔转身迎击，但这一回阿曼娃踏步上前，把手伸在腰间的霍拉袋里摸索。她拿出一头焦黑的恶魔骨，指向化身魔，手指操控着刻在魔骨表面的魔印。

魔骨中释放出一如同闪电的魔光，击中化身魔，令它离地而起，浮在空中，瑞娜立刻扑到它身上，连刺带砍。阿曼娃拍掉掌心中的魔骨灰烬，再度把手伸到霍拉袋里，拿出一把恶魔爪。她抛出爪子，它们如同曲柄弓矢般激窜而出，深深刺入化身魔体内。它尖叫着拼命挣扎，被瑞娜摔到地上，并试图以猎刀锯断它的肚子时恶魔眼也渐渐泛白。剩下的沙鲁姆在克里弗的带领下加入混战，边刺边喊，以盾牌挡下甩动的触角，不让化身魔恢复镇定。

罗杰经魔印加持的眼角余光瞥见恶魔魔光开始回归，表示他的音乐可再度发挥作用。他再度演奏小提琴，试图驱赶它们，但是一头田野恶魔看见了跪在安基德身旁哭泣的希克娃。它以飞快的速度朝她展开攻击，罗杰心知自己无法及时解救。

但希克娃看见了来袭的地心魔物。由于薄面纱被泪水浸湿，她一手扯下面纱，另一手触碰喉咙上的项链。她所发出的尖叫声刺耳得不管是人类还是恶魔都忍不住伸手遮耳。田野恶魔在疾冲中如被雷击般倒地，连翻数圈，最后死在她的脚下。

新避风港镇民加入瑞娜和沙鲁姆的冲杀队伍，全都挤在化身魔旁边，不给它机会融化脱身，直到瑞娜终于成功地让它的脑袋从不停变形的身体上割了下来。她高举恶魔脑袋，四周传过来零零落落的欢呼。

"够了！"罗杰叫道。"退回魔印网！我没办法一直抵挡它们！"

两名沙鲁姆在撤退途中自安基德尸体旁拉走希克娃。罗杰持续演奏，不过终于有机会喘口气了。

接着他看到火箭在夜空中画出红色轨迹，宣告恶魔突破了新来森的大魔印，现在已经涌入街道。

第二十五章　再见：魔印圈

333 AR　秋　新月第三夜

"哦！他们来了！"克里弗向下叫道。

身为杂耍演员，罗杰也懂得一些保持平衡的技巧，但看到这个克雷瓦侦察兵将十二英尺高的铁梯架在空地上，不用手扶直接跑上最上面的横档，动也不动地站在空中好几分钟瞭望地平线时，让他佩服得在心里暗暗喝彩。

两个男人独自待在新来森的镇中广场上，身处一天前还是繁华街道的废墟里。现在它只是具腐败的尸体，石板广场四周几乎所有建筑都被巨石砸烂或是烧得一片焦黑。这里静得令人害怕。

他们把一整天的时间都用来堆积碎石，重建大魔印，但他们都知道这样的魔印撑不了几分钟。他们防止恶魔直接在镇上现身，但是地心魔物现身之后立刻开始拆除大魔印，而洼地镇民没有足够的力量改变这种情况。

于是吟游诗人和侦察兵就待在罗杰用了一辈子的携带式魔印圈中静静等待。没人喜欢这个计划，尤其是罗杰，虽然这是他的计划。当阿曼娃知道无法改变他的心意后，就坚持要克里弗与他同去，虽然罗杰认为这样做唯一的意义就是让死亡人数从一个变成两个。尽管如此，有个战士待在身边还是让他放心些。

这家伙曾对亚伦下毒手。罗杰提醒自己,但他无法为此生气。克里弗现在是幸存的沙鲁姆指挥官,而他们随时都跟在自己和妻子的身边。昨晚侦察兵救了自己多少次,他早就已经数不清了。

☙

罗杰在听见恶魔接近的声音时将小提琴抵在左肩上。它们必须穿越新来森才能攻击伐木洼地,而在镇上大部分都沦为废墟的情况下,最简单的做法就是穿越镇中广场。

他可以借助此来强化召唤。走这里!他的音乐在告诫恶魔。这条路最快捷,又好走!还有猎物!

确实有猎物,就是他自己。

恶魔开始回应他的召唤。一开始有数十头攻击他的魔印,绽放出阵阵魔光。数量迅速激增到数百头,接着数千头。镇中广场已经站满了恶魔,但他持续召唤,恨不能把所有恶魔都引向自己。没过多久,他和克里弗就淹没在牙山爪海里,完全看不见其他景象。

地心魔物里三圈,外三圈,还有很多爬到彼此身上,争先恐后地攻击他的携带式魔印。但是老旧的携带式魔印圈做工很精细,将攻击转移到它们自己身上,而在越来越多恶魔轮番攻击的情况下,魔印圈的力场也越变越强。

但该来的总是会来。挤成一团的地心魔物让到两旁,一群木恶魔迎上前来,手里拿着以树干制成的巨棒。它们可以轻而易举地将罗杰和克里弗打成肉酱,并且打歪他的魔印圈。

但克里弗早有准备,立刻拿出一支弯曲、中空、光滑的牛角。他将牛角放到嘴前,吹了声长音。

号角一响,广场四周的窗叶开启,成百上千的弓箭手从废

墟的窗口与屋顶钻出来，毫不迟疑地朝地心魔物连续放箭。一头恶魔倒下前看见汪妲的专属弓箭正中恶魔眼睛，破泪而出。

恶魔冲向废墟的门口，结果被上方的木桶洒了满身的液体。片刻过后，火把紧接而来，点燃了恶魔火，让恶魔转眼化为一团火球。

另一声号角响起。"现在。"从不多话的克里弗说。他架起铁梯，迅速爬上，朝一扇三楼窗户抛出绑着砝码的绳索。

罗杰停下演奏，将小提琴塞入肩上的惊奇袋里。他以接近克里弗的速度爬上铁梯，抓住纵身跃起的侦察兵。窗内的人拉绳，他们则夹紧双脚，奋力摆荡，感受下方掠过身体的利爪所带来的劲风。

他们撞上废墟焦黑的墙壁，撞烂了几块松脱的木板，但克里弗已经背着罗杰爬到窗口。

他们在汤姆士伯爵和加尔德率领骑兵冲锋时跳进窗里。罗杰哀伤地看着他们刚刚站立的位置，现在已经被数百匹踏着钢蹄的战马踩躏。

"我会怀念那道魔印圈的。"他说。

瑞娜来回踱步，对于自己被迫在大魔印内看着其他人在外面屠戮恶魔而觉得很气愤。但就像亚伦一样，她现在只要离开大魔印，所有恶魔立刻就会抛下其他目标冲来追杀她。

洼地镇民全面溃败，在一群地心魔物之前死命逃窜。派往广场的弓箭手至少有三分之一没回来。汤姆士的骑兵损失更惨重，很多马上都驮负两个人，不过还是少了数百人。他们在掩护步兵撤退，不过同时也在逃命，大部分的长矛都已脱手，得仰赖魔印斧和大锤作战。克里弗把罗杰扛在肩上快步逃命。

瑞娜独自站在大魔印边界，看着镇民绕过自己身旁，她大口吸气，感受着魔力在脚边凝聚。当所有人都撤入大魔印里时，她开始汲取力量。

瑞娜不管弱小的恶魔，专门攻击石恶魔，凭空绘制热魔印和冲击魔印，瞄准它们厚壳上的缝隙。她轰烂恶魔的肩膀和膝盖，用意不在杀死恶魔，而是打残它们，不让它们投掷致使的武器。

今晚她撑得比较久，不过很快就达到极限，在魔法从体内灼伤她时感到头昏眼花。

但是恶魔前仆后继。她单膝着地，一手撑地，然后再度吸收魔力。

黎莎在战斗声逐渐逼近伐木洼地诊所时感觉全身肌肉越来越紧绷。诊所里有太多伤患需要转移，万一魔物广场沦陷，他们能转移到哪里？

暂时而言，大魔印还很坚固。伐木洼地的大魔印是由魔印石板街道、厚实的矮墙，以及大片土地所组成，恶魔得连续攻击数小时才有可能把大魔印的强度降低到足以突破——即使到了那时，诊所和其他安全地带也有相对独立的魔印。恶魔不太可能在一夜之间摧毁全镇所有的魔印。

但它们不需要摧毁全镇，她进一步提醒自己。只要造成我们无法在一个月内修补的损害就好了。等到下一次月亏，它们就会来了结一切。

她听见自己仅有的火药所造成的爆炸声，石头如同冰雹般落下。每一块石块落地的声响都震得她眼睛发痛。新月回归以来，她那头疼的老病也复发了，而且变得更加严重，她除了默

默承受之外束手无策。她不能吃强力镇痛药，而她和汤姆士都没时间也没有心情采取找乐子的方法来缓解头痛。

黎莎不习惯这种无助的感觉。她迫切地想要逃离诊所，哪怕通过某种方式参与外面的作战，但她能做什么？她已经在扮演不可或缺的草药师角色，伐木工用掉了她最后的火药、强酸以及安眠药。她可以竭尽所能治疗伤患，但是那显得意义不大——伤患持续涌入诊所，草药师和学徒早已忙得晕头转向，分身乏术。

她环顾诊所每一个角落，病床和地板上满是缠着白色绷带痛苦哀鸣的伤员，红色血污到处都是。伤势稳定的人已经送往海斯牧师那儿照顾，但诊所仍然挤满了人，甚至找不到插脚的地儿。

黎莎与阿曼娃目光交会，年轻的达玛丁点了点头。黎莎知道她也不喜欢困在这里，但她的恶魔骨已经在与化身魔作战时被击碎，而这里也需要她和希克娃帮手治疗。克拉西亚人的医疗方式与北地草药师所学的不一样，但黎莎无法否认她们的方法非常适合治疗战争创伤。

一声呐喊传来，诊所大门被猛然撞开，克里弗冲了进来。黎莎一眼就从他背上的七彩衣料看出他背着的是罗杰。吟游诗人的红葡萄色头发上染满鲜血。

黎莎冲上前去，但阿曼娃却抢在她前面，在克里弗将他放下时抱起他的头检查伤势。希克娃走过来挡住黎莎。

"我没时间搞这套恶魔屎，希克娃。"黎莎说着动手把她推开。

但希克娃动作更快，抓起她的手臂顺势一扭。黎莎原地转了个圈，向后跌开，差点摔倒在地。

"去照顾其他人。"希克娃以口音很重的提沙语说。"我们会照顾自己的丈夫。"

黎莎想反驳,但这时其他更多的伤患也被送了进来,她只好与其他女人一起过去帮忙救治。

作战的声音越来越近,让治伤的人没法安心检查和救治——恶魔已经杀到广场边了,那么说瑞娜·谭纳已经是洼地现在最后一道真正的防线了——她会尽力的,但现在还没到午夜。她能在黎明到来前阻止所有恶魔吗?

诊所在某样巨大的物体落在门外时一阵剧烈摇晃。

显然她办不到。

"造物主啊,"黎莎以别人听不见的声音说。"我知道你会帮助自助者,但我们需要真正的奇迹。"

她没期待能得到回应,但片刻过后还是有了回应,整间诊所仿佛都在左右晃动。撞击声震耳欲聋,天花板上的横梁随着尘土和石块暴雨般纷纷落下。

"亚伦——"黎莎惊叫道。他的房间就在二楼。她冲上楼梯,以布遮口,差点在坍塌的尘土中背过气去。

二楼塌了一大块。很明显,有颗巨大的石块飞过,撞塌了屋顶的一个角,击穿数道墙壁。黎莎努力不去想待在那些房间里的伤患,在废墟中摸索着前进,来到昏迷不醒的亚伦所处的房间。

穿过原本是房门的大洞时,她一直担心的事情就摆在眼前了——天花板缺了一块,夜空里的星光从大洞里照射进来,原本摆放病床的地方现在也被坍塌的墙压在下面了。

黎莎被惊得倒退到身后的门边,撞在身后完好的墙壁上,身子顺着墙壁坐倒在地上,全身抖个不停。"全完了——"她喃喃说道。"我们死定了……"

但这会儿碎石间滑动了一下,坍墙的碎砖木块隆了起来。倒下的横梁也立了起来,一大堆石块纷纷坠落在地上,房间里腾起一大片灰尘。亚伦·贝尔斯从废渣里站了起来,身上的魔印闪闪发光,双手扶着横梁,将之扛在肩上,高举过头,走了出来。

黎莎眼看着他越走越近,仿佛造物主本人。通常她会是第一个否认亚伦跟造物主有什么神秘关系的人;但当他对她伸出发光的手时,就连她也开始坚信他就是了。

"解——放——者——"她毫无意识地低声念叨,拉住他伸来的手,任他拉起自己。她脚下一绊,他一把抱住她,一时之间,两人紧紧相拥在一起。

亚伦轻抚她的脸颊。"是我,黎莎,亚伦·贝尔斯。"

黎莎也伸手触摸他的脸。"有时候真的很难看出来你到底是谁。"

"现在外面什么情况?"亚伦问。"我记得我摧毁了恶魔堆积的武器……"

"那是两天前的事了,"黎莎说。"新来森沦陷,恶魔已攻到魔物广场边缘。瑞娜带着所剩不多的人还在做最后的抵抗。"

亚伦一听到这个名字立刻向后退开。"瑞娜一个人在外面?"

一瞬间,他化作一阵魔雾消失了,把黎莎一个人留在原地拥抱一团虚幻的空气。

几乎是同时,亚伦在魔物广场边突然现身,立刻看见瑞娜以膝盖与手肘撑在地上。仅存的林木士兵将她团团围住,紧扣刀枪不入的盾牌，在恶魔的视线与落石前守护她，等待她挣扎起身。

但亚伦看得出她再也站不起来了。她的灵气明暗闪烁不定，用不了多久就会失去意识。

他立刻冲到她身边，连魔印都不比画，直接伸手搭在她的肩上。他透过她接触大魔印，感受其中的力量。洼地郡大魔印间的连接消失了，从早到晚伐木洼地中央关键魔印所蕴含的魔力却是前所未见的强大，简直取之不尽，用之不竭。

他汲取魔力，稳定地让魔力渡过瑞娜的身体，直到她的灵气复原，皮肤上的黑柄魔印再度闪耀魔光。

"亚伦。"她惊奇地喘道，站起身来，伸手抱住他，深情一吻。

亚伦双掌捧起她的脸，直视她的双眼。"我发誓宁死也不让恶魔攻陷洼地，瑞娜。和我一起这么说的时候，你是认真的吗？"

瑞娜点头。"绝对认真。"

亚伦又吻了她一下。他后退一步，紧握她的手。"那和我一起汲取魔力。"两人汲取大魔印的力量，浑身魔法顿时激荡。

"散开！"亚伦大叫一声，林木士兵退向两边，让他们直接面对敌人。两人同时举起双手，凭空绘印。

当黎明到来，巨石落地声、火药爆炸声以及痛苦惨叫声统统消失时，黎莎激动地哭了。罗杰的吟游诗人彻夜演奏的《月亏之歌》最后几个音符终于在拉到手指抽筋琴弦割进指间肉里，伴着鲜血顺着手指流下时结束。洼地陷入短暂的死寂，镇民们也跟着发出零零落落的疲惫而又惊喜的欢呼声——总算活

下来了。

有些人活下来了。黎莎更正,看着魔物填场上满地盖在旧布下的镇民尸体。亚伦和瑞娜不支倒地时战斗并没有落幕。当发现恶魔打算倾尽全力攻打中央的伐木洼地时,周边城镇的守军纷纷赶来支援。那时亚伦与瑞娜已经摧毁了大部分体型巨大的恶魔,也让剩下的恶魔缺乏投掷的武器。战况演变为近身肉搏战,尖牙利齿大战魔印钢铁,由加尔德和汤姆士率领一波又一波攻击。

受伤的人数太多,她不得已只好让他们躺在广场上,然后又躺到街上。到处都是死伤的镇民,但她没有时间与精力去搬运死尸,只好把他们留在广场的地上。数千名死者与伤患混在一起。就连还站得起来的人看起来都离死不远了,所有人都已经好多天没睡觉了。

她悲哀地看着在年前的伐木洼地之战作为最后阵地的圣堂,如今屋顶惨遭数块巨石击穿。或许海斯牧师建立新的大教堂来取代它是有先见之明的,从某种意义上来说确实如此。新来森差不多全被砸成废墟了,如今人称甜援镇的地方好不到哪里去,但其他周边村镇魔印都勉强撑了下来。

汤姆士和骑兵一整夜都随着号角和火药讯号东奔西跑,沿着魔印边界支援大魔印的各个缺口。罗杰的吟游诗人在伐木工作战时驱退并迷惑恶魔,克里弗及仅存的沙鲁姆负责支援战况最吃紧的地段。

黎莎赶往诊所办公室查看罗杰的状况。他躺在她的办公桌上,头上缠着厚厚的白色绷带,阿曼娃和希克娃轮流和他说话、问问题,努力让他保持清醒。阿曼娃使用最后一块恶魔骨处理他的伤口——他的脑袋遭受重击,一旦昏过去,可能再也不会醒来。

"他还好吧?"她问。

"他会没事的。"阿曼娃说。"骨骸告诉我艾弗伦还有用得到他的地方。"

黎莎点头。"它还会帮助所有人的。"

"我的族人认为青恩软弱,"阿曼娃说,"但我父亲却很推崇洼地部族的战力。关于这点,如同其他的一切,他说得没错。你的族人在这次月亏中为造物主带来荣耀,你们将比从前更为强大。"

黎莎摇头。"我们的镇民不能每次都承受这样惨重的损失。我们必须有更强大的魔印,在月亏时让人们远离街道。挖掘地下室、通道、下水道……"

"你们需要一座地下城。"阿曼娃说。

"是个不错的新开端,"她后来传来一个声音。"但那远远不够。"

黎莎转头瞪大双眼。"亚伦!"她惊叫道,忍不住冲上前去紧紧拥抱住他。他伸出双臂搂起她的背部,微微使劲,她心里终于生出数日不曾感受到的希望。"感谢造物主,你平安无事。没有你,我们绝对活不过这一个新月。"

亚伦哀伤地看着她。"你们或许得在没有我的情况下度过新月。我是心灵恶魔来此的原因,一切都是我的错。"

"不是那样——"黎莎开口。

"恶魔进入我的脑中,黎莎。"亚伦插嘴道。"我听到他们的计划——更糟糕的是,它们窥探到了我的计划,知道我曾做过的一切,包括跟贾迪尔是怎么回事,以及打算怎么对付他们。我之前所策划的一切都在那一瞬间变得毫无价值。"

他抬起头来,面对阿曼娃的目光。"我们得重新开局做些有创新的事。"

第二十六章　沙鲁姆丁

333 AR　夏　新月前第十四个拂晓

"你竟敢在解放者议会上撒谎！"玛嘉部族的魁森达玛基伸手指着对方说道。

"撒谎？"坎金部族的伊察达玛基面红耳赤地反驳。"撒谎的人是你，你自己很清楚……"

伊察奇和魁森本来就不算结实，这几个月又长了不少肥膘，事实上，自从征服富饶的绿地以后，所有克拉西亚人都发福了，但虚长这么多肥肉的人还是屈指可数。

阿曼恩·阿苏·霍许卡敏·安卡吉，沙达玛卡，全世界最有权势的人，望着这两个争吵不休的祭司，努力压抑着想抓起长矛一把干掉他们的冲动。玛嘉和坎金部族向来水火不容。

贾迪尔觉得自己一辈子都不曾如此强壮，浑身活力激荡，但精神上却从未如此疲惫，看着两个胖老头在沙拉克卡的战线都已经定下的时刻，却为了些一文不值的事情借题发挥，争论不下。

不只是玛嘉和坎金部族。各族统一至今都好几年了，而且大家过得比从前富足，但还是有办法找出些鸡毛蒜皮的屁事去彼此较真，争夺水井和女人，只为了压制宿敌。达玛基本来可以阻止这种情况，但达玛基议会里的报复冲突也没比一帮愤怒的族人好到哪里去。这些人都是萨凡，唯一看重的就是彼此间的地位高低。

贾迪尔察觉到达玛基都不自觉地望向自己,这才发现自己已经走神一会了。他们在等待自己裁定,而他根本没仔细听他们相互控诉,自己该裁定谁是谁非——与争夺领土有关的事……

贾迪尔看向站在高台下方的贾阳,"你对玛嘉和坎金部族间的纷争有什么看法?"

贾阳深深鞠躬。"玛嘉部族确实蒙受欺压和迫害,父亲。"贾迪尔看见魁森达玛基一脸窃喜得意的样儿。"但是坎金部族也有。"伊察奇立刻抬头挺胸。

贾迪尔点头。"如果你是我的话会如何处置?"两名达玛基惊讶地看向年轻的沙鲁姆卡。通常来说,沙鲁姆卡服侍议会,而非议会服侍沙鲁姆卡,况且贾阳才十九岁。除了阿山之外,议会里的达玛基们至少都六十好几了。

贾阳再度鞠躬。"两个部族都证明了他们没资格统治那块土地,我会拿它作为战用充公。"

你当然会。贾迪尔心想。贾阳对于之前只拿到三百万卓奇不太满意,但贾迪尔看到了他有多不擅长处理战争税的账务,也知道他的言外之意。他是我儿子中唯一拥有宫殿的人,而他一定要让它的锋芒盖过其他宫殿。

他看向站在阿山达玛基和阿苏卡吉达玛身旁的阿桑。"你呢?阿桑。你同意你哥哥的看法吗?"

阿桑鞠躬。"父亲,那块土地无关紧要,也不会解决真正的问题。"

"真正的问题是什么,我儿?"贾迪尔问。

"沙拉克卡迫在眉睫,而达玛基还拿这种小孩都能处理的鸡毛蒜皮小事来浪费解放者的时间。"

这话在达玛基之间引起一阵骚动。贾迪尔握着长矛，以柄端撞击大理石台的地板。"安静！"

所有人立刻安静下来。贾迪尔目光停留在阿桑身上。"那你会如何处理此事？"

"让达玛基自己去处理。"阿桑转身，看着两名达玛基，语气转为冰冷。"然后让魁森达玛基和伊察奇达玛基各挨三鞭阿拉盖尾以儆效尤。"他伸手握住腰带上的带刺的长鞭。每个达玛都有一条——象征换上白袍时所取得的新权力——但是几百年来，随身携带阿拉盖尾早就过时了，直到阿桑出现才又重新流行起来。现在越来越多达玛都会随身携带这把武器。

一时之间，满屋子的人都默不作声，但一会儿后，整个议会厅里充满愤怒的吼叫声。

"你好大的胆子，小鬼！"伊察奇叫道。

阿桑只是微笑。"看到没？达玛基。你们已经很友好地开始达成共识了。"

魁森和伊察奇面红耳赤，贾迪尔以为他们即将爆发。

小心点，我儿，贾迪尔想。你虽精明，你如此会树立了强大的敌人。

其他祭司也加入怒骂。已经好百年来，鞭笞之刑都没有施加在达玛基身上了，当然也不会让个不满十八岁的小达玛来决定动刑之事。长年权势滔天让他们自认凌驾于管理其他人的法律之上。就连解放者的爱将、阿桑的姑父阿山也很不高兴地看着他。

达玛基丁只是一声不响地看着眼前这一切。

"再一次，我弟弟证明了他为什么无能继承任何东西。"贾阳得意扬扬地说道。但阿桑毫不畏缩，目光冰冷。他看起来一点也不像是无能继承任何东西的人。

他看起来像个安德拉，贾迪尔心想。仿佛他命中注定要接任此职。

贾迪尔思索这件事。阿桑很有技巧地让他陷入两难。如果听从贾阳的建议，他的次子将会颜面尽失，而且类似问题永远也处理不完。但如果同意阿桑……

只有阿雷维拉克达玛基——曾是贾迪尔的强敌，现在成为他最信任的顾问之一——镇定如初。阿雷维拉克有时也会让贾迪尔感到无力，但他很看重荣誉与勇气，是他们部族真正的领袖，不像大部分达玛基只是族人的一个暴君。他绝不会做出像这些家伙一样愚蠢的举动，就算真的做了，他也会引咎辞职，在丝毫无损尊严的情况下躬身受刑。但就连阿雷维拉克也不会在公开议会里提议鞭笞，阿桑如此直接的做法在座谈会中倒显得很有魄力和胆识。

贾迪尔看向阿雷维拉克，老祭司微微点头，不过混乱中没人注意到这个细微动作。他也随身携带阿拉盖尾。

"达玛佳！"门口的哈席克大声宣告。所有人抬起头来，在英内微拉出现时暂时忘记了刚才的纷争。

她真的能令人忘记呼吸。贾迪尔心想，在议会成员鞠躬的同时打量自己的第一妻室。

英内微拉点头受礼，但却没有走向王座。她直视贾迪尔的双眼，轻触她的霍拉袋，然后朝枕厅微微侧头。这个动作的意思十分明显。

她完成了新的阿拉盖霍拉。

贾迪尔心中五味杂陈的感觉弄得他头晕目眩。二十五年来，他一直是阿拉盖霍拉的奴隶，掷骰结果决定他人生所有的大小事情。没有那破骰子这两周来，他感到难以言喻的自由，没有霍拉的生活称得上无拘无束。

但伴随这份自由而来的却是两眼一抹黑。就某方面而言，他已经成了她骨骰魔法的囚徒，但骨骰同时也赋予他不容挑战的神秘权力。掷骰结果蕴含着他非常需要的真相，他是否能赢得白昼之战和沙拉克卡。问题在于这些真相都是英内薇拉筛选过的，而她会自己决定什么该分享，什么该保密。

他看回达玛基，只见他们依然在震惊的沉默中等待他批示这件部族内部微不足道的小事。"这件事就照我两个儿子的意思去办。引起纷争的土地归贾阳所有，伊察奇和魁森达玛基以阿拉盖尾之吻用刑。"

除了阿山和阿雷维拉克外，所有祭司都开口抗议，但贾迪尔高举卡吉之矛，他们立刻安静下来。"此刻就由阿雷维拉克达玛基在这里执刑。"

他以矛柄敲击高台地板，发出一下令数名祭司畏缩的砰声。"沙拉克卡迫在眉睫，各位达玛基。我们没时间互掐，更没必要为这等破事儿。从现在起，这里树立了一个典范，类似事件让议会照章执行。再像这样浪费我的时间，下一场鞭刑将在城中广场公开执行。"

众达玛基脸色发白，看着贾迪尔走下七级石台阶，跟随英内薇拉路过他们走向侧厅。

※

贾迪尔就像往常那样经受不住她美色的诱惑，跟着英内薇拉扭动的腰臀走进侧面的枕厅。就像他的战士每天晚上在阿拉盖沙拉克中吸收恶魔魔法一样，长年使用阿拉盖霍拉让他的第一妻室身上散发一股不朽之气。她的一举一动带有族母般的自信，尽管现年四十多岁，曾为他产下数名子嗣，她依然有如三十出头的女人一般的体形曲线，风韵不减当年。

但只有傻瓜才会以为她的地位来自于美貌。少了英内薇拉，贾迪尔会坐在今天的位子上吗？他会在机会来临时成功夺权吗？或是他会有夺权的机会吗？还是他只会是个目不识丁的沙鲁姆——甚至只是沙利克霍拉神庙里一颗漂白过的头骨？

而我依然爱她。他想，其实他极力克制自己这个性格缺陷。有时候他竟然梦想她也爱他，但在内心深处，他总是充满疑虑，特别是自从知道她和安德拉的事后。

他心里闪过他们两个一起缠绵悱恻的画面……性感美貌的英内薇拉骑在那头秃顶的肥猪身上，就像骑贾迪尔一样驾驭着安德拉……见识过她假装高潮的本事之后，他怀疑她做爱时所发的欢愉叫声都是在演戏，有什么意义呢？

达玛佳的枕厅自从贾迪尔上次光顾之后经过一番装潢，当时他与黎莎·佩伯在这里尽情欢娱。他们俩在英内薇拉的地盘上翻云覆雨，显得极度激动和奔放。如果他这么做是为了报复她的不忠，他确实很成功。他的吉娃卡很聪明地只字不提那次事件，但第二天枕厅就起了一场大火，将里面的一切烧得一干二净。官方的说法是盏油灯掉在枕头上，但是根据宫廷传言，有人看见英内薇拉手持火恶魔头骨愤然走出燃烧的房间。现在所有与黎莎·佩伯有关的东西都已化为灰烬。

奇怪的是，这件事让贾迪尔爱她更深。

她是达玛佳。她的妒意铺天盖地，绝不能忍受任何女人的地位比自己高。卡吉在他的日记里不也曾思索过这个问题？圣典中提到她会惹火他，然后安抚他，因为解放者的第一妻室就是他的萨凡。

枕厅外传过来鞭子的抽打声和被鞭打的达玛基的惨叫声。看来魁森达玛基已经老得忘记该如何拥抱痛楚了，现在让他重温一下昔日的感觉肯定是有益无害的。阿维拉克痛斥他的懦弱，

第二下时魁森就只有大口喘气了，第三下他再也没有吭声。

英内微拉没有费心点灯，直接拉上挂在大窗户上的厚窗帘。当两人身处在黑暗的小厅里时，贾迪尔的知觉顿时活跃起来。

卡吉之冠一直都能提供魔印视觉，就像英内薇拉额头上的饰环，但在大战心灵恶魔之后，王冠潜藏的力量开始觉醒，他开始发现更多新东西——他可以通过包围在他人身上的灵气窥探他人的感觉，洞察他们的想法。突然间卡吉无比的智慧说得通了。有了能看清手下心意的王冠视觉，贾迪尔自认为可以成为天下最优秀的领袖。

更神奇的是，他发现自己能随意取用卡吉之冠和卡吉之矛的魔力。白昼，他可以用远古法器中的力量治疗自己，摆脱疲劳，或是让自己拥有超越常人的力量与速度。这是超级强大的根源，但也不是没有极限。

夜晚，许多在白天受限的感觉通通消失了。他拥有难以想象的魔力，但是，在月亏逐渐逼近的此刻，他打从内心深处担心这样还不足以应付一切未知的变化。

英内薇拉在最偏好的施法枕头上坐下，贾迪尔则按习惯坐在她的对面。厅外，对伊察奇达玛基的处罚已经开始了，丢脸的他竟然呜咽哭出声来。贾迪尔厌恶地摇摇头转向英内薇拉，注视着她拿出多年以来曾割伤他无数次的匕首。

"我该先问什么？"她问。

她的灵气在她说到"先"这个字时晃动一下，贾迪尔心知她已经试着问过骨骰一些问题了。这算不上是说谎，但却透露出不少她以前从不曾透露的秘密。英内薇拉总是会隐藏自己真实的想法，然后装作自己已对他说了真话。

贾迪尔像往常一样迅速卷起衣袖，伸出粗壮的胳臂。她将刀尖插入一条血管，然后接了一小碗血。血接满后，她以拇指压住血管，伸手到草药袋中掏药。

"没必要用药了。"贾迪尔说，自放在身旁的卡吉之矛内提取一些魔力。他抽回手臂，让她看见血已经止住，伤口也愈合如初。英内薇拉惊讶地看着治疗过程，但他没给她时间提问。"先问阿邦那个在第一场降雪时拿下码头镇的计划。想要取得出其不意的优势，就必须尽快展开进攻。"

提到阿邦时，英内薇拉的灵气闪过一丝憎恨的情绪。他知道她认为是卡菲特在他们两人后用黎莎做棋子玩了自己一把；很明显她不信任阿邦，一定会想办法挑剔他的建议，提供她所希望对自己更为有利的点子。

但这些都是表面上的情绪。当她伸手掏出骨骰，在上面裹上一些血，低声念诵祷文，然后使劲摇骰子的时候，她的内心显得十分平静，极度虔诚。就跟以前一样，从她指尖渗出的邪恶光芒让他有些紧张。

英内薇拉一把掷出骨骰，花了点时间凝视它们，研究排列出来的图案。贾迪尔则在观察她，透过灵气确认她有没有说实话。她不太喜欢掷骰的结果。这点十分明显。

"你不能走回头路，"她凝望着骨骰说。"也不能原地跨步。你唯一能做的就是向前迈进。卡菲特……"她语气不善地吐出此字。"此计划会大幅降低伤亡人数。"

"那就有更多有生力量能参加以后的沙拉克卡。"贾迪尔说。

"也有可能走向反抗你。"英内薇拉指出。这样的担心不无道理，但她的灵气显示她是因为不愿意承认阿邦的建议才有意曲解。

"我必须承担这个风险，"贾迪尔说。"骨骰还预示了些什么景象？一次说完，不要有所保留。"

英内薇拉灵气一阵波动,警告他该步步为营。她仍想取悦自己,但她的自尊是座高山。他不能像对付达玛基那样威胁她。

"如果没有征服身后之敌就发兵北上,解放者的大军将会全军覆没。"她侧过脑袋,从另一个角度检查骨骸。"没有攻下雷克顿,你就不能进军洼地,没有洼地的帮衬,你就不可能拿下安吉尔斯。"

"这个无须担心。"贾迪尔说。"洼地部族一定会与我并肩作战的。"

黎莎的身影如同鬼魅般飘在英内薇拉头上,她眼含愤怒、嫉妒和诅咒。他曾见过这个景象,但却对表象下的真相持高度的怀疑。英内薇拉不像他那样深信洼地的忠诚,她认为他是个笨蛋才会如此轻信于人。"洼地不会效忠于你,除非你杀了魔印人,也就是他们心中的解放者。"

她的灵气明白表示这是她自己的远见,而非骨骸的预示;但这一点听起来很符合实际情况。他毫不怀疑黎莎爱自己,命中注定要带领她的部族一起嫁给自己;但如果没有除掉这个伪解放者,这一切都只是妄想。

他点头。"还有吗?"

英内薇拉的灵气再次浮现一丝恼怒,却没有表现在她的脸和肢体动作上。他的目光盯着数十个骸面上的符号,但从不了解它们具体代表着什么意义。他有时会希望命令达玛丁教他解读骨骸图像的魔法,不过她们肯定会借口推脱,而且英内薇拉也会想办法预防此事。就连《伊弗佳》都宣称,那是属于女人的专门技能。

英内薇拉终于开口:"想要赢得天下就得率兵亲征,但别让骷髅王座空置太久。你得提防五十二个儿子,他们可是个个都想据为己有。"

贾迪尔纠结地皱眉，贾阳和阿桑觊觎王座，或许最好的办法还是让阿桑成为安德拉——"有没有哪个儿子够资格坐上王座，并且会在我回来之后主动退位？"

这次，英内薇拉割开自己的手，滴几滴血到贾迪尔的血上，然后再度掷骰。她只研究骨骰一会儿就抬起头来。"没有。"

"没有？"贾迪尔问。"就一个都'没有'？"

英内薇拉耸耸肩。"我也不喜欢这个答案，丈夫，但骨骰的意思非常明白。这个问题我问过数千次了，从没找到另一个与你拥有相同潜能的人。"

他看到了。在达玛丁的平静面容之下，她的灵气绽放耀眼如烽火的光芒，明白呈现一种情绪——她在说谎——还有一个。

他勃然大怒。这个男人或男孩是谁？她为什么要保护他？难道她打算在自己变得难以掌控时用这家伙来取代自己吗？

他立刻拥抱这种感觉，脸上不动声色。他不是英内薇拉或阿邦那种擅于旁敲侧击、刻意不提、以话套话等技巧的人，但他慢慢学会喜怒不形于色，不让他人窥见自己的情绪，就像他不让对手利用沙鲁沙克转移他的力量来对付自己一样。他决定先搁下这件事，现在还有更重要的问题要问。

"我要如何在下月月亏之前击退强大的恶魔？"他问。

英内薇拉再度拿骨骰在碗里蘸了些他的血，然后猛摇一阵骰子掷到地上。骨骰的图案让她的灵气变得无比紧张。她跪在地上，从所有角度研究骨骰图像。这个动作扯紧她身上的薄纱，呈现出类似做爱时的姿势，但她灵气中逐渐凝聚的恐惧让他立即摒除这些意淫的想法。她看见了一件不愿意告诉他的事，此刻正在想办法搪塞自己。他很想对她吼叫，逼她说出她所看到的景象，但却强迫自己保持镇定。

最后她转向他。"解放者必须独自深入黑夜，猎杀位于魔

网中央的强大敌人，不然当阿拉盖卡及它的后裔出现时，我们迟早会全军覆没。但这次，就算你成功了，也得付出沉重的代价。"

他凝望着她灵气中的恐惧朝自己涌来。她不希望我以身犯险。这是出于爱，还是因为她的替代方案还没准备好？他猜不透。他痛恨自己竟然在直觉会是第二种可能——她曾不止一次骗过我。

"后裔？"他问道。"几个？什么魔网？"

"一共七个，代表奈的七级深渊。"英内薇拉说。"但只有三个会来攻击艾弗伦恩惠。"

"'只有'三个。"贾迪摇头。"艾弗伦的胡子。上次才来一个我们就招架不住了。"

"他渗透皇宫，英内薇拉，"贾迪尔说。"完全无视我们最顶尖的魔印师所绘制的魔印。"

"我们后来增加了防御措施。"英内薇拉说。"现在阿拉盖王子没办法如此轻易突破我们的魔印，我也会掷骰找出魔印网最脆弱的地方加强防御。"

贾迪尔点头。"那什么魔网呢？"

英内薇拉耸肩。"这个我就不得而知了。"

"你不打算劝我不要这么做？"他问。

他的吉娃卡哀伤地摇头。"这是艾弗伦的旨意。打赢沙拉克卡是你的命运，丈夫。"

或打输。英内薇拉没说出这几个字，但它们明白地显示在她的灵气上。上天并没有注定他会打赢这场战争。

"恶魔会主攻哪里？"贾迪尔继续问，这是最迫切的问题。"我要如何调派兵？"

英内薇拉再度掷骰，看着掷出来的图案很长一段时间。最后她叹气道:"我不知道。不确定性太多了,过几天我再试试看。"

"每天都试。"贾迪尔说。"必要的话,试一百次。没什么比这更紧要了。"

英内薇拉微微鞠躬,最后一次扬起骰子。"我们来为明天掷骰。"

贾迪尔点头。将近二十年来,他们每天晚上都会为明天掷骰。有时候,骨骰什么都没说——至少英内薇拉什么也没告诉他——但有时候它们会提醒他注意暗杀和下毒等事情,或什么时候该说什么、做什么。

英内薇拉将碗里最后的血滴在骨骰上,然后一边摇骰一边念诵贾迪尔已经听过无数次的祷文。"艾弗伦,光明与生命的赐予者,我恳求你,让这名低贱的仆人预见未来。告诉我阿曼恩,霍许卡敏之子,卡吉第七子,贾迪尔血脉最后后裔的命运。"

她掷骰,骰子散落一地,发光的符号组成他完全无法解读的图案。

"今天你将赐予达玛丁一个大礼。"英内薇拉说。

"我本来就很爱你。"贾迪尔说。他没在妻子身上看出欺瞒的迹象,但这不表示他是自愿送礼,而不是被人骗去送的。

英内薇拉装作没听见他讲话。"你今晚会获得一批战士,不过明早会失去另一批战士。"

"晚上获得战士?"贾迪尔问。"白天又失去战士?这怎么可能?"

"我不知道。"英内薇拉说。

但贾迪尔从她灵气看出这话方面半真半假,勉强抑制心中的怒气。

她到底在隐瞒什么秘密？如果连妻子都会向他隐瞒关于战争的事，他要怎么率领人民迈向胜利？

这几周以来，他老想起黎莎·佩伯，现在也一样。那个女人也会为他带来烦恼，但他认为她从没骗过他。他希望现在陪在身边的人是她，而不是这条……沙漠地道蛇。

"明天天亮后，突然抵达的信使将会带来坏消息。"英内薇拉继续念叨。

"这种事每天都有。"贾迪尔说，丝毫没有放在心上。

英内薇拉摇头。"此人为了传递消息差点被害死在半路上。"

这话引起贾迪尔的兴趣，他抬头看着她皱眉打量骨骰。"他的讯息会令你痛不欲生。"

她没有露出一丝欺瞒迹象，但说这话时，她的灵气闪烁不定。她的表情和肢体动作没有透露任何征兆，但在他眼中一切就像洞如观火。

她感同身受。即使在不明白原因的情况下，她的心仍然会在即将感到痛苦时为他伤心。我的痛苦就是她的痛苦。

他抛弃愤怒，伸手轻轻抚摸她的脸颊。她看着他，灵气变得前所未有的耀眼。

不管她有什么感觉，不管她效忠于谁，她是爱我的。

喔，我的吉娃卡，贾迪尔悲伤地想道。我真是错怪你了。

✦

"不准打扰解放者，卡菲特！"即使隔着英内薇拉枕厅中拉上帷幔的墙壁和大门，贾迪尔还是听得见哈席克的叫声，只要戴着王冠，就连飞过王座厅的鸟儿振翅的声音他都听得一清二楚，而他的阿金帕尔嗓门可不小。

贾迪尔坐起身来，英内薇拉跟着醒来——阿邦。

他看着英内薇拉微笑，试图传达内心的爱意，心知妻子感受到了。英内薇拉回以真诚的笑容，灵气中散发出同样热情的爱意。

他又吻了她一下。"有事要忙，爱人。"

她点头，帮他穿好衣服，然后才穿上自己的衣服。着装完毕后，他们离开枕厅，回到王座厅。

王座厅里空无一人，在阿桑那样狠狠教训达玛基后，没人留下也是意料之中的事。贾迪尔吸了口气，闻到达玛基洒在地毯上的血腥味。

他指向几滴血。"伊察奇。"他又闻了闻，转过身去，指向几尺之外。"魁森。"

英内薇拉点头，自布袋里取出特制的布，小心翼翼地沾起达玛基的血，以供日后施法使用。如果他的达玛基会为了受辱之事而起心叛变，他应该防患于未然。他的玛嘉和坎金部族的儿子都还包着奈达玛的拜多布，但是为了部族统一，他愿意在必要时亲自抚养他们。

他踏上通往骷髅王座的台阶，撩起魔印斗篷就座。等英内薇拉也走上高台后，他大声拍手。哈席克立刻出现在门口，深深鞠躬。

"让阿邦进来吧。"贾迪尔说。哈席克一脸惊讶，不过还是点头。片刻过后，卡菲特胖子出现在门口，在拐杖允许的限度下深深鞠躬。

"阿邦，我的朋友！"贾迪尔示意卡菲特上前来。英内薇拉在他身旁变换姿势，他不用看她的灵气也知道她是什么感觉。他看见阿邦的灵气，知道卡菲特也对他的第一妻室抱持同样崇敬又猜忌的意味。

无所谓,他心想。他们必须学会互相容忍。

阿邦停在高台下,但贾迪尔招呼他走近些。"你可以踏上三级台阶,"他微笑道。"一条腿算一级。"

阿邦笑嘻嘻地以拐杖敲脚。"我妻子会告诉你那表示我可以爬上四级台阶。"

贾迪尔想不到英内薇拉竟然让这话给逗得大笑起来,他点了点头。"我还记得你穿拜多布的模样,我认为你的妻子是在奉承你,不过达玛低声下气真让我心情愉快。你可以踏上第四级。"阿邦立刻上阶,毫不质疑自己的好运。

"我们咨询过你的计划,认为可行。"贾迪尔说。"我们会在今冬第一次降雪时进攻码头镇。你可以秘密筹备战争补给物资,但是不要走漏任何风声。"

阿邦鞠躬。"此事隐瞒越久,雷克顿人逃跑的机会就越低。要是依我说,在发起进攻前,就连你的将领也不要告知。"

"这建议有道理。"英内薇拉同意。

贾迪尔点头。"但你今天不是为此而来,阿邦,而我没召唤你。你怎么会离开你的窝?"

"我手下……有个重大发现。"阿邦说。他的目光快速又犹豫地瞟向英内薇拉。

贾迪尔叹气。他的谈话里难道就没有丝毫信任可言吗?"说吧。"

阿邦再度鞠躬,把手伸到穿在鲜艳丝绸外套里的褐色背心口袋中,取出了块银色金属。

英内薇拉身体一僵。贾迪尔也立刻就认出那是什么。他马上跳下骷髅王座,一把从卡菲特手中抓走它。东西才刚入手,英内薇拉已经接了过去,就着光线四下打量。

"这就是可以制造卡吉之矛和卡吉之冠所用的金属。"她把所有人的想法说了出来。

阿邦点头。"我们的冶金学家一直以来都想解开第一任解放者流传下来的法器之谜。色泽太白,不是黄金,但又不是白银,或白金。我们本来以为是白色的黄金,在纯金里掺镍而成的合金。大市集里的珠宝匠已经使用这种合金数百年了。"他微笑。"比黄金便宜,还能以双倍价格卖给认为它具有异国风情的笨蛋。"他指向那块金属。"这是琥珀金。"

"琥珀金?"贾迪尔问。

"据说是种由银和金所组成的天然合金。"阿邦说。

贾迪尔眯起双眼。"听谁说的?"

阿邦转身,像贾迪尔之前那样大力拍手。哈席克立刻出现在门口。"请让客人进来。"阿邦叫道。哈席克瞪了他一眼,但是贾迪尔没有一丝阻止的意思,于是他走到门外,带着一个来森人走进大厅。对方是个老人,眯着双眼,脸上和手上沾满尘土。他手里拿着一顶帽子。

"兰尼克,沙达玛卡金矿的监工。"阿邦介绍道。哈席克粗暴地抓着那个男人,强迫他跪下磕头。

"够了。"贾迪尔说。"哈席克,你出去守好门。"

战士抿了一下嘴,不过还是鞠躬出去。

"你,监工兰尼克,过来。"贾迪尔说。"把你对这种金属所知的都告诉我们。"

兰尼克迎上前去,像洗衣女般拧着手里的帽子。"就像我对阿邦老板说的一样,大人。那是块琥珀金。我以前见过一次,那时我还是个小孩,在南方的矿坑里工作。你可以从岩壁看出端倪,金银两种矿脉合在一起。这种情况不常发生,琥珀金也十分稀有。你的金矿很安全。"

安全,贾迪尔心想,好像我是个在乎黄金的商人一样。

"你能人工制作更多琥珀金吗？"贾迪尔问。

矿工耸耸肩。"我想可以的，不过可能没有这么纯。但为什么要这么做呢？或许有人会为了新奇而出不错的价钱，但再怎么样也比不上纯金值钱。"

贾迪尔点头，接着又拍拍手，召唤哈席克带他出去。"你必须让他不向任何人提起此事。"他叮嘱阿邦道。

"已经办好了。"阿邦说。"他会直接被带往我的私人大铁匠工作的锻造炉，从此再也不会有人见到他。我会告诉他的家人他死于矿坑坍塌，然后支付大笔补偿金。"

"我要把它拿到枕厅去确认它是否有必要批量生产。"英内薇拉说。

贾迪尔点头。"好吧，我们等着你。"

英内薇拉看着阿邦，贾迪尔手掌微劈，打断她的视线。"我不是傻瓜，妻子。我看到你和阿邦互相打量的目光，围着我的王座标示地盘。但我选择了相信你们两人，而至少在这件事情上面，你们也要相互信任。"

英内薇拉秀眉紧蹙，不过还是点了点头，消失在她的枕厅门后，过了几分钟才回来。

"什么东西比黄金还珍贵？"她问。

贾迪尔看向阿邦，然后两人一同耸肩。

"这是古代的达玛丁在寻找达玛佳的神圣金属时所提的问题。"英内薇拉说。"稀有金属比普通金属更容易传导魔法，但就连黄金也会在传导的过程中产生流失。"她举起那块琥珀金。"现在我们终于找到答案了。"

贾迪尔接过金属，仔细打量。他拿起来放到嘴边咬，观察痕纹。"但卡吉之冠和卡吉之矛都比顶尖的钢铁更加坚硬，没有铁锤或熔炉能留下任何刮痕。这块金属很柔软，一咬就留下齿痕。"

"或许现在很柔软。"英内薇拉说。"但在吸收魔法之后，它就会变得无坚不摧。"

这话让贾迪尔的胯下微微一颤。想到能打造更多和卡吉之矛一样强大的武器就令他血液沸腾，突然间打赢沙拉克卡仿佛只是举手之劳。"想想我的战士能拥有的力量……"

阿邦清清喉咙，打断这个想法。

"万分抱歉，解放者，"卡菲特在贾迪尔看向自己时说道。"但俗话说不要把拖车放到骆驼面前。就像兰尼克说的，琥珀金的数量稀少。"

"有多稀少？"贾迪尔问。他严峻地瞪着阿邦。"我能看出你在说谎，阿邦。"

阿邦耸肩。"三十磅？或许五十？就连分给你的嫡系长矛卫队都不够。而依我看，你或许不该发配如此强大的武器给任何战士，以免他们变得狂妄自大。"他微笑。"这种事曾经不是没发生过。"

贾迪尔皱眉，但英内薇拉冷冷说道。"不过就此事而言，你的武器匠并非最适合处理这种金属的人。"

贾迪尔看着她一段时间，想起她在枕厅里所说的话——你今天将赐予达玛丁一份大礼。

他点头。"那就照你的意思去做。"

❦

回到影之殿后，英内薇拉一边盯着左手掌心上的琥珀金，一边缓缓转动右手上的阿拉盖霍拉。她惊讶地看着魔雾的游丝飘向琥珀金，然后被吸入其中，就像微风吹拂浓烟一般。即使没有魔印，这种金属还是会吸收魔力，在魔印光线下隐隐放射

着魔光。

达玛丁经常会以恶魔骨为核心制作珠宝，不过明令禁止在骨骸外加镀任何金属，因为透过其他金属传导都会扭曲魔法，经证实会改变预知的图像。她面露微笑，看着终于重新刻好的宝贵骨骸。她本来已经准备多刻一副备用，但这下再也不用担心骨骸会暴晒在阳光下了。

她已经开始想到真正的应用之法——霍拉会在魔力耗尽时粉碎，但只要镀上琥珀金，它们就能不断吸收魔法，反复使用，就像卡吉之矛一样强大。阿邦说这种力量强大得不能交给普通战士绝非虚妄之言。万一得知琥珀金的来源，就连其他达玛丁也会不择手段地想据为己有。她可以把镀了琥珀金的霍拉赐给她最信任的手下，但她得亲手制作这些物品。她环顾四周，考虑该如何在如此深入地底的地方解决锻造炉排气的问题，同时又不会牺牲私人宝库的安全性。

最后她深吸一口气，理清思绪，收起金属。她再度掷骰子，希望能瞥见明晚最后的几丝线索，然后离开影之殿。

她保持心中的自我，但体内心潮澎湃。不管采取多少预防措施，金属的秘密已经落在她最不信任的人手上。

在感觉宝库大门于身后开闭时，她沉默地比了个手势，三名宫人侦察兵步出阴影，站在她身前。他们都是安基德最得意的弟子、不存在的男人、擅长在人潮拥挤的白天潜行、动也不动地站上好几个小时、徒手攀墙、暗杀。他们没有舌头，无法说话，但知道如何领命行事。

跟踪沙达玛卡的卡菲特，英内薇拉以灵活的手指下令。监视他一举一动，把他和什么人说过话、去过什么地方都回报给我。潜入他在建的堡垒，探查其中的秘密。

三个男人整齐划一地比画手语，仿佛镜中的倒影一样。我们了解,并会遵守命令。他们鞠躬行礼,随即在英内薇拉踏上返回皇宫的阶梯时消失。

即使过了好几个月,当英内薇拉帮他准备晚间的阿拉盖沙拉克时,贾迪尔还是难以想象这种战袍竟能如此轻便。现在他舍弃内镶金属板的厚重战袍,改穿随时能脱掉、露出皮肤上的战斗及防护魔印的薄纱战袍。现在的他即使赤身裸体都比穿着最坚硬的护甲还要安全。

"今晚我要和你一起走进黑夜。"英内薇拉在帮他穿好战袍时说道。

贾迪尔吃惊地盯着她,但太阳还没下山,她的灵气还未出现。"那并非明智之举,爱人。阿拉盖沙拉克不是……"

英内薇拉挥手打断他的话,嘶声道,"你愿意和黎莎·佩伯共赴黑夜,却不肯跟你的吉娃卡并肩作战?"

内心深处,贾迪尔知道她脸上的怒意只是张面具。他敢用卡吉之冠打赌她早就设计好这段话,很可能她已经问过骨骰;但即便如此,他还是无法抗拒那副怒容的威力。

或许是因为她说得没错。

怒容转眼消逝,英内薇拉向前逼近,近得他能隔着丝袍感受她的体温和体香。"我与你一同对抗阿拉盖王子及它的保镖。"她提醒他。"走在沙达玛卡身旁,我有什么理由惧怕普通恶魔?"

"即使是普通恶魔也不会掉以轻心,"他说,虽然很清楚她已经赢了。"为了这点,就算达玛佳也有战死的可能。"他伸手深入她若有似无的丝袍,轻抚她丰盈的双乳之间柔顺的肌肤,感受她的心跳。

英内薇拉回应他的爱抚，双手伸进他的薄丝长袍。"我不会忘记的，爱人。"她的手指沿着他文在他胸口上的魔印抚摩。"但你也不要忘记，就像你有防御魔印一样，我也有我的。"

贾迪尔微笑。"这点我毫不怀疑。"

他们一起离开宫殿，英内薇拉坐在骆驼背负的轿子里，贾迪尔则骑着白色战马。路过的人全都难以置信地看着他们，不过没有人胆敢多嘴。

尽管嘴里这么说，贾迪尔其实并不担心妻子。他领土上的恶魔早就死得差不多了，剩下的只是留给部队操练用的。

艾弗伦恩惠建造的形状像是向日葵，中央是城市中心，四周则是如同花瓣的大片农地与牧场。中央城市是贾迪尔的私人领土，兼各部族的中立地带。城里有座以城墙围着的内城区，其外则是面积广大的外城区。他将花瓣的区域依照部族大小加以分配。卡吉、玛嘉、穆罕丁控制拥有独立魔印的广大农庄和村落。较小的部族则分配到该族人口所能掌握的最大领土，甚至更多。即便如此，还是有些边境的青恩村落。较小的部族没有完全纳入掌握，只因为没有足够的沙鲁姆和达玛能够管理它们。

贾迪尔的许多战士散布在这些领土上——这种做法有好有坏。兵力分散就某些方面而言，是消弱他们的实力，但一样会让阿拉盖很难挑选目标，就像他也很难猜测对方会主攻哪里一样。每个部族都有自己的根据地，负责保护他们的族人和作物度过月亏。不过所有部族都会派遣部分精锐部队起来协助贾迪尔防御首都。

他们抵达时，贾阳正在训练场校阅这些精英战士。他们远远就在一群蒙着白面巾的凯沙鲁姆间看见他的白头巾。阿桑也和他在一起，在太阳下山、奈的深渊开启前带领部队向全能的艾弗伦祷告。

贾阳和阿桑抬头迎接他们驾临，尽管两人素来不和，贾迪尔还是很高兴看到自己最年长的两个儿子站在一起，率领他的部队。孩提时代，他们梦想成为沙鲁姆卡和安德拉，他们父亲也是怀抱同样的美梦。现在贾阳已经继承了他的头衔，阿桑也已准备好了！

贾阳深深鞠躬，但从他的眼神看来，他显然认为英内薇拉不该在达玛吟唱宵禁之歌后也跟着出来。阿桑很可能与他一般心思，但他冷静得面无表情，没有透露任何信息。贾阳在沙利克霍拉中学会所有达玛的策略与战斗技巧，但他们的纪律却是更艰难的课题。这已经不是贾迪尔第一次怀疑让他们这么小就戴上白头巾是否明智——让坐在王座的人学会表现得恰如其分确实不容易。

"您的战士正在等待您检阅，父亲。"贾阳说。尽管不擅长隐藏情绪，他还没蠢到公然说出来，那必然会导致羞辱母亲。这并非出于他对父亲的尊重——他们都很清楚贾迪尔绝对会在他自认地位高于达玛佳时动手教训他。英内薇拉从小就在儿子们中间建立起自己的威严，时至今日，他们仍然会在对母亲不敬时招致严厉惩罚。

你的儿子都不够格。骨骰说，而贾迪尔内心深知这个事实。

得益于卡吉之冠和卡吉之矛的神奇魔力，贾迪尔或许能活上好几个世纪不止，就像卡吉一样，但他可没蠢得不预先对自己辞世之后的情况做妥善的安排。如果没有一个完全合格的儿子够资格继承沙达玛卡的头衔，或许应该把卡吉之矛留给贾阳，卡吉之冠留给阿桑。再一次，他想起英内薇拉隐瞒自己的事。到底自己之后的另一个解放者会是谁？

英内薇拉看着排列得整整齐齐的战士方阵，贾迪尔心中无

比骄傲。自从接下沙鲁姆卡白头巾以后，他已经用血汗将这些战士从各族数量日渐稀少的散沙打造成怀抱统一理念的精英部队，而且规模日益扩大。

就连集结在训练场中的卡沙鲁姆和青沙鲁姆也以整齐的步伐行军。卡菲特战士已经展现出非凡的战力，而尽管大多数绿地人依然软弱无能，还是有不少人树立战斗的信念。剩下的人将会拖延阿拉盖进攻的速度，以纯净的灵魂去见艾弗伦，好让真正的战士有机会屠杀它们。

他看向英内薇拉，但她只是耸耸肩。"和我想的一样，我们去巡视防御工事吧。"

贾迪尔压抑受伤的感觉，转向贾阳和阿桑。"今晚内城交给你们，我儿。我们会照达玛佳的意思巡视外城，解放者长矛队负责保护我们。

英内薇拉碰了他手肘一下。"由儿子率领我们荣耀的守卫会让我比较安心，爱人。"

贾迪尔好奇地打量着她，希望太阳尽快下山，好揭开她平静外表的面纱，看穿她的真实意图。

贾迪尔耸耸肩转过身去，对凯沙鲁姆下准备开拔的命令。部队立刻开始离开训练场，赶往各自负责的位置。

阿桑深深鞠躬。"护送神圣的母亲是我们的荣幸。"他命人牵来他的马，与他父亲一样的纯白色战马，只是额头上有道钻石状黑斑。贾阳也牵过他的马，是头马蹄后方有着白色簇毛、口鼻也是白色的黑色战马。他们骑在贾迪尔和英内薇拉身后的两侧，后面跟着骑在高大黑色野马上的解放者嫡系长矛队。

巡查防御工事时，贾迪尔不是第一次如此感慨——这座绿地城市有多不安全。之前他的战士如此轻而易举地攻了下来，让他非常担心即将到来的月亏。日后他要把艾弗伦恩惠修建得比沙漠之矛还牢固，但现在他只能将就运用懒散的北地野蛮人所留下的东西。

内城是最容易防守的区域，也是最主要的目标，因为里面有谷仓及贾迪尔的宫殿。尽管没有类似沙漠之矛那般完整而坚固的地下城，内城同时也是外围区域的女人和小孩将会前往避难的地方。他们甚至得让青恩也躲进来。达玛基对此很是不满，但贾迪尔可以无视他们的抗议。守护女人和小孩是男人的职责，青恩也不例外。

尽管绿地人宣称已经差不多一个世纪没有阿拉盖闯进内城了，但贾迪尔怀疑那纯粹是因为内城不曾面对过真正的考验。这里的魔印只比大部分石恶魔高出一点。自从自己占领来森以来，手下的石匠和魔印师就一直在增修城墙，但远远比不上沙漠之矛的大魔印那般强大。贾迪尔看着巨蝎和投石器排在新近修建的炮口后方，希望它们足以抵抗正面攻击。他已经做好要在主城的街道上作战的准备，但如果真的走到那个地步，战况肯定十分惨烈。

下一道防线是外城，面积比内城大数倍，魔印城墙如此矮，强大的恶魔随便一跳就能跳掠过。这道城墙每隔二十英尺就有一根类似安纳克桑方尖碑的魔印柱，提供层层保护，强化防御力场。

外城区内所有的魔印柱都与魔印城墙和其他魔印柱相互对应，形成一张足以弥漫领土与领空缺口的魔印网，守护着内城赖以维持生计的新大市集、果树林与农田……

不过这片土地如此辽阔，以至于青恩的魔印根本无法完全覆盖，稍可供恶魔现身的空隙散布其间。每天晚上他们都会杀光这些恶魔，不过如果数量太多，还是会有恶魔渗透到其他地方去。即使加上新征召来的数千名青恩，贾迪尔仍然没有足够

的人手防御所有空隙。

尽管有着诸多的弱点,外城还是出乎意料地容易防御。只要一块凌空而来的巨石就能击倒魔印柱,但缺口很快就会被另一根魔印柱填补起来,每根魔印柱都能独立运作。这些柱子形成了迷宫,而他的手下很擅长在迷宫中作战,于里面布满诱饵、魔印坑和突袭点。想要攻入内城,阿拉盖前进的道路并不顺畅。

黑暗在他们巡逻时慢慢降临,随之而来的则是皇冠视觉下的魔光。他的潜能觉醒,各种感官都变得异常灵敏——远处阿拉盖的吼叫及沙鲁姆突袭时的矛和盾敲打出来声音传进了他的耳朵——觉得夜晚比白天自在让他心生一种恶魔般的罪恶感,但一切都是艾弗伦的旨意。沙达玛卡必须习惯于黑暗,才能征服黑暗。

他看向儿子,发现他们也在考量防御形势时心中燃起希望。偶尔他们会遇上正在交战的沙鲁姆,不过大部分战况都在掌握中,经验老到的沙鲁姆示范击杀恶魔以指导新征召的菜鸟。他们遇上了一场较为激烈的战斗,不过还是轻松被摆平,无须他们出手相助。

"你看够了吗?我的妻子。"贾迪尔在巡视一小时后问道。他仔细观察她的灵气,但灵气平静祥和,没有透露任何恐惧意味。

"差不多了,丈夫。"英内薇拉指向不远处的小山丘。"但首先,或许那里视野更好?"

贾迪尔点头,他们朝山丘出发。听见战斗声时,他一点也不感到意外。

来到山丘顶上,他们看见一群田野恶魔在下方的溪谷围困两个背对而立的瘦小沙鲁姆。战士看来毫发无伤,但恶魔的数量超过他们三倍以上,所以状况还是不容乐观。在徒步的情况下，他们全身而退的机会也不大——就连克拉西亚战马也跑不过田野恶魔。

贾迪尔精神紧绷，准备冲过去支援，但英内薇拉扬起手。"看着吧，爱人。我们不必出手。"

三个男人全都看着英内薇拉，但她镇定地坐在棚车里，灵气平静，微带一丝欣赏。他们回过头去，观察着山丘下的战斗。

"他们是谁？"贾阳问。"隶属哪个单位？部队应该再过一个小时才会扫荡这里。"

就在此时，体形最大的田野恶魔跳出包围圈，扑向其中一名看似疏于防守的战士。战士是故意引诱恶魔出手的。只见他及时转身，一矛插入恶魔喉咙。另一头恶魔趁着空当扑上，但战士的伙伴移动盾牌挡下它。他借势出击，刺中恶魔前肢关节，让恶魔在哀鸣声中撤退。

包围圈的另一边又有恶魔冲过来，但第一名战士拔出染满脓汁的长矛，两人同时精准地转动四分之一圈，以盾牌挡下攻击。

贾迪尔对战士的战技点头赞许，过了好一阵子才发现战士攻击时没有产生魔光。他看向英内薇拉。

英内薇拉摇头。"愚蠢的人们习惯以传统之道作战，就像我荣耀的丈夫一样。"

"艾弗伦的胡子。"贾阳说。就连他也不曾没拿魔印武器就去挑战阿拉盖。阿桑一言不发，但他凭空绘印，为战士祈福。

在没有战斗魔法的情况下，沙鲁姆的攻击必须精准，因为恶魔硬壳的弱点确实很难找，令人恐惧的是还能迅速自愈。田野恶魔张牙舞爪，每一下攻击快如闪电，有时候伏低身形，让其他人立而起的恶魔攻击高处。第一头恶魔倒地后，它的伙伴动作变得谨慎，这些敏捷灵巧的怪物开始在人类出击时闪避攻击。

但两名战士展现了前所未有的高明战技,彼此配合得天衣无缝,像个拥有双头四臂的战士。恶魔被击得连连败退,直到其中一头恶魔被看似打偏的一击打得倒在地上。双人组立刻转身,一名战士的长矛插入恶魔的眼眶,刺穿它的脑袋,将之击毙。

他们本应转身防守,但两名战士却突然出击,移动身形让恶魔扑到两人之间。他们奋力踏步,盾牌上的防御魔印魔光大作,压扁夹在盾牌中间的恶魔。

现在恶魔的数量减为战士人数的两倍,战士采用更大胆的战术,分散开来,让恶魔分开包围他们。

笨蛋,贾迪尔心想。为什么要舍弃优势?

但是战士没有舍弃任何优势。恶魔从四面八方扑来,他们将盾牌的作用发挥得淋漓尽致,移动的同时挥动长矛挡驾攻击,每一步都在掌握之中。一头恶魔趁着战士的盾牌和长矛露出的空当莽撞扑上,但战士身体向前倾,如同毒蝎摆尾般一脚自后面踢出。这一脚正中恶魔颜面,将它撞向一旁,在它有机会起身前,战士已经扑到对手身上,准确的一招封喉,将恶魔击毙。

这时另一名战士也宰杀了一头恶魔。在一对一的情况下,他们丢下盾牌,完全不顾防守。恶魔立刻上钩,张大嘴朝他们咬去,但两名战士如同镜中倒影般同时以矛柄架住恶魔张大的嘴,在恶魔咬啐木柄前身形疾转,利用恶魔自己的力道来对付它们。他们挥动长矛,让两头不停挥爪的恶魔撞在一起,满足地看着它们的利爪在彼此身上留下深深的伤口。他们抽回长矛,刺向伤口,插入硬壳底下脆弱的血肉。

他们气喘吁吁地打量着散落一地的阿拉盖尸体。其中一头抽动一下,旁边的战士立刻上前解决它。英内薇拉脚踢骆驼,走下山丘迎向他们。

贾迪尔和其他人一脸震惊地跟了上去。来到近处时,两名战士深深鞠躬,先对英内薇拉行礼,然后转向贾迪尔。当他们站直之后,贾迪尔的眼珠差点蹦了出来。他们的装扮掩饰了大部分的外形,但他们的灵气却无法隐藏身体的曲线——女人。

"沙达玛卡,"她们以悦耳动听的声音异口同声地说。"我们响应您的召唤。希望这些阿拉盖足以让我们成为您的第一批沙鲁姆丁献上的祭品。"

"沙鲁姆……丁?"贾阳难以置信地问。

女人以和战斗时同样整齐的动作伸手解开头巾和面纱。贾迪尔屏住呼吸,因为他已经借着灵气看出她们的身份。英内薇拉很聪明,这点他无法否认。但这回她可捅到蜂窝了,就连向来冷静的阿桑也忍无可忍。"这算什么?"

"山娃?"山杰特大声问道,看着自己女儿,贾迪尔的妹妹霍许娃所生下的女儿,站在他们面前。

但真正让阿桑气得灵气突变,令贾迪尔难以逼视的却是另一名女子。阿希雅,阿山和他大妹英密珊卓所生的女儿——阿桑的第一妻室。

※

黎明即将到来;王座厅的彩绘玻璃逐渐明亮。所有古老的沙鲁姆认证仪式都已执行。年轻女子杀死了多于要求数量的恶魔、于黑夜中正面对抗阿拉盖并且坚守阵地。英内薇拉为她们掷骰,并且,当然宣称她们够格成为沙鲁姆。现在唯一欠缺的就是黎明到来,以及贾迪尔的决定。

这可不是个简单的决定。在深入人心的传统问题前,不管如何决定都会让他在宝贵的盟友与家族前损失尊严与忠诚。

贾迪尔看向英内薇拉，只见她的灵气依然得意得令人反感。她爱他，但那并不表示她会一直都听命于自己。她躺在床上的模样看来似乎漠不关心，但其实她十分看重这边的一举一动。

贾迪尔坐在她身旁的王座上，看着阿桑和阿希雅在远方的小房间里低声争辩。他只要稍加专注就能看穿石墙，直视他们的灵气。他敏锐的耳朵能听到他们所有对话。

"你怎么能这样羞辱于我？"阿桑大声问道，双手颤抖。贾迪尔之前已经告诫过他，殴打他的外甥女，罪行视同殴打达玛丁，但阿桑的灵气显示他不会这么做。

"羞辱你？"阿希雅的灵气显得很平静，如同拥抱恐惧一样将一切抛到脑后的战士。"丈夫，你该为我骄傲才对。山娃和我是历史上第一对站在黑夜中接受恶魔脓汁的克拉西亚女性。除了为你的名字增添荣耀外，我想不会有其他影响。"

"荣耀？"阿桑问。"像你那样穿着男人的衣服、不戴面纱走来走去？让所有男人认定我连自己的妻子都控制不住有何荣耀可言？"

"我不想被你控制。"阿希雅大声道。"你和我哥哥或许能说服我父亲将我送给你，但我从来不奢望只当你床上的妻子。"

"难道我不够资格当你丈夫？"阿桑问。"解放者的次子对你来说还不够？或许你是想要嫁给贾阳？"

"我也是解放者的血脉，"阿希雅说，"我是卡吉部族的公主。我不希望被送给任何人！"

阿桑摇头，灵气中浮现十足的困惑。"难道我不是个好丈夫吗？没有给你想要的一切吗？没有放孩子到你肚子里吗？"

"你和阿苏卡吉从不在乎我的想法，"阿希雅说。"你给我好衣服穿、好东西用，此外根本不把我放在心上，除了新婚之夜在边看阿苏卡吉边自慰的情况下你把孩子放进我肚子，然后于四十周后从我怀中夺走刚出生的儿子。"

"我会给你更多孩子,"阿桑说。"儿子、女儿……"贾迪尔看得出来他迫切地想要了解的想法,或许只是为了让她打消念头,挽救自己的颜面。

"不。"阿希娃说。"我并不是代替阿苏卡吉帮你生孩子的机器!你和你的男闺密已经得到了你们想要的儿子,现在我要展开我自己的新的人生。"

阿桑的灵气爆红,阿希雅的灵气则显示她知道丈夫打算殴打她——并且打算更进一步刺激他。她已经计划好该如何招架与反击。

"阿桑!"贾迪尔吼道。"过来!"这对夫妻转向他,剑拔弩张的气氛被他的召唤镇住。

阿桑头也不回地大步走离妻子身边。"父亲!"他叫道。"你不能允许这种疯狂的行为!"

"我同意。"与阿苏卡吉一同站在台阶下方的阿山说。他的灵气明白表示他期待贾迪尔基于两人分享的爱与忠诚,不会允许他愚蠢的女儿以沙鲁姆的身份度过一生。

"我向你保证,阿山,"贾迪尔说。"没人能够让我出尔反尔。"

"解放者说得没错,他不会出尔反尔。"阿雷维拉克说。所有人惊讶地看着他,不敢相信这个保守的达玛基会同意这种事。

贾迪尔决不会公开承认此事,但他深深敬重阿雷维拉克达玛基。他并不总是认同此人的想法,但达玛基是个荣耀感很强的人。即使贾迪尔拧断阿雷维拉克的手臂,他还是没办法让这名老祭司真正臣服于自己。阿雷维拉克是唯一一个敢站出来质疑贾迪尔的决定的人。

不过那仅限于讨论环节,一旦贾迪尔做了决定,不管阿雷

维拉克认为有多蠢，他都会遵守沙达玛卡的决定，并维护沙达玛卡的尊严，除掉任何胆敢反对的人。贾迪尔看着他的灵气，感到一股类似儿子会在父亲身上感受到的情绪。在通往骷髅王座的道路上，阿雷维拉克达玛基会是他最大的阻碍，而现在他或许是全世界唯一能让贾迪尔信任的人。

阿山转身回应，但阿雷维拉克举手阻止他。他看向贾迪尔，灵气转为冰冷。"如果解放者认为让女人担任沙鲁姆是恰当的做法，那就这么做。但法令不能与《伊弗佳》中明文规定的做人妻子女之职相抵触。卡吉本人不也要求她们顺从吗？"

这种说法令英内薇拉的灵气变得饶富兴味。艾弗伦在上，她绝不是个顺从的妻子。贾迪尔轻哼一声，在发现这个声音冒犯了阿雷维拉克后，顿生悔意。

"很有道理，达玛基之言。"他立刻补充道。对方的灵气缓和下来。"我确实可以在需要时更改成命。"

"那就更改吧！"大厅的一边传来一声大吼。

贾迪尔抬起头来，哈席克微微迟疑地汇报道："圣母驾到！"

卡吉娃，依然身穿黑色睡袍，领着他妹妹英密珊卓及霍许娃一同走进王座大厅，三人身上的灵气都是无比愤怒。身旁英内薇拉的灵气突然转为恐惧，所有胜券在握的感觉彻底消失。

这戏唱的是哪一出啊。他心想，目光瞟向妻子，看着她对卡吉娃所展露的情绪。她相信我母亲的金口玉言比议会更管用。

回头看向卡吉娃时，贾迪尔发现妻子的担心不是没有道理的。这些年来，母亲偶尔会与他意见相左。这不是没发生过的事，但他从未想过他神圣的母亲会对自己发这么大的脾气。

"这都是你的错，"卡吉娃说，令所有人大吃一惊。"这就是拒绝让你的外甥女换上白袍的后果。"

阿桑点头。"你昭告世人她们没资格获得艾弗伦的宠幸已经够糟了,现在你竟然把她们当作普通战士一样推上战场?"

贾迪尔怒火中烧。他拉开白色外袍,露出里面的黑袍。"我是个普通战士,儿子。你哥哥也是。"他瞄向贾阳明净的灵气,毫不惊讶地发现贾阳竟然毫不在乎自己的决议。他的长子不想处理女性战士所带来的问题,但他也不认为父亲应该为了这点小事烦心。他只想袖手旁观,眼看阿桑与父亲闹僵。

"从前你也曾衰求我让你成为战士。"贾迪尔对阿桑道。"我为那个孩子的损失感到遗憾,他本来可以取得无上荣耀。"

"我也在黑夜中指挥部队。"阿桑说。看见这话在儿子的内心造成何等重创后,贾迪尔立刻后悔如此侮辱他,但现在不能安抚他。

"在部队后方指挥,"贾迪尔说。"你是战略大师,是将才,我儿,但从未感受过阿拉盖体内的恶臭。如果你有,你就会更加尊重长矛。"

"父亲说得有道理,弟弟。"贾阳说。他的动机在灵气中昭然若揭,试图表现睿智,一边争夺父亲的宠信,一边落井下石。

贾迪尔反感地瞪了他一眼。贾阳的灵气顿时畏缩。"如果能像整合金银一样把你们两个合而为一,艾弗伦对我可谓太关照了。"

"我向来尊重长矛,我儿,"卡吉娃说。"我从小就这样教育你的,不是吗?艾弗伦知道少了霍许卡敏,日子有多难过……"

英内薇拉的灵气火大得几乎在大吼大叫,不过只有贾迪尔能够感应出来。在其他人眼中,她只是在研究自己上了油的指甲而已,好像那比眼前的争吵更吸引她。她知道不能在公开场合强迫贾迪尔选边站。

"但我也教你要尊重女性，"卡吉娃继续道。"保护并珍惜她们。让她们安然度过黑夜，让她们衣食无缺。现在你打算强迫她们战斗？难道明天你会要命令小孩也拿起武器冲杀了吗？"

"如果要赢得沙拉克卡而必须这么做的话，我也决不含糊。"贾迪尔说，就连卡吉娃也不得不在这句话前闭嘴。

他环顾大厅，目光直视山杰特。他在沙拉吉受训时就已经认识山杰特，两人曾在黑夜中并肩作战无数次。凯沙鲁姆的灵气显示他内心正左右为难，但贾迪尔却没办法仅凭灵气看出他接下来的想法。

"你呢？山杰特。"他问。"你的内心是怎么告诉你的？你想看女儿拿起长矛吗？"

山杰特跪倒在王座前，将长矛放在身旁，双手贴上大理石地，额头抵地。"我没资格质疑你的命令，解放者。我也没资格质疑阿山达玛基对于他女儿的感觉，或是阿桑达玛对他吉娃卡的看法。"

他抬头起身。"至于我，如果你在昨天问我，我绝对不会希望有女人和我一起在夜里奋战，或在沙拉克中把自己的性命交给女人守护。"他看向山娃，灵气中充满爱意。"但我无法否认刚才在看到她们两个战斗时，那景象荣耀非凡。我想不出有任何人比她们更强，包括解放者长矛队员在内。当她们解开面纱，让我认出女儿时，我没有感到惊讶或愤怒，但我也感到无比骄傲。"

山娃回应了他的父亲。贾迪尔可以从联系两人的情绪中看出她几乎不认识这个男人——他一辈子都忽略了她，只看重她的兄弟，而她则在很年幼时就被带往达玛丁宫殿接受训练。在此之前，她对山杰特这位父亲的感情显然有些淡漠了，但刚刚那些话让她心中生起了一丝对父亲的感激。

贾迪尔点头，权衡着当前各方的意见。

英内薇拉清清喉咙。"丈夫，请听我诚心一言，你已经咨询过祭司和顾问的意见。你咨询过父亲，你咨询过母亲。你咨询过丈夫，也咨询过兄弟。你甚至咨询过阿拉盖霍拉的意见。你咨询过所有人和所有东西，就差问问她们两人自己的意见了。"

贾迪尔点头，指示未来的沙鲁姆丁上前。"我亲爱的外甥女，"他在她们下跪时说道。"就和山杰特一样，在我眼中，你们的荣耀无边无际。但我不能否认我担心让你们深入黑夜。如果你们想要为我，还有你们的家族增添荣誉，你们已经做到了。你们不需要再为我做任何事，而我也不会让你们被某些人推向这种人生，"他看向内英薇拉。"或因为某些人放弃它。"他的目光瞟向阿桑。"所以我要问，这真的是你们想要的吗？"

两个女人立刻点头。"是的，舅舅。"

"考虑清楚。"贾迪尔说。"一旦拿起长矛，你们的一生将会彻底改变。或许你们只看见沙鲁姆所享受的特权，而那些特权都得付出沉重的代价。黑夜给人荣耀，同时也会造成痛苦与损失、鲜血与死亡。你们会恐惧，不管是睡还是醒。"

两个女人同时点头。但他继续说道。"你们面对的挑战比男人多。男性沙鲁姆会将你们视为弱者，不愿意听从你们的指挥。你们会碰上困难，必须比你们的男性萨凡高强两倍，直到你们赢得他们的尊重。这条路充满坎坷，而我也帮不了你们。如果男人是因为恐惧我才不敢攻击你们，那他们永远也不会真正地尊重你们。"

阿希雅抬头看着他。"我一直知道艾弗伦为我铺设的道路与诸名表姐妹不同。现在，在黑夜中面对恶魔后，我很清楚我要走的路。如果我让我丈夫蒙羞，那就解除我们的婚约，让他

去找个更称职的吉娃卡。我命中注定要死在阿拉盖爪下。"

山娃点头,在黎明第一道曙光自窗外洒落时牵起阿希雅的手。"没错,宁愿死在阿拉盖爪下。"

你今晚会获得战士,英内薇拉说过,但明早会失去另一批战士——那是什么意思?这表示我明天会拒绝她们吗?还是说我的手下会为了女人参战的事情而叛变?

他无奈地摇头。他们在他组成卡沙鲁姆时就说过同样的话了,现在那些人都成为英勇的战士。他不会拒绝任何战士。他痛恨小时候家里没有男人可以为他母亲出头,其他人对待她的那种可耻态度。他从前生怕自己也死了,导致他的妹妹被本地达玛接收,然后卖去当吉娃沙鲁姆。

贾迪尔看向议会成员。"我不希望女人作战,但沙拉克卡即将到来,而我不会拒绝愿意作战的任何人。卡吉或许禁止女人用矛,但前任解放者拥有百万大军,我没有,却还是要面对同样强大的敌人。"他以卡吉之矛指向跪着的年轻女子。"我任命你们俩为凯沙鲁姆丁。"

卡吉娃激动得相拥而泣。

"圣父。"阿桑说。"既然我的吉娃卡不把她对我的誓言当一回事,那我要求你现在就依她的建议让我们解除婚约。"

阿山目光锐利地瞪向阿桑。阿山之女和阿曼恩之子的结合强化了两个家族间的关系,离婚自然会让两个家族蒙羞。

"不准。"贾迪尔说。"你和我外甥女在艾弗伦面前宣誓结合,我不会让你们违背誓言。她会继续当你的吉娃卡,而你不能禁止她和小卡吉见面。儿子需要母亲。"

"这下我的孙女每天晚上都要参加阿拉盖沙拉克了?"卡吉娃大声问道。

"不是非得这样不可。"英内薇拉说。

卡吉娃惊讶地看她。"什么意思?"

"很多达玛都有私人护卫,那些沙鲁姆只有在月亏时才会参加阿拉盖沙拉克。"英内薇拉说。"如果我荣耀的丈夫如此希望,我就让她们担任这些职务。"贾迪尔微微点头,不用看她的灵气也知道那种满足感已经无以复加。

"即使在月亏,把她们摆在前线也是一项错误。"阿桑说。"她们会让激战中的男人分心。"

"我的战士会学会适应。"贾迪尔说,虽然自知那不是件容易的事。

阿桑点头。"或许。但你希望在阿拉盖降临大地时教战士再适应吗?"

贾迪尔抿嘴。"不,"他终于怒喊道。"我不知道下次新月会是什么情况,这并不是强迫改变的时机。"

阿桑为了这个小胜利而露出得意的笑容。

"但对达玛而言也一样。"贾迪尔说。

阿桑双眼稍微张大一点。"什么?"

"少了达玛,艾弗伦恩惠将陷入混乱。"贾迪尔说。"所以我不打算让你在月亏时冒险,除非我确定每个月亏要面对什么情况。下次新月,你可以与你母亲和妻子待在地下宫殿里。"

贾阳努力克制笑声,不过还是让他弟弟听见了。

☙

悠着点儿,丈夫,英内薇拉看着阿曼恩和阿桑对峙时想道。*他毕竟是你儿子,而他有他的尊严要顾。*

幸运的是,门外的动静打断了他们父子间的敌视。英内薇拉看见一名沙鲁姆快步跑进大厅。他面容憔悴,浑身风尘仆仆,沾满泥巴的黑袍散发着恶臭。她大老远就能闻到他那股久没洗

澡的汗酸味。

战士长矛抵地,在骷髅王座前单膝跪倒。"沙达玛卡,我为您的长女圣阿曼娃送来紧急密函。"

阿曼恩点头。"吉兰·阿苏·法金,是不是?你被派往北方护送黎莎的车队。怎么了?我女儿和未婚妻一路还安全吗?"

未婚妻。这个词到现在还是像针一样刺痛了英内薇拉。

"我离开时她们都安然无恙,解放者,"战士说。"但她们似乎起了……冲突。"

"什么样的冲突?"阿曼安问道。

吉兰摇头。"我不知道,但我相信圣公主会在她的亲笔信上写得很清楚。"

他举起一捆蜡印封起的小卷轴。

阿曼恩点头,指示山杰特接信。山杰特是吉兰的凯沙鲁姆,但吉兰依然一跃而起,向后退开。

"这是什么意思?"阿曼恩问。

"圣公主要我发誓,沙达玛卡,我必须亲手将信交给您,不能交给其他任何人。"吉兰低头汇报。

阿曼恩点头,指示对方上前,吉兰迅速步上台阶,来到他面前后再度单膝下跪。他低头,将信交给阿曼恩。他说话的声音很小,只有阿曼恩和英内薇拉听得见。"我要说一件事,解放者。黎莎女士亲口承认她对我下毒,不让我把信送给你。"

"她只是在吓唬你而已。"阿曼恩说。

年轻的沙鲁姆使劲摇头。"对不起,解放者,但她不是在吓唬我。我离开两天后就开始身体不适。第三天我浑身无力,直接摔下马背,躺了几个小时,在路上等死。"

"你怎么活下来的?"英内薇拉问。

沙鲁姆向她鞠躬汇报:"黑夜即将降临,达玛佳,我宁愿死在阿拉盖爪下，也不愿躺在地上任由力气被女人的毒药吸干。"

阿曼恩点头。"你拥有真正的沙鲁姆之心，吉兰·阿苏·法金。后来呢？"

"我只能勉强站进来，"吉兰说。"但我找到隐秘的藏身处争取时间，等待愚蠢的阿拉盖来到身前。一段时间过后，一头田野恶魔路过，试图追踪我的气味。当它来到我身边时，我奋力出击。"

"借以恢复元气。"英内薇拉猜想。

吉兰点头。"艾弗伦会祝福杀死奈的产物之人。我的马逃了，我又接连狩猎两晚，终于恢复体力。很抱歉拖延了不少时日，但我终于活着赶回来了。"

阿曼恩伸手搭上吉兰的肩膀。"我以你为荣，吉兰·阿苏·法金。你的荣耀无边无际。现在就去大后宫，让吉娃沙鲁姆服侍你淋浴更衣，帮助你补充睡眠。"

战士点头，如同进来时般迅速退下。阿曼恩展信阅读，然后交给英内薇拉。

"丈夫，很抱歉。"她边看信边说。"但我警告过你。"

"再一次证明你的骨骸所言不虚。"阿曼恩说。"我在夜里获得两名沙鲁姆丁，第二天早上却失去了所有洼地部族的战士。"

"我不会为此沾沾自喜，爱人。"她说，但这也只是一句善意的谎言。"如果这样说会让你好过一点，没有得到过的东西算不上真正的损失。"

阿曼恩强忍着极度悲伤摇摇头。"这没有让我好过一点，妻子。"

英内薇拉来到影之殿，移开某个位置上方的石块。里面放了一个小盒子，其上绘有冰冻魔印，辅以恶魔骨核心。盒面上结了一层薄霜。

英内薇拉打开盒子，拿出冻在里面的一小块丝巾。这块丝巾非常宝贵，但既然她已经完成新的骨骰，黎莎又终于失宠，该预测一下这个北地女巫以后的命运了。

这块丝巾是英内薇拉的手帕，上面沾了黎莎在英内薇拉枕厅里打斗时所留下的血。她小心翼翼地剪下一小块染血丝巾，放到热气腾腾的小碗里。将血液彻底淋在骨骰上，然后摇骰。

"全能的艾弗伦，"她祈祷，"让我预见洼地部族佩伯家族厄尼之女黎莎的命运。"摇完最后一下后摇骰。

随即倒抽一口凉气——她怀孕了……她是你的萨凡。

第二十七章　月亏

333 AR　秋　月亏

"怎么做到的？"贾迪尔问，一脸惊叹地看着眼前被镀上琥珀金的骷髅王座。她拉上王座厅厚重的布帘，让他在距离黄昏还有几个小时的此刻使用王冠视觉。他看见王座朝四面八方释放稳定的能量，中央绽放强烈的魔光，宛如一颗小太阳。

"你的王座如今投射出——"英内薇拉开口道。

"——一道魔印力场，"贾迪尔把话说完。"就连奈的王子都没办法接近我的王座……"他转身，顺着魔法流动，如看穿玻璃般轻易地看穿高大的石墙。"方圆数里之内都不行。"

这真的很了不起。卡吉之冠也能够驱退阿拉盖，这几周以来贾迪尔已经弄清楚它的力量，学会将卡吉之冠的守护力量远远延伸出去。除非他愿意，没有阿拉盖能进入他方圆四分之一英里的范围。他能够在战场上保护一整支部队，但眼前的王座，这张王座守护的范围超出整座内城。恶魔能够攻击内城城墙，甚至击垮城墙，但它们永远无法越过城墙。

他看向英内薇拉，嘴角扬起得意的微笑。"我问的不是它的效用，爱人。我问的是它如何做到的。"

英内薇拉的灵气充满震惊，接着为了无法炫耀自己所打造出来的奇观，向贾迪尔展示它的力量而感到失望。

下次就让她得意一下，他责怪自己。送了这个礼物，就算

让她得意千遍又如何？

意外的是，英内薇拉笑了。不是她惯有的那种嘲弄似的笑声、有感染力的开怀大笑——这是艾弗伦所创造出来最美丽的声音。

"你总是不断地令我惊讶，阿曼恩。"英内薇拉说。"每当我开始怀疑时，你就会提醒我你真的是沙达玛卡。"

贾迪尔本来会怀疑这话的真假，但她的灵气充满骄傲，显然字字都是真话。他伸手抚摸她的脸颊，看着她的灵魂微微颤抖。"我完全了解……达玛佳。"他弯腰吻她。感觉自己在她散发出的热情面前面红耳赤。她或许会在自认必要时欺骗他，但英内薇拉真的爱他。有吉娃卡如此，夫复何求呢？

她在他吻完后后退一步，克制她的情欲。他很佩服她的自制力，看着她火热混乱的灵气迅速恢复冷静——现在有更急迫的事要做。

"我在你神圣的王座上镶入了阿拉盖王子的头骨，以强化数百年来壮烈牺牲的沙鲁姆的头骨上刻画的魔印。"英内薇拉说。"我们几乎用掉所有琥珀金来镀膜……"

"几乎？"贾迪尔笑着问道。

英内薇拉以笑容回应，拿出现已安全地裹在一层亮白金属下的骨骸给他看。"你有你的工具，现在我也有我的。"她的灵气说明她镀膜的不光是她的骨骸，但他接受她保有的秘密。她是他的达玛佳，她理应拥有力量。

"我把琥珀金交给你是正确的选择，"贾迪尔说。"阿邦肯定也会想出很好的用途，但他绝不可能想到这……"

"无私的用途？"英内薇拉说。他不禁失笑。

"我不信任那个卡菲特，丈夫。"英内薇拉说。

"阿邦和你一样效忠于我。"贾迪尔说。

英内薇拉摇头。"他效忠的对象第一是自己的利益,第二才是你。"

贾迪尔点头。"你也一样,艾弗伦之妻。"

"效忠艾弗伦和效忠自己是有分别的。"英内薇拉说。

"可以说是。"贾迪尔点头。"也可以说不是,没有任何凡间男女能够真正绝对信任对方,爱人。但如果我们想要打赢沙拉克卡,还是得找出信任的方法。月亏即将来临,现在是面对黑暗的时刻,不该担心身后有人暗算。"

英内薇拉张嘴欲言,但贾迪尔以手指抵住她的唇。"你是艾弗伦之妻,妻子,而我是有信仰的人。不只相信艾弗伦,我还相信他的子民。"

"我母亲从前常说,'信仰不能帮你织篓'。"英内薇拉说。"造物主帮助赢得帮助的人。"她的灵气表示,她认为他是个勇敢的笨蛋。

"艾弗伦在帮忙,"贾迪尔重复道。"在对我统治的重大考验前数周时找到神圣金属,你认为会是巧合吗?即使它没有亲手攻击阿拉盖,他们并非孤军作战。如果我要解放这个世界,就得深信尽管有着诸多不同,不管男女老少,没有人会希望世界沦陷在阿拉盖手上。"

英内薇拉没有继续争辩,但她的灵气显示她没有被说服。

"你的母亲是个织篓的吗?"她问道,是改变话题,"我还以为她是位达玛丁。"

英内薇拉的灵气突然紊乱不已,充满了震惊、恐惧——还有一个秘密。足以在他脑中注满疑问,却不能提供任何答案。他心想解读阿拉盖霍拉是否就是这种感觉。

"你从没提过你的家人。"他继续追问,仔细观察。

英内薇拉的灵气显示她正迫切地想办法回避问题,转移话

题。她散发出类似受困的野兽一样逃避的气息,不顾一切的拼命气息。但接着她的呼吸节奏稳定而富有一派冷静的表情。

"大部分达玛丁都是达玛丁之女。"她说。"少数人是在汉奴帕许中由骨骸挑选而来。一旦中选,我们就与家人断绝了所有联系,他们从此再也不会有我们的消息。"

那感觉十分奇特。她说的每一个字都是实话,但整体而言却是在绕圈子。"而你没有切断联系。"

英内薇拉微笑。这是她在利用呼吸恢复冷静时惯用的分心手法。她在猜测他知道了多少,有没有在监视她。她谨慎挑选用字遣词,毫不透露任何不想透露的事。

贾迪尔厌倦了这个游戏。"吉娃,立刻给我说实话。"

他语气严峻,看着她想方设法,试图以佯怒来回避这个话题。她的眉毛皱成一团暴风乌云。

他微笑。"少来这一套。"他走向她,伸手搂住她。她浑身一僵,在被他接近时象征性地抵抗一下。"你爱我吗?吉娃。"

"当然,丈夫。"英内薇拉毫不迟疑。

"你信任我吗?"

她的灵气一阵颤抖,回答稍显迟疑。"信。"这不是谎言,算不上,但也不是实话。

"我不知道你隐瞒你家人的什么秘密,"贾迪尔说。"但我知道你有秘密,而那令我感到羞耻。"英内薇拉推开他,张口欲言。但他摇头。"结婚不只是我们两人的结合。你的家人会变成我的,我的家人变成你的。不管是什么秘密,我有权得知。"

英内薇拉凝视他很长一段时间,灵气混乱得他无法猜测她的回应。但接着灵气再度平复。"我父母都还好,住在艾弗伦恩惠里,他们是我的骄傲,同时也是我的耻辱,我担心揭露我们的关系会影响他们的安危。"她面对他的双眼，鞠了个躬。"对你保密是我的错，爱人。我为此向你道歉！"

贾迪尔点头。"我接受你的道歉，不过有个条件。"

英内薇拉扬起一边眉毛。

"我要见他们。"贾迪尔说。

"我认为那并非明智之举，丈夫。"英内薇拉说。"他们会遭受危险……"

"我是沙达玛卡，"贾迪尔说。"我的亲戚数以百计。你认为我保护不了他们？"

"这样做会打破他们目前远离宫廷斗争的平淡生活。"英内薇拉说。

贾迪尔大笑。"你能安排我外甥女成为沙鲁姆丁，却没办法安排我私下见你父母一面？我们都知道只要你有心，什么事都办得成。"

英内薇拉打量他一会，依然不敢放下戒心。"万一我不想这么做呢？"

贾迪尔耸肩。"那我就知道我在你心中只能排在第三顺位，而非你所说仅次于艾弗伦的第二位。"

☙

议会成员进入王座厅时，布帘低垂着。几盏油灯提供的照明，仅供贾迪尔在保有王冠视觉的情况下能清晰地观察贾阳和十二名达玛基的情绪变化。他与各族吉娃所生的儿子跟在每一位部族的领袖身旁，而阿山身旁站着的却是他的外甥。除了阿桑和阿苏卡吉两人十八岁外，所有儿子都才十五岁左右。他们已经不再是男孩，但也算不上男人。他们身穿着奈达玛丁似的白色拜多布，肩上披着白布。

他从灵气中察觉各位达玛基嘴上不说，但心里已然很反感这些即将取代他们本身儿子继承爵位的男孩们。沙漠中的各部族的领袖地位可不像绿地人的法规那样通过继承而来，但他们在贾迪尔之前都是如此规定的，那时，达玛基的兄弟、儿子或侄子在继承权上居有绝对优势。

更有甚者，他可以看见这些人与自己所产生的连接，有点像是在空气中看见与对方的连接线。普通沙鲁姆和达玛或许真心相信贾迪尔的君权神授，但达玛基却是基于恐惧而屈服他的权力。

如果我今晚战死，他琢磨着，我在各个部族中的儿子们会在消息发出之时立即惨遭毒手。贾阳或许能继续保有自己的白头巾，再或许阿山会保护阿苏卡吉和阿桑，但其他达玛基绝对会毫不迟疑地屠杀他的奈达玛儿子。阿雷维拉克不会违背不伤害玛吉的誓言，但那条誓言有一条他们都很清楚的条款。老达玛基将会服毒自尽，好让自己的儿子动手杀害玛吉。

达玛基们在交头接耳，窃窃私语，不过贾迪尔用矛柄敲击地板，他们顿时安静下来。"月亏即将到来，达玛基。今晚阿拉盖卡及它的王子将会降临大地，在恶魔回大地以来，带给我们最残酷的考验。"他看得出来有些人对此半信半疑，还有些人满脸恐惧。不过，大多数人都在多年修炼中懂得拥抱一切，保持冷静。

"贾阳，"他看向大儿子，只见他的灵气很兴奋，迫切地想要出风头表现自己。"将会领导沙鲁姆。"

人群传过来一阵骚动。贾迪尔再度用矛柄敲击地板。

"请原谅我们，解放者，"阿雷维拉克达玛基进言道。"贾阳是很优秀的沙鲁姆卡，我们没有不敬的意思，但沙拉克卡不是应该由沙达玛卡亲自领导吗？"

贾迪尔点头。"我会尽可能与儿子并肩作战，但当奈的王子现身时，我得抽身应付他们。"

"那我们祭司该做什么？"阿桑问。

贾迪尔看着儿子，在他平静的外表下看见波涛汹涌的怒气。"达玛会在即将到来的战役中恳求艾弗伦的保佑。这可不是件小事儿。"他立刻看出阿桑质疑祷告对兵临城下的恶魔有多大的防御能力，只希望他没有蠢到管不住自己的嘴，把这种想法说出来。

阿桑没有那么容易劝退。"既然只是祈祷，那达玛有必要学沙鲁沙克吗？父亲。"

"什么？"贾迪尔问。

"打从我学会走路开始，我就一直在练沙鲁金。"阿桑说。"我还没遇过任何能与我抗衡的达玛或沙鲁姆。"

贾阳嗤之以鼻。"你敢说这种大话纯粹是因为你鼠目寸光，目中无人，没见识过真正的对手，阿拉盖比你在沙利克霍拉里对抗的空气要可怕得多。"

阿桑转身面对兄长，对他轻蔑地冷笑道。"那就上来较量一下，伟大的阿拉盖杀手，一决雌雄。"

贾阳怒吼一声，像头被逼疯了驴子，跃跃欲试。

"都给我住手！"贾迪尔用矛柄敲击地面吼道。他严禁所有儿子为了无谓的虚名手足相残，就算是切磋战技也不允许，而这道命令的用意很明白。他可以从两人的灵气中看出为了清理通往骷髅王座之路，贾阳和阿桑都是互不相让的角儿。"我不允许我儿子像奈沙鲁姆队伍里争夺打饭的排名那样手足相残。"

阿桑转身面对他，鞠躬说道："我绝对服从您的安排，父亲，但您还没回答我的问题。您不准我对抗哥哥，不准我对抗阿拉盖。您废除了安德拉的头衔，所以我也没必要为了争权对

抗达玛基。如果当阿拉盖卡行走大地时都要袖手旁观,我从刚会走路就学习的战斗本领又能为人类做些什么呢?"

贾迪尔迟疑了一会儿。事实上,他无法反驳阿桑——祷告确实对今晚毫无帮助。但对他的人民而言,达玛基和达玛不只是圣徒,同样也是与世俗政权不同领域的领导人。祭司都是沙鲁沙克大师,但除了阿山之外,全都不曾与阿拉盖正面作战,无法在今晚的大战里帮上多少忙。天亮之后,他会需要他们帮忙恢复秩序。

"你的话自有道理。"贾迪尔承认道。"但贾阳说得也没错,达玛并没有对抗阿拉盖的经验,而你自己也说过月亏不是让新血投入阿拉盖沙拉克的好时机。"他语气一沉,挥动长矛,比向在场所有身穿白袍战士。"在此为集结的战士祈福,然后前往地下宫殿。"

阿桑不动声色地鞠躬,保持尊严挺直背脊,但他的灵气中凝聚着无限的愤怒,贾阳则显得志得意满。贾迪尔已经开始后悔这项决议,但言出必行的他不能在所有奈的深渊里的恶魔即将现身时纠结这些细节。

"去吧!"他挥手道。大厅里的人开始鱼贯而出。"阿山。"他叫道,达玛基停下脚步,等其他人先走。贾迪尔走下七层高台,来到他身旁,英内薇拉跟在他身后一步之遥。

阿山追随贾迪尔至今已差不多二十五年,一路辅佐他爬上克拉西亚的王座,以及征服来森,取得眼下的地位。达玛基也深得贾迪尔恩宠,并把自己亲大妹赐婚给他,生下了两家血脉相融的后裔。贾迪尔绝对不会怀疑他的忠诚,但依然在某些场合借助王冠的力量试探他,而且不只是观察他外在的灵气,还深入窥探他的内心。

他在朋友内心中看出自己没有错信于人,阿山不是为了自己争权夺利。与许多达玛基不同，他真心相信贾迪尔就是天赐的解放者，是艾弗伦派来拯救世界的人。阿希雅的事令他有些不爽，不过他依然对贾迪尔忠心不改。

"兄弟，"他说，伸手搭上阿山的肩膀。"如果我今晚阵亡，你必须夺下骷髅王座。"阿山的灵气显得无比的震惊。不过，英内薇拉毫无反应，只是静静地看他在鼓捣些什么。

"不要迟疑。"贾迪尔说。"自封安德拉，逮捕阿雷维拉克，在其他达玛基有机会反应前除掉他们。"他神情严峻地盯着阿山的双眼。"不要让他们有时间杀掉我在各部族中的儿子，断了我与各部族联姻的血脉。"

阿山点头。"然后呢？"

"卡吉之矛交给贾阳，"贾迪尔说。"但别交出卡吉之冠和王座，直到达玛佳宣布继承人。"

阿山的灵气从震惊变成难以置信的反感，打量着英内薇拉，而她的灵气则显得泰然自若。"你不让长子继承应有的权位，反而让个女人决定我们族人的命运？"

贾迪尔点头。"当初扶持我坐上王位的人就是她，阿山。我们都知道贾阳还不够格，很可能永远不够格。"

"阿桑呢？"阿山问道。"我将你次子视为己出，他出生以后，我们就在培养他有朝一日成为安德拉。为什么要我接管骷髅王座，而不是他？"

"我检视过阿桑的内心，兄弟。他和贾阳一样还没准备好去做一个统治人民的人，如果他的地位凌驾于兄长之上，必然会造成兄弟相残，导致克拉西亚部族血流成河。我有五十二个儿子，但大多都还穿着拜多布，或刚换下它，或许还要很多年才会看出谁有资格继承我的地位。"

他手一使劲，听见阿山的肩膀咔咔作响。达玛基的灵气显

得极度痛苦，但他没表现出来。"为了族人着想，你要保护我的吉娃卡，服从她的决定，不然我会在你死后找上门来，和你好好算这笔账。"

阿山的灵气平静片刻，接着充满坚定的决心。"你没必要那么做，解放者。如果你战死，我会依照你的意思去做。"他抬起头来，直视贾迪尔的双眼。"但是不要死……兄弟。"

贾迪尔笑着拥抱他。"如果我死去，也一定会拖阿拉盖卡一起死。"

❦

"死在阿拉盖的魔爪下！"战士齐声呐喊，吼声震天。贾迪尔骄傲地看着欣赏着自己麾下的钢铁战士，阿山则带领达玛基去为部队祈福。夕阳西下，尽管阿拉盖还要一段时间才会现身，魔法的雾气已开始在阴影中浮现，而他的王冠感知也逐渐苏醒。

经验老到的沙鲁姆自信满满，准备大战一场，死在阿拉盖魔爪下，因为这是他们的权利与荣耀。信仰为他们提供力量，就像英内薇拉的知识为内城提供守护。不管将会面对什么样的情况，他的族人都将生存下去。

他、贾阳和解放者长矛队一起骑向外城城墙——英内薇拉预测战况会是最激烈的地点。她无从得知恶魔一开始会从哪里发起攻击，但多次预示那里会死很多人。贾迪尔希望他们不是迎向陷阱。

他听见鞭打的声音，转头看见一长排青恩朝城墙行军而去。这支队伍共有数百人，身穿轻便护甲，手持魔印矛及木盾，显然他们信心全无。所有人身上都戴着镣铐，以长长的锁链穿过铁环串在一起，所有人都诚惶诚恐。这些都是认命迈向死亡的人，而他们对这条孤独的道路充满恐惧。很多人都没有勇气作战,他们会像流水遇上顽石般地在阿拉盖面前崩溃。"

贾迪尔拉住坐骑,其他人和他一起停止前进。"这些是什么人?"

"试图逃避阿拉盖沙拉克,或在黑夜中做出羞耻之举的青恩。"贾阳说。"我们会像奈沙鲁姆一样用锁链拴住他们,然后把锁链钉在地上。如果他们不愿为荣誉而战,那就让他们为自己的懦弱而死吧。"

"停下来!"贾迪尔对驱赶部队的沙鲁姆叫道。部队立刻停止前进。所有人转过头去,看着贾迪尔轻巧地跳下马背。他看着那些受刑的青恩。

"你们的牧师对你们撒谎!"他叫道,一边说着从王冠中汲取魔力,将声音远远地扩散出去,一边扫视众人,与每个人目光对接。"打从你们还在母亲的怀抱里喝奶时开始,他们就告诉你们阿拉盖是造物主派来世间惩罚人类罪孽的大瘟疫。他们说你们罪有应得,你们别无选择,只能躲躲藏藏,等待原谅与救赎。"

"但艾弗伦深爱他的子民,绝不会如此诅咒我们。阿拉盖是瘟疫,但它们是艾弗伦之敌奈派来世间的瘟疫,而藏头缩尾的懦夫是得不到救赎的!只有愿意挺身而战,如同艾弗伦在天上对抗奈一样,在他的阿拉上对抗奈的后裔之人才能获得救赎。"

一个月前,他会认为这些话对这些人而言毫无意义,但如今他能看清他们的内心需要这些鼓舞,知道他们早已厌倦把阿拉盖的灾祸怪到自己头上,厌倦有人告诉他们失去的家园和爱人都是罪有应得的处罚。他们想要相信《伊弗佳》,但他的族人对他们造成的伤害与恶魔没有什么两样,令他们士气溃散。他们愿意付出一切再度成为男人。

"你们见过我的族人对抗阿拉盖。"贾迪尔道。"你们知道那并非不可能的事。没错,他们受过训练,但更重要的是他们有勇气,为了家中的老人、女儿和孩子而战。"他挥矛扫过绿地人的队伍。"你们挂着锁链,因为我的族人不相信你们在乎。他们认为你们就连为了生存也不敢作战,所以他们打算把你们锁在阿拉盖必经之路上。"他指向身后的内城城墙。"但那座城墙后面不只有我们的女人和小孩!我保护所有无力战斗的人,包括你们绿地人的女人和小孩。他们挤在空间狭小的地方,但只要我们同心协力守住城墙,他们就会平安有事。"

他感应到人们心境上的改变,于是把握机会,高举长矛,汲取魔力让矛身绽放魔光。"我将深入黑夜,为你们的族人而战!我要求你们与我并肩作战,但如果你们没有勇气,那对我来说,今晚你们毫无用处。"

他的长矛指向队伍中央,矛身的魔光变得更加刺眼,人们吓得挤向两旁,在中间留下一段锁链。贾迪尔以矛尖绘印,一道白光激射而出,击碎了锁链。

"自行选择留下或逃跑,"他大声道。"但记住你们是人,不是狗!"

人们心中的恐惧和疑惑转为敬畏,不少人立即下跪。骑黑马跟在贾迪尔身边的山杰特举起长矛刺向天空。"解放者!"众沙鲁姆跟着高声呼叫,接着是跪倒在地的青恩,片刻过后,所有青恩都高呼"解放者"的名号。他们每叫一声就朝天高高举起长矛,声音远远响彻夜空。

"那才是男人的吼叫!"贾迪尔以深厚的声音吼道。"奈的仆人会听见你们的声音,在恐惧中发抖!"他跳上马鞍,策马奔向城门,解放者长矛队和数百名呼喊的青恩跟随在后。

※

"艾弗伦诅咒我，"克伦在围墙上一边看着沙鲁姆行军一边喃喃说道。"月亏降临，而我竟然待在这里，毫无用武之地。"

"胡说。"阿邦说。"解放者需要人看守武器和玻璃器具锻造炉，这样在月亏过后才能继续为部队生产护具。这里还是可能开打。"

克伦摇头。"躲躲藏藏那是你的特长，卡菲特。这地方没有任何战略意义，阿拉盖根本不会测试你的围墙。再说这些围墙，"他以长矛敲击壁垒，"比内城的城墙还坚固。解放者……工匠都很安全。"他让工匠两个字听起来像是舌头上挥之不去的浓痰。

"你自己也说过这些人还没准备好，"阿邦说。"你也一样。你换上新腿不过才两周而已。"

"我说这些人还没有锻炼到巅峰状态，"克伦说。"我也没有。但我的百人部队还是比外面百分之九十以上的战士高强。"

"你的百人部队？"阿邦问。

克伦看向他，阿邦想起这个男人在沙拉吉里是怎么对待他的。他耐心地等待，享受克伦缓缓点头时的表情。"阿邦的百人部队。"

阿邦点头，转头又看了墙外最后一眼，然后丢下训练官指挥部队，一拐一拐地走回围墙中央的低矮建筑下的地下宫殿里避难去了。

※

英内薇拉在阿桑和阿罗卡吉位于阿曼恩地下宫殿里的私人房内找到他们。他们正在和阿桑的儿子小卡吉玩。

"又怎么了？母亲。"阿桑在她走进时瞪她一眼，阿希雅跟在她身后。"难道我让人们羞辱得还不够吗？"

英内薇拉伤心地看着儿子。

唯一超过他潜能的东西就是他的野心——十八年前，骨骸在淋上他新生之血时这么告诉她。骨骸说他将拥有强大的力量，但同时也提出郑重警告。

"你妻子和我会在开战时巡视城墙，我的儿，"她说。"我愿意邀请你同去。"

阿桑看着她，仿佛看到陷阱一样。"父亲不是命令他妻子和达玛丁待在宫殿里吗？"

"我有——"阿桑说。

英内薇拉点头。"或是你可以跟我来……保护我的安全，我敢说你父亲会原谅你的。"

阿桑回头征求阿苏卡吉"同去"的意见。"只有你，我儿。"英内薇拉说。

两个男人回头看她，眼中再度浮现怀疑的神色。

"阿曼恩没有取消你的婚约，阿桑，至少还没有。我要在阿拉盖卡行走大地时与我的儿子和媳妇巡视城墙。"她看向阿苏卡吉和小卡吉。"当然我不在的时候，我侄子会像保护自己独生子般保护我的孙子。"

这话让阿桑脸色一沉，但阿苏卡吉握住他的手臂。"没关系，表哥，你去吧。"他压低声音。不过英内薇拉在魔法的辅助下还是听得清清楚楚。"我会看好我们的儿子，等你回来。"他亲吻阿桑的模样温柔得令英内薇拉为两人心痛，但阿希雅在她身后改变站姿，提醒众人这里还有第三个人存在。

她看着孙子。可怜的小卡吉被夹在中间。

他们一言不发地巡视内城城墙。英内薇拉身穿看起来很像从前达玛丁长袍的不透明白袍，但她拉下兜帽，戴着很薄的面纱。魔印头环在她额头上发热，身上还佩戴了很多珠宝，并非所有珠宝都是装饰用的，她的长袍以琥珀金线绘着闪闪发光的隐形魔印。那些魔印是从黎莎送给阿曼恩的隐形斗篷上偷来的，尽管知道骷髅王座足以抵挡阿拉盖，她还是无法抗拒隐形魔印在黑夜里为她提供的安全感。

将敌人的力量收为己用。蔓娃如此说。英内薇拉再度默默感谢母亲的教诲。如果盲目唾弃魔印的来源而不敢据为己用，那自己就太蠢了。

但就算没有长袍和骷髅王座的守护，只要阿希雅待在身边，英内薇拉已然觉得很安全。安基德曾告诉英内薇拉，就算阿希雅是他的亲生女儿，他也没办法对她的战技感到更加骄傲。

她是沙鲁沙克的天才。他以灵巧的双手如此示意。

阿希雅右肩后挂着一支短矛，还有一小筒弓箭，左手除了绑了圆盾外，还握着短弓。这些武器上都有黄金魔印和霍拉。黑袍上的护甲是刀枪不入的魔印玻璃，刻意打造成强调女性特征的形状，没有遮掩她的身材。阿桑脸上不动声色地打量着妻子的飒爽英姿。

守护警卫室的穆罕丁沙鲁姆在他们三人接近时开始窃窃私语。片刻过后，一名凯沙鲁姆上前深深鞠躬，阻挡他们的去路。"很抱歉，达玛佳，但……"

阿桑在对方走向前时跃身而上，扣紧他的下颌向旁抛去。只听见喀啦一声，沙鲁姆伏地身亡。"还有人想阻挡达玛佳吗？"

剩下的沙鲁姆立刻跪下磕头。片刻过后，一名红面巾的训练官起身鞠躬，护送他们走上城墙。

穆罕丁是克拉西亚十二部族里第三大的部族，其中有大部

分的原因在于他们擅长战争机器和远程武器，不像其他沙鲁姆要与阿拉盖近身肉搏。他们多半是工程师和神射手，而非敢死队似的战士，不过他们都以杀手般坚定的目光镇守内城和外城城墙。

艾弗伦恩惠建于山丘之上，内城位居丘顶。阿曼恩的宫殿是全城最高的建筑，但就连内城的矮城墙也能将周遭的景象尽收眼底。随着夕阳西下，领地中传过来点点魔印光，沙鲁姆点燃篝火，借以看清敌人。

正如她所担心的，敌人大举来袭。骷髅王座守护内墙外围一大片区域，但外城中缺乏魔印守护的地方，巨大的石恶魔——远比英内薇拉曾见过的任何东西来得凶猛——凝聚成形，耸立在包围它们的战士面前。它们的脚边聚集了大批田野恶魔和火恶魔，空地上挤满蠕动的鳞片和团团火焰。

穆罕丁凯沙鲁姆下令攻击。目光锐利的观测兵透过架在三脚架上的望远镜为巨蝎和投石器部队报出测量结果，后者则根据数据调整武器的张力，然后开始射击。巨蝎刺划过空中，强大的魔印就连石恶魔的外壳也能射穿。投石器部队谨慎瞄准，避开石恶魔，发射一大堆小魔印石，以数百道魔爆打散恶魔的冲锋。

他们造成严重的伤亡，穆罕丁弓箭手则负责支援战场上的步兵。杀得远处的阿拉盖惨叫连连，一时之间，人类稳稳占据上风。

但接着石恶魔开始挖地，毫不理会被它们推开的小型恶魔。其中几头石恶魔身上插着巨蝎刺，但没有一头倒地。尽管巨蝎和投石器部队迅速装填弹药，它们还是很快就挖好了藏身之处，不再需要担心远程武器。

远程武器部队再度射击，击毙数十头小型恶魔，但接着第一头石恶魔带着巨石爬回地面。弓箭像雨一样插在它身上，不过仿佛蚊虫叮咬一般不痛不痒。它举臂投掷，巨石击垮附近的魔印柱，打乱部分的魔印网。田野恶魔立刻以骇人的速度冲往魔印缺口。沙鲁姆盾牌交扣，但来不及赶到足以防守缺口的位置。恶魔扑到他们身上，连撕带咬，其他恶魔则从旁绕过，有些自沙鲁姆侧面攻击，不过大部分都直接冲入黑夜，开始猎杀粗心大意的人。火焰唾液自盾牌前弹落，于地面上燃起熊熊火势。

最初那头石恶魔弯下腰去，再度挖坑，同时更多石恶魔带着巨石跳出坑口。

沙鲁姆应变迅速，但这些阿拉盖展现了不寻常之处，步步为营，攻击意想不到的位置，持续削弱外城魔印网，慢慢朝山丘上的内城城墙推进。恶魔无法进入内城，但却可以轻易击毁城墙，破坏城内。烈火和坍塌的建筑与阿拉盖爪同样致命。英内薇拉不曾见过这种有人一般智慧的大规模作战。

外城里的沙鲁姆正为了他们的性命而战。石恶魔偶尔会将巨石投入战士聚集处，借以分散兵力，让田野恶魔和火恶魔趁机涌入缺口。大多数沙鲁姆都穿瓷板护甲，但在巨石和火焰唾液前毫无用武之地。风恶魔开始在魔印网上方搜寻目标，爪子抓着石头丢向人群。它们没有石恶魔那么精准，但是造成的混乱远大于实质伤害。

由于沙鲁姆已经展开近战，城墙上的穆罕丁部族不能冒险射击与和沙鲁姆贴身搏斗的恶魔，只好将火力集中在挖坑石恶魔身上。每当有石恶魔举起巨石，身上立刻就会插上数根巨蝎尾或魔印石。少数石恶魔当场毙命，大多则被打得失去准头。

但其中一头巨型石恶魔闯入攻击城门的范围，抱着一颗大得足以击碎城门的巨石。恶魔无法闯入内城，但却可以用巨石

砸破各个城门，并且在拼死奋战的人心中产生难以抑制的恐惧感。尽管长长的巨蝎刺插在恶魔的厚壳里，但它像没事儿一样，举起巨石直奔城门冲来。

"艾弗伦的胡子。"阿桑恐惧地喘息道。

英内薇拉看都没看他一眼，径直伸手到长袍里取出死在阿曼恩手中的心灵恶魔的细长臂骨。经过她用琥珀金一番加工，它在英内薇拉的魔印视觉下闪闪发光。她将臂骨指向巨石，手指灵巧地操弄刻于握柄上的魔印。她启动了热魔印和冲击魔印，以魔法攻向巨石。

这道魔法像一大群绿地森林里的萤火虫一样朝目标飞去，击中巨石时产生巨大爆炸却照亮了半边夜空，热气激荡，将巨石击成灰烬。

人们一脸惊叹地看向英内薇拉，只见她将霍拉魔杖指向石恶魔，又一点小小的光芒在击中目标时爆炸，不但震倒了恶魔，还使得插在外壳上的巨蝎刺刺穿它的血肉。石恶魔四脚朝天躺在地上一动不动，胸口冒着浓烟。

"母亲……"阿桑开口欲言，但只是惊愕地看着她，说不出话来。英内薇拉微微一笑，她很高兴能够提醒野心勃勃的儿子自己拥有令他恐惧的魔法。阿希雅和穆罕默丁战士看起来一样呆呆的，造成这样的震慑效果也很不错。

战场上，战士受到英内薇拉强大魔法的支援和激励，即使有恶魔援军不断赶到，他们仍奋力冲向恶魔，视死如归。

但阿拉盖的强势反击也随即展开。一队风恶魔俯冲而下，直接攻向英内薇拉，每一头爪上都抓着沉重的巨石。阿希雅举起弓箭，将风恶魔当作肥鹅般一箭穿喉。穆罕丁弓箭手射下其他风恶魔，不过还是有不少不知道从哪里来的石头朝他们砸落。英内薇拉在身旁的城垛爆炸时飞身而起，撞上壁垒。碎石如同雨滴洒下，但阿桑站在她身前，承受了大部分的冲击。

尘埃落定后，他那半张脸都染满鲜血，一条手臂也折断了，扭曲成不自然的角度。她伸手要去碰他，但她儿子顺势起身。他用完好的手腕，拉直断了的手臂，任它垂在身侧。这么做显然很痛，但阿桑保持自制，脸上没有痛楚的表情，弯下腰去，伸出不受伤的手去拉她起身。"我的伤可以等，母亲。"他的下颌往城墙外扬起。"这边的情况比较危急。"

英内薇拉紧握住他的手，不过没出力拉他便轻轻跃起。她看向儿子指示的方向，凤目圆睁。外城里的战况激烈，外城墙外更是打得火热，但这一切都只是声东击西的佯攻。

从她所处的制高点，英内薇拉看得见阿曼恩看不到的景象，但就连她也因为忙着作战而差点忽略。在肥沃的麦田里，火恶魔正刻意地放火烧田，形成整座田地大小的魔印。要不了多久魔印就会启动，让阿拉盖扭转进攻的不利局势。

阿桑也看见了。"它们真的是奈的使徒，不但让我们无法喂饱人民，还利用田地来强化它们的黑暗魔法。唯今之计只有烧光剩下的田地，摧毁它们的魔印网。"

"或许。"英内薇拉说，回想骨骰的预言。她转向阿希雅。"你那解放者舅舅必须清楚目前的整体战况。"

凯沙鲁姆丁毫不迟疑地跳下城墙，落地时就势在地上一个翻滚，卸去下降的冲击力，随即一跃而起。她冲下山丘，进入外城，瞬间消失在黑暗中。

阿桑看着她。"你违反解放者的命令，带她上墙巡视已经够糟糕了，现在你还派我的吉娃深入黑夜送死？就算她没死在阿拉盖魔爪上，父亲也会为了违抗军令处死她。"

"你何必管她？"英内薇拉问。"如果她死于黑夜，或是违抗军令被处死，你的问题就解决了，不是吗？"

"我只是想要解除婚约,不是要置她于死地。"

"你不会如愿的,我儿。"英内薇拉说。"没有恶魔伤得了她,而你对父亲的了解也有限。他的首要职责在于沙拉克卡,阿希雅的情报关系此战的成败。他会感谢她传递的军情,战局瞬息万变,他不会在电石火光的一瞬间想起抗命那破事儿,我估计至少也会在月亏大战结束后才象征性地以斥责做奖赏,充其量也就是勉励她了。从此以后,对沙鲁姆丁在月亏期间的禁令将会解除。"

"好似一切都在母亲你掌握之中啊。"阿桑说,语气没有丝毫因断臂而痛苦的味道。但她还是感觉到了。

"哪个对你比较重要?"英内薇拉说。"打赢沙拉克卡,还是把妻子踩在脚下?如果你让她放手去做,吉娃的英勇事迹将会为你增光添彩,强化你的影响力。我知道你不像爱阿苏卡吉那般爱她,但她是你那'闺密'的亲妹子,你儿子的母亲,而你曾在艾弗伦面前发过婚誓。对正直的人而言,这些羁绊就和爱一样强而有力。"

阿桑张嘴想要争辩,接着又像泄了气的皮球般考虑着母亲的忠告。英内薇拉抚摩他没受伤的手。"伟人不会担心妻子分走自己的荣耀,阿桑,而是利用她的支持激励自己勇往直前。"

第二十八章 收割大战

333 AR 夏 月亏

数以千计的恶魔——田野恶魔和火恶魔、石恶魔和木恶魔，以及盘旋在夜空里的风恶魔，一边尖叫，一边伺机出击。令在城墙外大举进攻阿拉盖的最勇敢的沙鲁姆也心惊肉跳。

一头石恶魔在震动地面的脚步声中走到一棵大树前。它将三十英尺高的树干连根拔起，轻松扯下多余的树枝。挥舞着这根巨大的木棒，大步流星地迈向最接近的魔印柱，身后跟着一大群田野恶魔。巨蝎部队瞄准射击，即使在这种距离下还是需要大量巨蝎刺才能击倒一头石恶魔。他们没办法在恶魔打烂魔印柱前阻止它，而外面还有几十头如此巨大的石恶魔。

贾迪尔举起长矛，凭空绘制热魔印。恶魔手中的树干爆起成一团烈火，直吓得怪物赶紧扔掉燃烧着的树干。

"扣紧盾牌往前推进。"贾迪尔吼道，利用王冠的力量强化音量。"听令出击。我们要攻向石恶魔，将它们各个击破！"

沙鲁姆形成盾牌交扣的阵形，他们的魔印在逼退阿拉盖的同时绽放魔光。"出击！"贾迪尔在恶魔聚集在一起时下令。沙鲁姆同时后退一步，稍微松开盾牌，刺出魔印武器。顿时脓汁四溅，魔光大作，但训练有素的战士没停下来享受魔力窜入身体的快感，而是再度紧扣盾牌，继续向前推进，直到贾迪尔再次下令攻击。位于盾牌后第二阵线的战士负责解决被前线战士

践踏过后的恶魔。

他们面对的第一道难关是一群手持木棒的木恶魔。尽管没有石恶魔拿的那么巨大，这些木棒还是比人还大，而简单的木棒能够做到阿拉盖利爪做不到的事：打凹盾牌、重击持盾的战士、逼退战士们的围攻。

贾迪尔在恶魔突破缺口前集中精神，将王冠的阻隔力量延伸到战士外围，把恶魔挡在原地。他举起长矛，凭空绘制热魔印，让木恶魔起火燃烧起来，然后冲上前去，以魔法力场分割开后面一大堆小型恶魔，来到一头最接近他的石恶魔面前。他缩回防御力场，逼近恶魔，跃起十英尺，将卡吉之矛刺入恶魔的胸口。魔法再度补满长矛内的魔力，沿着他的手臂向身体直窜，令他全身充满活力。

他自倒地的恶魔身上跃起，落在二十英尺外的空地上。恶魔们立即从四面八方将他团团围住，但全都撞上魔印力场，而他却能不受阻碍地攻击它们。好几头恶魔当场死在他长矛下，也有不少被他凭空绘制的魔印击毙。火恶魔在肚子里的火焰唾液冻结时把自己炸得粉碎，着火的木恶魔四下逃窜。冲击魔印一次更是能击倒五六头田野恶魔。

然而，这些傀儡们前仆后继地涌来，包围他的恶魔并没有减少。现在战场上所有恶魔都把焦点集中在他身上。他再度延伸王冠力场的抵御力，驱退恶魔，直到与手下会合，但这只有让他在石恶魔抛掷巨石时变成更显眼的目标。

贾迪尔扑向一旁，不过落地时又被另一颗巨石击中。他抓紧长矛，借助撞击的力道就势滚开，一边自其中汲取魔力治疗自己。但他没有一丝喘息的空间，因为甜瓜大小的石块像巨大的网一样从他的头上罩了下来。

尽管石块坠落的速度很快，贾迪尔的反应却比它们更快，仿佛把石块当作随风飘荡的肥皂泡泡般闪躲。当他闪避从天而降的石块时，地面上的石恶魔和木恶魔持续掀起所有称手的东西对他丢去——巨石、连根拔起的树干，甚至还有几个沙鲁姆的尸体。风恶魔撞上他的魔印力场，直坠而下，他的手下迅速在它们有机会再度起飞前干掉它们。一头风恶魔飞到魔印力场边缘，张口朝他吼叫，长长的魔喙中喷出一道闪电。

在一阵雷鸣之中，闪电穿透魔印，朝他直劈而下，但贾迪尔认得那道能量的本质，心中丝毫不惧。他斜举长矛，吸收那道能量。武器颤抖着红得发烫，他将魔法反弹而出，把恶魔击落天际。

他感到浑身充满力量，简直天神一般，但他还是发现自己逐渐远离部队，遭受重重包围。石恶魔对他投出更多更大块的物体，迟早会有一块击中目标。

他发现，他俨然成了唯一的标靶。

想通这点后，他缩回防御力场，戴上兜帽，自己裹在黎莎的隐形斗篷里，迅速向旁踏出数步。对他而言，情况并没有什么变化，但他能从阿拉盖的灵气中看出它们的困惑。在它们眼中，自己已经凭空消失了。

他冷静地走向已经重组阵线的沙鲁姆，战士们则利用恶魔的困惑的瞬间，重创徒劳无功地搜寻他的阿拉盖。

"舅舅！"一个声音叫道，他看见阿希雅朝自己直奔而来。他的外甥女身穿沙鲁姆黑袍，虽在黑暗之中，但他能够清楚地由她的灵气辨识她的身份。一头田野恶魔扑向她，但她转身以盾牌挡驾，毫不停步地将它甩开。一头火恶魔停在她面前，张口吐出火焰唾液，但她趁恶魔闭眼吐火时侧向一旁，随手出矛刺穿它的咽喉。

接下来有两头木恶魔上前阻挡她。如今身受恶魔魔力攻击，

阿希雅却只是提高前进的速度，利用盾牌的边缘攻击它们细长肢体的关节，令它们站立不稳，难以攻击。在没受过训练的人眼中，这些动作仿佛是反复训练出来的，但贾迪尔看出她其实是在试探恶魔，一边搜寻压力点，一边施展达玛丁的沙鲁沙克。最后她终于在恶魔的大腿上找到一个压力点，随即以相对而言力道很轻的攻击打瘫恶魔的腿。直到此时，她才出矛了结恶魔。

她转身面对另一头木恶魔，在它出爪攻击时顺手挥出盾牌，击中它的腋下。恶魔向后退开，她冷静地上前追击。她的灵气证实了他早已察觉的事实：她确信自己有能力杀它，只是在利用这个机会深入了解敌人。

没有两头恶魔是一模一样的，所有恶魔都是因喜好的猎场不同来凝聚形体，而艾弗伦的阿拉是个变化多端的辽阔世界。她打了两下才在这头木恶魔身上找到与刚才相同的压力点，片刻过后，她打瘫了它的脚。她记下这个经验，迅速击毙恶魔，纵跃两下，拉近了与贾迪尔的距离。

贾迪尔皱起眉头。他为亲爱的妹妹英密珊卓之女感到无比骄傲。他命令她要比她的男性萨凡强大两倍，但她远远超越他们，甚至强过她的父亲。看着她优雅精准的动作，充满自信与自制，简直妙不可言。

但不管有多骄傲，他还是无法接受她违背命令闯入黑夜的行为。此事肯定与英内薇拉脱不了干系，但就连达玛佳也不能如此公然藐视他的禁令。他将被迫拿可怜的阿希雅来树立榜样。

当她抵达他身旁时，他一把抓住她的手臂，将王冠的防御力场罩住她，希望不会引起此刻正通过躯壳的眼睛找寻他的恶魔王子的注意。"如此公然违抗军令，你是在请我拿掉你刚获赏的黑袍吗？女孩。"

"请原谅我，舅舅，"阿希雅说着单膝跪倒，露出颈部。

"达玛佳命我传送军情，阿拉盖正在城外焚烧田地，制造大型魔印，组成他们自己的魔印网。"

贾迪尔感到心里一阵毛骨悚然，抬头看向正在远方凝聚成形的魔力，感应到它的用途。恶魔在建造驱赶人类的魔印。如果它们成功在艾弗伦恩惠外围建造魔印圈，就能杀掉其中所有男女老幼。骷髅王座绝对没法应付这种充满智慧的攻击。

"她还有告诉你别的事吗？"他问。

"没有。"阿希雅说。"但当我荣耀的丈夫说唯一阻止它们的方法就是烧掉田地，达玛佳说或许还有其他办法。"

贾迪尔点头。他怎么会忘记自从英内薇拉掷骰以来，这个他日以继夜、不断思量的预言呢？

解放者必须独自深入黑夜，猎杀位于魔网中央的敌人；不然当阿拉盖卡降世时，我们将会全军覆没。

他看向外甥女。她刚刚等于是坦承他妻子和儿子都违背了他的命令。但此刻仿佛变成不微不足道的小事。"告诉达玛佳我也察觉到了，我会遵照艾弗伦指示的道路前进。"阿希雅鞠躬转身，但他又抓住她的手。"我以你为荣，外甥女。"

阿希雅原本冷淡平静的灵气突然浮现一丝暖意。贾迪尔抱了抱她，然后后退，直视她的目光。"当我惩罚你的时候，记住这点。"

她灵气中的暖意丝毫不减，再度鞠了个躬，转向步入黑夜。直到此时，她的灵气才归于平静，如同在身上披了件斗篷般踏入战场。

贾迪尔解开长袍，身上只剩下拜多布，露出满身的魔印刺青，他脚踩凉鞋，头戴卡吉之冠，以及黎莎的斗篷，手里握紧卡吉之矛。

他回头看向贾阳，在人群之中，他的灵气比白头巾好认。

愿艾弗伦把你磨炼成战场上杰出的领导者，我儿。他祷告道。

夜风中传来低语，尽管不知是什么意思，但他知道那是恶魔王子的声音，利用魔法而非单纯的言语沟通。他听不懂他们在说什么，但他分辨得出距离最近的声音，于是踏入黑夜找寻源头。战士们大声呼喊着，试图追随他，而尽管挡路的恶魔被贾迪尔王冠的力量逼开，不过他经过后恶魔立刻迅速回到原位。

稍后一会儿，他就能看见魔法缓缓朝麦田中的魔印流动。恶魔四下巡逻，但他们自他身边路过，在他矮身穿越麦秆，接近阿拉盖王子的魔印边缘时完全无视他的存在。高高的小麦突然消失，面前的阿拉一片焦黑，绽放出魔法的光芒。

如此精确的线条令贾迪尔十分讶异。火恶魔几乎能够焚烧任何东西，但它们的魔法火焰常常会引发大火。而这里的火具有方向性，而且从它们精准的规划来看，显然还有其他魔法介入。

他感觉到魔印在排挤自己。一开始如同在强风中前进，接着像是在涉水而过。抵达魔印边缘时，面前仿佛有道看不见的玻璃。能量掠过他的指尖，但他拥抱刺痛的感觉，测试着眼前的魔法。

终于了解了这股力量后，他集中精神，能感觉卡吉之冠温暖着他的额头。他将手伸入魔印，力场自他身边开启，就像他刚刚过来时所推倒的麦秆。

他继续跟随夜风中的低语引导，大摇大摆地走在恶魔烧出的魔印网中。他将魔力紧紧护卫住全身，成为魔印中的小小涟漪，如同掉入激流中的小石头。

他走了一段时间，终于找到了猎物。那头心灵恶魔甚至没有看他，全神贯注地指挥火恶魔在麦田里焚烧通道。恶魔凭空比画着魔印，沿着一条精准的直线截断火势。他的贴身保镖，一团形体不定，表面附着黑色鳞片，浑身充满魔力的怪物，围绕在他身旁滑行。

恶魔的灵气仿佛太阳一样耀眼，而它正漫不经心地做它的正事。贾迪尔看得出它警戒松懈的原因。它身上交织的魔法能够防止他人偷窥，但似乎对他的头冠视觉无效。他对黎莎的斗篷深具信心，迈开大步迎上前去。

化身魔在他进入攻击距离时突然起身，心灵恶魔也转过来面对他，但一切已经太迟了。他使劲刺出卡吉之矛，贯穿了它的心脏。

魔力冲击的威力远远超出贾迪尔的想象。他曾杀过力量强大的恶魔，早已习惯魔法沿着长矛注入自己体内、让他变得更强、更快的感觉。魔法治疗他的伤势，强化他的感知，并如刮去铁锈般抚平岁月的痕迹。

但那种感觉完全无法与此刻如同洪水般袭来，几乎要将他淹没在魔法之中的感觉相比。

恶魔王子发出痛苦的叫声，而它的痛苦反映在化身魔和附近所有恶魔的惨叫及颤动上。恶魔朝他出手，尽管细长手臂末端的爪子不比枕边妻子精心修剪的指甲长，却锐利如刀。

贾迪尔大吼一声，将身上部分魔力透过长矛释出。魔力如同闪电般击中恶魔，将他的牙齿尽数震碎。它的身体立即冒出一股浓烟，释发出一股烧动物尸体的焦臭味。贾迪尔拔出长矛，近身挥动，矛头割破了恶魔细长的头部。

心灵恶魔脑袋落地时，附近的低等恶魔全部倒地身亡，但化身魔撑得更久，在身体变形冒泡时放声惨叫。

贾迪尔浑身的魔力激荡，矛尖指向化身魔凭空画魔印，将这头怪物轰回奈的深渊。他在烟雾消散时听见胶质血肉撒在地

上的声音。

贾迪尔站在一片死寂中,用心倾听,但其他恶魔王子的低语声已经消失——它们感应到兄弟的死亡,早就逃之夭夭了。

贾迪尔弯下腰去,将阿拉盖王子的尸体扛在肩上。他以空出来的手捡起他圆锥状的头颅。只要有足够的琥珀金,他就能令骷髅王座的有效距离倍增,或是打造另一张王座随他征服北地。

"我看不出这么做有何意义,父亲。"贾阳在贾迪尔于黎明之前召集的议会上,讲解他的计划时说道。"我们应该重修防御阵线,然后恢复元气,而非……"

"闭上嘴,仔细听着,"贾迪尔大声说道。"阿拉盖无法在战场上击败我们,而你母亲的魔法也让他们无法攻击内城。心灵恶魔在麦田中建立大魔印的计划已经失败了,而他们不会再度尝试,以免暴露行踪,步它们死难兄弟后尘。"

"那么说,我们已经赢了。"贾阳说。

"别傻了。"阿桑道。"阿拉盖不必与我们短兵相接或冲撞魔印就能杀光我们,只要烧掉田地就行了。"

"所以不能留东西给它们烧。"阿山同意道。"提前收割所有谷物,就连还没成熟的也不放过。"

"那是当男人在外作战时躲在城墙后的女人、卡菲特以及青恩的工作。"贾阳不屑地说。

"那是所有人的工作。"贾迪尔严肃地纠正道。"即使艾弗伦恩惠里所有男女老幼,从最高贵的达玛到最低贱的残疾青恩,通通下地里去从日出忙到日落,我们还是只能收割……"

"百分之二十二左右。"阿邦肯定地报数。

"百分之二十二的谷物,然后黑夜已然会降临,恶魔就会继续放火烧田。"贾迪尔说道。"我们一定要让所有人全都下田,要让人们知道所有人必须打赢这一场食物争夺战,包括自认高人一等的战士,也必须与青恩一起奋战。"

阿雷维拉克伸手搭上贾阳肩膀。"你昨晚为白头巾增添了荣耀,阿曼恩之子。放下身段吧。卡吉一开始也只是个纯朴的果农,不是吗?"

贾阳瞄了他的那本应苍老到皮包骨,却有表现出越活越年轻,粗壮而有力的手掌一眼,灵气中透露出对于这种自认地位在他之上的态度极为不满。阿雷维拉克以前就曾这样对待过他,不过他还是明智地咽下这口气。

对了,我儿,这就是成熟的表现。贾迪尔心想。

❦

"小心点,解放者。"哈席克在贾迪尔带领大家接近一群青恩农夫时说道。"他们手上可是带有武器。"

贾迪尔打量了一眼他们手上的收割工具,在有心人手上确实能成为可怕的武器,但他没感应到任何危险——青恩似乎很怕他。

"你太担心了,哈席克。"他责备道。"如果青恩用农具就能杀了我,那我还谈什么打败阿拉盖卡?"

他自信满满地大步走向农夫们,不出所料,农夫们立刻跪倒,把额头贴在田地里,笨手笨脚地表达顺从的意思。

"起来吧,农夫兄弟们,"贾迪尔说着向他们鞠躬。"我们有事要做,没必要来搞这一套繁文缛节。"他伸手操起一把收割工具。"这叫什么?"

"啊,长柄镰刀,大人。"一名农夫搭话道。他年事已高,

不过依然身体强壮。

贾迪尔点点头。他听过这个名字。"教我怎么用。"

"你要割麦子?"农夫睁着倒八字眉问道。

他旁边的人在他背上拍了一下。"照他的话做,白痴。"他低声道。

农夫点头,拿起工具,示范握持的方式。他挺直强壮的手臂,压低镰刀,转身割下一小片麦秆。

"工具好,使用的人也好。"贾迪尔赞道。"如果你从小就踏上战士之道,肯定会成为伟大的战士。"

农夫鞠躬。"谢谢夸奖,大人。"

"但这样收割很慢,"贾迪尔说着接过镰刀。"而我们时间有限。请站到旁边。"他脱下外袍,上身赤裸,只留下头上的卡吉之冠和绑在背上的卡吉之矛。他反握镰刀,刀身举在身后,压低身形,召唤法器中的魔力,在体内灌注上百人的力量与速度。

他一跃而起,沿着田地奔跑,挥刀割麦秆。他穿凉鞋的脚在松软的地里踏出均匀的节奏,转眼就已经割到田地的另一边,随即回头再割。这时第一轮割下的麦柄还未落地。

贾迪尔停下来看着刚刚割好的田地时,天才刚亮不久。英内薇拉请大集市里的织篓匠送来一车篓子,而她领头捡起割下的小麦,一边拿起装满小麦的篓子,一边指挥女人和小孩们,仿佛她一辈子都是在田地里干活的农妇一样。

她在晨光之中看来非常美丽,身穿亚麻裤和紫红色绲金边的紧身上衣,气质端庄娴静。卡菲特和青恩崇拜地看着她的辛劳,随即学着弯下腰去努力工作。

他环顾四周,看见达玛、沙鲁姆和地位低贱的人们一同工作。这是十分激动人心的画面,是卡吉梦寐以求的团结,让人类击败阿拉盖,赢得沙拉克卡的共同目标。

他希望这样就够了。

※

"……穆罕丁苹果园全毁了,"阿邦说。"还有超过两千亩的青草牧地。"

贾迪尔坐在头骷髅王座上,衣服和皮肤沾满油腻腻的烟灰,浑身散发着臭味。灼伤已经愈合了,但他心情沉重地听着阿邦于月亏第三夜后的晨间报告。

他的恐惧在第二天晚上得到证实。由于阿拉盖王子的原始计划受阻,又害怕在战场上遇上他而不愿再度尝试,于是他们决定采取制造饥荒的手段瓦解艾弗伦恩惠里所有子民的斗志。

流过肥沃土地的众多河川都是天然的防火道,他率领战士猎杀火恶魔,四下奔走救火,但他的人力有限,恶魔还是造成了十分严重的损失。听着阿邦报告详细的损失清单,贾迪尔早就被这些数字搞得晕头转向了。

阿邦却继续翻到下一页。"在克雷瓦克的领土上,我们损失了……"

贾迪尔觉得再听下去就要被气爆了。他愤然站起身来,大步跨下台阶,在王座厅里踱步。"直接告诉我,卡菲特,"他吼道。"情况到底有多糟?"

阿邦耸肩。"只要没有持续恶化,你的子民勉强能撑下去,解放者。"他直视贾迪尔。"但若每个月的情况持续恶化,阿拉盖根本不必攻击我们,冬雪降临前就会有半数艾弗伦恩惠人民饿死。"

贾迪尔伸手在额头上拍打着。

"不过你拥有两项宝贵的财富。"阿邦说。

贾迪尔抬头看他。"财富？"

"现在你的人民将你视为真正的艾弗伦之子。"阿邦说。"就连青恩提到你时也会面露崇拜，街头巷尾都在谈论你夜间尽力保护他们，白天与他们一起下地抢收农作物的事迹，都在夸赞你的英明了。"

"我不是为了收买人心。"贾迪尔说。

"你的动机并不重要，我的朋友，"阿邦说。"重点是你那么做了，而且把阿拉盖王子的尸体扛到达玛基面前展示，今后不管是克拉西亚人还是绿地人都会心甘愿地追随你。"

"追随我上哪去？"贾迪尔问。

"当然是去雷克顿，"阿邦微笑。"艾弗伦恩惠以东更广阔的肥沃土地。"

黎明之前，邪恶的恶魔亲王站在洞穴里等候。尽管天色依然黑得让地表上的生灵不能视物，低等躯壳还能持续狩猎好几个小时，但对习惯心灵王宫的恶魔王子而言，天色正以飞快的速度转亮。

它故意等到月亏最后一夜即将结束的时刻召唤其他恶魔王子。他们会被迫在洞穴外现身，让微亮的天色削弱力量。恶魔亲王在洞穴附近及后方的裂缝里绘制了强大的魔印，汇集地心魔域泄出的魔力，确保其他恶魔无法侦测，或取得其中的力量。

随他前来地表的六头心灵恶魔死了两头——最强大的两名对手已死，但在如此远离女王影响力的地方，要同时面对这么多兄弟最好还是先做足功课——布下预防措施。

除掉两个潜在的敌人是一项优势，但不值得在女王即将产卵的此刻惹她生气。相比之下，其他四头心灵恶魔宛如英雄，在他的计划失败之后持续作战，消磨敌人实力。他们于此战中获得的经验和声望足以取代他那两个宿敌。

　　四头心灵恶魔抵达时，他奋力汲取它们身上的魔力，尽可能在体内储存大量能量。他毫不掩饰体内的魔力，让其他王子看见它们，并且心生恐惧。它的化身魔站在它的身边，仅凭一个简单的禁忌魔印就能将对手的化身魔挡在洞外。

　　白昼之星接近了，兄弟。其中一头恶魔道。

　　我们应该立即回王宫去，向女王回报。另一头同意道。

　　恶魔亲王嘶吼一声。你们得先向我回报。

　　我们已经向你回报过了。派往北方的恶魔王子之一说道。他比其他王子年长，也较为强大。来到地表之后，意志力大幅成长。他将灵气掩饰得很好，但恶魔亲王感受到了他的紧张情绪。

　　恶魔亲王心念一动，一头化身魔突然出击，挥出触角紧锁那头无礼的恶魔王子的喉咙，将他抓到近前。恶魔亲王没有改变姿势，不过魔力蓄势待发。如果它们打算联手发难，现在就是痛下杀手的最佳时机。

　　但其他恶魔王子僵在原地。它们或许痛恨恶魔亲王更甚白昼之星，但它们同时也互相猜忌，绝不会没有必胜把握就赌上自己的性命。

　　恶魔亲王抚摩恶魔王子头颅上隆起的额头。你回报过了，却有所保留，少给我耍花招，把我当傻子糊弄吗？

　　年轻的心灵恶魔试图挣扎，但却与亲王强大的化身魔实力悬殊较大，而自己眼下毫无后援。它头颅耸动，试图争夺躯壳的控制。但恶魔亲王的意志仅次于女王。化身魔紧紧王子喉咙上的触角。它不得不放弃挣扎——好汉不吃眼前亏……

　　你兄弟死的那晚究竟发生了什么事？恶魔亲王问。

我们擒获统一者。王子坦承。它的同伴嘶吼一声。派往南方的王子更是吃了一惊,在它们谈话时头颅不停地鼓动着。

那你的兄弟应该立功了,怎么会惨遭横死?统一者又怎么能继续屠杀躯壳,吸引人类服侍他?恶魔亲王问道。

我们检视他的内心,探索他的力量,王子道,但他在我们把他带来给你之前逃脱。

还想骗我?恶魔亲王问。王子没有眼睑的双眼瞪大,但在它张口抗辩之前,化身魔已经甩出利爪,剖开它的头颅。恶魔亲王伸手到他脑中,撕碎王子的心灵,在其他王子的灵气掺杂恐惧与嫉妒等情绪时大快朵颐。

亲王把王子的大脑和它的记忆和意志统统转移到自己身上,它立刻就得到了他们在统一者心中得知的秘密。欢愉与力量差点击倒恶魔亲王。这数千年来,它曾多次品尝同类的心灵,每次都让它因为体内充满力量而头晕目眩。洞外,恶魔王子的化身魔高声尖叫着,开始失去凝聚形体的魔力。

恶魔亲王瞪向另一头企图欺骗自己的王子。对方恐惧地僵在原地,显然生怕面对与兄弟相同的下场。

滚!恶魔亲王下令,王子没有质疑自己的好运,以最快速度逃出洞外,带着自己的化身魔逃回地心魔域。

另外两名王子动也不动地站在原地,看着恶魔亲王消化他们兄弟的记忆。其中之一舔舔牙齿,望向剖开的头颅。

恶魔亲王震惊地发现"统一者"竟是像自己这般食用躯壳来窃取他们大部分的力量。它从没想过地表生灵竟能以身体储存地心魔力,并且学会汲取魔法。那似乎就像只会蛮干的石躯壳突然有了自己的智慧一样难以置信,但偏偏事实摆在眼前。

而现在它也知道最初他们前来地表的原因,埋藏在南方沙漠里的战斗魔印重见天日了。

北方统一者窃取了一些我们的力量，但我已经摸清楚他的实力了，他对其他王子道。他办得到的事我们都办得到，只要想办法把他引出大魔印就行了。

没有心灵会如此愚蠢。一名王子想道。

这家伙比较笨，恶魔亲王保证道。他根本没有他自以为的那么强大，而他已经对我们透露了这次暴动的起源。他将上任统一者失落之城的影像传送到两名王子大脑里。

我们要利用下次周期去把那里的一切彻底毁灭，恶魔亲王道。我要在统一者的尸体上拉屎，谁让他给我们惹出这么大的麻烦。

其他心灵恶魔表示认同，恶魔亲王直视它们，让它们看见他强大的力量。

对我开启心门。它下令。在心灵王宫里，它不曾下达这种命令，但这些王子心知若不照做，它们就再也没有机会回到王宫的机会，再说这样总比心灵被吞噬要好多了。它们同时撤除防御，任恶魔亲王研究他们这三个晚上的战斗日记。

当统一者传人出现，戴着那顶诅咒的王冠，将邪恶的长矛插入恶魔王子胸口时，它们正在与兄弟联系。

恶魔亲王在重现那段记忆时感到强烈的恐惧。北地统一者力量强大，但它的力量只能与最弱小的恶魔王子匹敌。然而统一者传人却做出了让亲王最害怕的事，完全解放了那些法器的力量。

它变成了心灵猎人，就像沙漠里那具干尸复活了一样。

那年有多少恶魔亲王的兄弟和祖先死在那家伙手上？那时候女王还未复生，但它却见证了一切。当年它很年轻，很弱小，能活下来完全仰赖运气，而非机智，但它记得当时弥漫在心灵王宫里的恐惧氛围。

恶魔亲王点了点头，允许其他王子逃离地表，接着召集化身魔，御着魔法奔流回归地心魔域。

必须除掉统一者传人，绝不能让他统一地表的世界。

第二十九章　阉人

333 AR　秋

"我跟阿拉盖王子不止一次交手，我很清楚它们的实力，"阿曼恩说。"它们根本不是我的对手。"他指向高台底部。王座厅的布帘拉起，整座大厅以油灯照明，让他得以展示插在木桩上那颗恶魔王子球根般的头颅。他已经命令阿邦找石匠来把大厅的窗户完全封死。

他的议会成员轮流凝视敌人的大黑眼眶，每个人用勉强挤出来的嘲弄态度掩饰心中的厌恶。阿邦没有训斥他们。与其他恶魔相比，这头恶魔体型不大，也没有长满尖牙利爪，但他诡异的双眼令人毛骨悚然。圆锥形的头颅、退化的魔角、近乎温和的五官，看起来实在不像残暴不仁的杀手，更像个思想家，幕后军师或策划者。

这不是阿邦第一次感谢艾弗伦让他成为残疾的卡菲特，不必面对黑夜里的凶险。

他将骆驼拐杖调整到比较舒适的位置，听着朋友念出那篇他们费尽心思准备的讲稿。尽管他经常站在高台上为主人提供建议，两人却认为下达这个命令时，阿邦应该待在台下，不要让人怀疑这是他的主意。阿曼恩无论如何都会让这个计划通过，但要祭司尽快接受，就要让他们以为这是沙达玛卡想出来的，而非低贱虚伪奸诈懦弱的卡菲特。

他们鄙视自己,但我能让他们像傀儡一样起舞。他的目光始终保持低垂,但他早就学会在阿曼恩讲话时用眼角观察祭司的表情。

"但我们绝对不能裹足不前。"阿曼恩继续道。"阿拉盖卡之子重临大地宣告了沙拉克卡越发临近了,而要赢得明天的沙拉克卡,我们得先结束沙拉克桑。阿拉盖无法突破我们的防御,但它们能减损我们的实力,放火烧田、屠杀牲口,直至我们从内部瓦解,让绿地人有机会团结起来灭了我们。想要赢得两场战争,我们就得持续扩张,让北地城市一座座臣服在《伊弗佳》律法下,征召他们的男人,以他们的资源充实我们的实力。"

阿雷维拉克达玛基赞许地点头。"我们必须打赢白昼之战,满足于艾弗伦恩惠,只会消磨我们沙漠人的锐气。"

"我也赞同这一点。"阿山说。技术上而言,他代表座谈会发言,但所有人都知道他是阿曼恩的影子。阿雷维拉克却是最年长也最受人尊敬的首席达玛基,是挑战阿曼恩争夺骷髅王座之战唯一活下来的部族领导人。所有人都很尊敬这位德高望重的达玛基,他的话具有公信力,也基本能代表大家的利益。

这就是阿曼恩在稍早之前私下会见他们时,命令阿雷维拉克率先发言,然后才轮到阿山的原因。

阿曼恩以矛柄敲击地板。"我们会在两个月内攻打雷克顿。"阿邦听到这话,立刻依照事先编排好的,故意皱眉抿嘴,做冥思惊恐状。

"你皱眉了,卡菲特,"阿曼恩也立即表演性地问话。"你认为我的计划不够周详吗?"

所有目光唰地集中到了阿邦身上,他假装被他们瞪得心跳加速、全身筛糠,显然在场所有人都暗自祈祷他会说些导致他在沙达玛卡面前挨板子的蠢话。

　　阿邦得承认，这是非常值得担心的事。他清楚如果有一天他失势了，这座大厅里的每个人——包括达玛佳本人——都会立刻出手控制他或是除掉他。

　　"解放者的智慧远远超过我等只会在小店铺里为些许薄利斤斤计较的商贩，"阿邦说，在语气中增添恰到好处的哭腔。"但你的部队为了掌控征服的领土已经过于分散。这样做的代价——"

　　"您无须听这个没有信仰的卡菲特的废话，父亲，"贾阳插嘴道。"当初他也反对你攻打艾弗伦恩惠。"其他达玛基点头，低声表示认同。

　　"没有信仰的卡菲特"是多余的形容，你这白痴。阿邦心想。卡菲特本来就是"重利之人"的意思。因为《伊弗佳》明文禁止真正的男人牟取私利，而贫穷而不够强壮的卡菲特除了牟利之外还能干些什么？阿邦的嘴唇微微抽动，抑制一种发笑的冲动。在场的人都不知道他们错过了什么。牟利没那么厌恶，相反妙不可言；而《伊弗佳》不让战士们这么干只是因为三千年前卡吉同父异母的兄弟为了利益想谋害解放者。卡吉传奇性的力量击败了阴谋者，从此他禁止战士经商牟利，导致之后无数世代的笨蛋愿意抱着虚无的信念去死，也不愿在市井里好好活着，牟取暴利，有滋有味地品味人间各种幸福。

　　那种美妙之处，想得他口水直流。他还会继续自己的职业，然后以某种祭司禁止的方式将种子撒在妻子身上。

　　他看着贾阳，毫不意外地在沙鲁姆卡眼中看见了饥渴。这小鬼只比野兽好看那么一丁点而已，过度陶醉征服与掠夺的快感，根本不懂得经营自己影响力的智慧。杀人比杀阿拉盖要简单多了，而世界上最好杀的就是软弱的绿地人。他可以轻松地

在自己简短的成就清单上列上一个巨大的杀人数目作为成绩。

他抗拒着摇头的冲动。贾阳生下来就拥有世人梦寐以求的权力和机运，而他脑中唯一想得到的事情就是宫殿的大小，以及马屁精如何用各种花样逗他开心。

阿桑和阿苏卡吉面无表情，不过室内人人有他们自己的沟通方式——透过两人在人后研究出来的微妙眼神和手势——让他们能在旁人毫无所觉的情况下进行秘密对话。

观察他们数个月后，阿邦只能解读出一小部分肢体语言，但还是足以猜出他们现在可能持什么样的看法。父兄出征时留下来坐镇艾弗伦恩惠是件有利也有弊的事。解放者远行期间，阿山代表阿曼恩，主持达玛基与达玛佳共同议政，但尽管荣耀全部属于上阵杀敌之人所有，阿桑还是有很多办法可以趁他们不在时扩大自己的影响力。

"你有什么想法？阿桑。"贾迪尔问。

阿桑朝兄长的方向微微鞠躬。"我同意，父亲。现在正是进攻的机会。卡菲特的担心不无道理，但在艾弗伦远大的计划中，这只是微不足道的小事。阿拉盖摧毁了我们大部分的收成，而且损失还在持续扩大。征服更多土地能够轻松化解这种不利的束缚。"

阿曼恩转向其他十位达玛基。阿邦趁着他们直视王座时扫视他们。这些人依照部落中沙鲁姆数量多少的顺序排列，不管数量相差有多细微。每隔几个月，排序就会出现一些变化。

站在阿山和阿雷维拉克身后的是穆罕丁部族的安卡吉。这几年来这个达玛基变肥了不少，再也无力争夺骷髅王座。阿曼恩依然对于安卡吉试图私藏卡吉之冠的事情耿耿于怀，但阿邦认为此事情有可原。要是异地而处，他也不会把卡吉之冠拱手让人。在那之后，安卡吉只能亦步亦趋地跟在阿山和阿雷维拉拉身后，至少在议会站位与发言顺序是如此。

"白昼之战是沙达玛卡的职权范围，"安卡吉说。"我们有什么资格质疑？"

贾迪尔继续看向站在他后面的人——克雷瓦克和南吉部族的达玛基。侦察兵达玛基即使在大白天都会戴上黑夜面巾，除了部族领袖和解放者本人外，没人知道他们的真实身份。

一如往常，这两个男人一言不发地鞠躬行礼表示服从。

阿邦懒得去察看其他达玛基的脸色。自从伊察奇和克伦受到惩罚之后，弱小部族的达玛基都变得比安卡吉更加谄媚。只有沙拉奇部族的克维拉开口发言，直视阿曼恩的双眼道："我不是要批评您明智的计划，解放者，但我们部族实在没有足够的人力一边掌控征服的艾弗伦恩惠的广大土地，一边派兵继续讨伐北边的绿地。"

"那你们部族就留下来守城吧！"苏恩金部族的朱森吼道。"让其他人掠夺更多财物、土地以及奴隶！"几名达玛基小声窃笑，但所有人在被阿曼恩瞪过之后立刻闭嘴。

"透过联姻与血缘，"阿曼恩说，"我也是沙拉奇部族的人，也是苏恩金部族的人。在我面前互相羞辱，你们就等于在羞辱我。"

阿桑拍拍阿拉盖尾的鞭子把手，朱森达玛基被吓得脸色比死鱼还白。他立刻下跪。额头抵地。"我道歉，解放者。我没有不敬的意思。"

阿曼恩点头。"这样也好。你留人下来守护沙拉奇部族在艾弗伦恩惠的领土，让他们随军出征，夺取更多青恩的土地。"

看着朱森脸上极度苦涩的神情，阿邦很想哈哈大笑。他们部族留下越多战士，就表示越少人在前线掠夺财物，很可能也会让哈尔瓦斯部族的法辛达玛基取代他在王座厅议会里的排名。

他看向法辛，只见达玛基笑容满面，不过聪明的他正偷着乐。

阿邦在阿曼恩向他们解说计划细节时神游天外——仅仅是他们有必要知道的细节。计划中最主要的部分，包括攻击的确实时间与地点，都会等到这些笨蛋没有机会泄密之后才告诉他们。

他看向骷髅王座，思索着在上面镀一层琥珀金究竟用意何在——看起来实在是非常浪费。

阿邦依照命令，将整座矿坑里挖出来的琥珀金都交给达玛佳。他以为那些金属会就此消失，作为秘密用途，或至少会被用来为阿曼恩打造护甲。结果它们却被涂抹在他的王座上，成为毫无意义的权力象征。

真的仅是象征奢华吗？他偷看了达玛佳一眼。这女人可不是摆着好看的花瓶。尽管世界上比她更美的花瓶不多，但她从来不做毫无意义的事。

无所谓。阿邦已经交出了宝贝，但他并没有停止寻找更多这类金属，从兰尼克首度遇上这种合金的矿坑找起——一座带有金矿脉的银矿，至今每年都会挖出一定产量的琥珀金。阿邦透过中间人收购了这座银矿，成为幕后的老板，并且派人在艾弗伦恩惠各地收购以琥珀金制造的珠宝和钱币。现在他已经囤积为数不少的琥珀金，并且用它来取代拐杖中的伸缩刀，还为几个他最信任的卡沙鲁姆打造了一些饰品或武器。

会议很快就结束了。阿曼恩第一个离席，紧接在后的是贾阳、阿桑，然后是一众达玛基。阿邦等着大家都走了才转身跟着他人屁股后一瘸一拐地走出去。

"阿邦，"达玛佳的叫声传来，阿邦立即僵在门口。哈席克在前方关上厅门，双手抱胸站在门前挡住他的出路。

阿邦转过身去，看着英内薇拉一扭一扭地从王座高台上走下来，他立刻将目光自她具有催眠力量的摇摆翘臂上移开，抬头直视她的双眼。

你家里就有好几个美貌的妻子，他提醒自己。尽管这女人公开展示她的肉体，但看一眼代价实在太高了……

他深深鞠躬。"达玛佳。我这个卑微的卡菲特有什么能为您效劳的地方吗？"

英内薇拉越走越近，直到近得哈席克听不见两人交谈的距离，但是山娃紧跟在她身后。从各方面而言，这个凯沙鲁姆丁与阿曼恩残暴的保镖一样心狠手辣。

"你的那位金属匠有任何进展吗？"英内薇拉漫不经心地问道。"他们送来的最后一批合金都是废物。"

阿邦耸耸肩。"融合金属很容易，但掌握正确的比例却实要摸索很漫长的时间。阿拉之火或许会制造出我们意料之外的合成物。"

"我们需要更多。"英内薇拉说。

"我知道。"阿邦说。"为王座镀膜需要很多琥珀金。你接下来要镀台阶吗？"

"你不必操心我拿它来做什么，卡菲特。"英内薇拉说，语气很平淡，但依然发出有力的警示意味。

阿邦立即鞠躬。"您说得对，达玛佳。您派您的宫人去做什么也不关我的事，不过我听城内的守卫提起发现了三个死了的宫人，尸体被河水冲上岸来。"他向她微笑，接着立刻发现自己说得太过分了。

英内薇拉比个手势，山娃立刻上前。只见她轻轻挥拳，他脸上就爆出一阵钻心的刺痛，整个人四脚朝天躺倒在地。

阿邦用手紧捂住鼻子，瞪大眼睛看着鲜血沿着自己臃肿的手指流向手臂。他很夸张地翻身爬起，从背心口袋里拿出丝质

手帕，不过手帕很快就浸透了。"沙达玛卡说过他会杀掉任何攻击我的男人。"

"沙鲁姆丁可不是男人，卡菲特。"英内薇拉得意地微笑，她挥手比向厅门，嘴角在半透明的面纱下向上勾起。"不过非常欢迎你跛脚走出去，告诉阿曼恩你对我出言不逊，所以我让山娃动手打你。看看他会怎么做。"

阿邦没有移动，于是她抢走他手中的手帕，将这块吸满鲜血的布拿在他眼前。"下次再敢对我无礼，我就不会像今天这么客气了。"

阿邦吞咽一口口水，拥抱所有的屈辱和痛楚，看着她和女侍卫转身大步走向她的私人枕厅。自己或许不用惧怕达玛基了，但阿曼恩的第一妻室却完全是另一回事了。看来让黎莎成为制衡她的棋子的计划肯定终究还是露底了，现在他惹上了一个自己最不想惹上的敌人。

哈席克在女人们关上枕厅大门时冲着阿邦大声嘲笑起来。"这下你还敢不敢放肆，嗯，卡菲特？"

阿邦冷冷看着他。"开门，你这条狗，不然我就跟阿曼恩汇报说这鼻子是你打的。"

哈席克气得满脸通红，稍微舒缓了阿邦的痛楚。阿邦强忍泄愤的微笑，看着高大的战士打开厅门。哈席克很快就会为了这个屈辱去找他算账，但这一次阿邦期待他找上门来，他早有准备。

我的金属匠再次尝试重新加工冶炼神圣的琥珀金。当天稍晚，阿邦写信给阿曼恩道。傍晚时分，派个值得信任的强壮使者来取达玛佳的样品。

正如他所料，阿曼恩一如往常地派哈席克过来了。

战士去找他们时，阿邦的女儿希尔娃正独自一人在他位于新大市集的大帐里忙活。此时已快到宵禁时间，市集里已经没什么生意，大部分的帐篷和店面都已经打烊。阿邦透过一个小洞窥探着哈席克走进帐篷时的一举一动。希尔娃年轻貌美，聪明机智，双手灵巧。她有美好的未来，阿邦也最宠爱她。哈席克曾经强暴她时就很清楚这点。他这么做不是为了占有希尔娃，只是为了报复阿邦。

女孩看到哈席克立刻倒抽一口凉气。她匆忙跑到柜台后方，冲过一条短廊，消失在帆布帘后。哈席克就像猫追老鼠一样紧追不舍，矫健地跳过柜台，紧接着消失在门帘之后。

听见房门开门声后，阿邦默数十下，然后好整以暇地跟了上去。即使过了这么多年，他的脚伤依然会痛，此刻他没理由加快脚步而增加脚上的负担。那扇沉重的门关闭时，哈席克还在挣扎。

帐篷紧邻着一座大仓库，而哈席克不知情地走了进去。两名沙拉奇部族的卡沙鲁姆手持阿拉盖捕捉环预先布置陷阱埋伏在里面。中空的环柄比哈席克的手臂长两倍，里面塞了细细的钢索，末端的套环紧缠在他的脖子上。哈席克一手抓住一圈套环，试图阻止它们越缩越紧，但这样做在经验老到的沙拉奇战士面前毫无用处。他拉，他们就推，反之亦然，而套环就在这推推拉拉的过程中不断紧缩。阿邦愉快地看着哈席克逐渐放弃挣扎，恼羞成怒地跪倒在地上。

希尔娃来到他身旁，阿邦伸手搂着她的肩膀。"啊，哈席克，非常欢迎你来拜访！你还记得我女儿希尔娃吧？你去年春天夺走了她的童贞。我对她承诺过，当我对你展开报复时，她可以坐在前排座位欣赏你应得的报应。"

由于未婚，希尔娃不必撩起面纱就能对沙鲁姆的脸吐口水。哈席克试图扑上去，抓住她，但沙拉奇战士立即制伏了他，再度让他跪在地上。阿邦扬起一手，黑暗中随即走出另一名卡沙鲁姆。南吉沙罗姆擅长刑讯，面前这个小个子男人也不例外。他的动作迅速优雅，默不作声，只在拔出尖锐弯刀时发出一点声响。哈席克瞪大双眼看着他，但完全无力抵抗。

小个子男人看着他。"让他躺在地上比较好动手。"他的声音十分低沉，近乎低语。"固定四肢。"

阿邦点头，用力拍手。沙拉奇战士扭转环柄，令哈席克背部着地，接着房门开启，一群黑袍女人——阿邦的小妾及其他女儿纷纷走了进来。很多女人戴上了婚姻面纱，其他女人的脸就像希尔娃一样露在外面。这几年来惨遭哈席克蹂躏的女人可不少。

四个女人手持阿拉盖捕捉环，一个接着一个套上哈席克的手腕和脚踝，用力拴紧。哈席克壮得就像经常从猎杀阿拉盖中吸收魔力的战士，但女人们占着器具之便及数量优势，即使没有沙拉奇战士也足以将他牢牢固定在地。两名卡沙鲁姆放松套环，好让所有人尽情享受哈席克在裤子被割开时所发出的叫嚣声与徒劳无功的挣扎。

在哈席克露出因恐惧而软绵萎缩的男根时，动手的女人们全都开怀大笑起来。阿邦也轻笑了几声，心知有女人在场能大幅增加哈席克的痛苦与羞辱。"这根可怜兮兮的小玩意儿就是让我的女人害怕的东西？"

"狗的东西也很小，父亲。"希尔娃说。"但那并不表示我想被狗插。"

阿邦点头，告诉哈席克，"我女儿说得有道理。"接着朝南吉点头。"把那狗东西割下来喂狗去。"

哈席克大叫着拼命挣扎，但在众人的钳制下毫无作用。"我是解放者的阿金帕尔！他不会放过你的，卡菲特！"

"去告诉他啊，漏风者！"阿邦笑着用哈席克在沙拉吉受训时因为叫阿邦食猪之子，而被克伦打掉牙齿后所得到的绰号称呼他。"告诉全世界你被卡菲特阉掉了，然后看着他们在你背后偷笑！"

"我要杀了你！"哈席克吼道。

阿邦摇头。"在解放者眼中，我比你更有价值，哈席克。"他比向三名卡沙鲁姆。"英明的他派遣这么多战士来不就是为了保护我嘛。"他得意地微笑。"同时也保护我女人的荣誉。"

哈席克再度张嘴，但阿邦指示沙拉奇战士锁紧他的喉咙。"刑前谈话到此为止了，老朋友。沙拉吉教过我们要拥抱痛苦，我希望作为伟大战士的你学得比我好。"

南吉战士动作飞快，如同达玛丁般熟练地沿着哈席克的男根外缠绕细线，割掉它，丢到盘子里，插入排尿用的金属管，然后很有效率地缝合伤口。通通弄好之后，他举起盘子。"这玩意儿真要拿去喂狗，主人？"

阿邦看向希尔娃。"今天确实还没给狗喂食了，父亲。"她说。

阿邦点头。"带你妹妹一起去，拿点稀有东西给它们嚼。"希尔娃接过盘子，其他女人放下阿拉盖捕捉环，谈笑风生地跟着她走出门房。

"我会教她们不要乱说的，我的朋友。"阿邦说。"但你也知道女人。只要把秘密告诉一个女人，不久总会被八卦开来的。要不了多久，大市集里所有女人都会知道不必再惧怕哈席克了，因为他的双腿之间只有一根尿尿用的金属管子。"

他朝哈席克丢了个沉重的皮袋，战士在袋子当啷啷地落在

肚子上时痛得闷哼一声。"回去,把这袋里的东西带给达玛佳。"

贾迪尔跟着英内薇拉走下通往地下宫殿的螺旋梯。他已经很久没有走进过地下宫殿——超过四分之一世纪以上;而他在下楼时感到些微赞叹。贾迪尔有王冠上的魔印光照亮前方的通道,他可以像大白天一样清楚地看见藏身阴影中的宫人侦察兵。他们的灵气清晰透彻,对自己的达玛佳妻子绝对效忠。他对此感到很是欣慰,她的安全就是一切。

她带领他走过刚从岩层中开挖出来不久的蜿蜒走道,穿越几扇房门,将宫人守卫留在门外。最后他们来到一间小密室,里面有一男一女坐在枕头上喝茶。

英内薇拉关上房门时,里面的男女立刻站起身来。女人看起来就像个普通戴尔丁,身上穿着黑袍,只露眼和手掌。男人身穿卡菲特的褐色衣服,起身时得靠拐杖支撑,只有一条半腿。

瘸子。贾迪尔心想,没有询问他们的身份,他们的灵气透露了一切,但他还是让英内薇拉正式引见。

"我尊贵的丈夫,"她说。"请容我向你引见我的父亲,卡萨德·安达马吉·安卡吉,以及他的吉娃,我母亲蔓娃。"

贾迪尔深深鞠躬。"母亲、父亲。很荣幸终于见到你们了。"

两夫妻连忙回礼。"这是我们的荣幸,解放者。"蔓娃说。

"母亲不必在与丈夫和孩子团聚时遮住容颜。"贾迪尔说。蔓娃点头,解下兜帽和面纱。贾迪尔微笑着,从这女人脸上看见许多他心爱女子的特征。"我终于知道达玛佳传奇般的美貌从何而来。"

尽管他说得十分诚恳,这话并没有真的打动她——蔓娃礼貌地垂下目光。她的灵气很锐利且专注。他能感应到她对女儿的骄傲，以及英内薇拉对母亲的敬意，但无论如何，屋里存在着一股尴尬的原因，以愤怒、恐惧、羞愧以及爱所编织而成的奇特情绪网，层层交叠在一起，而所有情绪都集中在卡萨德身上。

他看着自己的卡菲特岳父，深入探索他的灵气。此人身上布满战士的伤疤，但膝盖的伤痕并非阿拉盖的尖牙或利爪所造成的；伤口很平整。"你曾经是沙鲁姆。"他猜道。"但你的脚不是在战场上失去的。"这话在男人的灵气中掀起一阵悲戚，透露出许多讯息。"因为犯罪而失去黑袍，这条腿也算是对我所犯罪恶的惩罚吧。"

"你怎么……"英内薇拉开口。

贾迪尔看向她，解读她和父亲之间的强烈情绪。"你的妻女很想原谅你的罪恶，但她们没有勇气。"他看回卡萨德。"你到底做过什么难以原谅的事？"

英内薇拉和蔓娃的灵气中充满震惊的情绪，但最惊讶的还是卡萨德。在魔印光的照明下，他脸色发白，一身冷汗。他沉重地靠着拐杖，尽可能保持尊严地矮身下跪，接着伸出双手，额头抵在厚厚的地毯上。

"我冒犯了我的达玛丁女儿，又因为我的长子是普绪丁而一时气愤杀了他，解放者。"他说。"我自以为我做得没错，以为我在维护卡吉的法律，偏偏自己又酗酒，行为不检，为家庭带来的耻辱远远超过我的儿子。我的儿子苏利原本是个英勇的沙鲁姆，曾把许多阿拉盖送回奈的深渊。我最初只是个屠夫，总要喝醉才敢走进大迷宫，躲在阿拉盖不出没的区域。"

他抬起头来，热泪盈眶，转向英内薇拉。"我女儿有权为我所犯的罪判我死刑的，但她认为应该让我失去攻击她的肢体，活在羞辱之中。"

贾迪尔点头，看向英内薇拉及她的母亲。蔓娃和丈夫一样泪流满面。英内薇拉没哭，但灵气中的痛苦就如脸上的泪水一样清晰。这道伤口已经太久了，从没愈合。

他看回卡萨德。"艾弗伦的宽恕无边无际，卡萨德之子卡萨德。没有任何罪行是不能饶恕的。我看得出来，你已经反省了自己的愚行，而这些年来既承受丧子和失腿之疼，也算是受到相应的惩罚了。在那之后，你并没有远离艾弗伦的道路。如果你愿意，我可以让你重获黑袍，英勇战死。"

卡萨德悲伤地看着妻子和女儿，苦笑着摇头。"我以前也认为作卡菲特是件可耻的事，解放者。但事实上，这么多年来，我从没这么开心，也从没如此看清艾弗伦的道路。我是个残废，不能在沙拉克卡中为你冲锋陷阵了，我哀求你让我以卡菲特的身份颐养天年，让我来世有机会为你而战吧。"

贾迪尔点头。"如你所愿。艾弗伦让卡菲特的灵魂等在天堂之外，直到他们取得回归阿拉的智慧，努力成为更优秀的人。我会为你祈祷，但在你死后，我认为造物主不会让你等太久的。"

卡萨德的灵气为之一震，仿佛放下了心中堵截已久的巨石。三人之间交织的情绪出现改变，但依然缺少在艾弗伦看顾下的家庭应有的和睦和亲情。

他转向蔓娃，审视她的内心。"事情发生之后，你们就不曾同房，因为你不能让残杀儿子的凶手碰你。"

蔓娃冷静专注的灵气突然浮现恐惧与敬畏。她也立即下跪，额头抵地。"确实如此，解放者。"

"即使是卡菲特的妻子，也应该尽妻子的义务。"贾迪尔说。"所以你必须现在就决定，可以诚心原谅他，也可以让我为你们解除婚约。"

蔓娃看向丈夫，试图拨开岁月的痕迹，在男人的脸上找出当初的模样。她微带迟疑地缓缓伸出手掌，碰到卡萨德的手时，她整个人抖个不停。而他紧紧握住她的手。"我想我们不需解除婚约，解放者。"

"我发誓，"卡萨德说。"在解放者的见证下，从今往后，我决不会辜负你，我的妻子。"

"你没有辜负她，卡萨德之子。"贾迪尔说。"我很遗憾你迈向智慧的道路让你和家人承受了这么多痛苦，但智慧并不是可以在市集里讨价还价的小东西。"

他看着两夫妻如今相互谅解的甜蜜灵气，感到心满意足。他转向英内薇拉。"你的哀悼为苏利带来了荣耀，爱人，但要记住你并非为了他哀悼，而是为了你自己。很遗憾我没机会认识他，但如果你哥哥有你记忆中的一半英勇，那他就远远超过艾弗伦容许信徒进入天堂的资格。苏利·阿苏·卡萨德·安达马吉，安卡吉很可能已经坐在造物主的餐桌上享受快乐的生活，并且回到阿拉，在我们的族人需要时提供帮助。"

他看回卡萨德，示意他站起身来。卡菲特缓缓起身，接着摊开双臂。英内薇拉一开始步伐缓慢，但最后几步却是冲上前去，两人紧紧相拥。蔓娃伸手与他们两人抱在一起。

贾迪尔看着三人的灵气逐渐交融，紧紧拥抱着——一家人本当如此。

片刻过后，英内薇拉抬头看他。他看得出她体内充满爱意，但在表达爱意之前依然提出心中的疑惑。"你怎么知道我的想法？"

意外的是，蔓娃轻捏女儿的肩，代他回答了这个问题。"因为他是解放者，女儿。卡吉能洞察人们的内心，而他以阿曼恩·贾迪尔的身份重临大地。怀疑的日子已经结束了。"

进入王座厅时,贾迪尔有些愠怒地看着卡吉娃,汉雅、阿山和山杰特等在大厅里。他看到他们的灵气中充满愤愤不平——他们又是为了沙鲁姆丁的事情而来。

"艾弗伦的胡子啊,安静片刻好不好?"英内薇拉跟在他身后喃喃说道。贾迪尔轻笑。但接着汉雅转身面对他,他看见了她的眼睛。

他转眼之间冲到她面前,温柔但坚决地捏着她的下颌,检视眼旁的瘀伤。那是一种阴暗、愤怒的色彩,但完全无法与他自己的愤怒相比。

"是谁干的?妹妹。"他低声问道。

汉雅呜咽一声,没有回答。"她那一无是处的丈夫。"卡吉娃代她回应。他妹妹的灵气证实了这个答案。贾迪尔转向山杰特。

"已经逮捕他了,解放者。"山杰特说。"我们在他宫殿里的房内找他。那时他喝库西酒喝得酩酊大醉,躺在自己的尿摊里。"

贾迪尔深吸一口气,拥抱满腔怒意,任其透体而过,走上骷髅王座前的台阶。他真不想让哈席克进入自己的攻击范围。"立刻带他进来吧。"

英内薇拉轻捏他的肩膀支持,然后走到王座旁的枕头上坐下。他感受到她的支持,怒气稍微平息了一些。

两名沙鲁姆用阿拉盖捕捉环套着哈席克,像拖牲口般把他连拖带拉扯进王座厅。他的双手以金属扣环锁在身后,一根矛柄在身后别住他的手肘弯。他的脚踝锁着一条短而粗的锁链,嘴里塞着一根咬木顶住舌头,以皮带紧紧固定着。他醉醺醺的,灵气中的痛苦之下隐藏着无限羞耻与恐惧——他明白自己做了什么，也懂得后果会怎样——贾迪尔必须尽力抑制一股跳上前宰了他的冲动。

"妹妹，"他命令道。"当着大家的面，把事发经过说清楚吧。"

汉雅还在啜泣，但在卡吉娃的安慰下，她鼓起勇气抬头面对哥哥。"我也不知道是怎么回事，哈席克以前对我发过脾气，但从来不会喝醉，也从不敢打我的。然而这几天以来，他变了个人似的。他开始偷偷带酒回家，以酒为伴，还在自以为没人时偷偷哭泣。我试着尽妻子的责任安慰他，但不管我怎么做，他总是拒绝。然后，昨晚他睡着后，我想要……给他惊喜。"——她的灵气变得羞愧无比。

贾迪尔后悔在公开场合逼她说出口，但既然已经说了就无法挽回。"后来怎么了？"

汉雅的灵气浮现与羞愧同样强烈的痛苦与困惑。"他的男根……不见了。"

"不见了？"贾迪尔问。

"也不知被谁割掉了。"汉雅说。"只有一道伤疤，还有一截小金属管。"阿山和山杰特的灵气显示他们已经听过此事，但他看得出来此事还是令他们十分尴尬。在场所有人都不安地琢磨着背后的原委，就连贾迪尔也不例外。只有早已习惯宫人仆役的英内薇拉和沙鲁姆丁不为所动。

汉雅的灵气已经说明了后面的一切。"哈席克醒来。发现你看到了他的耻辱，于是动手打了你。"

汉雅点头。贾迪尔转向哈席克。"给我看。"

哈席克的灵气羞耻得想放声大叫，但他还是垂头丧气地站着，没有抗拒守卫拉下他的裤子，让大家确认他确实被阉割了。

贾迪尔向守卫点头,他解开皮带,取出哈席克口中的咬木。

"到底怎么回事?哈席克。"贾迪尔问道。

哈席克没有立刻回答,双眼直视地板。"我以为会长回来的。"

"呃?"贾迪尔问。

"如果我杀害足够的阿拉盖,"哈席克说。"如果我沉浸在他们的魔力中,它或许会长回来。"

英内薇拉点头。"医疗魔法不是这样子运作的,沙鲁姆。新断的肢体不会长回来,你只能让伤口愈合。"

哈席克再度垂头丧气。

"我问的是谁干的?"贾迪尔继续追问。"你还是要为殴打我妹妹付出代价,但你是我的妹夫,也是解放者长矛队的一员。攻击你就等于是攻击我。"

哈席克看着他,心中充满难以言喻的耻辱和恐惧,因此没有回答问题。

"解放者问你问题,疯狗!"阿山吼道。山杰特一拳打在哈席克脸上,将他击倒在地。高大的沙鲁姆还是没有吭声。

他宁死也不愿告诉我。贾迪尔发现。幸运的是,对沙鲁姆而言,还有比死更可怕的命运。

"剥光他的黑袍,拿去烧掉。"贾迪尔说。"砍掉殴打我妹妹的手掌,然后给他换上褐袍。我要宣告他们解除婚约,让他一辈子沦为卡菲特残疾,永生永世不得进入天堂。"

"不,拜托!"哈席克痛苦地叫道。"我对你忠心耿耿!是阿邦!那个该死的卡菲特阿邦!"他的灵气显示他说的是实话。而听到这个答案后,贾迪尔立刻了解哈席克为什么羞愧得不肯承认。

尽管如此,这个答案让他陷入十分的尴尬的局面。他望向山杰特。"带一队人去找卡菲特来,我要见他,不准伤害他。如果我审问他之前有人敢动他一根寒毛,我会让他付出一万倍的代价。"

山杰特鞠躬,迅速离去。没过多久,他带着一瘸一拐的阿邦回来了。哈席克身上还是套着套索和锁链,不过贾迪尔允许他穿上裤子。阿邦出现时,他已经恢复一点本性,表面上垂头丧气,但暗地里愤怒得想扑上前去咬死阿邦。

贾迪尔看向手持阿拉盖捕捉环的男人。他们都是解放者长矛队的成员,绝对不是笨蛋。他们早有准备,在哈席克动手之时抓紧环柄,将他扣回地上。他转头打量阿邦,利用王冠视觉深入探测他的内心。卡菲特已经猜出这次宣召所为何事,但他的灵气却很平静。事情确实是他干的,不过他自认有办法全身而退。正常情况下,阿邦很擅长掩饰他的情绪,但此时他却自大得过分。他冷冷看着哈席克,灵气中充满轻蔑与满足的情绪。

"你阉了哈席克?"贾迪尔看着阿邦,单刀直入地问道。他越想越生气,或许会在别无选择的情况下杀了他的保镖和最宠信的顾问。

"不,解放者,"阿邦说。"这是实话,但并非完全属实。"

"你命令你的卡沙鲁姆干的?"他开始失去耐性。

阿邦点头。"是的,解放者。"

在场的男人全部发出愤怒的低吼。但贾迪尔握住长矛跺击地板。所有人自觉地闭上嘴。阿邦仍然冷静地站在原地。

"我给你那些战士是为了保护你的生意和促进贸易,不是用来对付我的战士。"贾迪尔说。

"一点也没错。"阿邦说。他转向哈席克,提起拐杖指向被锁住的战士。"那家伙因为奉命有你在时不得伤害我,时常跑来我的大帐发怨气。你经常派他过来传信,而他每次来都会趁

机偷窥,或是打碎价值连城的商品。"

"你就为了这几个破钱阉了他?"贾迪尔大声问道。

阿邦摇头。"店里的东西烂了,买就有了,解放者。我女儿的童贞却不行,我妻子的名节也不行。"

"卡菲特撒谎,解放者!"哈席克吼道。"我从未……"

贾迪尔轻轻挥手,一名守卫扯紧套环,令他闭嘴。"我是沙达玛卡,哈席克,我看得出你在想什么。敢再对我说谎,你就会失去性命、荣耀以及天堂的地位。"

哈席克瞪大双眼,灵气立刻平息。

"你有没有强暴阿邦的女儿?哈席克。"贾迪尔轻声问道。

哈席克放声哭泣。他没有力气回答,不过点了点头。

汉雅再度开始啜泣。卡吉娃抱紧女儿,女儿的眼泪浸湿了衣襟。她一脸怨愤地瞪着哈席克。

"他妻子?"贾迪尔问。哈席克再度无奈地点头。

"无论如何,我们都不能容许这种行为,解放者,"阿山说。"别说是卡菲特,即使是卡沙鲁姆杀害戴尔沙鲁姆,我们整个社会制度都可能会分崩离析。"

"不好意思,达玛基,"阿邦说。"但我和我的手下没有杀害任何人。"他比向哈席克。"你也看到了,解放者的保镖还活得好好的,可以继续在沙拉克卡中作战,不是吗?"

贾迪尔瞪着卡菲特。"你为什么不先来找我?"

阿邦在拐杖允许的范围下深深鞠躬。"沙达玛卡有更重要的事要做,不能老是来管一些头脑发热的沙鲁姆和达玛来找我麻烦的芝麻小事。"

贾迪尔没有错过山杰特和阿山在听见这话时灵气出现的改变。他们也做过类似的事,只是没有哈席克那么明目张胆,看来迟早也要跟他们打招呼。

765

但接着他看回阿邦，若有所思。阿邦是在请求——不，在彰显自卫权力。卡菲特冷静地盯着他，挑衅他在此事上要站在哪一边——如果你蠢得为了这件事来惩罚我，那我显然还选错了效忠对象——他的灵气如此暗示。

贾迪尔长长地叹了口气。"我一而再、再而三地在这座大厅里告诫你们不准伤害阿邦。他是我的财产，只有我能伤害他。"

"所有人都有权全力保护女儿不被强暴，或是为此报仇。就算卡菲特也一样，就算是青恩也一样。如果哈席克没有能力保护自己，那他就没资格强暴别人。他的命根子再也不会给他惹麻烦了。他有儿女继承衣钵，而正如卡菲特所说，他还是可以继续参与沙拉克。"

他看着哈席克。"你已经还清了欠阿邦的债。至于殴打我妹妹的代价则是解除婚约，不只是与你的吉娃卡，还包括其他妻子。我不会让妹妹嫁给一个阉人。汉雅将保有她的姐妹，还有你所有的财产和子嗣。"他看得出来哈席度克深受打击，但并不同情他。他依然记得多年前哈席克在大迷宫里对他做的龌龊事情——总算是遭报应了。

"你，"他以长矛指向被锁住的战士。"可以保住你的长矛、盾牌以及黑袍。你不再是解放者长矛队的一员，但贾阳会帮你找个新岗位。这里的人不会泄露你的隐私，如果有人发现，你可以说那是阿拉盖抓伤的。继续在黑夜中争取荣耀，你或许还有机会看见天堂。再敢触犯艾弗伦的法律，就算只是喝一杯库西酒，我都会把你丢入奈的深渊。"

他看向阿山和山杰特。"我想你们也都应该学到教训了？"

两个男人战战兢兢，同时点头。

"很好，"贾迪尔说。"把话传给其他沙鲁姆和达玛，我不

想再重复第二遍。"

参见结束后,英内薇拉立刻前往影之殿。在与父亲真情流露过后,她一心只想和丈夫独处,不过没办法。大量的朝臣和请愿人已经等在王座厅外,而她没耐心再等他见完所有人。

她本来希望把阿邦手帕的血留到适当的时机再用,但随着他的权力以及胆量与日俱增,她不能再等下去。她不知道阿曼恩赏赐战士保护他的事,而这解释了很多疑问。尽管如此,她还是很难相信有任何卡沙鲁姆能打败安基德亲自训练的宫人侦察兵——他们能在熟睡的达玛基的床上杀死他们身旁的妻子。

哈席克罪有应得,或许蠢得让人抓到的侦察兵也一样。尽管如此,此事依然令她不安。如今卡菲特已经开始试图取代她——他打算多久之后再度对我展开攻击?

她趁手帕还是湿的时候挤出其中的鲜血,存放在密封的玻璃里。她拿出瓶子,倒在骨骰上。"全能的艾弗伦,请让我预见阿邦·阿苏·查宝·安哈曼·安卡吉的命运。他是真心效忠解放者吗?他会继续对付我吗?"她感受着骨骰在手中逐渐发热,将它们掷落地上,看着光芒耀眼的符号。

一如往常,她准备好遵循它们的指引,但却没准备好面对它们的答案——卡菲特对解放者忠心耿耿;你们的命运紧密相连,伤害他就是伤害你自己。

第三十章 真正的朋友

333 AR 秋

亚伦深吸一口气,表现出一副从未有过的担心的表情。

"你确定必须这么做吗?"瑞娜问。

亚伦点头。"继续拖延下去,只会夜长梦多——这段时间以来,洼地也逐渐从月亏之战的惨胜中恢复些许元气,而现在的他们也明白自己接下来将要面对多么复杂而严峻的局面。罗杰的吟游诗人前往公爵领地各地送信,听说我们获胜的消息后,将会有更多的人起来参战。新月来临时,我们的防御也会比之前更严密。我没时间骑马前往来森。你放心吧,我会小心,我不会再让自己被拖入地心魔域了。"

他在瑞娜有机会开口前转向她,在她的灵气中看出自己误解了她的意思。"你不是在担心我传送这么远的距离,你根本不确定我该不该去。"

瑞娜的表情与她的灵气同样不安。"你这种吟游诗人的读脑术已经让镇民害怕了。"

"这不是读脑术。"亚伦说。

"那就当是读心吧,"瑞娜说。"你只要看人一眼就能得知他人的感觉和心里的想法,甚至比他们自己还要清楚。这让人很害怕跟你交谈。"

亚伦笑道:"如果真能像你说的这样就好了。"

瑞娜偏过头去，凝望着天上的星星，不让他看见自己的脸——好像这样能在他面前隐藏任何事情。"有时候感觉好像你在我脑子里，就像那头恶魔……"

"不是那样的，瑞娜。"亚伦说，伸手搭在她肩上，"你的魔印视觉看到的就和我看到的景象一样，我想所有以魔印强化视觉的人都看得到。只要仔细观察，魔印视觉就会透露很多讯息。我也才刚发现这些隐藏的力量，而且我有点运气，从心灵恶魔的脑中偷出了一些灵气语言。很快我就可以教你如何解读了，两种方法都可以。"

"我也不确定真的有必要学，"瑞娜说。"我爱你，亚伦·贝尔斯，但我的脑袋是我私人的领域，我不打算与任何人分享。"

亚伦点头。"说得好。"

她看着他，灵气饶富兴味。"别以为你可以趁机改变话题。你确定这个主意不是一次冒险吗？你真的想要这么做？"

亚伦摇头。"我只想要杀恶魔，不想与克拉西亚人开战，不想看到密尔恩制作火药武器，也不想当天杀的解放者。"

他叹气，感到非常疲惫。"但这个世界似乎一定要让我成为解放者，不管我愿不愿意。只因为阿曼恩·贾迪尔自认受艾弗伦委托。"

瑞娜侧过脑袋，打量着他。她在尝试解读我的灵气。他心想，突然发现这有多么令他不安。他在她汲取他的魔力深入探索他时感到体内魔法流窜。

"你至今仍然尊敬他。"瑞娜说。"当他是你兄弟。"

亚伦耸肩。"我这辈子只有一个像他这样的朋友，而我的朋友本来就不多。他很高傲，处处展现残暴的沙鲁姆之道。我们时常意见不合，但我相信世上只有他能在黑夜降临后守在我身后。"他突然颤了一下,尽管今晚不冷,仍起了不少鸡皮疙瘩。"至少在他从背后捅我一刀前是这样的。"

"而你认为把他丢下悬崖是解决问题的答案。"瑞娜说。

亚伦再度耸肩。"不知道,瑞娜,但我不能继续撂下此事不管,让更多人为之相互仇杀,流血丧命。为了所有的人类着想,我们得改变现状,得做点心灵恶魔意想不到的事。"

"我只是担心你用传送的方式过去。"瑞娜承认道。

"我也担心。"亚伦说,再度深吸一口气,找到心中的自我。瑞娜伸手勾住他的下颌,将他拉过来深情一吻。"永远爱你,亚伦·贝尔斯。"

他觉得紧绷的情绪稍微放松了些,于是微微一笑。"我也爱你,瑞娜·贝尔斯。我不在的时候,洼地就交给你了。"

瑞娜点头。"尽早平安回来。"

"我对太阳发誓。"亚伦说着化身魔雾消失了。

※

亚伦立刻感应到世间所有魔力的源头——地心魔域——呼唤、诱惑着他前去探索。他感到地心魔域的力量沿着四面八方向上的魔法通道攀升,于是选了一条最接近的通道,在穿越层层泥土与石块的途中确保自己没有迷失方向。他感应到一条通往西南方的通道,随即窜入其中,如同光线般迅速前进。

片刻过后,他于地表上凝聚形体,环顾四周,弄清楚所处环境。他知道这个地方,距离洼地十几里。

还有不少路要走,他心想。得再试试。

他再度化身魔雾,钻入地底。这一回更深入,直到地心魔域的呼唤不再只是一首诱惑之歌充斥他的感官,明亮而美丽,如同火焰吸引飞蛾般变成强大的磁力场吸引着他时。魔雾中的

他有一部分开始往那个方向飘去，试图品尝一口它近乎无限向往的强大力量——只要能够……

不！他想摇头让自己保持清醒，但身为魔雾的他无头可摇，只能凝聚心神，迅速挑选另一条通往地表的通道，乘着魔法奔流窜向西南方。

片刻过后，他出现在一片万里无云的夜空下，立刻发现自己已经过头了。他不知道自己的确切位置，但他十分熟悉克拉西亚沙漠冰冷空旷的黑夜景色。

他转了一圈，感受风中的魔力，确定自己的位置。距离他在安纳克桑外的武器库不到一天的路。他记下这条通道。他得在下次新月心灵恶魔摧毁失落之城前再度造访那座宝库，不过那可不是今晚要做的事情。他再次潜入地底，这一次朝东北方移动。

他又传送了几次才终于抵达来森堡附近。亚伦本来可以继续传送、慢慢逼近，但地心魔域每次都会诱惑他，就像面对毛线的猫一样，他没办法一直抗拒下去。他开始奔跑，利用双脚拉近与来森堡的距离。一群田野恶魔察觉他的踪迹，在他身后死命追逐，但它们的速度已经没法追上现在的他。恶魔与他的距离越来越远，最后终于无奈地放弃追赶了，跑去找其他猎物或许更轻松些。

他绕过大部分的村庄巡逻哨站，最后来到一间独立的岗哨，它专门用以守护其中的沙鲁姆传信兵。他放慢脚步，让里面的人听见他的脚步声。战士走出岗哨，手持长矛与盾牌。他的灵气和姿势显示他希望面对一头恶魔，不过在看到亚伦的人类形体时放松下来，至少他发现亚伦手里没带矛或盾。

"是谁——"哨兵开口问道。亚伦已经发力，轻松绕过他的身旁，在他身后施展出一招沙鲁沙克擒拿手法，以手臂钳制对方的咽喉。他轻轻使力，小心不去压断对方的肚子，直到他身体软瘫。

进入岗哨后，亚伦看到一张睡觉用的草席、食物、炊煮用具以及其他日常生活用品。这名战士多半是白天都在睡觉，晚上才出来站岗，随时准备在外围村落需要支援时传递信息。

几分钟后，戴尔沙鲁姆醒来，发现自己身上只剩下拜多布，手脚都被紧紧绑在身后，脖子上套着绳索，一旦过度挣扎就会导致窒息。他透过塞在口中的破布呻吟着，亚伦则穿着他的黑袍、戴着他的黑夜面巾，低头看着他。

"很抱歉，勇敢的战士，"他鞠躬，用流利的克拉西亚语说道。"我并不想羞辱你，但我需要你的黑袍和装备。明天晚上我会回来释放你，并将东西还给你。艾弗伦的旨意，没人会知道这件事。"

战士嘴里呜呜着挣扎，但束手无策。亚伦再度鞠躬，转身消失在黑夜中。他还要赶好几英里路才能抵达来森堡城堡。

来森堡外城的矮墙比他上次来访时做过大量增修改进工程，还有沙鲁姆骑兵巡逻警戒，但外城墙范围太广，不可能全面防守。他找到一块无人防守的区域，轻松翻越矮墙。

抵达内城城墙时，天已经快要亮了，不过还是黑到看得出来如同洼地大魔印般守护此地的魔印力场。他一脸茫然地研究这道力场——能量来源于哪里？

"克拉西亚魔印师与普通魔印师是不一样的。"他从前的教师卡伯说过。"他们比自由城邦的魔印师高强多了。"

亚伦摇头，这个谜团留待日后再解。天色逐渐明亮，他朝市集走去，像是巡逻一整夜的沙鲁姆般疲惫地行走着。他的直觉可是比猎狗还要灵敏，轻而易举地找到一间药材店。他溜入空无一人的帐篷里，偷了女人的化妆品和蜜粉，用以掩饰他的魔印皮肤和苍白肤色。他从偷来黑袍里取出钱袋，在柜台上留下几枚硬币，然后溜回街上。这时街上来来往往的都是巡夜回来的沙鲁姆。他将面巾的下颌部位弄得松垮且随意，低得不至于在日光下引人注目或是触怒他人，同时尽量遮掩涂了化妆品的皮肤。他根本不必操心，战士只要看到他的黑袍都会点头路过。

尽管早有心理准备，在来森堡的街上听到达玛吟唱熟悉的宵禁结束之歌还是令他心情激荡。亚伦抬起头来，看见内城中新建的高耸尖塔，围绕着从前的来森圣堂。他好奇克拉西亚人是否已经开始用战死的战士骸骨装饰这座圣堂。

他看着城市随着天亮逐渐苏醒，先起床的是克拉西亚人，女人和卡菲特打开他们的店面和帐篷准备做生意。没过多久，当大部分巡逻归来的沙鲁姆都上床睡觉后，青恩就开始出现，以买家的身份展开交易，狭窄的街道上挤满来森平民和克拉西亚人。

很快一切就变得异常熟悉，虽然不适感也越来越强烈。卖家的叫卖声中充满夸大不实的谎言，牲口发出的噪声与臭味混杂着熟食、肉、香料等令他口水直流的气味，商人展示着所有买家可能想买的商品，包括许多他们连听都没听过的东西。

他以前很喜欢克拉西亚大市集，而上次在迷宫般的街上转悠在记忆中仿佛已经成为上辈子的事了。

你现在可不是在克拉西亚。他提醒自己，看清楚熟悉的景物后，他开始看出两地间的差异。这里有群来森男人像奴隶般跟在戴尔丁身后帮忙拿东西；那里有两个来森女人头脸都包覆七彩面纱，行走于烈日之下。到处都有商人以母语叫卖商品，同时也会说不流利的提沙利的提沙语或克拉西亚语，买家也一样。结合两种语言和手势的方言已然成形，就像那年北地信使造访沙漠之矛时所使用的一样。亚伦靠直觉就能听懂这种语言。

一名达玛慢慢路过，视察着市集里的情况。他的腰带上挂着一条阿拉盖之鞭。卖家和买家都与他保持距离，紧张地看着他；但亚伦身穿黑袍，只是与达玛互相点头招呼，然后又回去检视商品。亚伦毫不怀疑那条鞭子很快就有用武之地，就算没犯错，也会拿来警告他人。

情况不该是这样。

※

戴尔沙鲁姆进入来森最大的商铺后房办公间时，阿邦没有抬头去看。他只有一个手下身穿黑袍，而阿邦目光不需要离开地面就知道他的训练官遮住了门外的光线——这倒是前所未有的事。克伦鄙视市集这种地方。

"我没找你，战士。"他说着用琥珀金笔去蘸墨水，继续记账。

沙鲁姆一言不发，关上身后的店门。阿邦看见两名卡沙鲁姆侦察兵的脚出现在他身后。他们在柔软的地毯上迅捷无声地移动，一个手持金属短棒，另一个则使绞绳。阿邦一直到他们展开攻击才终于抬头，他很喜欢看自己的投资有所成果。

两名侦察兵来自不同部族，一个来自南吉，一个则是克雷瓦克。全世界除了这里，绝对没有任何地方能让他们两个共处一室却不拼得你死我活的场面。

但部族对阿邦的百人部队毫无意义，他就代表他们的部族。有时候他会想，阿曼恩死后三千年后，哈曼部族还会不会存在。南吉和克雷瓦克从前不也只是服侍卡吉的男人吗？

他嗤之以鼻。哈曼部族？如果阿曼恩真是解放者，那就应该叫阿邦部族。这名字听起来不错。

侦察兵同时出击，第一个挥动短棒攻击对方大腿，意在造成剧烈疼痛和震惊的效果，但不会导致严重的伤害。当对手后退时，另一人就会欠身而上，以绞绳自后方钳制他，让伙伴可以肆意攻击。阿邦曾经数度看他们施展过这一招，怎么看都看不腻。

但是戴尔沙鲁姆的反应出人意表，仿佛打从一开始就知道两个侦察兵躲在哪里。他是在引诱他们，阿邦在对方闪过短棒，并且及时避开绞绳时发现这一点。他立刻展开反击、克雷瓦克侦察兵勉强挡下他的拳头，南吉侦察兵则转身闪避他的脚，不过对方的脚踝还是踢中了他。

戴尔沙鲁姆有机会取下盾牌，但他没有费心这么做，继续让盾牌待在背上。他把长矛当成达玛的鞭杖般旋转，挡下克雷瓦克侦察兵的短棒，接着又转过去击中南吉兵的腰侧。长矛反转而来，横打在克雷瓦克兵的脸上，接着南吉兵以绞绳套住矛柄。他用力拉扯，试图让对方武器脱手，但沙鲁姆同时出矛，逼迫南吉兵放开绞绳，矛柄结结实实地击中他的胸口。

南吉兵倒地时，战士转头面对克雷瓦克兵。沙鲁姆冷静地打量着他，按下短棒上的秘密按钮，弹出一把尖锐的毒刃。戴尔沙鲁姆展开攻势，克雷瓦克兵顺势挡驾，使劲进击。

片刻过后，他躺在地上，大口喘气。一切发生得太快，阿邦的眼睛根本跟不上他的节奏。对方向旁一让，闪开侦察兵的攻击，然后以手肘撞击他的咽喉。

阿邦迟疑了。他从没想过有人能单枪匹马击败他精心训练的侦察兵，更别说是个普通的戴尔沙鲁姆。幸好他的防御措施并不是专为单一敌人而设。他把手伸向办公桌下，抓向能召唤十多名卡沙鲁姆的绳铃。

"请别那么做，"对方警告道，长矛矛头指向阿邦。他的声音低沉，听起来有点熟悉。"进来的人越多，受到重伤的机会就越大。"他的目光凌厉得令阿邦不寒而栗。"而我保证受伤的不会是我。"

阿邦吞下一大口口水，随即点了点头，慢慢举起双掌。"你是谁？你想怎样？"

"阿邦，我真正的朋友，"男人不再假装低沉的声音。"你难道不认得你最欣赏的笨蛋吗？这又不是你第一次看到我穿沙鲁姆黑袍。"

阿邦全身的鲜血仿佛都结冰了。"帕尔青恩？——"

男人微微点头。一名侦察兵低声呻吟，试图挣扎起身，另外一个则双脚发抖地站起。

"你们两个先出去。"阿邦大声道。"我要扣你们这月收入。在外面等，不要让任何人来打扰我们。"

帕尔青恩在两人蹒跚离去后关上房门。他转过身去，除下面巾，露出光头和数百个刺青魔印。阿邦深吸一口气，以哈哈大笑和热情招呼来掩饰内心的惊讶。"看在艾弗伦的分上，很高兴再见到你还活着，杰夫之子！"

"你似乎不怎么惊讶。"帕尔青恩看起来有点失望。

阿邦以拐杖容许范围最快的速度绕过办公桌，一把拍在帕尔青恩背上。"黎莎女士暗示过你还在人间，杰夫之子。"阿邦说。"当时我就知道传说的'魔印人'非你莫属。要来点库西酒吗？"他走过去拿放在办公桌上的库西酒瓶。这种酒在艾弗伦恩惠里依然违法，但阿邦竟公然放在办公桌上展示。哈席克事件过后，还有谁敢多嘴得罪他？他倒了两杯酒，将一杯端给亚伦。

"没下毒吧？"亚伦边问边接下酒杯。

这问题并没冤枉他。阿邦的精致酒瓶里还真有一瓶是下过

毒的，阿邦每天都会服用这种毒的解药。尽管如此，他还是装出受伤的模样。"你这话太伤人了，我的朋友！我怎么会想要谋害你呢？"

帕尔青恩耸耸肩。"我在市集里听说了一些传言，据说你和贾迪尔突然又变成了合作伙伴。这让我怀疑你们是不是一直都是在暗地里谋划些什么，而他公开羞辱你只是演给别人看的把戏，让我怀疑你是不是故意骗我去取卡吉之矛，好让你朋友有机会谋财害命？"

"我警告过你，"阿邦说。"你不能否认这件事，帕尔青恩？我有没有说过我绝不会收购任何桑城遗物？有没有警告过你要是让人知道你踏足圣城，我的族人会怎么对付你，更别说是窃取其中的宝贝中的宝贝？"

"但你还是帮我弄到了地图。"亚伦说。

"是你向我索要的，帕尔青恩。"阿邦申辩道。"说实话，我原以为圣城只是传说，你永远不可能找到它。但我欠你一笔债，于是我还给你了。"

他停了停。"我回想起来，帕尔青恩，没付账的人是你。你说要带'一骡子的巴哈凡陶器'给我。你是为了给我送你承诺过的陶器而来的吗？"

亚伦大笑起来。阿邦惊讶地发现自己有多相信这个笑声。他们干杯喝酒，阿邦立刻又倒了两杯。他们慢慢喝酒，静静地享受多年后重逢的感觉。一直到酒里的肉桂味浮现出来后，他们才开始谈正事。

"你突然现身，到底要做什么？帕尔青恩。"阿邦问。"你一定也知道，如果阿曼恩发现你没死的话，会立刻举全城之力对付你，而他的感官最近变得像恶魔一样十分敏锐了。"

帕尔青恩轻蔑地挥了挥手。"我会在他找上门来之前离开。"他直视阿邦的双眼。"你不会把我们见面的事向他告密吧?"

阿邦耸肩。"我看不出来不说对我有什么好处,而主人问起的话,我也不敢说谎。"

亚伦点头。"我也不会要求你这么做的。事实上,我要你帮我带封信给他。"他从黑袍里拿出一小张用线盘起来的纸卷。阿邦接过时,他微笑道:"我帮你少点麻烦,不用打开封蜡,然后重新封上。贾迪尔认得我的笔迹。"

阿邦轻笑,解开紧绳。亚伦的笔迹如同往常般龙飞凤舞,但信的内容却让阿邦心情沉重。他看着眼前的朋友,摇了摇头。

"你不知道他变成什么样子了,帕尔青恩。"他说。"你不是他的对手。这一次算我求你,逃得远远的,永远别再现身。离开,我敢对艾弗伦的胡子发誓,我不会向阿曼恩提起这次会面。"

但亚伦只是微笑。"那年他在大迷宫里杀不了我,而现在的我和当年不可同日而语。如果不介意的话,我提前奉告你,你最好开始找新的主人了。"

"我也不想看到你杀了他。"阿邦说。"难道没有其他的办法吗?"

杰夫之子摇头。"世界太小了,容不下我们两个。"

第三十一章　挑战书

333 AR　秋

"沙达玛卡，卡菲特等在外面有急事想见你。"

贾迪尔点头，在阿邦一拐一拐地走进地图室时遣走其他守卫。卡菲特摇摇晃晃地走向软椅。他跌了一跤，不过只是顺势倒在椅子上，让他终于松了口气。

贾迪尔不用看他朋友的灵气就知道为什么会这样。"看在奈的黑心之上，你胆敢酒后跑来见我？"

阿邦冷冷地看着他。"帕，帕尔青恩还在人间，阿曼恩。"

这句话，加上他灵气中吐露的事实，如晴天霹雳打断了贾迪尔的所有思绪。一会儿后，贾迪尔难以置信地缓缓摇头，转过身去拥抱他的紧张与恐惧。

"我也怀疑过。"他承认道。"几个月前，当我们首次听说'魔印人'的时候。"

阿邦点头。"我那时也这样怀疑过。"

"但我告诉自己这太荒谬了，他已被我们扔在沙漠里天葬了。"他回头看着阿邦。"他怎么活下来的？躲在卡菲特的地窖里吗？"

"我没问。"阿邦说。"重要吗？我想一切都是艾弗伦的旨意。"

贾迪尔挥手表达认同。"他到底想怎样？"

阿邦拿出一卷粗绳捆绑的羊皮纸。"他要我把这个呈交给你。"

贾迪尔接过信，匆忙解开绳子，迅速浏览。

❦

你好，阿曼恩·阿苏·霍许卡敏·安贾迪尔·安卡吉，恶魔回归后第三百三十三个造物主纪年——

我在艾弗伦面前作证，你，我的阿金帕尔，曾经违背信任，于所有男人都是兄弟的黑夜里，在大迷宫的圣土上抢夺我的东西。

依照《伊弗佳》律法，我要求你于艾弗伦与奈势均力敌的秋分日落前一小时与我进行多明沙鲁姆。

身为权利遭受侵犯的一方，多明沙鲁姆的地点将由我选择。我会在一周前告知你地点，让你先行抵达，确认不是陷阱。我们将各带七名证人，不多不少，借以向天堂七柱致意。我们将以男人的方式解决私仇，把胜负交由艾弗伦去裁决。

另一种做法是让我们的部队兵戎相见，于白昼血债血偿，而非在黑夜溅洒黑色胆汁。希望你了解那样做毫无荣誉可言。

期盼你的回音。

亚伦·阿办·安贝尔斯·安提贝溪

❦

贾迪尔使劲摇头。多明沙鲁姆字面上解释就是"两名战士"的意思，在《伊弗佳》中则是指根据卡吉和背叛他的同父异母兄弟所定规矩所进行的文明决斗。

"秋分，"阿邦说。"我们伐兵雷克顿前一个月。好像他知道我们的计划一样。"

贾迪尔极度恍惚地微笑着。"我的阿金帕尔不是笨蛋,他知晓我们的传统。尽管他满嘴都是艾弗伦和天堂,内心深处却并不真正相信它们。"他摇头。"他自称'权利遭受侵犯的一方',好像夺回他自我们祖先陵寝中偷走的东西算是普通的抢劫。"

这个问题已经困扰他许多年了。"算吗?"

阿邦耸耸肩。"谁知道呢?我干过更肮脏的勾当,甚至为了一己的利益欺骗过帕尔青恩。但尽管如此,我还是很喜欢他。他很真诚。和他在一起的时候,我觉得……"

"觉得怎样?"贾迪尔突然厉色问道。他们都很熟悉帕尔青恩,但是交往的方式大不相同。

"就像我以前在沙拉吉的时候,和你在一起时一样。"阿邦灵机一动,立马说道。"他曾毫不迟疑地挡在任何谋划伤害我的人前面,就像多年前你在长矛王座前召见我们时一样。他让我有安全感。"

贾迪尔一半清醒一半恍惚地点头。看来他们对帕尔青恩的认识并没有什么不同。"那现在呢?"

阿邦的灵气变得难以解读,他叹了口气,自背心中取出小陶瓶,拔开瓶塞。

"不准……"贾迪尔开口喝止。

阿邦两眼一翻,插嘴道:"你的脚下践踏着数千人的鲜血,阿曼恩。你真的要为了喝库西酒对我说教,把我当作在大迷宫里喝醉的沙鲁姆?"

贾迪尔皱眉,但他没有进一步阻止阿邦喝酒沉思,目光瞟向远处。卡菲特转头看着他,举起酒瓶。"和我喝一杯,阿曼恩。就这一次。这件事情最好是在嘴里散发肉桂味时讨论。"

贾迪尔摇头。"卡吉禁止——"

阿邦仰头大笑。"他禁库西酒是因为他的手下在洛斯克战役结束前就大肆庆祝，结果人数多于敌方五倍还惨遭屠杀！这道命令是针对没受过教育的莽夫，不是两个白天待在堡垒中小酌商量事情的人。"

贾迪尔哀伤地看着阿邦。他在对方的灵气中看出他不但不了解，甚至还认为贾迪尔这种想法十分愚蠢。"我的朋友，这就是你沦为卡菲特的原罪。"

"为什么？"阿邦问。"因为我不把卡吉说过的每句话当作艾弗伦的旨意？你现在是沙达玛卡，阿曼恩，而我认识你很久了。你是个聪明人，但这些年来你说过也做过不少愚蠢又天真的事——"

这种话要若在公开场合说出来可会送了他的老命，但阿曼恩看出他朋友是真心的，而他不能为此就废了他。"我从没说过自己有不会犯错的神性，阿邦，我和卡吉都一样。你之所以是卡菲特是因为你不了解卡吉为何下这些命令根本不是重点，重点在于服从与谦逊，以及牺牲。"

他指向酒杯。"喝了这杯酒，艾弗伦并不会把我打入奈的深渊，卡吉的圣灵也不会不得安息。用禁喝库西酒来提醒我们咯斯克战败的教训是很值得的，就像以禁其他事情来提醒我们会遇到的其他潜在危机一样。"

阿邦看着他一会儿，耸了耸肩，然后又喝一口。"我认识的是帕尔青恩，不是现在这个人。我非常确定他不会伤害我，也不让别人伤害我，但他依然……令我不安。"

"传说是真的？"贾迪尔问。"他用墨水在身上画魔印？"

阿邦点头。"很像你身上的疤痕。"

贾迪尔摇头。"我的魔印都是直接刻在皮肤上，从没用墨水之类的东西亵渎过我的身体——"

"拜托。"阿邦伸出一手打断他的话,另一手则搓揉脑侧。"我的头已经够痛了。"

"帕尔青恩没有放过他的脸,不像你。"阿邦继续道。"不过他向来没有你么英俊。我想就连达玛佳的牺牲……也有极限。"

贾迪尔脸色一变。"我今天已经非常容忍你了,阿邦,但我的忍耐也有限度的。"

阿邦的灵气一凉,立刻鞠躬。"很抱歉,我的朋友。我对你或你的吉娃卡没有不敬的意思。"

贾迪尔点头,挥手结束这个话题。"你曾告诉过我,如果我们两个里面有一个是解放者,那肯定是帕尔青恩。你现在还是这么想吗?"

"我根本不知道有没有解放者这种东西。"阿邦又喝了一大口。"但我曾直视数千名商人的双眼,而这么多年来我只见过两个值得佩服的人。一个是帕尔青恩,另一个就是你阿曼恩。"

"十年前,我们的族人是一盘散沙。一群懦弱的人,连我们自己的城市都无法控制。他们或许是伟大的战士,但同时也是一群蠢笨的驴蛋。不断消耗我们的实力,却从未取得任何利益。我们的人口减少,女人没有发言权,卡菲特为人所不齿。"他举起库西酒杯。"喝库西酒会招致处死。"

"你的王座或许是偷来的,但你同时为它带来智慧。你统一各族,让克拉西亚人再度强盛起来。你喂饱饥饿之人,为女人和卡菲特开启了一条通往荣耀的光明大道,我们的族人欠你很多。帕尔青恩可以做得和你一样好吗?谁知道?"

贾迪尔皱眉。"那么视荣誉为无物的阿邦会怎么做?我和帕尔青恩决斗有利可图吗?"

"问这个有什么意义?"阿邦问。"你我都知道你会接受他的挑战。"

贾迪尔点头。"那是艾弗伦的旨意。但我还是要听听你的意见。"

阿邦叹气。"我希望帕尔青恩没有提出挑战。我希望他接受我的建议,逃到阿拉的尽头。但我从他眼中看出他决心与你一战,不管是不是多明沙鲁姆。如果非战不可,你们私下决斗总比在数千名随时准备加入战局的观众之前开打要好。"

"这就是多明沙鲁姆存在的意义,"贾迪尔说。"为了应付别无选择的兄弟纷争,我会赴约,会尽力与帕尔青恩一战,他也不会手下留情。我们其中之一将存活下来,进而肩负起全世界的命运。让艾弗伦决定那个人是谁吧。"

☙

贾迪尔看着卧室里玉体横陈等他上床的英内薇拉——自从近一个月前黎莎北归后,两人就言归于好,他们每天晚上都同床共枕。其他妻子也想争取他的宠幸,但英内薇拉在这方面拥有绝对的权威,没有人胆敢未经召唤进入枕厅。

贾迪尔闻出妻子身上散发出让人兴奋的香水味儿和她那极度诱惑的体态,于是为了接下来即将发生的事鼓起勇气——祈求她的原谅。

"帕尔青恩还活着。"他尽量以极度平淡的口气说出这几个字,就像卡菲特一样开门见山,不拐弯抹角,让这句话回荡在空气之中,他静静看着她的反应。

英内薇拉探问地凝望着他一会儿,然后立刻弹起身来,灵气中的情欲和优雅顿时消失得无影无踪。"不可能。你说你用矛在他的额头上戳了个窟窿,把他的尸体扔在沙漠里。"

贾迪尔点头。"我没说谎,只是我用的是矛柄。我们把他

扔在沙漠里时，他竟然还没死。"

"他还没什么？"英内薇拉吼叫的声音大得令贾迪尔怀疑隔音霍拉法术能不能隔绝声音在皇宫之中回荡。她灵气中的愤怒恐怖得难以逼视，简直有如站在奈的深渊边缘往下看。

"我说过我不会手刃朋友。"贾迪尔说。"我只是照你的话抢走了卡吉之矛，但是没有当场击杀帕尔青恩，让他活着面对隔天的黑夜，像个战士般死在沙恶魔的魔爪下。"

"放了他？"英内薇拉难以置信。"骨骰明白表示只有杀了他才能巩固你的地位。就因为你当年'饶过他'，你准备付出多少条人命？"

"可以巩固我的地位？"贾迪尔问。这话激起了某段尘封的记忆，于是他以王冠视觉深入探索。"我终于明白了，原来是帕尔青恩。"

"什么？"英内薇拉问。

"你骗我说我是唯一有能力成为解放者的人。我本来以为你隐瞒的另一个人会是我的某个儿子，但其实是帕尔青恩，对不对？骨骰真的要我杀他吗？还是纯粹是你的意思？"

她没有多做解释。他已经看出她脸上明白写着的答案。

"无所谓。"他说。"他还活着，对我提出多明沙鲁姆的挑战。我已经接受了。"

"你疯了吗？"英内薇拉大声问道。"你不等我掷骰就接受他人的私斗挑战？"

"我才不管你的骨骰怎么说！"贾迪尔大声道。"这已经算是艾弗伦的旨意。我要么就是解放者，不然就不是。阿拉盖霍拉和阿邦的账本没区别，只是在一定程度上用来预测未来的工具。"

英内薇拉嘶吼一声。他立刻知道自己太过分了——她或许不会完全据实告知骨骰的预示，但还是认定骨骰代表艾弗伦的旨意。

"又或许它们说得没错，"他压低声音解释道。"帕尔青恩才是真正的沙达玛卡。当他首度挥舞卡吉之矛时，大迷宫里的沙鲁姆们把他当神一样崇敬，毫不迟疑地跟着他左冲右突，所向披靡。那是他冒着生命危险找回的上古神兵。他用那支长矛杀死了克拉西亚史上最强大的恶魔——那头曾杀害几乎一半戴尔沙鲁姆的石恶魔——是他找回了卡吉的圣城和战斗魔印，这些都不是我……"

"你是卡吉嫡传子孙。"英内薇拉看出了他内心的矛盾和动摇，委婉地开导说。

贾迪尔耸耸肩。"卡吉征服绿地时娶了北地女人为妻，我曾在解放者洼地等地见过深受他血脉影响的那些挑战夜晚的勇士。经过了数个世纪，杰夫之子和我一样都可能是卡吉的后代；或许我在艾弗伦的远大计划中所扮演的角色不过就是将统一后的克拉西亚部队交给他指挥，然后完成自己的使命。"

穿着透视睡衣的英内薇拉跳下床来，一把将几近恍惚的他拥入怀中。"不，不是你说的这样的。"她带着哭腔喊道，确实不甘于认命。他看得出来，她以意志力阻止自己信念崩溃。"你就是解放者。"她说。"相信我，非你莫属。"

贾迪尔也欣慰地紧紧搂着她，点头道："我也希望如此，但我接受挑战才能得到确认，你了解吗？我的吉娃卡。我必须用实力验证自己是否是真正的解放者，不然我所踏过的鲜血之路将会变得毫无意义。"

第三十二章　多明沙鲁姆

333 AR　秋

在他们离开伐木工和林木军团的代表团，骑马行走在陡峭的岩壁石道上时，汤姆士问道。"再说一次，你这么确信这不会是个陷阱？"

黎莎和汪妲骑马跟在伯爵的身后，再后面是罗杰和阿曼娃，加尔德殿后。瑞娜骑马走在亚伦右边，伯爵则在他左边。

"你自己的属下都确认过上面只有八个人，包括一个女人和一个老人。"亚伦说。

"也可能有人躲在看不到的地方，"汤姆士说。"那些卫兵也说了山顶南方一英里外的一个山谷驻扎着一支部队。"

亚伦指向逐渐接近的岩壁。斜坡上只有一条窄路，其他地方都是光秃秃的岩石。"你认为其他人可以藏在哪里？伯爵阁下。他们会像风恶魔从云端俯冲下来攻击我们吗？"

汤姆士纳闷地紧皱眉头。亚伦发现自己让他在黎莎、加尔德和洼地其他属民面前有些难为情。如果这种情况持续下去，他就会开始阻碍自己的行动，以展现权威。

"伯爵阁下，你多虑了，对于他阿曼恩·贾迪尔，我是太了解了。"亚伦说。"他宁愿跳下山崖摔死也不会违反多明沙鲁姆的规则，再次在我面前干那种昧心的事。"

"你现在说的人，和在背后捅你一刀的那家伙可是同一个人吗?"瑞娜问。

"在背后捅刀子,那只是象征性的说法。"亚伦说道,不耐地看了她一眼。她笑嘻嘻地面对他的目光,弄得他也有点想笑。"事实上,他是当着我的面捅我一刀。"

"这样讲感觉好多了。"瑞娜喃喃说道。

亚伦看得出来汤姆士依然心事重重。他叹了口气,压低音量悄声说道。"伯爵阁下,其实你也不必要以身犯险,你可以派亚瑟或海斯牧师官代替你来见证这场公平决斗。"

他当然不希望如此,但是在所有策略都没用时,挑战他的勇气往往具有激励效果。汤姆士顿时抬头挺胸,灵气再度充满稳定与自信,一副雄赳赳气昂昂的架势。

"我们应该全部回头。"黎莎说。"这根本是个野蛮的仪式,透过一堆毫无意义的规则赋予谋杀文明的假象。"

"当大家都知道有我无他,有他无我时,这是个公平的解决之道。"亚伦说。"而且这些规则深具意义。七名证人,让所有会受到决斗结果影响的人能看清事实。这么险要的场地让人难以安排偷袭。同时,在所有人都开诚布公、把前因后果说清楚时,再决斗,能使证人在决斗结果出现时不必要大规模兵戎相见,伤及更多无辜。"

"总之,这些算不上什么文明规则。"黎莎说。

"你宁愿看到成千上万的人战死沙场吗?"亚伦问。"只要人们还得吃饭拉屎、生老病死……"

"……我们就永远达不到真正的文明。"黎莎把话接完,让他吃了一惊。"当你们强迫朋友和家人看着你们自相残杀时,少用造物主的话向我说教。"

"你也不必跟来。"亚伦说。"你如果无法承受,就去叫妲西·卡特来……"

"喔?闭嘴。"黎莎大声说。

贾迪尔看着绿地人骑上斜坡。正如英内薇拉所见,来人里有黎莎·佩伯、他的女儿及新女婿,加上自称统领洼地部族的绿地王子。这样很好。等帕尔青恩倒地后,一切的结都可以随之解开,以逸待劳。阿曼娃的信里这么说——他还是很高兴在分开六周后再次见到黎莎。

他打量着绿地人的带队人,尽管外形改变,贾迪尔还是立刻就认出他的阿金帕尔。他骑马的英姿、一举一动、机警的眼神。他和阿邦一样,在绿地人身旁会有安全感,也很清楚自己在他心中占有多重的分量。

喔,我的兄弟,贾迪尔悲伤地念道。如果我必须杀你两次,那看来艾弗伦肯定真的想考验我的决心。

绿地人纷纷跳下马来,将马拴在克拉西亚人的对面。贾迪尔和他的七名证人站在悬崖边面对他们。

"好久没见,别来无恙啊,帕尔青恩。"他在绿地人迎上来时招呼道。他没办法在白天看清帕尔青恩的想法,但贾迪尔能感应到阿金帕尔体内充沛的力量,外加沙鲁沙克大师的意志。杰夫之子手持上好的魔印长矛,但是由木头与钢铁矛头所制,肯定没法与自己手中的卡吉之矛相比。"你气色不错啊。"

"托兄弟你的洪福啊。"帕尔青恩打趣道。"就算再过一千年,我还是不想见到你那张脸。"他朝贾迪尔脚下吐口口水,这个侮辱之举令贾迪尔的随行人员异常激愤。

他举手阻止他们,接着看向暴怒的贾阳训道。"今天是我跟阿金帕尔久别重逢叙叙旧,顺便处理些私事,你们只是来当证人的,任何人不准动手。"

他的注意力从贾阳转回帕尔青恩,刻意忽略鞋子上的唾液。"你还记得我的吉娃卡,当然,还有卡菲特阿邦、阿山达马基以及山杰特。"他指向其他人,"其他人是玛嘉部族的阿雷维拉克达玛基,我儿子贾阳和阿桑。"

帕尔青恩扫视众人点点头。亚伦转向站在他右手边穿着暴露的瑞娜——相比之下,英内薇拉顿时成了端庄的贵妇。瑞娜和亚伦一样身上满是魔印。她的目光中透着疯狂的野性,不似帕尔青恩那般沉稳。她盯着贾迪尔的目光中透着深深的仇恨。"我的妻子,瑞娜·谭纳。这位是安吉尔斯堡林白克公爵的弟弟、洼地郡的汤姆士伯爵阁下。我想其他人你都认识,就免了一一介绍了。"

贾迪尔点头。"开始之前,我想与我的北地未婚妻私下谈谈,确保她没有受到你们的虐待。"

"而我也想和我女儿聊些体己话。"英内薇拉插嘴道。贾迪尔无奈地看她一眼,但她毫不理会。

"未婚妻?"汤姆士惊奇地问道。他看向黎莎的那种目光让贾迪尔得意地眯起双眼窃笑。

黎莎不等任何人允许就走了上去,片刻过后,阿曼娃也跟了上去。贾迪尔把黎莎拉到没人听得见他们的谈话的地方之后,他上前抱她。"我的心肝,我想你想到快疯了……"

黎莎推开他,侧向一旁,避开他的手臂。

"这是什么意思?"他问道。"我们上次独处可不只是拥抱啊。"

黎莎点头。"但我们此刻不是独处,大庭广众之下也不该做那种事,阿曼恩。我不会让你像狗一样在我身上插红旗,我已经明确拒绝了你的求婚。"

贾迪尔微笑。"只是还没答应而已。"

"不，不是还没答应。"黎莎大声说。"我和你上床，没错，但我不是你的私有财产，而我永远不会嫁给你。就算你与你的妻子离婚，并且回你的沙漠之矛老家去，或是杀光自由城邦所有公爵和子民，自封为提沙之王都不会——永远不会。"

"这就是你背叛我的原因？"贾迪尔问。"被你下毒的战士带着阿曼娃的信回到艾弗伦恩惠，我知道你在路上做了些什么。"

这话似乎令黎莎收敛了些怒气。他本来期待她会辩解，但结果她却松了一口气。"喔，感谢造物主，他没有死。"她低声道。

"你觉得这是好事？"他困惑地问道。

"我不像达玛丁那样喜欢用剧毒。"黎莎说。"而且我旨在警告你的同胞，这并不算背叛任何人。"

"说起下毒和背叛，"黎莎继续说道。"你女儿的信里提到过她在镜宫里试图以黑叶粉毒杀我的事吗？或是我们第一次做爱那晚，你妻子把我绑去毒打的事？"

贾迪尔感觉自己的脸色越来越难看。他伸手牵起她的手，在阳光下感应她的灵气。他希望能找到撒谎的证据，但他感觉得出来她说的是实情。他怒火中烧，便接着感应到另一讯息，顿时怒气全消。

"你有身孕了！——"

黎莎瞪大双眼。"什么？我当然没有。"贾迪尔不必刺探这话的真假。她的眼神和灵气都明白显示她想回避。她和他一样清楚她的体内有个新生命。

贾迪尔抓起她的手臂，用力握得她面露痛苦，将她拖往岩壁的阴影下。"不要对我说谎，是那个可悲的绿地人……"他仔细打量她体内的生命。"不，这是我的孩子。这是我的孩子，而你却去和那个青恩王子混在一起玷污他。你还不打算让我知道？你以为我会让这个家伙，或是任何人，阻止我拿回属于我的东西？我要把他的睾丸割了拿去喂狗。我要——"

"你什么都不能做。"黎莎抽回手臂，另一手则保护性地放在肚子上。"这孩子不是你的，阿曼恩！我也不是你的！我们是人，不属于任何人。"

"你像卡菲特一样通过玩弄文字自欺欺人。"贾迪尔说。"你不打算让孩子知道他的父亲是谁？"

黎莎大笑，笑声尖锐刺耳。她的灵气充满无尽蔑视，他心痛地发现她对自己竟如此不屑。"你有超过七十个孩子，阿曼恩，而你把他们当作麦酒一样买卖。这些子女中，你真正认识的有几个？"

贾迪尔迟疑，黎莎的灵气浮现找到对手死穴的得意。她对他露出嘲弄似的冷笑。"说出你所有子女的生日，我现在就在这里嫁给你。"

贾迪尔咬牙切齿，伸展手指，让自己拥抱一切讽刺，以免它们握成拳头。

原来这就是她味道不同的原因。看着贾迪尔和黎莎交谈，亚伦敏锐的双耳将每一句话都听了进去，不自觉地喉咙中发出无声的吼叫。他诅咒自己。如果像对付其他人一样深入查探她，自己早就知道一切了。

她该告诉我的，他心想。如果我知道，决不会带她来。或许这就是她不告诉我的原因。此事如果泄露出去，一切就完了。这不是他第一次怀疑这个女人究竟站在哪一方。

"你说你对黎莎·佩伯已经没有感情了，我也以为那承诺

是真的。"瑞娜小声地咕哝道,将他拉回到现实中来。

亚伦看了她一眼,接着又转向黎莎和贾迪尔。他在贾迪尔抓起她的手臂时紧张了一下。"那并不表示我想看她和那个曾经试图想杀我的男人当着大家的面缠绵悱恻,还玩亲亲。"

瑞娜哼了一声。"计划中并没有说你不能在开始决斗前先给他点颜色瞧瞧。"

"我正打算这么做。"亚伦说着上前一步。"聊够了吧,贾迪尔!该为你的所作所为付出代价了!"

贾迪尔放开黎莎的手。"等我打发他之后,再来继续这个话题。"

"你得先打赢才行,阿曼恩。"黎莎说。

这话令他十分痛苦,但他拥抱这一切,将之暂且放在一边,转身大步走向帕尔青恩所在的地方。尽管夕阳已经偏西,但是还会有很长时间才会下山,大家围观的山顶在天色全黑之前都会处在夕阳中。离开岩壁的阴暗后,他的王冠视觉随即消失。

双方的证人们各站在一边围成弧形,他们则背对着悬崖。决斗的规则很简单——他们就在这个圈子里决斗,直到其中之一投降,或是掉下悬崖。他们只能使用矛和沙鲁沙克,两个人都高举双手,让山杰特检查杰夫之子有没有挟带其他武器,加尔德则检查贾迪尔。

"没有不敬的意思。"绿地壮汉在搜身时说道。

"在我眼中,你的一举一动充满荣誉,史蒂夫之子。"贾迪尔笑着回应道。

他敏锐的双耳听见山杰特对杰夫之子所说的话。"帕尔青恩，你不感谢我主人饶你一命，还跑来找死。"

"你也该感谢我不会迁怒一条按照主人吩咐去乱咬人的疯狗。"帕尔青恩说。

山杰特轻蔑冷笑。"沙达玛卡会对那晚的事做个了结，帕尔青恩。你根本不是他的对手。"

"那你何必在衣袖里暗藏凶器？"亚伦问道。"有格的话就拿出来试试。"

战士面色一僵。贾迪尔心知帕尔青恩所言不虚。"山杰特！"他趁自己的妹夫有机会自取其辱前叫道。"退一边去！"

等到沙鲁姆退开后，贾迪尔和帕尔青恩相对鞠躬行礼，角度和时间都一模一样，在艾弗伦之前展现对彼此同等的敬意。

"我应邀前来，杰夫之子。"贾迪尔说。"在所有集聚于此的人们，以及有权评判世间一切的全能艾弗伦面前大声说出你的指控。"

"你手中的长矛不是你的，"帕尔青恩说。"我冒着生命危险将它带回世间，并且第一个就带来给你看，我的沙拉克兄弟，与你分享它的魔力。但是分享它的秘密并不能满足你无止境的贪欲。当你发现它的力量货真价实后，立刻密谋从我手中夺走它，于夜里在大迷宫的圣地上布下陷阱偷袭我。你的手下围攻我，而你夺走长矛，然后把我推下恶魔坑里让恶魔杀我。"

双方人马纷纷开始交头接耳，但贾迪尔毫不理会，任他继续控诉。他已经把这个秘密放在心里太久了。让大家面对面把话说开，彻底做个了结，对大家都是一个解脱。

"当我杀了那头沙恶魔，爬出恶魔坑时，我说你要杀我就要亲自动手。"亚伦说。"但结果你却选择打昏我，把我丢在沙漠里等死。你那时就该知道会有还债的一天。"

贾迪尔点头。"你说的都是事实，帕尔青恩。我不否认曾经做过那些事，但我否认犯罪。从小偷手中拿回属于自己的财产，那不叫偷。"

帕尔青恩大笑。"你的财产？我在离你数百里的地方，已经无数个世纪无人涉足的地方找到它的！"

"你忘了，卡吉是我的祖先。"贾迪尔说。

杰夫之子嗤之以鼻。"你的说法有一定道理，但他有数千名后裔，分散在世界各地。从这里到密尔恩的高山间所有小村落里都有他的子孙。"

"但只有我们克拉西亚人还保有他的语录与传统，帕尔青恩。"贾迪尔说。"安纳克桑城是圣地。你亵渎圣地，窃取其中的财宝。"

"你攻击活人居住的城市，却为了我对一座死城所犯的罪想要置我于死地？"亚伦大声问道，眯起双眼。"你从哪里弄来那顶王冠？我的老兄。你亵渎了那座圣城里多少圣地才找到它的？"

贾迪尔觉得脸颊发冷，因为他的部队在离开沙漠的途中洗劫了那座城市。但亚伦不可能知道……

但是杰夫之子笑了，仿佛他能看穿贾迪尔的心思。"我回去过那地方，我的朋友，我见识过你们是怎么亵渎你们所谓的祖先的圣地的。我以远比你们崇敬的态度对待那一切。结果你造访圣城后为世界带来了什么？强暴、掠夺和杀戮。"

"秩序，"贾迪尔说。"统一。我让克拉西亚再度统一，要不了多久全世界都会团结起来。"

亚伦摇头。"等你死后，你的部族又会开始为了一桶清水自相残杀。除掉你是我进攻地心魔域之前必须完成的最后一件事。"

贾迪尔微笑,握紧长矛。"你怎么会以为你杀得了我?亚伦。"

亚伦也面露微笑,举起他的长矛。不管杰夫之子做过什么事,他都是个彻头彻尾的沙鲁姆,他的灵魂已经取得安宁,随时可以踏上孤独之道。

在艾弗伦的餐桌上,咱们算是同桌之客,我真正的朋友。贾迪尔在展开进攻时想到。

贾迪尔的攻击来得异常迅猛,快到亚伦原以为在白天不可能达到的速度。即便如此,亚伦还是比他更快,魔法在他的皮肤下嗡嗡作响,赋予他的敌人难以望其项背的力量与速度。他挡下对方的刺击,顺势展开反击。他打算先以矛柄狂揍贾迪尔,让他颜面尽失,然后再彻底结束这场决斗。

但贾迪尔的应变超乎预期,以非人的速度转动武器,挡下他的攻击。他们一再出击,每个动作都与下个动作相互融合。两人有攻有守,不过一旦分开之后,却是谁也没有占到上风。贾迪尔眼中不禁浮现一丝敬意。亚伦也发现自己过于轻敌。

他借助卡吉之矛在白天也能获得魔力。亚伦察觉到。

"你比我印象中有些进步了,亚伦。"贾迪尔微微冷笑着点头致意,灵气在黄昏的光芒中没有透露丝毫情绪。"我再次低估了你。"

亚伦微笑。"你每次都这么说。"

"相信不会有下一次了。"贾迪尔说。"我不会再手下留情了。"

于是他果真全力出击了。克拉西亚第一武士再度进攻。亚伦必须竭尽全力才能阻挡他的攻势。亚伦的速度稍微快上一点,但贾迪尔的战斗技巧就连亚伦也难以匹敌。他努力压制贾迪尔的矛尖,但矛柄和矛托却在贾迪尔透过魔法强化的力量和冲击魔印的加持下开始击中目标。

尽管无法在阳光下使用魔法,亚伦却能随心所欲地使用皮肤防御层之下的魔力。他的骨头比魔印加持的玻璃坚硬,肌肉和骨骼像钢铁一样坚韧。对方的攻击确实击中了他,但伤害不大,所有伤势都瞬间治愈。

尽管如此,他还是没有像预期那样取得压倒性的优势,而且在旁观者眼中,他正节节败退。

"我依然希望你能好自为之,亚伦。"贾迪尔说。"承认你的罪行,臣服于我。我会大发慈悲,还是愿意在沙拉克卡中与你并肩作战。"

"你根本不懂什么叫做慈悲,"亚伦说。"如果你真的在乎第一战争,你就会停止这一切没有意义的高调作风。你难道不懂吗?我们在吸引心灵恶魔。他们不怕军队,他们只怕其他心灵恶魔。他们会持续进攻,直到我们死去。人们将会为了我们而受苦。"

"这就是我们现在必须团结的原因。"贾迪尔说。

亚伦咬牙切齿,怒气爆发,再度展开攻击。武器在两人跃起、转身、扑倒、交击、互摔时化为残影。贾迪尔施展一系列突刺加旋转的招式,亚伦尽数化解开来,结果却在最后关头发现它们都是虚招。贾迪尔一脚踢中他的矛柄,穿凉鞋的脚在一阵魔爆中将他的魔印木柄如同玉米秆般踢成两段。

亚伦跌开数步,双脚站稳,两手分持半根断矛,但他一瞬间稍微疏于防守,让贾迪尔有机可乘。卡吉之矛插入他的肚子,亚伦失声惨叫。

造成他惨叫的并非肉体上的伤害。亚伦曾被刺伤过,他能在战斗中忽略那种程度的痛楚。这一矛的效果远远超越肉体的伤害。矛尖上的魔印启动，灼烧伤口，汲取他的魔力，使矛头更加锋利，并且增添冲击的力量。魔法在他体内激荡，造成难以言喻的剧痛，仿佛他的灵魂即将遭受剥离。

贾迪尔在感受到魔力窜入体内时惊讶得双眼圆睁，于是也在那一瞬间里疏忽了。亚伦以断矛的矛托重击他的脸部，将对手逼退数步，截断足以致命的魔力外泄。

亚伦抛下半根断矛，伸手捂住伤口，当他摊开手掌时，掌心沾满明亮的鲜血。人群中传过来吃痛与胜利的呼声，但他忽略他们，迫切地试图利用仅存的魔力疗伤。伤口持续灼烧，无法完全愈合，但是鲜血已经开始凝结，减缓失血的速度。

这会留下疤痕的，亚伦知道。

他望向西沉的落日，希望它可以沉得快一点。他已经不期待能逆转战局，一心只想撑过接下来的半个小时。

贾迪尔重重落地，但立刻翻身而起，精神上的震惊大于肉体上的伤害。他的颊骨和下颌都被打裂，但是亚伦反击时，他的体内充满魔力，伤势几乎立即痊愈。

他看着亚伦，脑中浮现阿邦说的话。他是我印象中的那个人，但又有所不同。

的确，如今的亚伦采取全新的打斗方式，融合沙鲁沙克以及另外一种截然不同的战技。他的力量与速度甚至超越贾迪尔，更重要的是，他显然已经习惯运用这些优势，而贾迪尔却还在摸索阶段。

但他迟早都能摸清对方的路数，彻底击败他。他原以为上一回合过招时已经击败他了，却没想到卡吉之矛会像刺穿阿拉盖王子一样突然间吸收大量的魔力。

亚伦是奈的使者吗？这似乎不太可能，难以想象，但难道还有其他解释吗？

他汲取大量充斥于长矛上的魔力，带着全新的怒气展开攻击。

※

亚伦跳掷腾挪，尽力闪避致命的矛尖。放弃所有攻击的念头让他更加轻灵快捷，但在众人眼中看来无疑是垂死挣扎。贾迪尔技高一筹，永不疲惫，现在还利用亚伦自己的力量来对他进行彻底的压制与封锁。他主导着接下来的打斗，围观众人全都提心吊胆屏息以待，致命一击也只是时间问题了。

随着太阳沉下地平线时，战斗的规则悄悄发生了改变。他看见贾迪尔的王冠及长矛绽放强大的魔光，但他吸收自四面八方浮出地面的魔雾，感受到力量回归体内。

贾迪尔再度出矛时，卡吉之矛透过亚伦的身体而过，仿佛刺进一团魔雾。这一矛依然产生灼痛，矛身魔印发光，吸收他的魔力，但当亚伦踏步上前，狠狠击中贾迪尔的喉咙时，那点痛楚简直就跟小虫子咬了一口似的。他以手臂勾住卡吉之矛的矛柄，突然凝聚形体，接着矮身一扭，夺走贾迪尔的长矛，将它摔在地上。

※

贾迪尔一跃而起，转身徒手面对亚伦，心念电转，试图弄清刚才一刹那发生了什么。

"你或许能够暂时夺走卡吉之矛，亚伦，但你无法保有它。"他发誓。

"保有它？"亚伦冷笑着问道，神色轻蔑得无以复加。"我根本不需要它。世界没有它会比较好。"接着他做出令大家都匪夷所思的事情。

他转身将卡吉之矛踢下山崖。

贾阳大叫一声，冲出队伍，去寻找卡吉之矛。亚伦转身，凭空比画一个热魔印，在岩壁上轰落一堆碎石，阻挡了他的去路。

"决斗结束前，没人可以离开！"他的声音洪亮如雷。

"很好，你个恶魔的奴才。"贾迪尔愤怒道。"让我们做个了结。"他集中精神，在前进时将王冠的防御力场向外扩张，打算利用它的力量把杰夫之子逼出悬崖，把他送回奈的深渊。

但他以为能够驱逐所有阿拉盖的王冠魔法对亚伦完全起不了作用，于是两人展开了贴身肉搏。贾迪尔立刻占了上风，牢牢地锁住对手，但亚伦再度化身烟雾，逃离他的掌握，并瞬间凝聚形体，接连数拳击中贾迪尔，打得他晕头转向。

"我不是奈的奴才，"亚伦朗声叫道。"我只是对于偷来的魔法研究得比你和你那些掷骨骸的达玛丁更加透彻。"

贾迪尔大吼一声，爬起身来，再度进攻，一边挡下快如闪电的拳脚，一边展开试探性的反击。有些攻击被亚伦架开，有些则以烟雾迎接铁拳。

这种能力似乎是种恶魔般的优势，但贾迪尔成年之后从未输过任何一场打斗也不是没有原因的。他记下亚伦动作的规律，当他凝聚形体，打算轻松反击时，贾迪尔早有准备，闪向一旁，使劲击中他的肚子。他在对方弯腰时又以膝盖顶中他的喉咙，双掌拍击他的双耳，直打得他头昏眼花，灵魂出窍。

"看来你需要聚精会神才能完那些吟游诗人的变身法。"贾迪尔说着一头撞上亚伦的鼻子。鲜血溅洒在他脸上，但贾迪尔持续进逼，双手紧扣绿地人的喉咙。

亚伦突然往前逼近，钢铁般的手指随即握住他的喉咙。"我不需要魔法。"他说着将贾迪尔推出数步，奋力跃起，带着他一起坠落山崖，追随卡吉之矛而去。

"这个世界也不需要我们。"他在两人下坠时说道。

✤

亚伦感到耳边呼呼作响，神志清醒过来。即使下落的速度越来越快，他和贾迪尔依然不停地拳打脚踢，试图控制对手。

但贾迪尔招式纯熟，在落地前尽力将亚伦压在下方。这样做似乎毫无意义——不管谁上谁下，从这么高的山崖摔下来都必死无疑。但亚伦从贾迪尔的灵气看出他那标榜胜利者的得意劲儿——让对手会比自己早死一瞬间，那也算胜利，就够本了。

亚伦不再挣扎，拥抱下坠的冲势。贾迪尔的灵气中胜利的光芒越来越浓，但就在一瞬间亚伦化作一团烟雾消失了，贾迪尔则在沉闷的撞击声中坠落地面，粉身碎骨……

《白昼之战》全书完·敬请期待续集《骷髅王座》

附录 APPENDIX 克拉西亚名词解释 *Krasian Dictionary*

阿拉，Ala，世界或地球；

阿拉盖，Alagai，恶魔或地心魔物；

阿拉盖丁卡，Alagai,ting Ka，恶魔之母，奈的仆人；

阿拉盖卡，Alagai Ka，恶魔之父；

阿拉盖沙拉克，Alagai'Sharak，圣战；

阿拉盖霍拉，Alagai hora，恶魔头骨做的骰子；

阿金帕尔，Ajin'pal，同生共死的兄弟，八拜之交；

安德拉，Andrah，克拉西亚的王，艾弗伦最宠爱的达玛；

青恩，Chin，来自北方绿地的信使；

库西酒，Couzi，克拉西亚地区的一种烈酒；

达玛，Dama，祭司，克拉西亚领导人；

达玛丁，Dama,ting，精通占卜与医疗的巫师；

达玛佳，Dama,jah，对英内薇拉的敬称；

达玛基，Dama,ji，克拉西亚十二支部族首领组成的议会；

达玛基丁，Damaj,iting，各部族达玛丁首领；

戴尔沙鲁姆，Dai,Sharum，克拉西亚精英战士；

《伊弗佳》，Evejan Law，克拉西亚圣典；

艾弗伦，Everam，造物主；

艾弗伦恩惠，Everam's Bounty，来森堡被克拉西亚殖民时期的称号；

汉奴帕许，Hannupash，少年进入训练营接受培训或磨炼期；

英内薇拉，Inevera，艾弗伦的旨意，贾迪尔的妻子；

吉娃卡，Jiwah Ka，解放者的第一任妻室；

吉娃森，Jiwah Sen，吉娃卡之后入门的妻妾；

吉娃沙鲁姆，Jiwah'Sharum，后宫中的慰安女子；

凯沙鲁姆，Kai'Sharum，阿拉盖沙拉克指挥官；

卡吉，Kaji，艾弗伦的使者，第一任解放者；

卡沙鲁姆，Kha'sharum，原为卡菲特的战士；

卡菲特，Khaffit，非祭司或战士，最低贱的阶层；

奈，Nie，与艾弗伦敌对的神，带来黑暗与混乱的恶魔；

奈卡，Nie Ka，即"第一位"，奈沙鲁姆队长或领头人；

奈沙鲁姆，Nie Sharum，未成年的预备役战士，或娃娃兵；

奈达玛，Nie'dama，处于见习期的达玛；

奈达玛丁，Nie'Dama'ting，处于见习期的达玛丁；

帕尔青恩，Par'chin，勇敢的外来者，亚伦的别称；

普绪丁，Push'ting，女性特质很足的男人，假女人；

沙利克霍拉，Sharik Hora，艾弗伦的神庙，英勇骸骨；

沙拉克，Sharak，战争；

沙拉克卡，Sharak Ka，大圣战，最终决战；

沙拉克桑，Sharak Sun，白昼战争，征服绿地人类的战争；

沙拉吉，Sharaji，培训学校；

沙鲁姆，Sharum，战士；

沙鲁姆丁，Sharum'ting，斩杀恶魔的女战士；

沙鲁姆卡，Sharum Ka，统率所有凯沙鲁姆的第一勇士；

沙达玛卡，Shar'Dama Ka，解放者；

沙鲁沙克，Sharusahk，徒手搏击术；

沙鲁金，Sharukin，徒手搏击套路。

※本书中涉及的英制单位换算公式如下：

1 英寸 = 2.54 厘米

1 英尺 = 0.304 8 米

1 英里 = 1.690 千米

1 码 = 0.914 4 米

1 磅 = 0.453 6 千克

1 盎司 = 28.35 克